纳兰容若的
心灵潜修课

王　照 ◎ 著

台海出版社

图书在版编目(CIP)数据

纳兰容若的心灵潜修课 / 王照著.--北京:
台海出版社,2014.10

ISBN 978-7-5168-0494-0

Ⅰ.①纳… Ⅱ.①王… Ⅲ.①纳兰性德(1654~
1685)–词(文学)–诗歌欣赏 Ⅳ.①I207.23

中国版本图书馆 CIP 数据核字(2014)第 224356号

纳兰容若的心灵潜修课

著　者:王　照

责任编辑:王　萍

装帧设计:林志伟　　　　　　版式设计:通联图文

责任校对:陈　媛　　　　　　责任印制:蔡　旭

出版发行:台海出版社

地　址:北京市朝阳区劲松南路 1 号，邮政编码：100021

电　话:010–64041652(发行,邮购)

传　真:010–84045799(总编室)

网　址:www.taimeng.org.cn/thcbs/default.htm

E-mail:thcbs@126.com

经　销:全国各地新华书店

印　刷:北京高岭印刷有限公司

本书如有破损、缺页、装订错误,请与本社联系调换

开　本:640×960　　　　1/16

字　数:200 千字　　　　　　印　张:18

版　次:2015 年 1 月第 1 版　　印　次:2015 年 1 月第 1 次印刷

书　号:ISBN 978-7-5168-0494-0

定　价:39.80 元

序

　　纳兰性德,字容若,出生于顺治十一年(1654年)十二月十二日,虽然已经去世300多年,但他仍旧是传奇,他独一无二的绝唱,让爱他的人灵魂为之巨响。

　　诗酒香,黄土凉,谁能忘却残阳下小楼,冬郎反而愁?

　　看古诗,习古词,纯棉外套,光脚穿靴,最差也能写博客,除去iPhone就是iPad,当下的时代,大多数人生活华丽,气质高贵,但总觉得繁华过尽,生活好像没有了深度,多少心灵的苦闷无处排解……

　　世人知纳兰的忧伤,悲情,也记住了他的荣光,纳兰是怒放的心灵玫瑰,历经几个世纪而常开不败。不知何时,纳兰已悄然成为人们的心灵导师。他出身高贵,精神富足;他白衣胜雪,风华绝代,他让人产生了无数艳羡。但是,哪怕你背尽纳兰词,仿写纳兰词,用了纳兰容若做网名,做艺名,你依然会缺了他的味道与透骨的诗文香。朝朝扮,暮暮扮,总也扮不像那俊逸的冬郎。

　　纳兰出生于缁尘京国,乌衣门第。父亲明珠贵为权相长达20年之久,家学渊源,他凭借文武双全成为康熙帝的御前侍卫,深得恩宠,享尽富贵风流。纳兰的美好与尊贵达到极致,众人对其绝美的人格与诗词交口称赞,直达数百年。

　　纳兰才华横溢,17岁就进入了国子监读书,18岁中举人,19岁时开始编印著名的儒家经解丛书《通志堂经解》,22岁时圆满完成,共1800多卷,囊括儒家经卷140种,成为传世巨制。

　　纳兰凭借"人生若只如初见,何事秋风悲画扇"等佳句令世人缅怀,他令人心疼并与之一起怅惋,他的词作被后人整理归类成《饮水词》,历经几百年传唱,仍旧馥郁芬芳。

纳兰的身上从不缺少赞誉,梁启超称他为"清朝学人第一",王国维盛赞他"北宋以来一人而已",更有人把他和曹雪芹并列称为清朝文坛上的两座异峰,令人仰止。

后人著书立说,百家争鸣,专门研究纳兰容若,出现"兰学"热潮,大家更多关注的是纳兰词的真情、凄婉,称他为千古伤心词人,却很少有人留意,纳兰更是修身修心的楷模。纳兰容若在几百年前就现身说法,他穿越时光长廊,用自己的大气和贵气给予迷茫中的人们正能量。

纳兰的优异气质与纳兰词交结一处,相得益彰,更加荡气回肠。

岁月轮回,万花飞尽,纳兰容若引领人们走进人生的春天,架起百折不挠的人生梦想。

"兰学"类书籍铺天盖地,或史料,或小说,或散文随笔,或论文研究,都那么似曾相识,而此书则会因为不一样的元素令你耳目一新,受益匪浅。

修身,修心,多元发展,他是良师;如何让人生灿烂开放,他自有真知灼见。

如你所愿,纳兰容若给你上的是一堂心灵修行课,不是为了赶时髦,而是为了让你在碧月如珠圆的夜晚,不似他般惆怅。

本书八章48节,洋洋数十万言,让你看到不一样的纳兰,也看到不一样的自己。它值得你收藏,更值得你推荐给好友亲朋,因为它是真正具有指导意义的励志类文学读本。

正史也好,野史也罢,事实是,不仅纳兰词值得我们万巷传唱,纳兰身上还有更多的宝藏值得我们铭记。

目 录

目 录

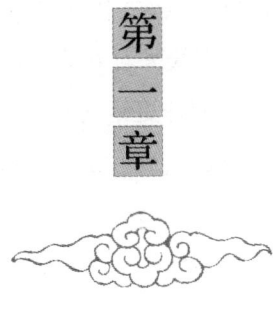

人生贵在积淀

1.腾空钱箱做书箱

腾空钱箱做书箱,大家觉得疯狂吗?好好的钱箱,要把钱拿出来,放书进去?这谁呀?这么矫情?留着装钱不好吗?但还真有人就这么干了。

300多年前的一个冬日,大雪飘摇,状如鹅毛,红灯笼也难抑欣喜,微微颤动。北京后海上空氤氲着灯火烟气,从远处看,那光芒恰是从纳兰明珠府发射而来。纳兰府门前张灯结彩,客流涌动,轿辇无数,人声沸腾,不是佳节胜佳节,好不热闹。原来那日是纳兰明珠之子纳兰性德周岁生日,在纳兰府客堂正发生这样有趣的一幕:

亲朋好友簇拥环绕之下,一个刚满周岁的,穿着红绸袄绿绸裤的娇软小人儿正在"抓周",他扔开金元财宝及玉石古玩,却独独拿起一只钗子和一支毛笔,特别是这只毛笔,他拿起后兴致勃勃地频频把玩,爱不释手,还学着父亲的样子做势挥毫,有板有眼,似乎一抬臂就有深深浅浅的诗意,一顿笔就有了平平仄仄的情韵,他清澈执着的眼神似乎在说:"大家快来看看我,我也会写诗呢……"

众亲朋连连称奇,纳兰明珠更是满眼宠溺地看着宝贝儿子,抑制不住内心的欣喜:"孺子可教也,到底是纳兰家的后代呀……"围绕在身旁的亲友也都交口称赞,好像已经看到了小纳兰的光辉未来。

那时的小纳兰像鸥鸟,借诗书的力量,他可以飞翔;像芦苇,借水波的激荡,他可以酝酿一世繁华。时光蜿蜒,诗书的交响已然开幕。从此,所爱、所求、所执、所尊、所念、所怜、所盼、所许,都淳美无比,动人心魄。纳兰华丽丽地走来,顾盼生情,春风惊动,他的每一步都那么惊艳,不同凡响。

纳兰就这样慢慢地长大。他像美好的巢,安坐于万风皆静的树上;他像天鸟降树冠,衣也华美,鸣也惊人。

纳兰幼年时的一天早晨,侍女家人晨起服侍纳兰时,在盥洗台前发现堆放着金银、犀牛角梳子、西洋镜的钱箱已然成空,里面不知何时被小纳兰塞进了几本章回体小说和公案小说。问他为何?他言不要珠宝,要读书。小小年纪的纳兰已经开始关心包拯、海瑞,坐在椅子上不能安生,定要学学武松打虎,嘴里还念着昨夜看戏时背下来的戏词。他不识得几个字,却也要凡事探个究竟,先生教授,慈母提点,严父讲述,他执着地认为书里的学问大得很,神秘得很,所以见书即为宝。哪怕记住一个人名,看到一幅人物肖相,他也要问个明白,哪里人,做什么,有什么好玩的故事等……纳兰的心里珍藏着每个人的画卷,而他比画卷更加美丽多姿。

因为家学渊源,纳兰泡在诗书里慢慢长大。好学,聪慧过人是少年纳兰的一个典型特点。他一生短暂,但他那种洒脱大气、超凡脱俗、浪漫唯美、风华绝代像翩翩之鸢,翻飞于几个世纪的长空,你真心去捧,定会落在你的手心。

若他不学无术咋样？若他啃老咋样？若他倚仗父亲带来的富贵，花天酒地地过一辈子咋样？似乎都可以。人生有许多种可能，但纳兰选择了他最爱的一种。

他贵为相府公子，追寻的却是"腹有诗书气自华"的人生，他知财富有尽，人心无尽。他的心需要柔软的颂辞，热烈的歌声，带泪的阳光，屋檐下的燕语；他要悲悯，要欣喜，要自己的人生在诗书里自由绽放，无声，无憾，又充满骄傲。他的与众不同，在于饱读诗书。长夜灯下，他捧卷苦读，不知熬瘦了多少个黑夜，也不知熬红了多少个朝霞。

回归当下红尘，兰博基尼大街狂飙，1982年的拉菲到嘴就干，出入高级会所，住着洋楼别墅，衣服要穿大牌的，包包要背限量的……由物质到情感，看起来真的非常有"派头"。但在这糜烂生活的夹缝里总带有那么多的混沌、无序、不安、空虚，没底气，总觉得少了一股劲头，因为包装起来的人生逊色了很多。"真物质"总是抵不过"真风流"，人生的美好与有趣不是单纯靠物质所能打造和维系的。追逐财富，有时悲戚，有时明媚，有时狂野，我们跌宕在舞步里，我们跌宕在辛辣的酒精里，我们跌宕在幸福的极致或者痛苦的深渊，我们寻找着渐渐丢失的自我

纳兰从幼时起就很喜欢交友，是交际圈子里出了名的"才气冬郎"。话说纳兰六七岁光景，就喜欢交往比自己大十几岁的青年人了。年纪虽小，但论起诗词歌赋，竟然谁也不是他的对手，大有当年神童骆宾王的劲头：七岁能诗，一首《咏鹅》让后世人读了一千三百多年。但很明显，作为"初唐四杰"之一的骆宾王也最终败在了纳兰的手下。不，是纳兰把初唐四杰都打败了。

当今年轻人"拼爹"，"拼丈母娘"，而纳兰从不"拼爹"，也不"拼丈母娘"，他觉得那样太"OUT"了，他拼的是腹中诗书，是词，终于拼出一个"满清第一词人"，"杀灭"元、明、清几个朝代，无人不服。学者王国维是多清高的一个人！让他服气的人不多，他也从来不轻易夸奖

谁,但他都说纳兰"北宋以来一人而已"。不用说骆宾王,连柳永都不在话下了,要不朝鲜人咋说:"谁料晓风残月后,而今重见柳屯田"。

纳兰这个不折不扣的"诗词大咖"还非常喜欢拼底蕴,他从小就懂得用诗书武装自己的头脑,让自己看起来那么卓尔不群,意气风发。他一直认为,有底蕴了,才有范儿,这种范儿说白了就是内涵,是心劲儿,精神层面的东西才是无价的,因为无价,所以用钱没法买,用钱无法衡量。有底蕴,你的高贵就真的成了高贵,是任何强大的力量都不能击倒的。人生再不用回眸起点,再不必惊悸终点,因为你在这种底蕴里会永生。即使有一天你携鹤登天,或携雪入地,总能收获淡泊与平静。

康熙贵为天子,是一个不会吃醋的君王,就连他都无数次与朝野大臣说:"纳兰容若,一等诗文,一等骑射,不在我之下。"可见康熙爱才,惜才,对他的器重,对他才华与能力的认可。

纳兰的脉管里涌动的是诗词的韵律,是诗词的寂寞与芳华,虽然流年不出声,但流年里满是阳光的消息,满是月亮的味道,诗词如潮水,满是岁月的芬芳。

这里有个有趣的例子:纳兰一时兴起,乔装打扮后参加了一个明末落泊文人的饭局,其间觥筹交错,谈笑甚欢,吟诗做画,好不自在,但最后还是被人认出来了。那人说,如此醇香清咧的谈语,赛过酒;如荷般脱俗的贵气,流云般飘逸的风度,野菊般不桀的情调,牡丹般高贵的气质,非冬郎莫属啊。纳兰微微一笑间,身前已然堆放金绢数块,大家都央他在上面赋诗,好收藏留与子孙。

纳兰沿街而过,或练箭归来,总有人追着他看,吟着他的诗,大声呼喊着他的名字。纳兰随兴写在墙壁上的诗作,只几天工夫就可以传遍大街小巷。你吟"西风一夜剪芭蕉",我就吟"倦眼经秋耐寂寥"。纳兰的粉丝遍布京畿,"纳兰热"经久不衰,他的书册各家争相传阅,以至于翻到薄如蝉翼仍不忍丢弃的地步。许多阔家女更是把纳兰当做未来夫君的模板,当做顶顶一流的"男神",日里、夜里,念念不忘。

这正说明,内涵虽然看不见,但它总会成为你的标签,让你与众不同。就像纳兰,他一觉睡了三百年,但他还是我们不能忘却的冬郎。我们翻检历史的时候,总能看见佳公子的书桌上,那浪漫缤纷的诗句,只一遍,就再也不能忘记。边塞的雪花打湿了纳兰的青春,我们记住了他刻骨铭心的往事,记住了他阳光般的温柔。

而如今有人很狂妄,若谁把他惹急了,他的口头语就是:信不信爷拿钱砸死你。

富有的人用钱来表达自己的张狂,确实很强悍。但强中自有强中手,你有钱,还有比你更有钱的。比来比去,就剩一个钱字了。如果不再富有,不再有钱,比底蕴时,才发现根本没有。

有一个故事,说两个成功人士看上同一个好姑娘,姑娘选择了A没选择B,B很生气,说我也不比他差呀,我也有钱有房有车有钻石,我也很成功呀,我哪怕就是一条领带也都是巴黎的呀……姑娘回答说:我就看到你有钱了,我没有看到你具备成功人士的气质。B还在狡辩:他不就多读了几本书吗?他不就会画个画,弹个琴吗?他不就在国外镀过金么?不就是多学了几门外语吗?这都小事啊。

要知道,不学无术的"成功"那是"伪成功"啊,再说底蕴面前无小事,那都得日积月累地去做啊!梅花香自苦寒来,宝剑锋从磨砺出,等你发现自己是"空心人"时,为时晚矣。钱能成就"大款",钱也能买来成功人士的"包装",但那也仅仅是硬件包装而已,换个主板,换个硬盘、显卡,再不行,整机都换了,但软件呢?电脑光有硬件没软件,无法运行,人生亦如此。

只有成就优秀人生的意愿,没有成就优秀人生的修为,这种节奏要不得,因为两者失衡之后会让你变得更局促,落人笑柄。

因为底蕴的差别,不是所有人都站在同一条起跑线上的。当人们的梦想有了裂缝的时候,必须用灵魂的养分给它填满,然后人生的列车才能继续前行,驶向没有遗憾的终点。人生该有多么奇绝、美好,不要因为一点点缺憾就让它成为失去养分的花枝……人生的宁静或舒缓,都因为底蕴的不同而具有完全不同的模样。

打扮得那么华贵,开着那么好的车,住着那么大的房子,还被人说成粗人,为什么?

问题出在了灵魂上。因为灵魂的空虚就是人生的遗憾,甚至是祸根。有人会说,不就是跟纳兰那样多看点书吗?但是你看了吗?纳兰所拼之底蕴,我们拼了多少?诗词的底蕴比一张漂亮的脸蛋要生动许多倍,要比伟岸的身高更能吸引人,而灵魂的高贵才可以弥补物质的贫穷。人生也许会走向薄凉,也许会走向炽热,薄凉也好,炽热也罢,人生总是有了底蕴的积淀之后才美,才深厚,才意蕴悠长。

高尔基注重人生的积淀,把书籍当"面包",他的房间有一次发生了火灾,他为了抢救书籍,险些被烧死,很多人都不理解,说他是个怪人,就为几本破书,连命都不要了,可是高尔基振振有词地对众人说:"书籍一面启示着我的智慧和心灵,一面帮我在一片烂泥塘里站起来,如果没有书籍,我就沉没在这片泥塘里,我就要被愚蠢淹死……"

罗曼·罗兰也非常注重个人底蕴的积累,他认为在书籍中不仅可以研究自己,还可以发现自己和控制自己,然后缔造出人生别具一格的繁华……

2.解放心灵成就厚重自我

这世间没有轻而易举、一蹴而就的人生,真正的优秀人生总是来源于深厚的积淀与心灵的解放。

世间种种,利禄功名,荣华富贵,总会如溪水般流去,而激情永葆,连绵不绝的总是经过打造和解放后的心灵交响,开在时光的庭院里,走过无数春夏秋冬,时时有新貌,处处有欢颜。

纳兰容若考取进士之后,凭借自己的优异才华成为康熙的御前侍卫,并从三级侍卫迅速升级到一级侍卫。他每日陪伴在日理万机的康熙左右,深得康熙帝的恩宠。荣华富贵于他无处不在,在他的梦里,在他的现实里,无孔不入,不管是敬畏也好,厌倦也罢。若他是花,那他就是"人间富贵花"。但他在意的不是仕途之事,他在意的是诗词的盛放,那些诗词的芬芳照亮了他的前途。

跟随康熙,纳兰有大把的机会游走于常人无法企及的名利场,下得江南,去得边远。皇恩之下,无论有什么样的愿望都可以满足,只要他乐意,他可以攀登到人生的再高处,当上再大点的官,发更大的财,成为皇宫里的焦点,得到大力追捧,成为上到庙堂下到乡野的"神话"。也许有人会说,这么显赫的荣耀,还有什么不知足?怎么还会写下"我是人间惆怅客,知君何事泪纵横"的悲情诗句?

是的,纳兰虽然身在权势与财富的荫庇下,却偏偏不爱权势与财富,他骨子里早就生了一颗重情重义的淡泊之心。虽"身在高门广厦,常有山泽鱼鸟之思",他之所以宁做情种也不做权贵的最主要原因就是不想让心灵被外物所禁锢,得到一些看似重要,其实并不需要的东西,他想成为与众不同的文人雅士,解放心灵之后再成就厚重的自我。

纳兰像一棵站得笔直的树,哪怕闭着眼,也知道风从哪个方向吹,而他淡定的不摇不摆。他的人在朝廷,心却早就到了江湖。他曾经给朋友写信说道:"人各有情,不能相强,使得为清时之贺监,放浪江湖,亦何必学汉室之东方,浮沉金马乎。"言下之意是不学东方朔,做那种以滑稽,诙谐来取悦黄帝的"俳优",要学就学贺知章。而贺知章正是一位不贪慕高官厚禄与荣华富贵之人,厌倦朝野之后选择了告老还乡,可见纳兰也很想同贺知章那样成为自由洒脱的诗人,狂客。

　　纳兰从不宣扬因为自己年少英才所得到的恩赏，却为一树雪梨花而泪流满面，竟忆起它初栽时的模样。他知道，不管大我的悲欢，还是小我的离合，不管是纳兰府里的夜合花，还是街上一面之缘的柴夫，不论是父亲与索额图的争斗还是书房里自己与表妹雪梅的逗嘴、打闹、嬉戏，都应该存活在恬淡而孤傲的内心世界里，得到关爱、饶恕而永生。什么是自己需要的，什么是自己不想要的，唯诗书才是解放心灵的良药。这种药没有剂量和品种的限制，多多益善，能治疗各种心灵上的疑难杂症，总是药到病除，越"吃"越舒适、越快意，他得到好处岂有"停药"之说？

　　就像雨水会冲刷掉污垢，大雪会砸碎梦想。没有人会刻意记住当朝又有多少官被贬，又有多少人被提拔甚至是破格任用。没有人去真正留意那些花，什么时候破了蕊，什么时候又成了满地残红。秋天过去时，小草不顾自己的性命也要覆盖住大地，成了满世界的苍黄，成了"离离原上草，一岁一枯荣"，是烧不尽的宿命，也是春风带来的新生。

　　犹记得一位嬷嬷去世的时候，幡纸还未吹远，就已经无人再喊她的名字，就像她从来没有存在过一样，薄凉已经是司空见惯的事情。再比如，府里又翻新了几座大院子，能工巧匠的大手笔，看着更加豪华，气度非凡。新挂上去的字画全是真迹，价值连城，它们是官员们送给父亲的。官员眼皮不眨一下，父亲也不眨一下眼皮，富贵已经是司空见惯的事情……这太多的薄凉与富贵交织于一个伤心人的脑海，令他迷乱、挣扎，让纳兰成了千古伤心词人。

　　年轻的纳兰一次次地在旷野深处站立，似乎要找回昨天跟康熙狩猎时被风吹走的自己的身影。他更想知道，这个狩猎的林子会不会老去，那些随时有生命危险的动物们会不会老去，如果从皇宫里到这座林子的路途变得越来越短，那些可怜的动物会不会害怕？会不会无处安身也无处可去？

　　纳兰惆怅之余，不禁自问，为什么吟诗做赋时会达到物我两忘的境界？他发现用诗书武装自己，就如同把黏稠的泥巴抹在篱笆上，打磨了篱笆，又坚固了篱笆，一举两得。天地空阔，哪怕无人同行，也能收获高远；诗书为伴，哪怕孤独，也会令人自豪。

就像如今的禅师讲开悟之道一样，他的"道"就是获得心灵的自由，让自己变得更超脱，破除功名利禄等对自身造成约束的种种因素，然后让自己活得更自在。

当下，许多人有了物质的富足，有了事业和爱情的美满，"人生目标"也都渐次完成，好像生活中没有什么可遗憾的了，但却越活越拘泥，有时还常常感到内心空虚，甚至找不到活着的意义。究其主要原因就是人们追逐了令自己困扰的东西，从不去考虑解放心灵。当一个人被外物所累时，岂不被藩篱所绊？春风吹去，晓风何处，灵魂不飞翔，肉体就有褪色、糜烂的危险。

纳兰不止一次寻思过他狩猎过的林子，它们茂盛而张扬，黑魆魆的，充满无穷的能量，它们白天在太阳底下奔跑，夜晚就在月亮底下徜徉，每一分每一秒都似乎充满着生机与活力，若它们没有受到外物破坏，该有多么洒脱，不羁，因为安全而无畏。它们其实跟人类一样，因为心灵自由，才得以成就鲜活的自我。

当今的世界诱惑总是太多，总是令人顾盼流连，忘记自己真正所需。人们往往吃过N次饭，赴过N次宴，跳过N次舞，争过N次升官发财的机会，但就是没有安下心来，跟心灵对过一回话，认真读完一本书；饭局，酒局，推销会，展览会，舞会，洽谈会，策划会，总结会……总之一句话，活得太累，需要做的事太多，哪还有心思解放心灵？减过肥，健过身，按过摩，洗过脚，但解放心灵这事听着就拧巴，还有那么一点矫情。是啊，肉体疲惫的人已经忘记了心灵的疲惫，甚至已经忘记了自己还有心灵。又哪能知道，有时候，听一曲昆虫所弹奏的乐曲也能得到莫大的快乐，这种快乐并不比高级餐厅里的钢琴声带给自己的快乐少。

纳兰19岁结婚之前，大多数时间在王府里度过。因为宅子里种满了桑树和榆树而被称之为桑榆别墅，就是在这里，他与诗书为伴，修得一身冰雪之气，高洁婉约。纳兰以诗书为海，他就怕自己成了岸上的鱼儿，再也无法游泳。若不能在诗海里畅游，不能在诗海里探险，那人生还有什么趣味？伤春伤别，黄昏只对了梨花，若有诗书为伴，又哪怕心隔了天涯？

畅春园是一座皇家别墅，康熙每年大约有四分之三的时间滞留在这里修养生息，作为康熙身边的亲密侍卫，纳兰必须把畅春园当做自己最重要的驻地。那时的畅春园故宫是全国知名的顶级商住两用社区，纳兰跟随康熙来往于故宫与各殿之间，有时议一下国事，有时安排一下日程，有时探讨一下诗文。对于诗文，纳兰总在康熙之上，康熙也不由得心服口服。可以说，除了陪在康熙身边，纳兰自己的私人时间已经不太多了。但纳兰总能找出时间来看书，写诗。呼朋唤友，不谈时政，只为集体"修心"而"众乐乐"。

除了畅春园，还有一个地方叫上庄玉河，位于京西皂甲屯西南，现在称为上庄水库。这条上庄玉河可是当年的热闹所在，因为纳兰会叫上有建树的文人才子，免费吃住，免费游乐，他们在玉河上乘着纳兰家的豪华游轮，作诗的作诗，唱和的唱和，有人饮酒，有人品茶，热闹非凡。众人赏荷，因为人声的惊扰，水鸟和野鸭子踩着水波渐次飞起，再落下，又到船舷旁去抢文人才子抛下的美食。幼稚的鸟儿脚下打着滑，又被母鸟用翅膀接起，那是多么和谐的场面，而纳兰组织的诗会有声有色，已经进入了高潮……

玉河的东岸即是纳兰家高大的西墙，纳兰和诗友们把船泊在墙边，众人皆有又守家园又到天涯之感，归属与沦落的情怀被诗人们尽情抒发，而这一场集体"灵修课"直到日暮西山，大家还不忍散去。是啊，怎忍心留那点水蜻蜓、振翅蝴蝶、不染荷花于黑夜深处？怎忍心留那孤独的鸟儿苦守黎明？挑灯继续诗会，高潮之后再有高潮，往往因为一句诗，众人落泪，因为内心不平，而大声呼喊:再来一碗酒！快意和疼痛一起在血液里流过,大家的灵魂在此得到了升华……

从桑榆别墅到畅春园再到上庄玉河,若与权势无关,若与诗书有染,纳兰总会收获心灵的盛宴。闪烁的星光下,看诗心成熟,看晚风下,夕阳穿透万丈阴霾,烘托着人生深处别致的脉脉含情。

"山一程,水一程,身向逾关那畔行,夜深千帐灯。风一更,雪一更,聒碎乡心梦不成,故园无此声。"纳兰宁愿在《长相思》的诗句里做一辈子的情种,也不要那等身的富贵。

可以看出,纳兰这位翩翩佳公子,虽然身处富贵之间,却身向淡泊之地,他是一个不折不扣的"诗词大腕",他要把所有的青春、所有的幸福与彷徨都交给诗词。他要在诗词的洁净里安眠,在诗词的浪漫里舞蹈。他转换自己的苦闷与无奈,是通过一项非常具有"正能量"的办法,那就是:大量看书,做诗,研究学问。身为满族人,却研究汉学直至精通,再到无人匹敌,这一点,纳兰跟父亲明珠一样。纳兰不仅研究诗词,同时也研究佛学和中医,门类非常广泛精到。

纳兰位于清朝词人三大家之首,能力远远超过其他两位:陈维崧和朱彝尊,这与他的辛苦钻研学问是分不开的。陈维崧和朱彝尊也是纳兰的好友,提起纳兰诗书方面的造诣,两人都佩服得五体投地。

纳兰从来没有跟财富和功名过不去,他"治"了自己,但"治"的却是内心。他把心融入了诗里,他的诗作也跟他的人一样孤傲,冷艳,清绝。

解放心灵这话看着有些飘忽,但毋庸置疑,若人的一生欲望太多,那必有太多混乱。反之,若适时解放,规范了心灵,则确实能达到身心双修的境界。

比如曾国藩,虽是有争议的人物,而且其年轻时的欲望也只是功名富贵,光宗耀祖,是拘泥而浅薄的,但在其遗世的家书中也每每提及"常常悔悟才有进益"。这"常常悔悟才有进益"也就是解放心灵吧,不过度追求令自己困扰的东西,反而从诗书上着力,提高自己的修为。他虽然天资不高,但总能做到父亲要求他的:不懂这句不看下句,不看完这本不看下一本。曾国藩做学问也是极为认真的态度,他的"修身"、"劝学"、"治家"等等见解无不是解放心灵,注重个人修为的结果。

当今社会,每个人对成功的定义各不相同,有人需要挣很多钱,有人需要成为社会焦点,需要成名成家,得到别人的关注和器重,有些人只要默默无闻,只要没病没灾,平安健康就知足。这都无可厚非,但只有一个人在打造心灵时,才能唤起内在的真我。这个真我跟有多少钱,当多大的官关系不大,而纳兰就是解放心灵成就自我的典范。

解放心灵并不是单纯的附庸风雅,它是一件"真刀真枪",不下狠功夫就做不出成绩的事。不管你正坐在高级写字楼,还是你正满头大汗地挤在人满为患的人才交流中心,也不管你是年轻人还是老年人,不管你已经功成名就还是大器晚成,只要能够适时修心、解放心灵都不是一件坏事,当然如果能像纳兰那样用诗书武装自己就更好了。为难时的泪珠,辛苦时的汗珠,早起时的露珠,人生就是穿起泪珠、汗珠和露珠,才构建了人生的精彩与坚实。

解放心灵之后的人生,像澄蓝的天幕,纤尘不染;像生动的乐章,给人和煦,掩起苍凉。斗转星移,河流万年流淌;没有边际的宇宙,星球烟火此起彼伏。犹不能忘纳兰的诗句:非关癖爱轻模样,冷处偏佳,别有根芽,不是人间富贵花。

3.做人成功,粉丝激增

虽然多数人以为纳兰是千古伤心词人,但他的人生仍旧是成功的人生。所以虽然仅仅活了31岁,但他就像昙花,只刹那的芳华就让人记成久远的花期,300年的灿烂让个人魅力历久弥新。他在时有粉丝,他离去了还是有粉丝,而且只增不减,这是只有纳兰才能创造的神话,他像一块呼啸的陨石溅起世间的热切回应。自从认识了他,人们对他的赞誉就此起彼伏,高潮迭起。无论你是达官显贵,还是平头百姓,是热爱诗词,还是对诗词一窍不通,提起纳兰,总会津津乐道。似乎他就是人们的梦想,他就是人们的支撑,他就是人们一生中最初和最后的坚持与所爱,什么都无法替代。

有时,他就是冷冽彻骨的冰河,有深情款款的常态,也有壮怀激烈的偶然,他那么真实,又那么感人,对纳兰来说,如果没有粉丝,那就太不正常了。

纳兰因为什么这么成功?有这么好的人缘?是他骨子里的东西,当然也有后天不懈的修为。月华如水,静谧安详;日出东方,灿烂舒展。他是一支交响,有低音也有高音,让你慢慢平静又让你满怀激扬。不能忘,就是不能忘。

纳兰吟诗喻自己"不是人间富贵花",但他在人们眼里仍旧是人间不可多得的奇葩。

虽说出身帝王贵胄,但他骨子里却只有诗文香,没有铜钱臭。他不贪婪,也没有恶劣的欲念,纳兰跟父亲明珠完全是两种风格。虽然明珠后来被人尊称为"相国",但人们内心多有不服,这还得从明珠的仕途经历说起。明珠最初也是皇帝的侍卫,后来先后做了内务府郎中、内务府总管、刑部尚书、兵部尚书、武英殿大学士,再后来又加太子太傅、太子太师,成为名噪一时、权倾朝野的重臣。明珠官位显赫,也在统一台湾、抵御外敌入侵等方面做出了大的贡献。但明珠在位20年,利用了手中的权力,做尽贪财纳贿,卖官鬻爵之事。

纳兰虽是明珠之子,但他根本不像父亲那样贪恋官位与富贵荣华,他心里推崇的是做过秘书监的贺知章,唐玄宗统治下的太平盛世,那是多好的环境;唐玄宗又是那么器重贺知章,那是多么好的际遇。可贺知章完全不为所动,他执意告老还乡,唐玄宗苦苦挽留,但还是留不住,被贺知章狂放不羁的人格魅力所感染,唐玄宗不但没有为难他,竟然亲自赠诗曰:"遗荣期入道,辞老竟抽簪。岂不惜贤达,其如高尚心。寰中得秘要,方外散幽襟。独有青门饯,群僚怅别深。"来表达自己的怜惜之情,不仅如此,唐玄宗还派大臣们为他饯行。而贺知章的心里却只有"少小离家老大回,乡音无改鬓毛衰。儿童相见不相识,笑问客从何处来"的怅惋,只有"离别家乡岁月多,近来人事半消磨。惟有门前镜湖水,春风不改旧时波"的慨叹,而没有离开仕途的遗憾。贺知章不像李白那样,有那么多的政治理想,更不会因为官位受到排挤而郁郁寡欢。正因为如此,他才成了跨越五朝的元老级诗人。他不愧"诗狂"和"四明狂客"的称呼。贺知章去世后,李白作诗悼曰:四明有狂客,风流贺季真。长安一相见,呼我谪仙人。昔好杯中物,今为松下尘。金龟换酒处,却忆泪沾中……"

在纳兰心里,贺知章才是真正的风流狂客,才是自己的偶像。

纳兰不爱富贵荣华,也不爱奇珍异宝。做侍卫期间,因伴随康熙,他总能见到康熙把玩各种宝贝,康熙也从不避讳纳兰,有时纳兰也会真心赞叹几句。但当康熙有了以宝物相赠的念头时,纳兰常常婉言相拒,实在推辞不过,才会收下。也只有在这时,纳兰才会称呼康熙为"表哥",意即这种回绝是家人之间自然之事,而不是君臣之间的无视与欺君。康熙向来知道纳兰的性格,也不介意,反而夸赞纳兰"令人刮目"。这事虽然很小,但还是流传于朝野。才貌双全,气质风流的翩翩佳公子纳兰也因此引来粉丝无数,大家多说纳兰是一个内心清澈的佳公子。

众人评说,纳兰早有耳闻,但纳兰自己却仅仅言说:"德也狂生耳,偶然间,缁尘京国,乌衣门第。"他的眼里认为的富贵只是一种偶然,而他的追求只不过是做一个风流倜傥的文人雅士罢了。

纳兰的诗词写得好,又不爱富贵荣华,虽然他在人们眼里是"上等人",却与"下等人"的心贴得很近,也难怪他有那么多的粉丝了。跟随康熙下江南,街头巷尾,人们直呼:"皇帝来了……"但也有许多人跑到街上,兴冲冲地相互转告:"纳兰公子来了……"可见纳兰当时受人推崇的热烈情状,差点都要超越了康熙。

不仅如此,纳兰的至情至性也深得人们喜爱,用现在的话来说就是:"这哥们,是条汉子,够义气。"他虽然身世显赫,但从来不会借宠而娇,颐指气使。三教九流,他不管你的出身如何,也不管你有没有钱,不管你是出身满族还是出身汉族,只要诗书写得好,任何人都可以成为他的朋友,任何人都可以跟他一屋吃饭,同桌饮酒,一样可以呼兄唤弟,划拳猜令,因为一句诗歌就可以成为莫逆,从此就是一生的朋友。当然纳兰也很大度,对于背后骂过他,背后给他下过绊子的人,一句好诗吟出,一杯酒下肚,他还是可以称你为兄弟。

桑榆别墅里来过大的文学家,也来过吃了上顿没下顿的落魄文人,上庄玉河的大船上,纳兰也会与只有一面之缘的朋友的朋友的朋友把酒言欢,不亦乐乎。当纳兰不再神秘的时候,他在人们的眼里反而变得更加异彩纷呈,更加得到人们的热爱与推崇。

纳兰不会自高自大,也从不会失信于人,正像孔子说的:与朋友交,言而有信。他答应的事,一定会做到。帮朋友办事,哪怕两肋插刀,他也在所不辞。他的心明明在向诗歌飞行,但他也留意了身边人的欲求。谁人跟他求个诗,求个画,求他办点什么事,纳兰都牢牢记在心里,只要不是攀附权贵的无理要求,纳兰当成自己的事情那般看重,然后尽自己最大的力量去解决。

朋友有了伤痕,纳兰会抚慰你的疼痛;朋友满心喜悦,纳兰也会微笑着与你分享。纳兰是令人仰止的贵族公子,同时也是人们心里的平民公子,这就是他最为难能可贵的地方。若你是雪,他与你一起寒凉;你是春风,他与你一起联袂;你是杯中酒,他就与你一起畅饮;当你的心地干净,他就与你一起沉醉;当你苦痛,他会与你在苦痛中一起爆发……纳兰总是把他的这种至情至性发挥到淋漓尽致。

纳兰有高高在上的一面,也有朴素真挚的一面。因为他诗性的柔软,让许多人都可以依附于他,让许多人都可以与他息息相关,成为父兄,成为知己,成为日夜的怀想与牵挂。他有时在骏马上奔腾,好像你只能看着,永生都无法靠近;有时他又可以听闻你的遭遇,拍打你的肩膀然后拂去你脸上的泪珠,让你觉得,神奇的纳兰从来都没有离开过你,任何时候都与你同在。

气度非凡的他可以跨越万朵梅花,携芬芳而去;诗心悲悯的他又可以望断芸芸众生,因为怕流泪而悄然不语。纳兰好像一粒种子,当需要他交付感情的时候,他肯定毫无保留,哪怕分裂了自身,直至化为虚无。

这看似是一种悲壮,但也是他做人的至高境界。

粉丝乐意粉他,不如说粉丝们更乐意把他当做亲人一样依赖、爱护,他在粉丝眼里永远白衣胜雪,永远风华绝代。

德才兼备的纳兰还最喜把自己放在尘埃里,越是读诗书,越是觉得自己所知甚少;越是写诗越觉得自己的水平不高。他总是虚心地接受批评,总是时时保持学习心。他的诗从来不介意交给大家评说,如果有人提出中肯的意见,他也乐意修正。好友写下的诗句,只要真的写得好,他也不吝赞美。朱彝尊、陈维崧、严绳孙、姜宸英都写诗,每每优劣参半,但纳兰总是虚心学习。正如孔子所言:三人行,必有我师焉。择其善者而从之,择其不善者而改之。

不得不说,纳兰是一个情商很高的人,因为他明明在普通人眼里高高在上,但他就是有办法让你相信,你跟他是一伙的,有的时候,他还"不如"你,然后你就跟他贴了心。当那种"侧帽风流"与你近在咫尺时,粉丝若不痴狂才是怪事。

因为纳兰的炫目,导致每个年代都有他的忠实拥趸。人们记住他各个角度的辉煌与不同凡响,教育自己,警醒儿孙。人们把纳兰作为楷模,视为久开不败的花朵,让自己时时闻香;把纳兰视为优雅的格调,自己可以用尽一生去参透,模仿。在人们眼里,纳兰并没有离开,他永远十八岁,他正在寂静的夜里作诗,他正在马上拿起弓箭……

琼瑶写作言情小说总是喜欢引用纳兰的词,里面融入纳兰性格的富家子弟,梁羽生还把纳兰写进小说《七剑下天山》里,他们都是纳兰的忠实粉丝。

因为纳兰做人成功,他的粉丝一直处在激增状态。不仅如此,纳兰的家庙东岳庙在新时代下,得到了大面积的重修,永泰庄村还要再修建一个纳兰纪念馆。不仅如此,还专门为粉丝们准备了纳兰文化月活动,让纳兰和他的诗词更加火起来是粉丝们执着的愿望。

虽然朝代不在,佳公子已经驾鹤西去,但并不妨碍人们继续喜爱他,并不妨碍人们把他留存在心底,让他得以永生。

这样的人生成功么?当然很成功,值得当下的人们学习和借鉴。

从古至今,很多人都有机会成功,但往往因为做人不成功而走了相反的方向。比如陈胜吴广大泽乡起义,初衷是好的——抵抗胡亥残暴,揭竿而起。但因为不会做事,骄傲的吴广遭人暗算,还被人割了首级;陈胜一朝得势,得意忘形,不把普通百姓放在眼里,还杀了进宫投奔自己的无辜百姓,渐渐地,陈胜把自己与普通老百姓分离开来,没有人缘的同时还失了民心,最后被自己的车夫所杀。本来可以成为一代英雄的陈胜吴广两人都失去了性命,而起义也以失败告终。

但善于打磨自己,做事先做人,就能得到成功之神的垂青。雨太大墙塌了,因为墙不行。做人成功不是空喊的思想,做人如作文,就是有骨头有肉,意思差了,就没力度了。云天羞涩,鹰衔山风,当我们放飞梦想,要记得,这个世界上没有无缘无故的成功。在人生的各个季节,我们需要在内心深处装着纳兰。白露盈野,我们与之同坐;写诗作赋,我们与之同和;当鸟啼在阳光里滴落,当成功之神向我们招手,我们与纳兰一样圣洁如雪,不会作诗的心也有了古意,不歌亦艳,不立也挺拔。

是蛟龙不惧过江,是雄鹰不惧飞翔,既然挑起担,就不再惧怕登高望远。

4.精神富有才是真富有

　　纳兰生活在满汉融合时期举世瞩目的富贵家庭，因为荣华富贵过着精致生活，连家里数不清的仆人都生活得非常滋润。在纳兰家里，财富无处不在,遍地辉煌。但在仆人眼里,纳兰是个怪公子。因为纳兰平时在府里更喜欢随便的穿着,除了一只玉笛不离身外,几乎不再佩戴其他首饰,怎么看都有点凄惶,奇珍异宝,他说赏给仆人就赏仆人。他日间练剑法,夜间就秉烛夜读。直到深夜,还能听到纳兰的书房里有吟诵之声,或在花园一角,传来他幽怨、如泣如诉的笛声。是诗歌抚慰了他,还是深夜的寒灯将他搂紧？在家人和仆人心中,纳兰未经沧桑心已沧桑。

　　脱下侍卫衣装,纳兰好像需要你去怜他,轻声问一句:公子,你怎么了？

　　事实上,纳兰需要的仅是精神的贵气,这在其他人看来虚无的东西,对他来说不亚于一扇透气的窗,不亚于一把能够剔除他灵肉深处的杂质的刀,那些令他不快的东西。就像他喝的汤,不用放人参、燕窝,也无需煎过、熬过,只需要通透、解渴,足矣。对于纳兰来说,有一颗诗心已经胜过财富等身。与其说精神富有是一种追求,不如说它就是纳兰推崇的一种生活方式。不管仆人、父亲看他啥样,也不管皇帝看他啥样,也许他们觉得纳兰的心思与他的年龄毫不相称,也许他们觉得纳兰有些不食人间烟火,甚至不可理喻,顽固得可笑。但他的心地干净纯粹,跟他的诗歌一样浪漫多情,他的心里花朵鲜艳,露珠清纯,他的心里装不下邪念,唯有炽热的美好,一脚踏进现实的无奈,一脚激发出渴望中的今昔。

　　太阳和月亮都是新的,纳兰觉得内心光明磊落比什么都重要,他不想要一颗诗心跌进厚实浊重的门第里，成为无法改变血统的纳兰公子，因为背了这个头衔，就失去了自我，让他活在寒冬，因为身世的阻隔，总也找不到春天。当黎明逼近，当把伤痛握紧，当与帝王一起拿起弓箭对准那些惊慌的小兽，当回到家面对老谋深算的父亲，他才觉得精心构筑的堤岸在洪水面前只是虚无，无人重视，在这时，他是多么苦痛。

他的心本是一大片诗词的森林，不知是因为别的，还是因为自己，一下就变得火焰熊熊，烧的那么滚烫，那么明媚，然后转为凄凉。

父亲骂他："你这个小兔崽子，你整天吊儿郎当的，你都对啥感兴趣？这个家就容不下你？非要做一个普通草民你才罢休？你以为你是陶渊明？"

也许父亲说得对，纳兰就是要做一个舍弃一切的草民。因为他知道，草民的幸福可是来得实实在在，太阳落山，疲惫落山，旭日东升，草民迎来黎明。无所谓成功，无所谓失败，无所谓财富与功名，一手持折扇，一手揽娇娥，采菊东篱，悠然南山，不似神仙胜似神仙。

纳兰的心里有明晰的行为准则，虽然在皇室看来那么另类；纳兰有自己的价值标准，虽然在父亲眼里他不仅矫情，还离经叛道。对朋友，他宽容大度，对自己，他尽量不做违心之事。父亲怒其不争："你这样又何苦呢？别人几辈子努力都得不来的环境与地位，你竟然还这么厌弃？你是不是读书读傻了？你到底清高给谁看？"

明珠在家中提起朝中之事，纳兰只想避开，因为此，纳兰与父亲发生过不止一次争端。纳兰多次建议父亲放弃功名利禄，解甲归田，过自由解放的田园生活。在纳兰心里，读书人似乎只有安心于淡泊，专心研究诗书才能得到真正的快乐，父亲疾言厉色地批评纳兰太幼稚。父亲告诉纳兰他已经坐在富贵荣华的战车上，风驰电掣，根本无法停留或者转向。哪怕你有一万种理由驻足不前，甚至怀疑，但绝不能反叛，不能拒绝命运的安排。战车太快，强行转弯，只能失去平衡，车翻人伤。在父亲眼里,这也是一种生活,是一种人生无法改变的定位,是一种不得已。除了在其位谋其政之外,还能做什么?父亲也是读书人,也曾醉心于诗书的好处,也曾悉心研究满汉文化。但入了仕途,高高在上,他已经没有办法做到俯身而下,抛弃现有的一切而去做一位平民。诗心,诗性,在残酷的宫廷斗争中,只能是一个笑话。而宫廷政治不需要诗词的婉约,它只能是你人生的短板,然后让人乘虚而入。强势的父亲跟纳兰相比,是软弱的,他为了保全自己,一直做着违心的事。

有一次,纳兰实在看不下去父亲与鳌拜之间的明争暗斗,看不了父亲的痛并快乐,再次劝导父亲放下一切,带着全家老小离开京城,不要再做没有意义和可笑的事情。父亲大为光火,训诫纳兰说:"你以为我乐意做官么?伴君如伴虎,稍有不慎,就有掉脑袋的危险,你哪怕做了一点错事,就有可能招来杀身之祸,纳兰家族几十个脑袋也未必够砍的,谁乐意每天把脑袋别在腰带上生活?谁乐意每天战战兢兢如履薄冰?但这就是命。"纳兰从父亲的语气里听出了无奈,但他还是反驳父亲说他放不下的原因就是因为贪婪……父子一时间争吵得不可开交,谁也说服不了谁。

争归争,纳兰父亲的选择,想必现代人都能够理解,或者感同身受。因为太多都市白领,虽然不一定要成为什么达官显贵,但为了过上好一些的生活,也需要每天老老实实地坐在高级写字间里,为了前途与地位奔忙一生,长期压力太大,睡眠不足,甚至达到有病不请假,累了不休息的地步。高密度的工作强度,满满的时间安排,已经严重影响到他们的身心健康。颈椎病,腰椎病,肥胖病,偏头疼,便秘,抑郁症,电脑眼,鼠标手……各种白领病层出不穷,甚至猝死也不是什么新鲜事。难道人们不喜欢没有雾霾,没有你争我斗,节奏缓慢踏实的田园生活么?他们不想关掉手机,屏蔽邮箱,背起简单的行囊去旅行么?可是能做到全身而退的人毕竟少之又少,他们像纳兰父亲一样,放不下的事情太多了,看个电影会觉得浪费了人生,出去旅行也总是心急火燎,用小号刷个微博都觉得那么罪恶,那么不务正业。他们绝不会放弃自己所谓的事业和待遇,他们宁愿打着"生存所迫"的旗号,在执着中舍弃了自我,哪怕健康与生命。人生因为选择而带来的谜局,局中人又有几人能够看得清?就连苹果总裁乔布斯也不例外。乔布斯是人们眼中的英雄,是全世界公认的计算机狂人,他创造了苹果,掀起了个人电脑的风潮,他改变时代,热衷于做事业的弄潮儿,但直到他癌症去世的前几天,似乎才有所领悟,才于病榻上撰文曰:再大的成功也无法超越灵魂的富足与身体的健康,"成功"在生命面前显得那么无足轻重,如果上帝再给我一次机会,我宁肯不要这些所谓的成功。

乔布斯直到去世才幡然悔悟,但为时晚矣。

不是教你放荡人生,随波逐流,也不是让你不努力,不去积极地生活,但努力也需要平衡,也需要关怀内心,这也是一种道。纳兰人生很刻苦,但他的刻苦是一种平衡的刻苦,他从来没有忽略掉内心的修为与成长。

可不可以这样说,精神富有才是真富有,其他的都是浮云?

当然,总是会有少量的大胆尝试者,就像网络报道中说的,青岛有一对夫妇,辞掉薪水很高的工作,然后卖掉家里的房产,买了一艘游轮,带着孩子周游世界去了。他们用另外一种努力的方式来体验人生,收获了别人无法想象的快乐,保住了自己张弛有度的力量,保住了自我。还有河南省一位先生,抛弃"大富大贵"的企业家身份,然后承包了一片山林,买了几千只山羊,每天放羊写诗,虽然身体受了苦,甚至不比他做企业家轻松,但这是一种心灵自由自在的生活。在夏夜里,睡在星空下,他俨然成了宇宙的主人。看着流星荡漾成流苏的模样,听着羊羔稚嫩的叫声,听着风语和野草的悄悄话,体悟到生命的沉静与悠然,那种快乐是在水泥森林里无法体验得到,也无法理解的。

可以说,他们离陶渊明越来越近了。他们与纳兰一样,终于追求到内心的淡泊,追求到精神世界的超脱贵气。

只要有心,一句诗词就可以在苍天皓月之间往来传颂,一段情怀可以被时光万古呵护,哪怕有一天你的生命像朝露一样散去,你的诗心也会被日月收藏,你总是活得不亏。谁说精神富有之人的诗心不是最强的力量,不是最美的底牌?

翩翩佳公子纳兰内心从没有骄矜,他视富贵如浮云,宁愿选择卑微、低调。生也有限,诗心无限,他要忘却人生的无奈,忘却狩猎时小兽流失的血,忘却权贵间权力的倾轧与黑手的颠覆,忘却等级贵贱。他要站在高处,不再回望。这不是逃避,这是一种态度。

他极其不想父亲成为鳌拜和遏必隆那样的人,具备那样的行事作风,心狠手辣,无恶不作,为了自己的私利,丧失了人格与是非心,他害怕父亲丢了诗心、诗性,丢了文化人的风骨,但父亲总有他的身不由己,似乎儿子的劝诫毫无用处。也许,只有天真无邪的表妹才能真正懂得他的心,懂得他淡泊名利的人生向往。她与他赏花闻香,踩在山峦的苍苔之上,看世界悠长又在这一刻完美地停顿,像个孩子,等你与他耳语,等你与他追逐。

纳兰是独特的,因为粉丝无数,他俨然成了那个时代的精神领袖。他是"文学版主",他代表了那个特殊版块儿的特色与风格,他用独树一帜的诗心成就自己,吸引众人,成为当代与后世的榜样。

水泥森林里的人们苦于没有办法让自己快乐,苦于没有办法找到生命的意义与价值,他们害怕空虚又身不由己地陷入空虚。他们哪怕是社会的精英,也只能靠衣装和车子、房子来包装。上班为挣钱,下了班之后为了明天再去挣钱,心里的欲念装得太满,带来的不是充实,而是批量的空虚,他们是有钱了,但并不是有钱就能快乐。治病要用钱,但空虚的病有钱也治不了。做不了精神富有之人,大气还从何而来?

去了新马泰就不乐意回,去了丽江也同样流连不已,为什么?因为不管是哪里,只要去了远方,放逐了心灵,解救了自我,你就会由衷地感慨,这里不是家,却比家更能让自己放松,让自己惬意。它让你坦荡泪水,解读自我,回归自我,然后积蓄力量,回家之后做一个更优秀的自己。

爱丽丝·门罗与纳兰有相似之处,她一生醉心文学,做烟业采摘工的同时打磨自己的内心,用文字缓解自己的心灵重负,用文字的坚强表达人生的脆弱,把生命融入写作中。她追求精神世界的完美,用手中的笔锤炼自己的人生。她的内心如女皇般高贵,但她仍旧俯身而下,写各个阶层的人们,笔端洋溢着满满的人文关怀,她的心劲儿,让她跟纳兰一样活出了真我。

提起纳兰,就不由得提起仓央嘉措,作为同时代的风流才子,仓央嘉措跟纳兰一样,也有着传奇一生。他注重精神世界的追求,热衷于修心,他认为没有什么美可以抵过一颗纯净仁爱的心,作为康熙年代有名的情僧,他隐姓埋名,四处游历,虽没有纳兰那般得到康熙的恩宠,却也在红尘辗转中活出了内心的圆满。"执我之手,敛我半世癫狂;吻我之眸,遮我半世流离……"成为后人念念不忘的诗句。念起他的诗,就好像从脊背的深处升起圣洁的梵唱。经筒摇起,尘埃起处,不修来世,也能触到佳人指尖的美感,只有特殊际遇下的仓央嘉措才能写出这么美的诗句吧,美得像泪水中的旋律。

有人说仓央嘉措风流浪荡,但哪怕他在拉萨街头流浪,他也成了世间最美的情郎。纵使闷骚,也闷骚得那么有气场。他的诗心与纳兰的诗心一样,都是那么冷艳,清绝。读他的诗带给你的震动,很像一根针,刺到骨肉深处,它早就滑到了你的心坎上,那是一种令人无法拒绝的痛感,让人生了瘾。

作为古希腊三贤之一的苏格拉底,也是具备高雅情趣之人。作为西方哲学的奠基者,他虽然长相极为平凡,但却有着极为神圣的思想,是智者派的代表。他喜欢过简单的田园生活,有时候连鞋子都不穿,吃饭也不是那么讲究。跟纳兰一样,对身外的浮华完全不放在心上,他把所有的心思都放在做学问上,熟读荷马诗曾是他的乐趣,他做道德教师,分文不取,他比纳兰胆子更大,直至成为社会的异类也在所不惜。

明珠一再警告纳兰要老老实实地做好康熙的侍卫,就是怕纳兰也成为社会的异类。在那个年代,如果成为皇室异类,后果是非常可怕的。悖了圣意而掉脑袋的事在封建帝王时代并不夸张,不能娶表妹又算什么事?皇权最大,只有皇帝是"大咖",种种历史特殊性,正凸显了纳兰要做精神富有之人的难度。纳兰与父亲明珠一个做着权力之士,一个做着精神富有之士。状如磁铁的两极,永远无法合在一处。熹微天光之下炫舞的是一颗浪漫的诗心,但也有无处激扬的无奈。诗性是手掌,托住才子惆怅的命运。人生是一只白驹,冲出冰雪皑皑,才能看到世外桃源里,鸟语花香,祥云朵朵,令人流连而驻足。

苏格拉底这位精神领袖,虽然最后成了流放犯,悲壮地饮毒酒而亡,但他因为精神领域的追求而被视为圣人,被人们永世记住。他并不是失败者,相反,他是胜利者。

纳兰的聪明之处就在在于他知道,"心灵的解放"与"勤奋的方向"是一对双生花,一个没开好的话,另一个注定会凋零。世间为何有遗憾?只因为这婆婆世界。在灯火摇曳的长夜,永远不要让自己的心在黑暗中寂灭。若能体悟生命真正的悲欢,那它必具有博大的力量。

公子又兼杯中酒,更那堪惆怅流年。心灵的呐喊包围你,心灵的潮水淹没你,若能跟随诗歌去远方,必能体味多样的人生。

5.要有什么样的人生习惯

精神富有是骨子里透出来的芳华,是内心深处气质辉芒的自然流泻,它不是刻意的事,但与人生习惯息息相关。心理学巨匠威廉·詹姆士说过:"播下一个行动,收获一种习惯;播下一种习惯,收获一种性格;播下一种性格,收获一种命运。"

而"好习惯成就好人生"成了人人皆知的励志名言。

纳兰从小研习武艺与诗词,天资好,后天又异常勤奋。因为他的好习惯,才收获了浪漫多情的性格,也正因为性格使然,才收获了千古伤心词人的命运。纳兰的一生跟随他的心念而变,无论在漫漫白昼还是在暗黑的长夜,无论在虚空的客栈还是在厚重的家园,哪怕他的心失落又复活,他一直在呼唤内心的精灵,与他一起飞翔,直达诗心的最高度。生命中有风也有雨,哪怕他有了短暂的逃避,最后也会迎头赶上。纳兰的心弦松松紧紧,但他始终保持离弦向前。他的魅力在于不灭的勇气,良好的习惯。纳兰跑在风里,跑在雨里,跑在岁月的风霜里,为了让人生达成"丰收"的局面,他像江河奔涌,势不可挡。如果能让曙光最终战领黑夜的领地,纳兰从不在乎让人生妖媚光明或者跌宕起伏,当人生的创伤与失意令人迷醉,他仍旧把执着抱在怀里。

他知道人生的山,高度用脚量,再大的悲伤也有时光为你掩埋。他知一切都是理所当然,所以就选择了平心静气,所以就铁了心编织人生的花环,铁了心迎接风雨的洗礼,铁了心接受生命涡轮里旋起的福或者祸。坚持不等于冒进,沉下的月光总能闪耀于下一个中天。

飞鸟云集,又是一场大的季风;海水排灌,又是一场浩瀚的浪涌。树上的果子总会道出丰收的迹象,花朵自有它娇媚的秘密,人生自有成功的理由。少年心事是让梦想飞向枝头,由花朵到蓓蕾再到沉甸甸的果实。纳兰知道哪怕是乳燕,也要有力量垒好安全的巢,然后与巢一起迎接暴雨的洗礼,欣赏雨后的彩虹。

"吃得苦中苦,方为人上人"是古朴的训诫,虽然纳兰不用吃苦就已经是"人上人",但他从没有把自己当成人上人,他一直在坚持"吃苦",磨练自己的性情、人格、智慧、毅力,坚持着自己勤奋努力、一步一个脚印的的习惯。他不怕真实的痛,他害怕空白的人生。他害怕自己是没有鸟鸣的空山,是没有流水的河床,是弦断之后的哑寂,是岁月中断之后可怕的遗憾。若能苦中而乐,那该是多么美好的人生!

纳兰练习武艺真的是吃了大苦,大雪的冬夜,他经常跑去树林里练习剑法,听鸦语,沐晚风,雪光与剑气交相辉映,少年灵动的身影成为世界的绝章。纳兰平时也经常习武到黄昏才回,他完全不在乎自己的腿伤和腰伤。他给自己定下目标,一天有什么样的长进,一个月达到什么水平,一个季度具备什么样的提升。为了自己的目标,他不懈努力,并与父亲推荐的武艺高手进行过招,学习提高。每一招每一式,他都认真掌握要领。明珠请来的师傅往往碍于明珠的面子,不忍拿出十成功力,怕伤到纳兰,但纳兰总是催人下狠力,他不怕受伤,就想知道自己跟别人还有多大的差距。

号称为"满洲第一勇士"的鳌拜,也很欣赏纳兰。因为明珠跟鳌拜抗衡,怎么也得好好掂量掂量,但纳兰毫不畏惧,竟然主动叫板,一定要跟鳌拜比划比划,虽然因为年少,并不是鳌拜的对手。

纳兰幼年时,有一次在马场练习骑马,马因为受到惊吓,突然狂奔起来,纳兰从马上掉下来,把仆人吓个半死。好不容易把马控制住,但纳兰的脚已经受了伤,仆人以为纳兰吃痛,肯定会拒绝骑马了,没想到纳兰忍着脚痛爬起来,趔趔趄趄地向马走去,终于把烈马制服,骑马飞奔,那英武的样子逼得大风节节败退,真像天不怕地不怕的猛士。仆人回家跟明珠说起此事,明珠很心疼,但还是忍不住赞叹:"这个小王八羔子,挺有种。"纳兰俏皮地说:"阿玛不要把我当小孩子,别忘了我也是游猎公子! 我是纳兰家的后人! "

纳兰去世后,徐乾学写给纳兰的墓志铭上还特意提到纳兰"有文武才,数岁即善骑射"。可见纳兰刻苦研习武艺是有着很大成果的,并不像一些小说中写的那样,纳兰只是一位只会写诗词的文弱书生。出身于满洲家族的他,真的具备游猎公子的风采呢。对于习武,纳兰不知疲倦。人生的撞击、纠缠、砥砺,他样样面对,正是习武之人特有的毅力帮他渡过事业和情感的难关。

同时,在诗词方面,纳兰更是一个擅长学习、善于总结的人。对于这一点,除了明珠,好友顾贞观也感触颇深。

顾贞观于康熙十五年经国子监徐元文推荐到明珠府中任私塾教师,纳兰少年老成,知识渊博,所作诗句常常令顾贞观叹为神句,他觉得这个比自己小整整十五岁的学生在某些领域已然超过了他这个老师。但纳兰非常虚心,只要顾贞观对他所作诗文稍稍多看几眼并作沉思状,纳兰必要顾贞观批评指教,然后悉心修正。作为极负盛名的"京华三绝"之一,纳兰的诗词已经不在顾贞观之下,也不在曹贞吉之下。顾贞观的灵性之韵,曹贞吉的大雅之风,均被纳兰吸收运用,把三人的诗词放在一处,竟然还是纳兰的诗词占了头筹。纳兰与顾贞观、曹贞吉的"三人诗会",纳兰总是最活跃,也最低调,他更多看到的是朋友诗词里的长处,自己诗词里的欠缺。经过总结学习,纳兰成长得更快了。

落花如梦,愁无限,消瘦尽,纳兰心里的鸟鸣是红色的;断梦不留,古木成秋,纳兰心中的诗句是绿色的,他就这样把诗词的谷粒种在心里,求它茂盛,求它美好,精心培育和浇灌,终于开成一世繁华。

纳兰练习书法,更是府上一景。他冬练三九,夏练三伏,特别是冬天,除非池塘结了冰,否则,他就会拿着自己特质的大毛笔,在水中练习书法,锻炼臂力,跟书法家王献之有得一拼。王献之多年研习书法,自认为水平已经达到王羲之的水平,本想得到父亲的赞扬,父亲只在"大"字下面添一点,王献之把字拿给母亲,母亲叹曰:吾儿磨尽三缸水,惟有一点似羲之。王献之不放弃,又苦练数年,终于与父齐名。王献之为了练习书法,把十八缸的水都用毛笔蘸着写完了,而纳兰竟然把府上池塘当成了一个大水缸。

不管习武还是研习诗词,纳兰不怕难度,不怕任务量大,相反,他怕的是做事没有挑战性,总是自己给自己制造难度。

看他这么用功，明珠很高兴，有一次无意中说起，皇家陵园里有几座墓碑的题文书法堪称一绝。说者无意，听者有心，纳兰为了拓下墓碑上的文字，不惜夜闯陵园，冒着被杀头的危险拓下了碑文，好在太后和康熙都非常惜才，并没有惩罚他的"莽撞"。纳兰把拓下的碑文视为珍宝，拿回家苦苦研习，明珠虽然骂他："你这个小兔崽子，上先帝陵园折腾，你这是大不敬，是去送死……"但心里还是欣慰于儿子的好学与用心。

纳兰非常珍惜时间，习武也好，作诗也罢，经常三更灯火五更眠。他要把失去的时间找回来，总是想办法让四分之一的时间变成四分之四的时间。因为纳兰做康熙御前侍卫时，个人时间非常少，做康熙的随身保镖不能溜号，必须上心、敬业，康熙在哪他就得在哪，康熙忙活宫廷事务的时候，纳兰必须随驾往来于故宫各殿之间。康熙休闲的时候，他必须随驾打猎。康熙考察民意的时候，他必须随驾下江南，随驾参加康熙的各种宴会与官场活动。可以说，他的四分之三时间都给了康熙，自己剩下的时间只有四分之一了。好在康熙不只有他一个侍卫，纳兰上了日夜连班之后，康熙会安排他休息一段时间。纳兰在这短暂的四分之一时间里就得提高效率，哪怕有一点空闲时间，也要把该办的事情办好。不夸张地说，纳兰把生命中的每一天都当作了最后一天。在他身体还健康时，他就懂得：生命无法增加长度，但却可以增加宽度和厚度。在通往春天的长路上，一根小草被踩断，他马上种下另一根小草，以便续下希望。纳兰生命的空间是多维的，在这些多维里，总有那些诗意的美好叠放在沉重的叹息之上，总有白杨的私语安抚杂乱无章的藤蔓，总有金色的希望让他用诗歌写满。

培根说过："习惯是人生的主宰，人们应该努力追求好的习惯。"纳兰的好习惯伴随了他的一生，直到去世前不久，纳兰还聚会了朋友，不仅抒发了连日来郁闷的心情，也再一次跟朋友探讨了诗词，就是死，诗词也是他的大事，不能不令人唏嘘。

只要关乎习武,关乎诗词,哪怕很小一点事,纳兰也会认真对待。武术的一个招式,诗词的一句用法,都值得他仔细打磨,他深深懂得不积跬步无以至千里,不积小流无以成江河的道理。必须得说,纳兰是做小事的典范,他非常重视基本功,就像勤劳的挖井人,如果不见到底下的水源,休想让他停止挖掘。就像愚公,山再大也不怕,只是每天挖呀挖,把勤奋当成自己的生活。

就像达·芬奇跟随老师弗罗基奥学画鸡蛋一样,总是有耐心做一些看似没有用的小事,但这些小事其实就是基本功,它达到一定的量变之后就能促成一个人的大修为。提到达·芬奇,不由让人想到爱因斯坦,手工课上爱因斯坦做了一只丑陋的小板凳,同学们都笑话他,但爱因斯坦并不气馁,再接再厉,又连续做了七只小板凳,终于做得越来越好。

纳兰就是这样不放弃小事,持之以恒的人。他宁肯做忙人,也不做学习不够的人。纳兰没有用自己的天资聪颖做资本,而是比常人更加勤奋。"真正的天才是百分之一的灵感再加上百分之九十九的汗水"是每个人都懂得的道理,在纳兰眼里,每一个人都有机会成为天才,如果你没有成为天才,那就是因为你的努力还不够。成功有时就是一个从量变到质变的过程。爱迪生的发明达一千多种,他的优秀不单靠聪明,很大程度上是因为他学习的量达到了。他发明电灯时,光收集的资料用了二百本笔记本,还找了一千六百多种材料做灯丝,终于找到最合适的材料。陈景润研究学问,总是动不动就用掉几麻袋的草稿纸,这样的事例真是数不胜数。马云缔造淘宝神话,巴菲特成为股神传奇,源于他们都有一个好的人生习惯,并用好习惯来约束自己,成为自己人生的方向盘。好习惯是一种力量,而且它的力量是巨大的,几乎每一位成功人士,都是从培养良好的个人习惯开始的。天时地利人和也是成功的因素,但若没有好的人生习惯,就无法改善自身,打造自身,平衡自身,就更不用提走向人生的成功。

有一个有趣的事,纳兰睡觉前总是把书放在怀里,因为他认为睡觉过程中突然记不清书里的内容了，可以随时翻到那一页，看个明白。不难看出，纳兰对学问的痴迷与严谨。他怕梦想太轻，被秋风刮走；他怕努力不够，而收获只开花不结果。他不想只有痴情的等待，他不想驻足不前，然后只能回眸过去，寻找蒙尘的精彩。

热衷打拼事业的年轻人，是否没有毅力？是否具有拖延症？是否不能吃苦？是否没有长性，不能有始有终？是否不能安于量变的枯燥？是不是总有口号而没有行动？这些都不是好习惯，也许有人认为这些都算不得什么，何必小题大做，但哪怕是一点点的坏习惯，长此以往，也能最终毁掉你，让你一事无成。

一篇好的小说，总能围绕主题，然后用各种手法，把主题说精说透；成功的人生异曲同工，就是围绕人生的目标，用好习惯约束自己，把该做的全做好，仅此而已。

好习惯成就好人生，有一首歌叫《真心英雄》，歌词写得真好：把握生命里的每一分钟，全力以赴我们心中的梦，不经历风雨怎么见彩虹，没有人能随随便便成功。

好的人生习惯会看着苦，但当事人乐在其中，而且它帮助你比别人熬的时间更长，帮你走到最后，然后你胜利了。励志箴言和励志故事只能为你起到输血作用，撑不了太久，而要想造血只能靠自身，最应该做的就是从现在起行动起来，不做语言的巨人行动的矮子。

6.珍爱生活

生活中真实的纳兰，状如乌云后的万道霞光，异彩纷呈；状如汩汩的清泉，用银白的手奉献给你鱼儿的消息；状如一道烛火，说不尽人生的玄秘;他在堆放的陶器里,孤独为酒,诗词为菜,用芳香的槐花埋住自己闪耀的身体。

　　纳兰用雪白的牙齿咬住青春的迷茫,守住真心,守住向往,捧住那些洗得干干净净的月光。他像多棱钻石,无论从哪个面看,都无瑕疵。因对生活的热爱,他的人生走向高处,再向高处。他穿越尘埃朵朵,引着春天在太阳底下奔跑,引着花朵在夏日里芬芳,引着闪电划开人生的雨雾阴霾。纳兰捂住了自己苍茫的暗伤,让一颗诗心在芸芸众生里飞翔。星星在他的拱眉里悦目,梨花在他心里被柔情捏碎,蓦然听闻佳人喜乐,一方红帕遗失在岁月的拱廊。触景生情的公子啊,莫非你就是那个失意人?

　　纳兰千古伤心,但他并没有仅仅寄思于儿女情长,自甘沉沦,他不断从生活中汲取养分,来形成自己的风格与派系。熟稔而散乱的生活,是他生命中的珍珠,被他一点点,认真细心地拾起,吹去灰尘,握在手心,摩挲,摩挲,摩挲成别样的寂寞,摩挲成微笑的眼泪,摩挲成放不下的风景,摩挲成永不腐烂的诗心。

　　在一个清凉的早晨,在一个已经结束的夜晚,如果看清一切还不放弃,这是不是一种执着?剑,酒壶和佳人,神马啸月,金刀呜咽,回忆状如潮水般退去涌来,大清的才子放下佩剑,又赋了一首伤心词。

　　马背上的纳兰喜欢思考人生的真谛,跟随在康熙的轿辇之后,他更喜欢思考这个皇家时代,虽然他没有多少话语权,但他总有自己独特的认识和见解埋在心里,等待找到合适的机会再去表达,年少时的纳兰并不拒绝生活,反而万分珍爱生活并接受生活给予的一切,用生活磨练自己的性情,然后成长。

　　康熙主政之前就知道纳兰是个真性情之人,因此惺惺相惜,在他主政之后,明明知道纳兰不热衷于朝廷政治,但还是很喜欢把一些治理国家的心得说给纳兰听:“喂,书呆子,给朕一个见解呗?”“书呆子”纳兰不紧不慢,漫不经心的三言两语总是能让康熙点头赞叹:“行,有你的。"那是多么温馨的君臣对话。

年轻的纳兰对热衷权位的父亲是迷惑的，对母亲的死是迷惑的，对鳌拜的狠毒是迷惑的。虽然纳兰几乎不写官场，不写山河，不写百姓疾苦，但他把来源于生活的独特认知与见解，全部融入到诗词创作之中，成就了他更优秀的作品，当然也造就了他深层次的哀伤。他的诗词不仅有他悲伤情怀的流泻，也是他的人生观、价值观和审美情趣的一个折射。人们受到纳兰悲伤惆怅情绪的引导，只知道纳兰是"千古伤心词人"，只觉得他除了伤心还是伤心，殊不知，他的诗词里还有太多的生活心得，是与他的特殊经历分不开，与他对皇族的敏锐分析分不开。他的作品没有离开生活，就像鱼儿没有离开水。

纳兰深入生活，总结生活，把触动灵魂的心得与他的悲悯情怀紧密结合在一起。也许，若不如此，纵是诗词再精彩，也无法产生深刻的影响，他也只能湮灭在历史的洪流里，被时空卷走，不留下丝毫痕迹。说纳兰是天才诗人，不如说是丰富的生活锻造了他的"大我"。一个诗人有着小我，也有着大我，胸裹人生要义与大千世界，才能让诗性更加久长，才能让它言之有物，把诗词写到你的心里。因为生活的行囊，纳兰在心里种下了大面积的思想。因为生活的波澜壮阔，他把自己涤来涤去。生活的步履，有时会踩出惊喜，有时会踩出伤害。这一刻有可能会在暴风雨下战栗，下一刻有可能会在彩虹之下兴奋。长路漫漫，会有美妙的风景，会有无法回避的凶险，总要走，用眼睛审视，用心灵体会。

"今古河山无定据，画角声中，牧马频来去。满目荒凉谁可语？西风吹老丹枫树。从来幽怨应无数；铁马金戈，青冢黄昏路。一往情深深几许？深山夕照深秋雨……"细细品味，纳兰的这首《出塞》诗里有着婉约凄清，也有着壮志豪迈，令人想到战争的悲壮，更加回味无穷，可见纳兰的诗心是敏锐的。

纳兰数度跟随康熙到关外巡查，望远山河，他不能不想到父亲的命运，也想到各个王朝更新换代、兴亡盛衰的发展规律。画角悲吟,他慢慢懂得父亲那无法言说的苦,父亲身居高位、伴君如伴虎的无奈,为了保住自己而不得不与威胁到他的人进行权力的倾轧与打压,不得不诡诈圆滑,纳兰也慢慢懂得皇族的命运,更明白自身的微小,真的如同被风吹去的枫树,悲催易老。每每想到此,纳兰都忍不住泪流满面。纳兰总能迅速地总结人生,明白历史瞬息万变、人之微小这亘古不变的道理,青冢黄昏,这就是人的命运浮沉,红尘悲欢,生死轮回。

与康熙近在咫尺,那是他再熟悉不过的君王,铁马金戈,那是他再熟悉不过的人生话题,在号角里聆听生活,在马背上一晃经年。纵是他沉默,纵是他回避,他的目光还是纵横千里,他的诗心还是上下千年。若说纳兰诗的凄清婉约令人扼腕断肠,那他诗词体现出来的豪迈奔放则更令人动魄惊心。所有这一切都是因为他的心里装着五味杂陈的生活,是生活的磨砺让他迅速成长起来。

纳兰心性低调,但不妨碍他面对整个世界,从生活中汲取养分。面对动荡的皇朝,纳兰打开自己惆怅的心,睁开探寻的眼睛。"未得长无谓"正说明纳兰并不是对任何事情都没有牵挂,他不由自主地吐露出"试看英雄碧血满龙堆"、"不道兴亡命也岂人为"的慷慨情怀。销尽英雄气概,弃掉若干儿女情长,只等岁月的最后一把飞刀,一定是这个人悔恨到了顶点,一定是这个人从里到外,结结实实地接受了生活与命运的洗礼,要用什么样的悲壮才能接受人生的暗示?要有什么样的勇气才能突破心灵的壁垒?

广泛的社会生活成了纳兰创作的源泉,无论"榆关",无论江南,他跟随康熙不止一次往返,正应了那句话:读万卷书不如行万里路,生活是纳兰诗词的储备。

受到康熙微服私访的感染,也因为对田园生活的向往,纳兰利用空闲时间,不止一次乔装打扮,然后跑到乡下,生活在普通汉人家里,体验生活。他穿起短装,跟男人一起上山砍柴,跟女人学起养鸡、织布,颇有一些陶渊明的味道。艺术来源生活又高于生活,纳兰生活经验的积累也直接提高了他的艺术成就。

纳兰总结生活,营销自己,这对他来说也是一件非常快乐的事。对自己的作品,他具备管理与传播能力。与康熙游玩,出征,或者参加康熙大宴宾客的酒会,若康熙感兴趣,满座的高朋又强烈要求,纳兰也会写诗作赋,也不介意被别人拿走。曹寅就不止一次要过纳兰的作品,因为曾经同为康熙的御前侍卫,因为同样热爱写诗作赋,志趣相投,曹寅和纳兰成了无话不说的好朋友,多年以后,纳兰已经仙去,纳兰的故事,纳兰的风骨,还被曹寅铭记。曹寅把纳兰的传奇说给孙子曹雪芹听,曹雪芹就兴致勃勃地把纳兰写进了《红楼梦》,塑造了贾宝玉这个身世跟纳兰很相像的人物。

纳兰生活严谨,他通过完美的自我教育建立起良好的道德情操,他的一生没有任何不良嗜好, 正像狄德罗所说:"真理和美德是艺术的两个密友。你要当作家,当批评家吗?请首先做一个有德行的人。"纳兰在前后两妻两妾的心里一直是好男人, 他在粉丝的眼里是衣袖翩跹的才子词人。无论生活中所处什么样的局面, 面对多么大的诱惑,纳兰都性如荷花,品质高洁。

同时生活的磨练也打造了纳兰的职业素养,使他成为一个专注用心的人。陪伴在康熙左右时,哪怕旅途劳顿,纳兰从不叫苦;哪怕任务繁重,纳兰从不叫累;哪怕新婚燕尔,他也能别了卢氏,伴驾出征。他在任何时候都能做到忠于职守,一丝不苟。康熙的所有侍卫,纳兰是最令康熙满意的,在康熙眼里,纳兰绝对是一个忠心耿耿的好"员工"。他写诗时气韵飞扬,那种不羁与狂放,无人能敌,但工作起来,他比"老板"还要专注。他的认真与用心,也是康熙几次对他"破格启用"的原因。

在生活中,纳兰也有压力,特别是当他身体健康出了状况时。但纳兰没有逃避,而是想办法疏导,化解,把压力化成自己前进的动力。所以康熙给他放假时,他马上带着一堆朋友到桑榆别墅休闲,写诗,喝酒,唱和。写诗时的纳兰最哀伤,最快乐,最能放松自己。纳兰有过工作的高压,有过心绪的惆怅,但"伤心"反而成了他诗词的催化剂,成为他穿过诗心之林的烈焰,而且生活也没有把他抛下,还回报给他喜喜悲悲,苦苦乐乐,那所有的经历都是他创作的珍宝。

面对生活,冰心说:"慢慢走啊,欣赏。"

纳兰也在欣赏生活,品咂生活,满心热切地介入进去。虽然会看到时光缩回手,会觉得时光携了青春而去,但看到人生的风景,就觉得青春常在,时光未老,人未老,黄连与蜜糖都成了自己的爱物。

康熙祖母孝庄太皇太后跟康熙探讨纳兰时说:"你可以信他,但不能用他,你可以杀他,但不能伤他。"可谓把纳兰之情怀分析得入木三分,纳兰的出污泥而不染,纳兰的心性之清高完全达到了士可杀不可辱的地步。正因为此,康熙只是让纳兰做侍卫,充其量就是不断提高他的侍卫等级。纳兰的地位不高,但并不影响康熙对纳兰的看重以及内心深处悄悄的仰视。

无论什么样的人间翘楚,当脱离生活的时候,看着总有一些装模作样。

任何人,都不能拒绝生活,不管你是艺术家,还是文学家,不管你是多么自信的"大咖",从生活中汲取营养,接受生活的砥砺都是必须的。生活中一定会有丑陋,一定会有幽暗丛生,泥里荷,塘里藕,突破污泥,会比洁白还洁白。

纳兰对生活细致观察,观察了一辈子,写出华美绝伦的诗篇;法布尔对昆虫细致观察,观察了一辈子,终于写出《昆虫记》,被誉为"昆虫诗人"。

生活总是会成为艺术的源泉,就看你是不是有心人。

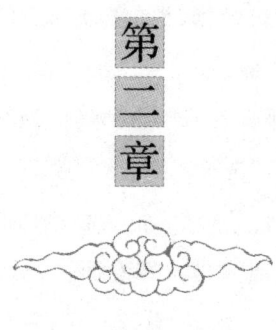

第二章

人生贵在转换

1.抵住伪文艺浸淫

康熙十五年,纳兰考中进士,被授予三等侍卫,正式来到康熙身边。因为他的悲伤思想、惆怅情怀与众不同,作品也与众不同,所以成为那个时代的"类型公子"。人生沸腾,命运跌宕起伏,纳兰古典的骨头,一次次被诗歌敲响。人生如此多娇,有人说他是奇葩,有人说他是花仙,有人说他是神话,又有人说他是本源。纳兰在诗词里是丰腴的骨干,是柔滑的意境,是激情的脉络,是歌哭的心声,是怒放的伤口,注定要凋零一生。

"辛苦最怜天上月,一昔如环,昔昔都成玦……"的悲伤,人们一读就心疼;"唱罢秋坟愁未歇,春丛认取双栖蝶"的绝望,人们一读就流泪。呜咽的夜晚,静静地写诗,因为悲伤的爱情,流下红色的眼泪。看着绝望的爱情在漆黑的夜里渐渐隐形,握不住的柔黄,说不出的隐痛,无法预约的相会,刀割一样的遗憾,诗句再三,也只能是不甘,不甘。世事难料,那些含苞待放的花骨朵,已经在几场岁月的风霜之后,成为看不见的残红,被悲伤所践踏,被时光所遗忘。我的姑娘,记住你彼时的花容,却掬不起你此刻的月貌。记住你彼时的誓言,却无法承受你此刻的漠然,杳无音信的不仅是爱情的消息,还有无法替代的诺言。

纳兰像圣洁的白玉兰撞进春风的怀里,他绚烂得耀人眼目。他骄傲地迎上人们火辣辣的眼睛,被人们指指点点:多么美妙的佳公子。他不说话,人们就明白他所有的心声。他周围的一切都没了身影,人们眼里就是纳兰,纳兰。人们不能旁观其他,就被他的风华所吸引,读着他心里的柔美与万种哀愁,读着他心里的晚风,小桥,还有小桥尽头的青冢亡人;人们读着他心里的金戈铁马,读着他心里的苍穹莫测,读着他心里的星之归宿。他卓尔不群的气质全都在骨子里,他的诗心诗性在人们眼里绝后空前,壮阔波澜。

康熙时代,满汉文化处于辛苦磨合之中,杂家很多,但整体文化处于衰落之中,水平高的较少,反而充斥太多滥竽充数者。康熙常常提起:"容若之执着,可谓典范。"康熙如此说正是因为很多人做学问都是抱着一种游戏态度,浅尝辄止,意思意思就行,而纳兰是优异者。

历史特殊性导致人心浮躁,除了对功名地位的追逐,学问并不能引起太多人的兴趣,纳兰就显得那么独树一帜,状如野火烧尽荒原后的唯一绿色,唯一生机。哪怕忧伤,哪怕绝望,也带着不朽的味道。月夜苍凉,寂无人影,断树,岩石,磷火,雾影飘摇,月夜无法回答纳兰之怅惘,无法回答纳兰之疑惑,只有纳兰那令人震撼之心声。愁也好,怨也罢,就是那一阵晚风的凉,就是那一只虫儿的梦吃,就是这一刻时光的留驻,让人知道,惆怅因为惆怅的心而滋生,它几时成了心的主宰?几时成了爱的赞歌?纳兰画了一幅画,画上青春的消息,画上湍急的河水,穿越灌木,席卷着落英缤纷,带来人生上游那凛冽无比、壮怀激烈又柔情万种的消息……

康熙时代，无论满族权贵，还是明末落魄文人，附庸风雅的多，认真求实的少。很多人处在对文学浅尝辄止的怪圈里，不能自拔。每当纳兰又开始一轮与汉人的聚会，康熙都问纳兰："世风若此，容若逐流而去乎？"但那只是康熙之担心而已，纳兰的诗风越来越炉火纯青，就是惆怅吧，他也惆怅得与众不同。他的诗是炭火，他把自己投进去，验其烫，包住其火热，痛而与其同在，分不出哪里是他，哪里是他的诗词……他用诗词温柔地涂抹着悲伤的心房，涂抹着佳人的背影，他的心里滴下成串的泪水，他的人生夜夜疼痛，拿诗词做了麻药。

在那种特殊时代里，纳兰没有随波逐流，他抵制住伪文艺的浸淫，做最好的自己。他安安心心地做学问，一如既往地严格要求自己。他始终站在时代的高处，让自己保持清醒，俯视着这一切。纳兰与纳兰词互为造就，一个是绚烂的身子，一个是惆怅的影子，一个是热烈的眼泪，一个是温柔的微笑，他们彼此拥抱，看诗词的玫瑰刺伤自己，看月光把自己洗礼成风情万种的诗词。

世界浪漫鲜活，年轻的公子一直昂扬向前，他的诗情正攀住命运的肩膀，人生可以破，可以碎，可以灭，但那是人生的事，若你想飞，谁也不会拒绝你的理想，若你想成功，人生一定会相信你的誓言。哭吧，若能把心伤治愈，不如哭个痛快；奔跑吧，前面不远处就有爱人的消息。藤萝绿，野花红，爱情的刻骨里，谁没有不能碰触的流年？

"伪文艺"是满人的放纵张扬，是落魄汉人的无助凄惶。针对"伪文艺"这种特殊的文化现象，康熙十六年，皇帝建立了当时最重要的秘书机构"南书房"，作为当时的政治文化核心。康熙用心良苦，成立的南书房以汉人为主，主要目的就是为了让南书房成为一个"缓冲剂"，然后慢慢消融汉人对满族人的逆反心理，尽早实现满汉融合。

康熙虽然一直不能重用纳兰，给他再高点的职位，但他却一直非常欣赏纳兰，也是因为听闻纳兰的汉人朋友很多，所以就对纳兰说："容若，帮朕物色几个汉人进南书房吧。"

　　为了帮助康熙迅速组建南书房，纳兰为康熙积极把关，又连续认识了一大批学识渊博的前朝"精英"，这些"精英"们整天与纳兰在一起写文作对，喝酒唱诗，你说"爱情必死"，他说"仕途无益"，各抒己见，不亦乐乎。但让纳兰失望的是，这些有才华的人，虽然多出身于书香门第，达官士族，多为前朝的焦点人物，虽然他们看似很聪明，很有想法，但多数都停留在想法上，并没有多少真才实学。他们很少有人具备独立的见解与人格，他们不是自负，就是自卑，不是狂妄自大，就是卑微谨慎得缩手缩脚。事实上，他们没有能力为康熙出力献策，他们想要的也无非是一份养家糊口的俸禄，和皇帝身边"谋士"的名声而已。如果能借着这个地位爬上去，成为皇帝的亲信，那一辈子的荣华富贵也不是什么难事了。他们一遍遍地问着纳兰，有什么样的办法，可以离康熙更近，有什么快速的办法，能让康熙更欣赏……

　　对于从上一个朝代过来的汉人，他们需要被认可，需要安定生活的想法，纳兰能够理解，但对他们"一定要成为皇帝亲信"的要求，不能苟同，也不能帮忙，纳兰还是坚持自己只是清廉的考官，他必须对皇帝负责。

　　当时国运紧急，吴三桂等三藩割据势力仍旧强大，他们经常发动大大小小的叛乱，这让康熙焦头烂额，生了心病。康熙迫切需要开明、无私心、能够审时度势的智者来到南书房，做极为机密的文案工作。终于，康熙经过很长时间的考核，汉人张英和高士奇被选进书房。他们不仅学问做得好，而且头脑聪明，能帮助康熙出谋划策，有能力想出办法促进满汉和谐。值得一提的是，纳兰的朋友朱彝尊也于康熙二十二年进入南书房，成为南书房的得力干将。他与王士禛同时驰名诗坛，被人称为"南朱北王"，也是不折不扣的文人雅士，诗风明快清新，精巧别致。特别是所写情诗，多有哀艳之笔，倒真和纳兰神似几分……

　　研究汉学时，纳兰结识的朋友越来越多，他的名声也越来越大，不免有"好心人"劝纳兰研究学问没必要死心眼，既然该得到的都得到了，为什么还要这么苦自己。既然身处贵胄之家，还是康熙身边的红人，财富不缺，名誉不缺，该有的全都有了，就应该享受人生，及时行乐，诗词写得好又不能当饭吃，归根结底，无非是一些没什么用处的风雅。但纳兰一直坚持着自己的诗观与文艺观，他绝不想被别人的不良思想拖下水，他有自己的方式，也有自己的类型，他不能为了大众化，为了随波逐流，就掏空自己的心；他不能选择懒散、平庸，然后活着活着就老了；他不能为了自己轻松，就不学无术，混吃等死，甚至作威作福；他不想跟很多身边的朋友一样，背诵点前朝诗，评点一些时令文，永远不创作。他不想吃别人喂下的饭，饭没有营养不说，他还活的没了趣味。他内心里有无声的旋律，他一定要让它婉转飞扬。既然心里有了雪莲花，就一定让它开得高贵。他想让"纳兰"这两个字成为饱满的人生，而不单单是一个符号，一个人名。哪怕是悲伤，他也要带着旋律的悲伤，哪怕是眼泪，他也要这种眼泪带着底蕴。

纳兰研究诗词，从来不会图省事，糊弄自己。"反正自己是诗人了，自己所学已经够用了，差不多行了……"纳兰根本没有这样的想法。他的诗心是一颗永恒的种子，种在今夕，还有来年，既然选择万古长青，就不会害怕人生的负荷。他的胸怀里放置着人生的所有遍体鳞伤，他的胸怀里摆满着爱情的温柔低语，他由着自己一天接一天的阵痛，他期盼着苦痛中的新生。他在诗歌的脚步里感受爱情的梦境，他在柔软的梦境里，书写爱情的情绪。

纳兰不要做文艺的接受者和使用者，他要做的是创造者。哪怕写一道闪电，他也要给人以悬念，哪怕画一具裸体，他也要让人意识到自由，哪怕做一枝柳，也要钓住最后的斜阳。纳兰把做学问当成生命中最重要的组成部分，而不是用来装"高深"的，那样的学问不要也罢。纳兰要的是真风流，而不是伪文艺。

纳兰能够忍受孤独，却并没有被孤独所操控，他知道自己是谁。世界再浮华,他也是一个了解文艺和伪文艺之间差异的人。前者要的是心灵的成长与向往,后者要的只是外在的包装与实惠。纳兰选了一条路通向自己的心,他不想把两条腿放在完全不同的两个方向,然后被痛苦所撕裂。这个世界打着哈欠,纳兰高声朗诵着自己写的一首新诗,就是这样。他像一块琥珀那样晶莹剔透,你看穿了他,但他仍旧保住怀里的古老昆虫,他告诉你,腐烂的只是世界,不老的是诗心,就是这样。

想起当今社会一部分男女,赶鸭子一般追赶着社会潮流,像墙头草一般不断改变自己的爱好,圈子,他们的目的很简单,也无非是想做最好的自己。什么样的风范,他拿捏起来都不在话下,什么样的潮流,无论古今中外,他都能迎头赶上,他积极追求着Number One。但往往许多都没有达到精要,都流于平平。十八般武艺,只练到走火入魔。而真正优秀的人士,总能把握住人生的向往与方向,矢志不渝,并用毅力坚持,直至有所建树。"人生优秀"不是玩玩那样简单,它要的是一种"虐心",而"虐心"之后让你更坚强。

人生不也是如此么?追求表象也只是水中月、镜中花,没有什么意义。叶公好的龙真来时,它会令你感到可怕;爬到高处再给你撤了梯子,肯定让人无着无落,有摔下来的危险。安心做学问,严格要求自己,工作有压力,前行受阻碍,境遇不佳,仕途无望,但无论如何,也不能沉沦,也不要欺骗自己,糊弄自己:"做做看,差不多就行了。"有这种想法的人很难成功。因为人生中的很多事都是"取上得中,取中得下",努力十分也许只能取得六分的成功,努力六分也许只能取得二分的成功,那为什么不做十分的努力呢?

伪大学生、伪工程师、伪教授、伪演员、伪专家、伪文学家……为什么在职位面前都有一个伪字呢?伪与不伪只有一字之差,头衔什么也代替不了,只是头衔。而内在的"真材实料",才能让你呼风唤雨,独立,坦然而无惧。

2.追求美是永远的时尚

追求美是纳兰的天性,也是他一生追求并身体力行的时尚。

纳兰的人生不是瞬间的耀目,而是永恒的风景;他于诗心深处迤逦前行,怀里揣着炽热的虔诚;他聚集起全部的力量,让自己被美好吞没,他在人生的每一天里不断收获着新生。他像一阵风,不知从哪里吹来,又向哪里吹去,但他记住所有美妙的时刻,他因为美好而心胸洞开,他因为美好而伟岸华丽,他的诗词也因为美好的魅力而灵动,而清纯,而魅力无限……

是谁给他青梅竹马的柔情,让他沉醉在爱情的诗海?是谁给他深潭似的眼波,让他量起爱情的深度?多少美好的情愫,是青草上的精灵,是鲜花上的天使,等他拥抱,等他激动地涌出前世的泪水,紧紧拥住今世的预言:唯有诗词才能治愈他一生的惆怅。

打开心窗,悲伤被月亮携走,然后舞一曲悲欢离合,阴晴圆缺。人生有限诗词无尽,短的总是人生,不醒的总是美梦,总是佳公子不变的心声。人生曾经在马背上倥偬,爱情曾经于花下凋零,迅速溶解的总是风的翅膀,迅速沉淀的总是爱的回声。花也好,云也罢,晴也好,雨也罢,过去也好,未来也罢,世间的一切,总是有着不同的隐喻,相同的宿命。他走过的大路,他踩过的尘埃,他邂逅的情愫,他赏花的庭院,他停桨放任的船舶,他就是那个从黑夜坚守到黎明的人,他就是那个纯洁的好男儿,他就是那个淡泊的多情郎,做了兰草,做了寒梅,不是英雄,送出一腔热血,不说满怀愁,却是惆怅客。

唯有追求美,才是永远的时尚。

春天的喉结,夏天的嗓门,秋天的眼神,冬天的低语,人生的所有时刻,都是美的初衷,淡泊的结局。诺言煎熬不过日月,泪水总归要苏醒。

　　纳兰的人生线条如果用一个字来概括,那这个字就是"美"。浪漫主义作家沈从文曾经说过:"不管故事还是人生,一切都应该美一点。"纳兰就是这样的男子,故事很美,人生也很美。有人说纳兰的一生是悲剧的一生,但谁说悲剧不是一种美?谁说人在悲剧中,不能成就人生的伟大?不能成就诗心的澎湃辉煌?谁说莎翁不是因为悲剧才更被人记在心里?

　　谁能拒绝悲剧呢?哪管策马奔腾,哪管风雨兼程,悲伤的夜晚里总有带泪的眉睫,命运的翅膀总会粘上苦涩的风尘。无数的挣扎,悲情的砥砺,一个困顿的人怎会没有忧伤的面庞?人生似河,激流暗涌,有多少人已经看不到背影,有多少爱再也不会有结局。有多少病痛,再也没有人送上深情的关怀。有多少人,只要听到暗夜的风声,就会泪流满面?有多少人,愿意一生寻找爱情,哪怕从此天涯望断?

　　每一个夜里,诗人都在歌唱,每一个夜里,诗人都在呼唤爱人的名字,一遍遍地问:你在哪里?你快回来吧。哪怕你已经忘了我,那就再回来看我一眼,就一眼。

　　是在何时,没人介意他悲伤的沉睡?是在何时,没人在意他迷惘的双眼?又在何时,没人打探他生活或者恋爱的消息?人生的歌谣呵,只有自己唱,一直唱到浑身颤抖,沉默无言。

　　纳兰的一生就是以美为原则展开和继续的,他的人生被他演绎得美而悲怆。他是山涧唯一的雪松,在追赶天宇时与风霜作伴,与雨雪为邻。他要的是人生的精彩,又怎会在乎潮湿的夜里,阴冷的疼痛?它孤独地站立在日月轮回之下,它注视着沧海桑田,瞬息万变。如果能遇到春天,它想奉献出风语;如果能遇到美人,它想奉献给她全部的人生。它乐意做月亮的使臣,告诉你故园的消息,爱情的传说,告诉你,没有你的日子,他是如何逆风而去,步步惊心。人生艰辛,它看到远处的江天,帆影点点,它每天编织的还是浪迹天涯的梦想。

纳兰,是一位与雪有缘的公子。

那一年,风雪漫天,号角嘶鸣,纳兰陪同康熙出巡塞外。千里雪飘,万里冰封,天太冷了,康熙也有些疲倦,为了提神,就问身边的将士:"你们看,这雪花像什么?"将士没有什么创意,都大声说像盐,康熙哑然失笑,转头对纳兰说:"爱卿,给朕作一首诗吧。"

就在那茫茫雪野之中,纳兰应康熙要求,填了一首《采桑子·塞外咏雪花》:"非关癖爱轻模样,冷处偏佳。别有根芽,不是人间富贵花;谢娘别后谁能惜,飘泊天涯。寒月悲笳,万里西风瀚海沙。"

纳兰借咏雪花而咏怀,抒发不是人间富贵花的心事,借喻天涯飘泊,知音难觅的孤寂之情。

月光寒冷,悲笳声断,西风吹尽大漠愁,谁人能解雪花意,谁人能解纳兰愁?雪花没有藤蔓,没有根基,就像他的心,随雪飘摇,在大雪深处归于茫茫与虚无。人有苦,求天怜,天有苦,谁能惜?对世界来说,人是那么渺小,人和世界之间,隔着雪花的万古哀愁。人看雪,要醉了,雪看人,就碎了。

陶冶美的心灵,追求美的生活,尽力创造美的未来。在这些方面,纳兰是人们的楷模。

守候着世界的苍凉,等待着有人爱过或者被人遗忘的时光,草尖上会挂着美人的心事,暗夜里回忆着幽会的美好。因为一句梦呓的提醒,就赶快披衣起床,生怕美人等不及,只看到那泫然欲泣的荷影。

纳兰的诗该有多么美!他的诗有惊心动魄的风骨,那种哀怨婉约写尽他的美好风流。他把自己的房间布置成诗词的殿堂,他让家人拿走彰显富贵身份的各种摆设,金银玉器,房间的角角落落,都挂满自己写的诗。这些诗让他随时都能看到,随时都能背诵修改。他因诗而歌,而颂,而哭,而笑。因为雨,他的诗拔了节,因为雪,他的诗藏进了神山。因为飞翔,他的诗傲尽悲欢。因为人生,他的诗里遍布真实感人的惆怅。

纳兰的情该有多么美！他的情之美并非后人那煞有介事的品评、鉴赏，并不是靠人为的原因而处于高高的殿堂，而是通过他的诗词有力地展现。

彭沙尔说："爱别人，也被别人爱，这就是一切，这就是宇宙的法则。为了爱，我们才存在。有爱慰籍的人，无惧于任何事物，任何人。"

爱情给了纳兰大爱，给了他活力和苦痛。纳兰多情，但他从不滥情，他伤情，但他从不绝情，爱情因而成为他诗词创作的又一大源泉。他的诗歌，哪怕只有一点点爱情的油盐，也会散发出铺天盖地的甘甜，哪怕只有一丝丝爱情的佐料，也会成为不忍下箸的盛宴。

"正是辘轳金井，满是落花红冷。蓦地一相逢，心事眼波难定。"

纳兰，这个心事眼波难定的青葱少年，初遇表妹，然后有了一段昙花般的初恋。表妹不仅姿质颇殊，而且才气过人，温婉如玉，敏感多情，颇有些林黛玉的风骨。因为表妹父母双亡，因而寄居于纳兰府。一起吟过诗，一起做过画，牵手之后再放手，放手之后又牵手，纳兰与表妹两厢情悦，终于产生刻骨的爱情。无奈纳兰母亲觉得纳兰表妹父母双亡，配不上自己儿子，因而阻断了这段佳缘……

从此之后，纳兰不断吟着"谁省，睡省，从此箪纹灯影"，直吟得人比黄花瘦。

后来表妹被康熙召进宫中，纳兰倍感思念，"晚妆欲罢，更把纤眉临镜画，准待分明。和雨和烟两不胜。"纳兰天天想起表妹对镜贴花黄的妩媚模样，就是不知道用什么样的方式才能再见表妹一眼，几乎天天都在找机会，终于有一次宫中办丧事，纳兰乔装打扮成僧人，夹裹进去，偷偷与表妹相会。纳兰的心里热烈悲苦，只可惜表妹深处宫廷环境之下也只能"相逢不语"，静默无言而对，让两人更加痛苦，正应了仓央嘉措的那几句诗：最好不相见，如此便可不相恋。最好不相对，如此便可不相会。最好不相许，如此便可不相续……

当然也有传闻说纳兰的初恋是纳兰府上的一名丫鬟，因为久闻纳兰读诗词而心生爱慕。借送茶的机会，斗胆与纳兰探讨诗词，私下交好。但不幸被纳兰母亲发现，而把丫鬟逐出府去……

美人不在，但纳兰的心还待在浪漫的春天里，想着那些为美人而开的花，也想着花下的美人。是谁与他相逢不语，像是一朵芙蓉着了秋雨？是谁脸上红潮满面，手里还攥着湿漉漉的凤钗？"待将低唤，直为凝情恐人见。欲诉幽怀，转过回阑叩玉钗。"轻敲栏杆的倾心少女，你在哪里？

纳兰的心该有多么美！他的心之美就像甘泉和雨露，不仅滋润了自己，还让周围的世界都沐浴在他的光华之下。

纳兰偶然路过一个极为贫瘠的村庄，进到一户人家，发现桌上所摆饭食极为简单，屋内摆设过于陈旧。纳兰心下生了悲悯，把自己身上的银两悉数奉送，行出数十里之后，心里还是止不住挂念，又令随从买了大量衣物、食品，打马回转，再次送到那户人家。

纳兰知道好友顾贞观喜欢清幽处所，不喜嘈杂，所以为了把他留下来，不顾环境是否协调，更不顾自恃高贵的满人的风言风语，在纳兰府的庭院里又搭建了一处清幽、安静的房舍，专门给顾贞观居住。有朝中大臣笑话他道：你一个相府公子，跟那种身份地位相差这么悬殊的人在一起，也不怕失了身份么？纳兰丝毫不理会，有诗为表："身世悠悠何足问，冷笑置之而已。"他看重的是和朋友之间的深情厚谊，至于什么门弟的悬殊，满汉之间的距离，他都完全没有放在心上。

纳兰不仅对顾贞观一人如此深情厚谊，对于其他接触过的落魄的前朝才子，他也经常给予物质帮助，所散资财无数。在许多落魄文人眼里，纳兰不仅是个大才子，还是个大善人，够哥们义气。在纳兰跟前提钱就俗了，但你真有了难处，不妨直接求他帮助，纳兰就是可以为朋友两肋插刀的人。

被自己解救过的江南才子吴兆骞，从流放之地回来之后，衣食住行都没有着落，纳兰对他鼎力相助。纳兰为了安顿吴兆骞，把他一家都接到自己府上,还让吴兆骞教授自己的弟弟读书,给他丰厚的"工资"。吴兆骞病逝后,纳兰亲自料理了他的后事,派人专门照顾他的子女,还给他的弟弟找到了满意的工作。

纳兰的朋友都庆幸有他这个讲义气的朋友。纳兰的心犹如光芒四射的颂歌,美得像摇响的果树,为了别人的实惠而散尽自己的果实,也在所不惜。

纳兰总有办法让自己的生活与众不同。

纳兰用"美"当袋子,然后囊括了人生中的所有一切。正像契诃夫所说:"人应当一切都美,包括容貌、服装、心灵和思想。"美好弥漫,一直浸润进人生的全部,是在闪烁的星里,是在遥远的地平线,明明遥不可及,却一下子迸射出一轮太阳。美扶摇而上,一直到高远的蓝天。

人人都说纳兰是千古悲伤词人,是翩翩佳公子,但他的外在美正是他优美灵魂的映射,而非刻意的伪装,我们都知道,东施效颦的美总是不能禁受时间的推敲与玩味,总是一皱眉就露了怯。

是啊,我们每个人都有对美的渴望和追求,虽然往往自视俗人,怕谈了美,就显得那么矫情。但每个人都会因为对美的追求,对心灵的打磨,才让人生变得与众不同,才让自己有了不一样的光彩,才会在自己的内心播下美好的种子,长出茁壮的芽,结出硕大的果实。

即使我们搞不清楚美的标准、美的定义,但美却能支撑我们的生活,成为我们的精神依托。特立独行的时候就能够底气十足,自尊而自信。因为美的作用,诗词一开头就会掷地有声;因为美的作用,人生就是苦也能从苦中寻找到乐趣;因为美的作用,哪怕你再平庸,也会有令自己骄傲、令别人赞叹的个性。

活得美美的吧,夜虽然漆黑,却能吞噬伤悲,岁月虽然冗长,却能成就梦想。要了纳兰那样的美,抓住一绺隔世梦,不管人生是否有凄美的背景,如果你执意绽开,谁能阻挡你的繁华?

3.活出真性情才不会虚度人生

纳兰最吸引人之所在,便是他的真性情。

透过历史那绵长而朦胧的面纱,纳兰像干净的阳光,穿越三百年的时空长河,激发人们奔涌的人生向往,解开人们的人生迷惑,吸引人们茫然的目光。他任由时光吹去他的青春,他的衣袂,他的魂灵,他所有的一切。他完完全全地把自己袒露开来,让人们看到他是如何在困境的黑暗中,在人生的喜悦中,在爱情的凄苦中,在伴君的无奈中,把心事歌成诗词,把一生的悲凉与幸福串成五彩的风铃,在他的廊下摇曳不停。如果让诗词铺满全部的真心,如果把真性情永远地留存于自己的心脏和脑海,如果在人生的每一个路口都不再犹豫彷徨,如果在每一次挫折和打击之后,还能够保持澎湃的诗心,浪漫的爱情,那他的人生已经注定温柔动人,他的真性情已经淹没了他,让他的人、他的诗都奇美无比。

人生的音符颤动着,有高处的悲壮激越,也有低处的平缓温和。纳兰把热切的心仁立于玉兰盛开的庭院深处,让自己在婉约的诗词面前,在惆怅的爱情面前长跪不起。他膜拜着,他祈祷着,他任风儿吹圆了理想,他任爱情永远留在十八岁那年的花期。恬淡美丽的心只是瞬间绽放,但也能收获长久的魅力,迎来永远的赞叹。就像这高贵的玉兰花,还没开,就有人在翘首等待,已经开败,还有人期待它来年再开……

诗歌是纳兰的翅膀,爱情是他的脚足。他是一枚花瓣,在悲伤的晚春深处过夜;他是一艘夜航船,度过悲苦的时间,沉沦于惆怅的诗海;流星之快之闪耀之伤怀,状如他的一颗诗心,沾满带泪的华彩。诗歌与爱情就是纳兰人生的目标,至于官位,至于财富,似小猫的耳朵,在别人看来,毛茸茸的煞是可爱,但他连触摸也没有触摸过,他也不会煞费苦心地想去得到。因为纳兰从来就不是一个功利的公子,他觉得官位和财富是苦的,他害怕那种苦带给自己遗憾,阻碍了心灵的自由,怕那种苦,让自己的生活再也没有了意义。

是的,纳兰的真性情表现在他看待任何事,都看这些事对自己的生活是否有意义,而不是看它们能给自己带来多少实际利益。

大厨房里的美食鲜香无比,可纳兰说,他最近要吃素了。

父亲上朝回来说:"曹寅没有比你优秀到哪去呀,皇上怎么就让他做了江南织造?这可是个肥差呀,享不尽的荣华富贵呢,而且山高皇帝远的,怎么舒服怎么来,你看人家曹寅的境界,心眼真活泛,吾儿真应该跟人家学一学,人家在皇上身边可是拼了命地表现自己……"

父亲又说:"诗词写好了,那就是心劲儿,踏实着呢,可是诗词学多了,脑子就不会转弯了,那就成了迂腐了。官场里的事,最为关键的是变通,不动脑子,光会作诗有什么用呢?"

父亲又说:"在皇上那,好好地表现自己,这么好的机会,吾儿一定要牢牢地抓住,没准,皇上也能像对待曹寅那样,给你一个更好点的差事……"

父亲说的道理,纳兰都懂,可他就是对官场那一套不感兴趣,父亲说某某高官的儿子又得到皇上的提拔,纳兰也不感兴趣……

父亲觉得纳兰活得非常迷茫,非常委顿。但纳兰其实活得十分通透,因为他知道,官位得到的同时,必有失去,但诗词从不会让他失去,一直让他得到,还给他现世的安稳。纳兰把诗心当成自己明确的精神需要,就为了这种精神需要,他没想过要有多大的官位。写诗让他自在,爱情让他感到美好,这就够了。虽然初恋已经夭折,但贴心的卢氏处处顺着自己,她性格温良,才华出众,为自己铺纸研墨,也很乐意与自己一块研习诗词,她专心致志地给自己爱情的安乐窝。

纳兰像一位妈妈,精心照料着自己的诗词宝宝,看它们像玫瑰一样含了苞，像龙井一样长出芽心，像媚过春风的柳枝，被催发成娇羞的鹅黄，纳兰对自己的诗词倾注着心血，他的心因诗词而美，无论站在人生的任何方向，都馥郁得如同飞溅的月光；他的心因为诗词而富足，无论经历多少人间的沧桑，都如皇城外面的炊烟，细密绵长，夹带着人生烟火的珍贵滋味。

纳兰是一位聪明公子，因为他知道真性情对他的人生很重要，甚至它决定了自己的人生是否幸福。他相信，如果一个人没有自己所爱，不管他多么功成名就，不管他在别人眼里多么了不起，如果内里空虚，那他的人生也是没有着落的，是凄惶的，无助的，没有依托的，说到底只是一个"空心人"，纳兰不会去做这种外表辉煌、内里没有任何分量的"空心人"。

他知道，一颗真性情的心，只有去掉功利与浮躁，才会滋生出诗意，才会滋生出人生浪漫的调剂。"瞬息浮生，薄命如斯"，应该关注爱情的时候就应该关注爱情，"一帽征尘，留君不住从君去"，应该关注友情的时候就应该关注友情。如灯盏在头顶闪亮，如纤手握住爱情，面孔无人会记住，人生只是沙粒，不仅渺小还那么容易被摧毁，只有站在真性情后面的诗心，在往事面前没有遗憾，在未来面前无所畏惧，在人生的任何一个落脚点，都那么激扬坦荡。在光明中，在黑暗中，滴下从容的水晶泪。

风吹雨打的屋檐，种植了多少百年的沧桑？漫长的人生旅程，到底有什么值得我们用心追求？

想起我们目前所在的沸腾社会，多少"功成名就"之人，因为犯了错误被"双规"，失去普通百姓瞩目的官位，也失去了大把敛财的机会，他们一下子委顿下来，昔日威风不再的他们，内心里那种空虚无与伦比，深恨自己为什么不早点修身修心，为什么不早点控制自己的欲望，就是不能升官发财，也能活得踏实，这也会是人生的另一种成功。可是明白这个道理时为时已晚，他们付出了惨痛的代价，失去财富与官位的支撑,他们一下子没有了元气,只能苦涩地活着,除了"被改造"以外,他们竟然发现自己在这个世界上并不是那么重要,似乎也没有人需要他。功是什么?名又是什么?人们害怕失去,却总在失去,人们想要拼命得到的"保障",却根本靠不住。

人们怕老,怕自己苍白的双鬓,人们害怕人生的末路,怕时光施舍的最后的蓝色傍晚,人们害怕生之苦痛,死之绝望,老之将至时,人们该有多少实现的和还未实现的人生欲望啊,但若你拥有一颗真性情之心,就会拒绝欲望蚀骨虐心,无论生死,都会淡定从容。

纳兰举办一次又一次的文化沙龙,汇集天下众多文人骚客,他花费了许多时间和精力,而他也没有从中得到什么利益,但他完全不计较,反而觉得很值。他要带动志同道合的诗人保持人生纯真的动机,无论人生里发生了什么,也要保持诗心流淌,拒绝诱惑,有机会看到前面的人生风景更加浩瀚而壮阔。

当下社会,也许很多人做不到纳兰的挥洒自如,活不出纳兰那种真性情。究其主要原因是因为很少有人能够拒绝名利与富贵的吸引、诱惑。就像有的人玩彩票一般,抛开公益性质不说,只要得到一点点物质刺激,就会永远地受制于彩票事业。"人为财死,鸟为食亡",欲望的力量让人们大脑充血,失去准确的判断,人生的利益与实惠是一种强大的力量,它们像木偶身上的线,摆布着木偶,演绎着木偶所无能为力的剧情。或者像一个漩涡,你无法知道它的力量有多大,但只要靠近,就会被狠狠地吸进去。

而从许多人的人生现状来说,利益确实比他们的内心愉悦更重要。比如一个人认为,他当不成大官,发不了大财的话,就不能给自己和家人带来更好的生活,就不是成功,撇开"实实在在"的利益,强调内心,被他们认为是站着说话不腰疼。很多年轻的父母更是教育自己的孩子好好读书,将来能够有钱有地位。把父母没能实现的愿望,一块实现了。很多小孩,当你问他,长大了要干什么?他都会回答,长大了要当大官,发大财。

记得有一位哲学家说过:"有钱有地位,那叫活出样来,是低档次的;而注重人生的真性情,那叫活出味来,是高档次的。"若你能既活出样来又活出味来,那你是人生的高手。在特殊时代的大背景下,财富和功名,需要的时候,不妨去追逐,你乐意去做,并感到快乐,没人会拦着你。但不要受制于财富与功名的羁绊,要能进能退,收放自如,不要像木偶一样,没有自我,最后一落千丈。

人第一要追求的是真性情,是做有味之事,优秀的人生包括了丰富的心灵和高贵的灵魂。当你具备真性情的时候,你才有能力和智慧直面人生的成功或者不成功,哪怕生死。

周国平说过:"爱情要的是相爱时的陶醉和满足,而不是最后的结婚;创作也是为了陶醉和满足,而不是成名成家,名扬四海。"同样的道理,如果你拼了性命地追求功名与财富,但却过得非常痛苦,那你就已经受制了,没自我了,那也就不是真性情了。

有人会问:何为有味之事?

世上有味之事很多,但总包括了诗、酒、哲学、爱情等等,也许很多人认为它没用,"有钱能使鬼推磨",现在社会的人都认钱了,就你还提这些有味没味的,矫情给谁看啊?甚至有人还会拿出"百无一用是书生"的论调。但纵观历史,吟无用之诗,醉无用之酒,读无用之书,钟无用之情,终于成无用之人的人,却反而活得有滋有味,打造了精彩的人生。

著名的山水诗人谢灵运,一生醉心于山水诗的研究与创造,崇尚生命的恬静安然,他在长达一生的仕途坎坷之中,常有醒悟,也用"真性情"磨练过自己,终于成为中国历史上著名的"山水诗鼻祖"。当然,他与仕途纠葛一生,最后落得"谋反"的罪名,在广州被诛杀。谢灵运有诗心,有官运,但终是两者不能协调,不能两全。

谢灵运追求的"有味人生"到底还是差了点意思,倒是田园诗人陶渊明,不乐意做官,不肯为五斗米折腰,用诗书打点自己的一生,"不戚戚于贫贱,不汲汲于富贵",吟"无用之诗",醉"无用之酒",读"无用之书",一生写了大量的"饮酒诗"、"咏怀诗"、"田园诗",当然,他的田园诗最出名,因而成为古典诗词的典范。陶渊明的诗心影响了李白、杜甫、白居易等许多诗人。他经常对着大自然笑,而无数的后人又是多么希望真有"桃花源"的所在,能够得以避世啊!

保住真性情,这种快乐远非富贵功名可比。而一个人放弃自己的趣味,是愚蠢的行为。商海打拼,宦海沉浮,太多的人被名利和财富蒙蔽了双眼。自己心中的苦闷与无奈等思绪早就无暇顾及,这不能不说是人们的悲哀。从无数古人一直到后来人,不难看出,真性情是人生的基石,缺了这个,人生的大厦定会地基不稳,在各种欲望面前摇摇欲坠。

又有人问:乐趣从哪来?我怎么做才能有趣?

人生的许多乐趣主要来自于灵魂,如果他大量地关注了自己的灵魂,并用诗性锻造灵魂,哪怕在一个很无趣的环境下,他仍然可以活得与众不同,纳兰就是这方面的典范。写诗作赋,享受爱情的悲悲苦苦,其实都是人生的幸运之事,而这些幸运之事,纳兰都拥有了。

求一个圆满的内心,纳兰的真性情,导致他有一种使命感,这种使命感让他对爱人热爱,对诗词迷恋,对朋友真诚,不羡慕功名,却乐意积累灵魂的财富,注重内在生活。在他那里,灵魂是最可宝贵的东西,拥有丰富的心灵,便是幸福。

毋庸置疑,真性情是人生的高级属性。做一个有灵魂的人,精神上大写的人,即使他没有财富,没有地位,他的人生也充满意义。

许多在名利场上争抢得不亦乐乎的人,无法知道活出真性情该有多快乐,所以才把钱,地位看得至高无上。

4.取淡泊弃荣华的小清新

纳兰一生,淡泊无欲,清净自守。有人说他聪明,也有人说他很傻,甚至说他的人生是不健全的,是有"缺口"的人生。

但纳兰却愉快并心甘情愿地往返于他命运的"缺口",他的诗词与爱情都是满清王朝的一种独立的流行,是混沌世界里的小清新。这种清新状如打在地上的鸟影,朦胧诗意,带来春光的消息。寒冷边疆,韶华逝去,诗味人生,暗香浮动。他固守这种清新的风骨,像布满露水的花骨朵,在朗月下静静绽放。以诗海为界,任你风云暗涌,任你江河突变,纳兰守住无风的黄昏,站成清绝的风景,操纵着爱情的酒,离人的梦。美人像猫一样温顺,让纳兰点燃自己惆怅的呜咽。

纳兰广大的胸怀,就是从"淡泊"二字下的功夫,然后把"清新"作为自己的归途。

"小清新"是纳兰之理想,渡尽伤心处,此岸非彼岸。哪怕年少轻狂,哪怕人生短暂,他的心一如湿润河滩的桃花岸,妩媚的是诗心,怀春的是爱情,真君子在意的是淡泊之意,无畏的是世俗流言,纳兰取的总是你弃的,他宁愿守住淡泊,做别人眼中的傻子。

他像鹤一样飞翔在天空的最高处,不见世俗的喧哗,不见权力的倾轧,不见富贵的争夺,他自洁自珍自省却不自傲,争斗与他无关,权贵之间的矛盾也与他无关。他像脱离尘世的鹤那样,平易恬淡,自由徜徉,不神秘,但庄严。

时间是戏剧,人生有法则。没有哪一个人能无涉于红尘滚滚的大千世界。人生要定位在哪里?人活着需要什么东西?只有会比较,懂鉴别,才能找到幸福指数。

人生是一只万花筒,里面装着财富、权力、欲望、野心、身份和称谓,当然里面还有空气、阳光、健康、真心。你必须会做判断题,哪些是必须要的,第一重要的,哪些是次要的,可有可无的。

诸葛亮说:"非淡泊无以明志,非宁静无以致远。"

纳兰要的是空气、阳光、爱情和诗词,别的东西他没有刻意去追求,他不想被权力和财富所左右,不想被欲望和野心侵占自己澄澈的内心。他也不在乎什么身份和称谓,他甚至不介意朋友们直呼他的名字,仅仅把他当做一个普通的诗人,而康熙也常常称呼他为"容若",孝庄太皇太后则称呼他为"那个臭小子"。纳兰写好的诗词,在最后落款署名的时候,他总是模仿汉人,取"成德"的"成"字为姓,然后把"容若"作为名,就成了简简单单的"成容若",对纳兰来说,财富和权力是浮云,而名字也只是一个代号而已,是跟人的本性关系不大的。

说起纳兰的名字还有一段趣事:明珠在儿子出生时请一位高僧给儿子取名"成德",来源于《易经·乾卦》中的"君子以成德为行,日可见之行也"。成德这个名字一用就是二十多年,后来康熙立了第二子为皇太子,乳名为宝成,和纳兰成德的名字都有一个"成"字,为了避开太子的名讳,"纳兰成德"的名字改成了"纳兰性德",这个名字也就是后世人们所熟悉的名字了。但到了第二年,太子宝成又改名为"胤礽",性德的名字才又恢复为成德。实际上,纳兰性德的名字只用了一年而已,只是后人习惯叫他"纳兰性德"罢了,而纳兰最喜欢朋友们称呼他为"成容若"。

纳兰升迁三次,但升来升去,却总没有脱离开"侍卫"这个官职。他之所以没有在官场进行更大的追求,是因为他对康熙身边的事情非常了解,不仅知道康熙的权威多么厉害,也知道在皇威之下,有多少人的日子是不好过的。而父亲明珠就是一个最好的例子,明珠最初也只是一名侍卫,从侍卫一直升迁到权倾朝野的朝廷重臣,虽然与他出众的才华分不开,与他的擅长审时度势分不开,但也与他的阴险狡诈、不择手段分不开。为了达到顶级官位,实现"人生的腾飞",父亲的人格早已经扭曲了,纳兰从小看在眼里,痛在心里,他的阿玛早就不是那个在幼时耐心教他背诗、耐心教他学书法的阿玛了。不知从何时开始,阿玛热衷权力的追逐,热衷财富的聚敛,热衷在大臣们中间尔虞我诈,阿玛的一切让纳兰看着胆寒,阿玛让他感觉越来越陌生了。

官场是血淋淋的,纳兰从小到大看到纳兰家族险些被灭门的灾祸就有三回,虽然后来都在父亲的智慧斡旋之下转危为安,但那种惊慌恐惧,无奈悲凉,却足以让纳兰记一辈子。若没有超凡的狠戾,如何对付得了魑魅魍魉?寒梅几朵雪几朵,父亲站在那里,内心里不能不说是打着寒颤的,甚至是绝望的,他被人一遍遍地踩着脚下的身影,那些可怕的权力之脚眼看着就穿越了影子,直达三尺肉身,然后踩踏成齑粉。

父亲是最了解康熙心事的大臣,是对大清社稷做出过巨大贡献的人,连他都能有这样的危险,都天天踩在刀尖上,普通人的境况,就更没法想象了。

荣华富贵是表面的光鲜,内里却是刀刃的锋芒。哪怕你再坚强,在它这里也会乱了方向,没路可走,最后还有可能白骨茫茫,这就是那个时代官场的现实。檐下鸟雀声,楼外梧桐雨,官宦人家也有官宦人家的官场苦,那是无奈的世态,那是苦命悲哀的生涯。

纳兰生性高洁,但父辈的事情是他所不能左右的,他就像一滴清泉,无力澄清一潭浑水。他虽然长在混沌龌龊的王侯之家,却带着水般的清澈性情,他唯有把淡泊名利当成自己的出路,守住清新的诗心,任凭惆怅的胸怀分裂成诗歌的碎片,在人生的每一个路口,纷纷扬扬。哪怕死去,也要让诗心得到永生,这也就够了。

当然,如果说纳兰的淡泊是一种对名利的淡泊,不如说这种淡泊是一种智慧的态度,更是一种平衡。作为康熙的臣子,他做好了臣子之事,作为明珠的儿子,他做好了儿子之事。至于再大的富贵功名,是他所不喜爱的,就随它去了。纳兰在满清王朝的特殊时代,有一个特殊的特点伴随了他的一生,那就是在康熙身边,只要有一点事情做就可以满足,但再大的功名和地位也吸引不了他,其主要原因就是因为他的心思完全不在这里,真正能让他满足的就是诗词和爱情,他小心地平衡着"诗人"与"侍卫"这两个完全不同的"工种",然后让它们恰到好处,不偏不倚。

作为康熙的同龄人,他真有些玩物丧志了。康熙在祖母面前开纳兰的玩笑说:"老祖宗,您说我和纳兰这个书呆子哪个更聪明?"孝庄太皇太后认真地对孙子说:"既然你已经说他是书呆子了,就证明你的心里已经有了答案,但也多亏他是个书呆子,如果他跟明珠一样的话,那这个倔小子,你可就得防着点了。"

因为纳兰不爱功名财富,康熙放心不少。欣赏他的诗词,就跟他多多切磋一下技艺;欣赏他的武功,就让他做自己的侍卫。康熙珍爱纳兰就像珍爱自己的一个宝物,是他的私有品。没有它不行,有它也只是放在那闲置而已。

康熙亲政后不久,为了除掉鳌拜,曾经训练了一批少年勇士,其中就有纳兰,这些人为最后除掉鳌拜立下了大功。他们都得到了康熙的赏赐,唯有纳兰不介意什么赏赐,他跟康熙说:"臣子做分内之事,不足挂齿。"这是纳兰跟康熙最为明确的一次表达,他不爱功名,只做分内之事。

纳兰的"平衡"功夫做得很好,在当时的特殊坏境下,他没有排斥一切,把事情做绝。他没有像贺知章那样,因为厌倦了官场,干脆辞官而去。虽然他在年少的时候确实劝过父亲"解甲归田",带着一家老小离开京城,去过自由自在的生活,但随着他一点点地长大,才慢慢地明白,在皇帝身边工作的人,不是你想来就能来,你想走就能走。如果不能全身而退,那就要做好平衡。

当下的人们,也应该好好学学纳兰这种平衡的境界。淡泊名利并不是拒绝生活,让你主修淡泊,是说不要把名利、财富等浮华的东西看得太重而失去自我,失去自己的快乐和真心,不要本末倒置,但绝对不是让你走极端,不是让你压抑自己的基本欲望。不是说淡泊了,就什么也不要了,甚至连工作和基本的人生追求都不要了,得个"休闲综合症"、"网瘾综合症",整天玩物丧志,捧个电脑聊天,玩游戏,没钱了就啃老,这也是非常要不得的,这叫没追求,跟淡泊两回事。

话说回来,人的一生有一份自己热爱的工作,并且因为这个热爱的工作,能够养家糊口,这是令人羡慕的幸福。一个聪明的淡泊者,应该在保持基本生活的前提下,去唤醒精神追求,发展和满足精神追求,进而让自己从"小写人"向"大写人"转换。人们一旦尝到了这种"精神追求"的甜头,就自然有了面对形形色色诱惑的定力。最好的东西已经得到,就不会太在乎与自己关系不大的东西了。一个人面对诱惑有了基本抵抗力,也就不会轻易被诱惑所摆布,自然就有了自我。聪明人的做法是面对花花世界,会平衡,做自己该做的,而不是去想做了什么事,要得到什么好处,先把心态摆正。

同时,一个人的淡泊程度与他对财富功名的依赖程度成正比。穷人很难做到淡泊,因为他的生存受制于财富心,为了改变生活面貌,太想有钱了,太想发财了;富人更难做到淡泊,因为他的全部生活都受制于财富,谁不让他继续敛财,他跟谁急。而淡泊是精神生活的范畴,庄子说:"平易恬淡,则忧患有不入,邪气不能袭,故其德全而神不亏。"论语里讲:"不义而富且贵,于我如浮云。"淡泊的境界不是谁想有就能有,人活一世,无论贫富贵贱,卑微显达,都免不了要和名利打交道,真要摆脱名利的缰绳,富贵的束缚谈何容易?诱惑太大了,很容易就"翻船",淡泊都做不到,更提不上什么平衡。

纳兰有一次打猎,跟随康熙来到一座江边的山上,看到山下大江东去,看到船只渺小如点,不由得问一位樵夫:"你在这里住了几十年,可知道每天来来往往多少船?"樵夫回答:"我只看到两只船。一只为名,一只为利。"真是一语道破天机。

我们必须承认,淡泊是最好的人生选择。淡泊是做人的崇高境界,没有包容宇宙的胸襟,没有洞穿世俗的眼力,是万难做到的。

杨绛先生已经活了103岁,一生淡泊名利,只是潜心研究学问,一生著书立说,著作等身。她用自己和钱钟书一辈子的积蓄设立了"好读书"基金,用来资助贫困人家的优秀子弟完成学业,而自己却过着非常清贫的生活。杨绛生活的小区里,清一色的"小洋楼",但只有她一家是没有装修过的,还是白灰墙壁,水泥地面。屋顶上至今还有一个手掌印,是钱钟书生前换灯泡留下的。在杨绛家里,一张纸连背面也要再用一次,玻璃瓶也是洗净了重复用,能不买的东西就不买,能将就穿的衣服就将就穿。她在家里专心研究学问,拒绝接受吹捧之类的采访。她不在乎自己有什么样的名利,倒非常珍惜自己和钱钟书的爱情,珍惜自己的女儿,说女儿是自己一生最伟大的作品。她活得很恬淡,幸福……

而那些永远折腾在功利世界的人,不懂得取淡泊,弃荣华,也从不懂得平衡内心,更不消说阅读,思考,追求人生的小清新了,他们是如何辜负了上帝的赐予啊。

5.如何面对人生的经历

纳兰的一生是惆怅的一生,这种惆怅在他参加科举考试时就已经存在了,那是对他人生的第一次考验。大清时代的科举,是天下才子得到社会认可的唯一机会,也是攀上仕途的唯一机会。这一点,纳兰清楚得很,但第一次科举时,纳兰是非常自信的,怎么也不会想到这次科举他竟然会"失手"。

年少多才的纳兰从小就在书香浸润下长大。康熙十一年八月,纳兰信心百倍地参加乡试，轻松地为自己赢得了举人身份。第二年的会试，纳兰再次考中，还考中了第一名，被称为会元，这让很多人羡慕不已，特别是明珠着实风光了好长一段时间，宫廷内外，很多人都知道他有一个才华横溢的公子，极有可能金榜题名，考中状元，然后成为纳兰家族的又一个高官……一时间，羡慕嫉妒恨把明珠紧紧地围绕起来，索额图、鳌拜等朝中大臣更是紧紧地盯着纳兰家的动向：如果纳兰金榜题名，那么假以时日，明珠因为儿子的辅佐肯定如虎添翼，势力不可小窥。

科举的最后一关就是"殿试"了，就纳兰的知识水平来说，殿试肯定也能够顺利过关，但天不如人愿，眼看殿试的日子一天天地近了，纳兰却得了一场大病，高烧不退，因而错过了殿试的机会。这个意外把明珠气得咬牙切齿，但也无可奈何，殿试跟儿子的性命相比，还是性命重要。明珠早朝的时候，有人安慰他，有人奚落他，让他好不烦恼：这次殿试错过了机会，要想再参加殿试，又得三年之后了。

而纳兰的好朋友韩菼在这次殿试中高中一甲第一名，状元及第。卧病在床的纳兰既为好友高兴，也为自己忧伤。忍不住写诗表达自己的情绪："晓榻茶烟揽鬓丝，万春园里误春期。谁知江上题名日，虚拟兰成射策时……"

虽然纳兰不看重功名，但科举毕竟也是对自己才华的认可，自己却因病不能参加殿试，也是造化弄人吧。

正在纳兰有一些小哀伤时，徐乾学派人送来一些樱桃给纳兰尝鲜，纳兰一下子愣住了，但又一下子恍然大悟：科举发榜之时也正是樱桃成熟的季节，所以每当这时就会举行"樱桃宴"，借此庆贺……徐乾学派人在这个特殊时期送樱桃，正是对纳兰的一种勉励和认可。徐乾学的心意让纳兰感动不已，立即作诗《临江仙·谢饷樱桃》回赠给徐乾学："绿叶成阴春尽也，守宫偏护星星。留将颜色慰多情，分明千点泪，贮作玉壶冰。独卧文园方病渴，强拈红豆酬卿。感卿珍重报流莺，惜花须自爱，休只为花疼……"从表面意向上看，这首诗好像是写给爱人或者情侣的,其实这里面暗藏了一个典故:唐太宗曾经想送一些樱桃给隽公,却不知用什么样的说辞,说"奉献给您樱桃"吧,显得对方太高;如果说"朕赐给你樱桃"吧,又显得自己高高在上,有点逞威风的意思了,于是思量半天,用了一个"饷"字,恰如其分地表达了自己的意思。而纳兰也在给徐乾学的赠诗题目中用了一个"饷"字,既表达了自己的谦逊之情,又表达了自己对徐乾学的尊重之意,不由得令徐乾学对他刮目相看。

很快,纳兰拜徐乾学为师,并且跟父亲和徐乾学说,你们不用安慰我了,不就是一个科举考试么?没什么大不了的,我以后不单单只为科考而读书了,我还要更深入地学习汉学。父亲也醉心于汉学的研究,儿子能有这样的志向,倒与他想到一起去了,虽然儿子在第一次科举考试中出了些"意外",对他来说有些遗憾,但儿子既然想一边准备三年后的科考,一边发力研究汉学,那也就随他去了,因为不管什么样的选择,也比他一蹶不振要好得多,所以就支持了儿子的想法。

从此以后,纳兰潜心研究汉学,知识水平突飞猛进。科举的"打击"就算过去了,纳兰通过这件事学会了顺其自然。

纳兰知道,如果你不在所谓的打击面前倒下,那你总有机会脱胎换骨。就像在一处幽深的风景里,你总能看到自己慢慢闪亮,你总能看到自己在一些很美的忧伤里,惆怅于生活又感谢生活。跋涉过的逝水,去就去了,你在这岸已经有了这岸的精彩,就给过去一个微笑吧,顺其自然就是最好的选择。

科举对纳兰来说是失意的,但这种失意却促成了纳兰的成长,是"坏事变好事"。一颗晶莹剔透的心,重新站在洁白如初的世界里,种植诗词,憧憬爱情,人生曾经的阴霾,总在透亮的诗心面前化为乌有。可以说,诗词成了纳兰的一颗良药,他不拒绝这颗良药。

人生不如意事十之八九,这话用在纳兰身上也不例外。

因为纳兰的一生不仅仅有第一次科考时没参加殿试这一件憾事，随着他一点点长大，经历的不如意事逐渐多了起来。情窦初开的他爱上表妹，没想到表妹还被召进宫去，好不容易娶了卢氏，却没想卢氏身体太弱，虽然性格温良，但羸弱的身体却让纳兰家族颇为担心。他心疼妻子，但心里也经常想起不幸的表妹，心坎之内的风流，难忘又苦痛的今宵，醉在梦里，也忘不了昔日的容貌、往时的声调。失落的初恋是多少酒浆也无法消去的块垒，用心血烹煮，用泪水洗刷，时间一用仿佛就是一生。纳兰经常凝望着天上的月亮，生生觉得自己和表妹都是半边月，半边望着半边，阴晴圆缺，悲欢离合，两个半边总是难圆。

纳兰总是在卢氏的咳嗽中醒来，然后茫然地看着窗外，就在窗外，就在刚才的梦里，他好像听到表妹在叫他："表哥，你在哪？我好想你……"纳兰忍不住流下泪来，但他还是擦掉眼泪，把桌子上的汤药端给卢氏，服侍她喝下。卢氏非常明白纳兰的心事，但从来都不会给他点破，因为卢氏是一个非常深明大义的女子，她爱的就是纳兰的钟情，纳兰的厚谊，她觉得纳兰是值得她以一生相托的好男人。他爱过，并怀念着，经历了日夜牵挂，想与过去的情人儿一刀两断，难上加难，若不是一颗心太痛太痛，太执着太执着，又怎会泪中回首？血涌如沸？

爱情让纳兰欣喜，又让他非常凄苦。但这万般凄苦还是铸就了他的从容，如果说人之不如意十之八九，那纳兰看到的是那一二。诗词的美，此为一，爱情的真，此为二。

"晚妆欲罢，更把纤眉临镜画，准待分明。和雨和烟两不胜。莫教星替，守取团圆终必遂，此夜红楼，天上人间一样愁……"美人临镜画眉，彼时多少欣喜，此时多少哀愁？但还是要咏，咏这诗心一片，咏这大爱无痕，这就是纳兰的从容境界。把惆怅留在心中，把诗心奉献美人。

康熙大婚以及后来的每次纳妾,都邀纳兰同贺,纳兰每每喝得烂醉,然后赋诗无数。真情留存心里,除了作诗还是作诗。康熙也醉了:"容若,朕娶亲你伤感,我理解,你看上谁跟朕说一声,朕给你做媒……"纳兰淡淡一笑,一种相思,两处闲愁,表妹也好,卢氏也罢,他爱情的魂灵铺在诗词上,那是迂回辗转,没人能懂的沁凉,深入到人的骨子里,再大的浪漫也转换成了清心静气。他对康熙说道:"我已从容,皇上就不必费心了……"

卢氏的腹部渐渐隆起,纳兰决定要做个好爸爸,卢氏几次问他,是想要个儿子还是女儿,纳兰都说最好是女儿,生了女儿像妈妈,也能月貌花容。卢氏的眼窝湿了,她要给纳兰续茶,借以掩饰自己的欣喜与感激,她知道纳兰是一个负责的男人,他虽钟情,但也不会再争过去无果的爱情,往日爱情如烟过,若他能从过去之中醒来,那他就是自己的黎明,就是自己的港湾,给他时间遗忘,给他时间记起,给他空间容纳过去,给他脑海中最为隐秘的一角,让他归纳爱情里所有一切苦辣酸甜。她要的是他解压之后再来爱她,这也让纳兰感激不已……

纳兰成为康熙"兵勇团"中的一员,在对付鳌拜的时候有过几次危及性命的风险,本来纳兰也觉得没什么,但偏偏索额图的儿子婉转地跟纳兰说,其实皇上知道派你出马很危险……不管索额图之子用意何在,敏感的纳兰都觉出自己只是康熙的一颗棋子,丢了也就丢了,不是大的缺失……这是他君臣关系中的缺憾,但因为此,就不要效忠于皇帝么?本职工作要不要做好?答案是肯定的,还是要做好。

当康熙给纳兰布置重要任务时总是说:"容若去办吧,如果办不好,就提头来见我。"纳兰唯唯称是,为了不提头来见康熙,只有一丝不苟地完成任务。他不能一拧脖子说:"你让谁提头来见?老子不干了……"就像如今的职场,老板会说:"这个月必须完成固定的销售额,否则扣你奖金……"你也不可能说:"你扣谁奖金,老子不干了……"

纳兰明白,身处"职场",面对缺憾和"员工与老板的不对等关系"时,应该尽量坦然接受,在必要的时候还需要妥协。他和康熙之间,只能这样做。这是"职场"的无奈,也是"职场"的原则。

人生也是如此,你对人生的期望值是阳光灿烂最好,但不可避免会有雨雾冰霜,天灾人祸。不管有过什么样的经历,人生也要洒脱。心中有完美,但又把不完美作为人的命运接受下来,这才是一个完美的人。江河呜咽,乌云顿起的时刻,好像即将要来一场暴风雨,但如果你是一只小鸟,正在飞翔的途中,就要接受这样的恶劣天气,迎接暴风雨的挑战,拼力飞翔,努力不被暴雨所打垮,然后得以欣赏彩虹初霁的美好。

人生的经历可以分成两个方面,一是外部经历,它可以简化成一张"履历表",表示你在何年何月曾经从事过什么职业,取得了什么业绩,又因为什么而离职,你的求职简历,往往让你把履历填得全面细致,这是考官了解你的窗口,借助这个,再看看你在履历表上贴的照片,基本把你的情况摸了个大概;二是内部经历,往往指一个人的心路历程,它是看不见的,无形的,包含了职场的体验,爱情的感悟,人生的疑惑,理想的追求,或者还包括你遭受重大挫折之后的感想与人生规划……这些与外部经历结合于一处,就组成了一个人的一生。

不管是历史中,还是现代,纳兰的经历都不是最悲惨的经历。但他面对人生经历时的顺其自然,从容淡定,不甘平庸,却是非常值得人们学习的。外部经历往往由命运、时代、环境、际遇决定,纳兰面对自己不能主宰的人生因素时,他选择了接受,他把主要精力放在打磨诗词和打磨内心上面,而诗词和爱情,使得纳兰摆脱了尘世命运的束缚,生活在一个更广阔、更崇高的世界里……

纳兰一生中经历过的人和事,经历过的爱情悲欢、感受和思考,都变成纳兰笔下的诗句。就是这些经历转化成的诗句成为纳兰一生最可宝贵的财富,没有人能够从他的身边夺走,哪怕他已仙逝几百年……谁敢公然拿着纳兰的诗句,在众人面前说:"看,这是我写的诗……"

是啊,世界上有一种东西比任何东西都能够忠诚于你,那就是你的经历。若你珍惜它,它会是你的财富,若你不珍惜,就会被时光掳去,再也无法找到了。

什么样的惨痛经历都不可怕,就看你是如何面对它,你的态度是什么样的。

从小没有四肢的尼克,年少时也曾为自己的残疾身体感到绝望,甚至都不想活了,但当他慢慢接受这种命运安排时,就爆发了巨大的力量。他慢慢去学习各种事情,挑战自我,终于正常人能干的事情他能干了,甚至正常人不能干的事情他也能干了,不可思议的是,他甚至还会骑马,游泳,踢足球。他是一个没有四肢的人,他的"多能"你能想到么?他因为自己的卓越得了"杰出澳洲青年奖",甚至,他拥有了会计和金融企划的双学士学位,还成了励志演讲家和畅销书作家。他在25个国家做励志演讲,听众达到300万人。他既是一个国际公益组织的总裁,又有自己的演讲公司,他的口号就是"人生不设限"……

尼克强调,面对可以致命的经历,每个人最有利的工具就是态度……

6.如何找准自己的位置

每个做父亲的都有一颗"望子成龙"之心,善于在官场钻营的明珠也不例外,但他面对纳兰的"官场不作为",出人意料地表示了理解。之所以由着儿子"不求上进",第一是因为他太了解官场了,儿子不"下水"就不"下水"吧,看着是坏事,也许还是好事,也许远离官场还是对儿子的保护。虽然他的心里充满矛盾,虽然他也希望纳兰能够光宗耀祖,青出于蓝而胜于蓝。第二,明珠对纳兰的"纵容"更是因为他了解纳兰的禀赋,纳兰生性婉约清绝,淡泊惆怅,他热爱诗词,热爱研究学问,对其他任何事情的喜爱,都无法超越他对文学的热爱。

在纳兰跟父亲和老师徐乾学"摊牌",表达了自己的人生追求之后,他就彻底走入了诗词的花荫路,岔开了官场的"锦绣前程",再次参加三年后的科考对他来说显然已经不是最重要的事情了。纳兰顺从心的安排,决定先选一个人生的"冷门"作为自己的事业,做一个与众不同的人。多少富家公子,削尖了脑袋争名夺利,只有他给自己"定做"了一个很多人不屑的位置,人们都认为诗词不能当吃也不能当喝,研究那些除了附庸风雅外,对自己没有啥实际的好处。甚至考上状元的好友韩菼也感到万分惋惜,几次写信给纳兰,撺掇他一定要认真准备三年后的考试,可不要再失手了,否则真是太遗憾了。纳兰回复好友说,三年后的考试他还是会去考,但从此之后没有什么可以阻遏他真正的理想与追求。不再把大众认可的"时髦追求"当作人生的唯一,他的内心里是淡淡的清愁,还是深深的遗憾?不,都没有,他释然于自己的选择。

月明如水的夜晚,灯欲落,燕还飞,纳兰填着自己心中美妙的诗句,抒发自己的动人情怀,感叹着自己在诗词面前是一个自由人,那时,他觉得找准了"位置",并成功地在这个"位置"上挖掘出了专属于自己的幸福,纳兰为自己的选择而感到庆幸。若不是诗词和爱情,他的心要在何处安放?若不是自己选定的这个位置,人生要如何演绎彷徨?他几乎不敢设想。当太多太多的人为纳兰而惋惜时,只有老师徐乾学比较开明,安慰明珠说:"公子为填词而生,就让他随诗词而去吧,那是他的快乐乡……"

盘子里的鱼剩下孤单的刺,纳兰无法想象如果没有诗词,他要如何挽救这没有血肉的人生。阿玛因为官场操劳,过早白了头发,纳兰无法想象如果自己同阿玛一样,要如何挨过这毫无趣味、担惊受怕的人生。他骨子里的清高不允许他因为从事不喜欢的工作而失去自我。他希望自己的日子,每天都是无怨的青春,每天都有无悔的爱情,每天都能充满诗词的风流,而不是在错误的定位里纠结徘徊。

康熙跟纳兰完全不同,纳兰拼命研习诗词时,康熙拼命要玩转宫廷政治。康熙比纳兰大几个月,这两个同龄人,一个是天生的"政治家",一个是天生的"文学家"。这就是他们的位置,如果换了,康熙做不得文学家,纳兰做不了政治家。

纳兰的禀赋是独特的。研究诗词与汉学,他充满了新奇与欢乐,涉猎官场,他直感寡淡无味,那种感受令人痛苦纠结,苦闷万分。像时光穿透岁月,只有研究诗词汉学时,他才能快速地沉浸下去,然后迅速如痴如醉如狂,忘掉自我。在诗词里,一生只是一句诗的精简描绘,圈圈点点,但一句诗却可以让一生的爱恨悲欢得以永恒。膜拜诗词的图腾,孕育人生的悲壮、爱情的苍凉,时光的侵蚀下,总有沐浴晨曦的诗心。与美人相约,跌进人生的港湾和命运的悲剧,惘然苦痛又心甘情愿。诗词是一张薄薄的纸,只要你轻轻一碰,就可以捅破爱情的秘密,直望人生的精彩,曾经的意志,曾经的脆弱,曾经的惆怅总会一览无余。

可以说,正因为对诗词的深沉迷恋,让纳兰很容易找到了自己的位置。他天生为诗词而生,诗词的花园,让他雍容安暇,惆怅淋漓,婉约浪漫。因为这所有的感受,他是自在的,那种自在只有他自己能懂。诗词是多么美好的梦境,纳兰在里面放松地取暖。

其实,人活一世,找准自己的位置至关重要。因为只有位置确定了,你在人生中要扮演的角色才能确定,接下来,你在人生中具有什么样的价值才能确定。可以说,人生中的所有一切都是从一个"位置"开始的。纳兰的一生处于一个诗人的"位置",他成功了,如果他成为一个政治家,把自己的注意力转移到别处之后,有可能我们再无法看到他写的诗词，也无法体味到他爱情的绝响了。因为当位置发生位移，他的人生活动也会随之改变。

有人盛赞纳兰"八百年来无此作者"，也有人盛赞纳兰"以成容若之贵……而作词皆幽艳哀断，所谓别有怀抱者也"……纳兰成了太多人的偶像。纳兰之所以成为"北宋以来，一人而已"的优秀词人，就是因为他的人生是从准确的定位开始的，他年少时就已经正确地认识了自我，并根据自己的能力和特长找到了最适合自己的"位置"，哪怕这个"位置"在当时并不被太多人所看好。但他坚信，他能够在诗词的天地里生活得如鱼得水……

好在家里人看纳兰能够有自己爱好的事情做，并乐此不疲，都很支持他，他写诗时，卢氏会帮他研墨，半夜时分，润色诗句的他有些饥饿，卢氏会亲自为他准备宵夜。连康熙也对他说："容若，只要能完成朕分派给你的任务，不妨多填几首，要是哪天朕心情不好了，正好可以拿来解闷儿……"当然最喜欢和他在一起研究诗词的就是顾贞观、朱彝尊、陈维崧、姜宸英、严绳孙这一些朋友们了。他们在一起你唱我和，还真给了纳兰不少乐趣，也是因为朋友以及康熙的喜欢和鼓励，让纳兰觉得研究诗词，他不是孤单的，也不是一个人在走。

纳兰得到大家的认可，就更加在这个"位置"上加速前进起来，他不断完善自己，提高自己，因为诗词，他饱含热泪，他对人生和爱情的感悟更加精准；因为诗词，他的人生虽惆怅，但也浪漫庄严。他可以在诗词里呐喊，在诗词里潜伏，在诗词里孤独，在诗词里找到爱的理由，找到人生的企图……诗词对他真的无所不能。

纳兰的"位置"虽然是一个无形的位置，既没有皇帝的册封，也没有社会的认可，但他做到了"在其位谋其政"。怀着一颗浪漫的诗心，他把一生的幽怨都埋在诗句的下面；怀着对艺术的执着，他把自己的命运都交给诗词，用诗词的芬芳拥抱自己的灵魂，用最幽怨的文字挽救自己的惆怅。因为诗词，纳兰活在了透骨的爱里，佳人无语芬芳，他亦芬芳无语……

纳兰有了"位置"，就踩着一句一句诗词，一直攀登到了人生的高处，看到只有在高峰上才能看到的风景。熟悉的河流已经改变模样，人生的所有经历和不同寻常都成为暴风骤雨的故事，都已成为彩虹之下的动人诗篇。一切皆动荡，一切皆平和，诗词会以独特的方式施展一场救赎，爱情的胸襟缀满忧伤的花朵，不能摘，一摘就暴露了流年的秘密……

有人会说，纳兰的"位置"不是侍卫么？不，侍卫是他的"职位"，不是他的"位置"。他的位置蒙着诗词的金缕衣，蒙着爱情的红头纱。为了这个"位置"，纳兰竭尽一生去祈祷，他安于自己的位置，怡然不动，他知道这是天意……

纳兰生来的禀赋和能力是相对于诗词而言，而不是针对"侍卫"而言，只有诗词与爱情才是最适合他的领域。他跟现在社会的许多人一样，有自己的第二职业，并且把自己的第二职业经营得风生水起，工作只是谋生的手段，但不是他们的"位置"。

纳兰之所以淡泊清绝，就因为他已经认清什么样的事情才最适合自己，只有研究诗词，他才能收获内在的平静和充实。也许，只打一把油纸伞，就能迤逦于江南的雨巷；也许，只几句诗词就可以奔赴爱情的花期，但佳期是何夕？唯有守住"位置"，守住今生的幸运，来世的伤悲。

在当下这个充满诱惑的时代，很多人奋力争名夺利，总担心稍微一松懈，好位置就被别人夺取了，就是没能想到世界上其实有一个仅仅属于他的位置，而那个位置始终空着，而他瞪着眼睛看不见。更有意思的是活跃的"跳槽族"，他们不到一两年就换一个工作，甚至三两个月就换一个工作，干这个也不开心，干那个也不如意，干这个工作的时候，不是先想着把手头的工作做好，而是想着万一不干了，下一个工作到哪里去找。出现这种状况的原因是因为他们没有确定好自己的位置，所以一直处在寻找位置的过程中，并在这种心力交瘁中渐渐没了进取的锐气,混沌了聪明的头脑。大量的事实证明,这种跳跃的职场方式,最容易让人失去自信,患得患失,不利于自己的职场发展。一个人如果总是"位置"错误,那么工作起来肯定不开心,不自在,很难做出业绩。

纳兰醉心于诗词,可在那个时代,跟他有同样爱好的满族人并不多。也许,做一名词人真是微不足道的。但一个"位置"对自己是否合适,不是看这个位置多么无足轻重,也不是看社会上有多少人争夺它,眼红它,而应该去问自己的生命和灵魂,这个位置是否让自己真正感到快乐。如果感到快乐了,那它就是最正确的选择,就是最适合自己的位置。

比如陈景润,他的"位置"就在"数学王国"里面,他在这个王国里能得到莫大的快乐,哪怕让他住在十平米的小房子里,哪怕每天只睡三四个小时,但只要让他做研究,再大的苦也是乐趣。比如鲁班,他就喜欢当木匠,他的位置就在"建筑王国"里。为了锻炼一双巧手,天天做木工,但他仍旧乐此不疲,终于成了木工的开山鼻祖。比如说华佗,他的"位置"就在"医学王国"里,他非常乐意给病人开刀,还敢给病人用麻醉,最擅长做外科手术,被人称为妙手神医。又比如被后代人称为"博士"的亚里士多德,他的位置就在"科学王国"里面,他一生的精力放在科学研究上面,在几千年前生产和科学技术还十分落后的情况下,细致缜密地研究学问,终于成为伟大的科学家……

找准位置,经营自己的长处才能让自己的人生更有意义。找错位置,就会让人精疲力竭甚至碌碌无为,就像"跳槽族"。

现在很多年轻人总是抱怨找工作太难了,总是找不准人生的定位,但真的有了一个适合他的位置,他又去想着做一些挣钱多的工作,除了钱多、福利好之外,他们就不知道要什么了,找不到人生的位置也跟他们的茫然有着千丝万缕的联系。

每年的毕业大军铺天盖地,为什么很多企业还是找不到适合的员工,为什么那么多优秀的毕业生毕业就失业?是值得人深思的问题。

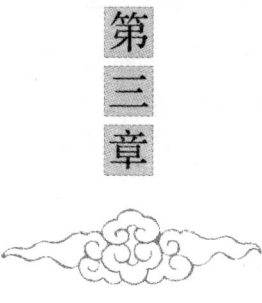

人生贵在基础

1.坦然面对人生

人生皆有困惑。事业,爱情,财富,生命,所有的一切,都会给人们带来困惑。每个人的人生,总有这样那样的问题,从生下来一直到离开这个人世,永远一帆风顺是不可能的。但无论身处什么样的境地,这样的境地都是你的生活,都要坦然面对。

纳兰虽出身贵胄,但他也有普通人的困惑,虽然这些困惑想了会让人痛苦,但天生的禀赋总让他急切地想要弄个明白。多数史料里记载纳兰是因病英年早逝,也有野史资料说纳兰是因为患上了抑郁症才离开人世,足以证明纳兰生前多么忧愁幽思。

纳兰的母亲觉罗氏是英亲王阿济格第五女,而多尔衮跟阿济格是同母异父的兄弟。传说,有一回鳌拜因为多尔衮的原因,借着"巩固皇权"的借口,要来灭掉纳兰家族。那是一个大雨滂沱的夜晚,杀机毕现,纳兰家族的老老少少顿时陷入一片凄风苦雨之中,连颇有计谋的明珠也慌了手脚,方寸大乱。纳兰母亲更是哭哭啼啼,害怕鳌拜连幼小的纳兰也不会放过, 在这万分危急的关头, 明珠终于想出一个计谋:纳兰家族只有纳兰的母亲与多尔衮有真正的血缘关系,他们如此气势汹汹,是冲着多尔衮的亲人来的,如果纳兰的母亲觉罗氏死了,是不是纳兰家族就可以躲过一劫? 因而他授意妻子自杀……那是非常痛苦但又不得不做的抉择,纳兰母亲听完明珠的安排,一下子泪流满面,她是多么不想离开丈夫和儿子啊,但为了挽救整个纳兰家族,她悬梁自尽了……也有人说,纳兰母亲本不想死,她放不下年幼的儿子, 但明珠听到灭门大军的马蹄声越来越近, 只好亲手把妻子杀死了,然后伪装成妻子自杀的局面……而这一切险些被半夜惊醒、从床上爬起来的纳兰看到……

纳兰成年后数次问过父亲:"您真的爱我额娘么? 在我们纳兰家族险些遭遇灭顶之灾时,如果我额娘不自尽,您是不是也想过要牺牲额娘而保全纳兰家族? "

亲情也只是权势的附庸或者牺牲品,这在封建王朝并不奇怪,这是封建王朝的统治下,权势的悲凉,人性的无奈。

当然年轻的纳兰更不明白为什么自己不能同失去父母的表妹雪梅结成连理, 更不明白为什么花容月貌的丫鬟翠娥在纳兰家族就只配当奴才,她和表妹一样是配不上自己的,因为一份爱情的夭折而被家人赶走,然后选择了吞金自尽……那种不能救赎的痛苦,让纳兰心痛万分。都是鲜花一样的女人,都把爱情看得比自己的生命还重要,为什么因为"身份"的低贱就变得一文不值,如同草芥?门第就真的这么重要? 真的就是爱情的鸿沟?

但纳兰必须接受家族的安排,娶一个跟自己门当户对的女子为妻……

光阴似箭,人生易老,人活着究竟是为了什么呢? 是像父亲那样争名夺利,还是像自己的多数汉人朋友那样浑浑噩噩,苟且偷生?

夜半浮上来的心事总让纳兰感到灵魂深处的威压。

好在纳兰能够把所有的心事借诗词找到遣怀的出口。悲欢,离合,喜怒,哀乐,都成了诗词中不同模样的韵律。他知道每个人的命运都是独特的,人生的一切,不管是悲剧还是喜剧,就是因为它的不可重复性,才具备了一枝独秀的魅力。一个人如果不能在人生的不如意中,保持坦然淡定,超凡脱俗,就真的失去了继续生活的勇气。跟随康熙塞外黄沙,望断天涯,他看到落日如泪,而他的美人却与他天涯相隔,所有凄凉和沉重只能由他一人慢慢品味,"断魂无据,万水千山何处去。没个音书,尽日东风上绿除……"那种孤单无助残缺成黄沙冷月,他必须独自坚强,学着康熙的样子潇洒超然,不要落他一番奚落……

纳兰清楚自己的家庭是什么样的,自己的位置是什么样的。他无力扭转权力战车上的父亲,只能选择理解和体谅,他无力自己选择爱情的归宿,只好用心爱了眼前人。他明白,境遇的参差优劣已成定势,那么拥有什么样的心境就显得非常重要。没有人会拒绝淡定,收获人生的平和,坦然淡定的心境是他生活下去的一方净土,在这片净土中,他可以让自己不可名状的情怀得到抚慰。没人会忘记爱情的深沉,没人会忘记人生的苦涩,循环往复的总是痴情人儿带泪的心声,好好地生活下去,坦然地伸出手来掬住这亘古的心痛……

贵胄公子和皇帝侍卫的身份都无法改变,自己伤心词人的事实也不能改变,但总是可以改变心境,坦然地去面对一切。生活和爱情,只有力争做到最好而无憾,也就够了。人生在世,定会有许多不忍心,但那又如何?谁能忍心辜负深闺苦思?谁能忍心天人两隔?去咒骂上帝么?还是诅咒命运?都没有任何用处的。

不管人生之中经历过什么,都不会有人给予你补偿,只能全盘接受。人生是一只盘子,你要稳妥地接住,抓牢,但不能因为盘子里的饭食是自己不喜欢吃的,不合胃口的,就一下子摔开。因为这是一只绝版的"盘子",摔碎了就再也没有了……纳兰把灵魂悬挂于月华,看它决绝的光芒闪耀在心空之上,看它击穿命运的谜底,孤单而又华贵。人活一世,谁没有个三灾两难,三长两短?路总是要走,日子总要过下去,若不是最后倒下去,都不能说是悲剧。昔日的理想,凌乱的情怀,虚弱无助的瞬间,迷茫无序的人生点滴……苍凉的人生总会散落成满是惆怅的诗句。谁人在意我辉煌,谁人在意我哀伤?谁人躺在我怀里?谁人驻进我心房?眸子里的秋水道出一声声珍重啊珍重,终于变成哽咽深处的泪滴……

塞内加说得非常精辟:"何必为部分生活而哭泣?君不见全部人生都催人泪下?"观点悲观一些,但却道出了人生的真谛。

纳兰诗词除了惆怅就是哀伤,是沉重、"不忍卒读"的情调,但不管咋样,正是诗词让纳兰把自己从人生的苦痛之中分离出来,才不至被人生的无奈彻底毁掉。人生中的事情就是这样的,如果你能抵抗它,那么你就会想出应对的办法,如果不能也没有关系,因为一切都会过去,时光会携走哀伤、苦痛、欢欣……所有的一切都将不复存在。

谁说忧愁和遗憾不是一种生活?如果你能接受这一切,也许它就会回馈给你一些微小的快乐和勇气,作为你人生的"补贴"。妻子卢氏与纳兰相亲相爱了三年,然后因难产离开了人世。纳兰用诗句怀念她,让她得以永远活在诗词里,活在自己的心里。"辛苦最怜天上月,一昔如环,昔昔都成玦……"这是多大的遗憾?"唱罢秋坟愁未歇,春丛认取双栖蝶……"这又是多大的苦痛?世间美好总是太短暂,爱情这么美却又这么容易支离破碎……这一切,纳兰都生生地接受下来,追忆亡妻的苦衍生出继续生活的勇气,这种勇气支持他情依旧,爱依旧。纳兰的笛声下总是花瓣凋零,他在笛声里与爱人隔空拥抱,他在疼痛的季节里记住爱人所有的好,他用一生的诗词,表达爱情瞬间又永恒的感伤……

人生就像一场剧集,总是不断地转折,然后才通往不可预知的结尾。人在剧集里不断地变化，有哭，有笑，有歌，有泪，然后才组成了跌宕起伏的人生。这就是人生的魔力，不管怎样，都很少有人心甘情愿地放弃演出，退出人生舞台。活着，总是好的。"落花如梦凄迷，麝烟微，又是夕阳潜下小楼西。愁无限，消瘦尽，有谁知？闲教玉笼鹦鹉念郎诗……"再寂寞，总需活，再惆怅，放不下，人生没有谢幕，就不需要过早地蜷缩；爱情哪怕只剩下回忆，它也有撼动心魄的光芒。除了坦然面对之外，真的没有更好的办法。诗词让纳兰通透起来，让他逐渐沉醉，从天光大亮一直到午夜降临，他一直在打磨诗句，打磨灵魂，在人生面前，他要好好扮演哪怕哭泣也要微笑的冬郎。

苦痛好像一只臂膀，托住你日渐下沉的身体，然后在命运面前舞一场绮丽的舞蹈，直至用尽毕生的力气。

康熙前前后后有55个妃子，而纳兰的心一直专注于初恋，专注于妻子卢氏。虽然卢氏去世后，纳兰还有续弦，也有知己沈婉儿，但纳兰若同康熙比，他的爱情总有着专注的美。康熙皇威浩荡，似乎人生的所有一切优异都集中在他一个人身上，但每个人都有每个人的难处，纳兰与朋友们于渌水亭写诗作画的时候，康熙还在批折子，还在为边疆的战乱绞尽脑汁……

当然，不是还有一个尽人皆知的故事吗？一个没有鞋子的人天天哭泣，说自己的命太苦了竟然连鞋子都没有，然后当他看到一个人不仅没鞋子，甚至连脚都没有，他终于平静下来……虽然人生不是比较就能幸福或者不幸福，但人生总是一种心境，是一种比上不足比下有余的坦然与超脱。

人生的一切皆是过眼烟云，失恋的痛苦，亲人的离去，也不过只是必然的经历而已。如果认识到这一点，就不会用湿淋淋的情绪捆住自己的心灵。对人生无知就容易把很小的事情也当做痛苦，真正活到通透就会明白：小痛苦没啥说的，大痛苦又是不必说的。坦然地接受一切，面对一切，你就会活得从容。

内心有苦涩，但还是继续生活，纳兰是坦然的智者。有些苦，有些无奈，会让心灵颤栗，甚至不敢确定未来到底是冷雨还是阳光，但他总有诗词做强大的依赖和后盾，虽然总读出刻骨的心痛，但总也没有停顿自己的脚步。纳兰坦然地正视自己的困惑与经历，他的诗心深刻，诗性宽容，他把一切都当成心灵的财富。纳兰用诗词来剖析自己，袒露自己的所有惆怅和秘密，把自己当做活生生的标本，这时，纳兰是鲜亮动人的。

现在的人总会陷入人生的困境，或工资不高，或被同事嫉妒，或明明工作非常出色，但就是无法得到上司的赏识和重用，再或者总也找不到适合自己的伴侣，好不容易结婚又离婚了，好不容易自己挣了些钱准备孝敬父母的时候，父母又不在了……总之生活中的许多事都能让一个人很容易就陷入苦恼中，让你看到人生总是充满各种各样的困惑，无法排解。

其实对于这些，最重要的就是坦然从容地面对就行了，真的没有什么诀窍。

就像纳兰那样，纵使人生不如意事十之八九，那就看那一和二吧。坦然能够稀释人生的痛苦，也许你说坦然啥问题都解决不了，但当特别大的"人生灾难"来临的时候，坦然的态度却能让你挺过来。谁说夏天不能下冰雹呢？谁说冬天就没有和煦的暖阳呢？幸福与苦难参半，方能显示出人生的丰富。若你能在困惑之中挺过来，你就能迎来人生的转机。"山穷水复疑无路，柳暗花明又一村……"这句话正好道出了人生的玄机。

比如贝多芬的人生就有许多困惑，他的童年非常不幸，父亲酗酒成性，败光家业后就强迫只有八岁的贝多芬去卖艺养家。在他28岁时，耳朵失聪，这对一个作曲家来说，是致命的打击，但贝多芬坦然面对这一切，在耳聋的状态下创造了最杰出的作品。他用自己的坦然和坚强，扼住了命运的咽喉，成为世界公认的"交响乐之王"，成为了音乐排行榜上的热门人物,他的交响乐在世界各地响起……

再比如大家耳熟能详的霍金,他被称为世界上最伟大的物理学家,还被称为"宇宙之王"。但就是这样一位伟人却在21岁的时候得了一种可怕的肌肉萎缩病,只有三根手指能活动,一生坐在轮椅上长达50年之久,因为肺炎做了穿气管手术,永远失去了说话的能力,只能通过语音合成器来回答问题,看书也只能依赖一种机器,他的科学成就就是坐在轮椅上研究出来的。普通人听着是不是都觉得不可思议?但就是这样一个几乎全身瘫痪的人,能够坦然地面对人生,还创造了生命的奇迹。霍金被人们誉为敢向命运挑战的人……

逆境如梦,顺境也如梦。只有坦然面对人生,才能活出人生的精彩。

2.生活的调剂

每个人都有生活的调剂,纳兰把诗词作为生活的调剂。诗词是他的华美都市,是他引以为骄傲的圣殿,是他独一无二的风景。在这个华美的都市里,他是唯一的繁华,衣袂飘飘,风采绝伦;在这座骄傲的圣殿里,他是尊贵的王,没人与他争地位;在这处独一无二的风景里,只有纳兰披着星辰,用自己的诗词唱响远方……他的欢欣起源于一句诗词的明快,他的哀伤起源于一句诗词的叹息,他的故事埋藏在诗歌的深处,被自己一遍遍地吟唱。他的笛声洞穿了爱情的无奈与凄美,狂奔不已的泪水啊,在热烈的风里,被濯洗成一生的渴望。岁月如炬,美人如草,不尽的等待,灿烂的忧伤,爱人啊,你何时才能回到我的身旁?

纳兰用诗词描绘了自己悲剧的人生。人生有泪,命运是河,注定要在爱情的沟壑里百转千回,纳兰的心在清绝处开端,又在清绝处结束。他不管是否有人懂了自己沸腾的等待,也不管自己的人生因为爱情而遍是疏漏,他的诗心一如既往地通往爱情的美景。在黎明的微笑里,他含泪举杯,希望红日拥抱离人的肩膀,希望离人回眸时,自己的心还未苍老,还能亲手为她折下沾着露珠的玫瑰。让命运与命运相对无悔,让郎才与女貌永远相偎相依,面对这五味杂陈的人生,我找的是你,你找的是我,若你能悲伤过我的悲伤,等待过我的等待,向往过我的向往,这也就够了……

有史学研究家说纳兰是夹缝之中生存的贵胄公子。纳兰仿佛置身于一片刚刚变迁过的土地,前后左右,东西南北,都是深深的裂缝,每一脚下去都有可能万劫不复。在爱情的绝地,该有多么令人无助!令人恐慌,想喊叫却不能发声,想哭泣却没有了眼泪……风拂动着虫籁,皇宫深处,泊着永远不灭的灯火,母亲一声接一声地唤着"冬郎",东风起处,弦月迷蒙,但他好像再也找不到方向,找不到回家的路,似乎他这一生都要在这无边的空寂中被空寂所消弭,没有一丝痕迹,就像他从来没有来过,没有爱过,也没有任何的经历,他面临的好像是涨潮的大海,一点点地吞噬他的足迹,腰部,直至头顶,没了,什么都没了……

是的,纳兰的一生是在矛盾和痛苦之中度过的,都说父子连心,但父亲不与他走在同一条路上,为什么父亲了解了官场的艰难却又不退出这种艰难……这让他痛苦;康熙虽然看重自己,但高高在上的他,从来没有关怀过自己的心,也许他真的仅仅把自己当成一个奴才……这也让他痛苦;那些美人因为这样那样的原因也选择与自己走在不同的路上,这更让他痛苦……是什么原因让本来应该绞在一起的、充满凝聚力而又相亲相爱的"绳索"散乱无序?每个人都会反思自己的人生,看看远处的前途,回首一下往昔,纳兰也不例外,只不过他反思的载体是"诗词"。纳兰用诗词记了自己人生的"日志",日志里有沉默的疼痛,有惆怅的感动,有哀怨的激烈,有孤独的芬芳,有忧郁之中的绝望,也有泪水之中的顿悟……他的每一首诗词都被人们颂扬,被人们处处传唱,但有谁知道,他在自己的诗词里哀伤地啜泣……

思考着人生的矛盾,让纳兰清醒过来,但清醒之后是不可名状的痛苦,他只有把诗词当成自己生活的调剂,然后把自己独特的经历转化成内在的心灵财富,才会感到释然。

他接受了命运给予他的一切,他渐渐羸弱的身骨顽强地撑起传奇而又苦痛的一生。

他确定了路标,他知道自己不应该再彷徨。人生的风景就应该有春夏秋冬的区别,孤独和惆怅也是人生的一种色调,圆满和缺憾也总是相辅相成。现实的不堪与内心的富足该是多么好的搭档!在哭的模式里安装一些笑脸,在笑的模式里启用一些悲伤,彼此覆盖,然后才能重新开始,这就是人生的局势,无论输赢,只要在路上,只要还有期盼,只要人生还有帆,沙漠也是海……

若能打开诗心,总会有春雨不吝滋润,总会有冰霜狠狠地践踏……但沉寂下来的总是对人生的留恋,对爱情的怀念……

矛盾和出路总是既对立又统一。

纳兰与父亲之间是有深刻矛盾的,一个追逐名利,一个淡泊名利,这对父子好像一直在背道而驰,拼尽力量想要得到的总是对方所不喜欢的一切,人生在他们这里好像只是充斥着悖论。

纳兰幼小的时候并不明白真正的原因,只以为父亲生来就是为追逐权贵而来。只是有一年,纳兰过生日,宾客散去,但父亲的兴致很高,父子少有地坐在一起聊天,明珠才道出了心中的苦,他语重心长地对纳兰说:"你只看到阿玛不择手段的一面,但你看到阿玛无奈的一面了么?你还小,怎会懂得阿玛身上包容着我们整个纳兰家族坎坷波折的血泪史啊!"纳兰对自己的家世早有耳闻,他一向不乐意听阿玛讲那些"陈谷子烂芝麻"的事,但那天他把阿玛所有语重心长的话都记在了心里,因为从阿玛口里讲出来的家族灾难让他有了一种身临其境之感,也让他发自内心地感到震撼……

纳兰的满姓是叶赫那拉,只是后来为了让名字更有味道,更有诗性,才改"那拉"为"纳兰"。叶赫那拉是清代满族的八大姓之一,只要一提起叶赫那拉,就不由得让人想起叶赫那拉部族跟爱新觉罗部族之间发生的那场血腥厮杀:叶赫那拉部首领之一布扬古在战死前发誓,就是叶赫那拉族只剩下一个女人也要灭了建周女真,不能让努尔哈赤得逞,绝对不能让爱新觉罗霸占了整个天下。可事实情况是,叶赫那拉族不仅没能够灭了建周女真,还在这场战斗中一败涂地。千里战场成了苍茫的焦土,空气里满满的都是血腥的味道,叶赫那拉族的士兵,尸横遍野,血流成河,几乎所有壮丁都被爱新觉罗部族杀得干干净净。纳兰的曾祖父金台石誓死不投降,反而跳入熊熊大火中,没想到努尔哈赤不想让他就这么自绝,命令手下的士兵把金台石从火海中拉出来,然后把他活活绞死……

有传说在那场惨绝人寰的战役中,一个必死无疑的小男孩幸免于难。努尔哈赤之所以留下这个小男孩的目地就是让他长大了能够给死去的叶赫那拉家族人续点香火……这个小男孩不是别人,就是明珠的父亲尼迓韩,努尔哈赤还拉拢尼迓韩说:"你跟我的儿子皇太极是姑表兄弟,以后一定要和睦相处啊……"

阿玛跟纳兰说,多亏努尔哈赤还留下了父亲,否则就没有我,也就更不可能有你了。我们纳兰家族的一切都是来之不易的,除了好好维护之外,又能做什么?除了想尽办法自保外,又能做什么?

父亲说它之所以这样拼命地"往上爬"就是不想让过去的悲剧重演,在这样一个特殊的年代,与皇帝离得越近,把皇帝的心思摸得越准,为皇帝做的"贡献"越大,就越保险。对于封建王朝的统治者来说,要不你做他的敌人,不得好死;要不你做他的"朋友",飞黄腾达。家族的血泪史,让明珠发誓做这种飞黄腾达的人……人生有许多种活法,时代这样,只有顺应时代,如果处处与时代逆反,后果不堪设想……

　　父亲对纳兰说:"叶赫那拉家族能够死灰复燃,靠的就是忍辱负重啊,你要是能够明白阿玛的心就好了,就不会处处与我作对了……"

　　听闻父亲一番话,纳兰沉思良久之后只说了一句话:"还是写诗好啊……"

　　明珠跟儿子重复说这些显然也有他的道理,他是让儿子懂得官场险恶之后,能够懂事,能够成长起来,不再书生意气,不再依仗诗文气势而畅快放纵。父亲希望纳兰能够卑微之处再卑微,无论皇帝如何器重他,也要夹起尾巴做人,你再优秀也只是皇帝的奴才而已。

　　纳兰跟随康熙四处巡游时曾经路过祖先的故乡"龙潭口",以前水草丰美的所在,现在竟然是一片凋敝,荒无人烟,好不凄凉。虽然纳兰不曾亲身经历那段血雨腥风,但有着敏感情怀的他,内心里还是满溢着对祖辈的缅怀,遂忍不住写诗抒怀:"兴亡满眼,旧时明月"。是啊,世事沧桑,祖先被灭掉不过百年,但一切都已经灰飞烟灭,只有满怀的怅惘与凄清了。很多事情就是命运,但命运是无法抗拒的。

　　所以纳兰明明知道康熙是自己的情敌:就是他在选秀的时候把自己挚爱的表妹选进宫中。但他就是不能表现出丝毫不满,必须在康熙面前毕恭毕敬,绝对不能跟康熙针锋相对,借着年轻气盛,大呈口舌之快。在康熙面前,他对爱情的怀念,他对爱情的想象,都沦陷在卑微里,沦陷在对康熙的顺从之中。特别是当纳兰当上康熙的侍卫之后,在康熙面前他尽量收敛自己的清澈之心,他扮演的只是奴才的角色,这一扮就是9年。这9年,他牺牲了自己的个性,处处为康熙着想……不能不说,虽然纳兰是康熙的宠臣,但他的内心却饱含了无法言说的积怨,这些积怨也需要他用诗词来排遣。

　　纳兰的强颜欢笑里满是无奈的悲戚。在皇威面前,他也得跟父亲一样小心不被漩涡吞噬,不被恶浪击伤。皇威能给你多少自由,就会给你多少束缚。只有用诗词做人生的调剂,才能沐浴清风吹拂,才能感受到爱情的甘甜。纳兰是一个饥饿的人,唯有风水宜人的诗词可以果腹。在许多许多阔大的夜晚,纳兰静默于诗词的深处,任凭呼啸的风把爱情吹成不眠的姿势,任凭只有一句的诗词长成两句,再到三句,最后在泪水的浇灌下长成了不朽。纳兰知道,每个人的生活都会有困相的出现,如果困相出现的时候,你马上慌了手脚,而不去选择些什么作为你生活的调剂,那你就等着让生活贫乏,等着让生活空虚,然后活生生地把自己吞噬吧……

纳兰觉得父亲是不幸的,同样感觉母亲也是不幸的。虽然母亲贵为努尔哈赤的孙女,但也没有一直飞黄腾达,因为家庭的原因,她的生活充满了不幸。自从母亲的叔叔多尔衮去世之后,外祖父阿济格在剧烈的政治斗争中败下阵来,不仅被抄家送入监狱,还被清理门户,不再承认他的皇族血统,不久即被处死。纳兰的母亲在外祖父辉煌时贵为格格,但在外祖父落难之后变得非常落魄,因为外祖父的死给她带来了致命的打击,导致她的心性大为改变,一直到她嫁给父亲明珠之后都没有好转。她不知道如何面对家庭的变故,也不知道该如何继续接下来的生活……她虽然已经出嫁了,有了相对安稳的生活,但还是对过去的惨痛经历心有余悸。她经常从噩梦中惊醒,哭叫着说有人要杀她。她时时处于一种焦躁和怨怒之中,哭哭笑笑,像疯痴了一般。

在《啸亭杂录》中记载,年轻的母亲只因为一个婢女偷看了父亲几眼,就狠心地挖下了那个婢女的双眼,然后放在盆子里端到明珠的面前,让明珠大为震撼……年轻时的母亲因为家庭悲剧而人格扭曲,她太害怕失去亲人了。好在母亲在父亲的帮助下,慢慢走出心理阴影,又开始专注于女红和佛法。她把佛法当做自己的精神寄托,用来调剂自己的生活。可以说就是这种生活的调剂救了母亲,让她从苦难之中走了出来并得以继续自己的生活……

对于现在人来说,生活节奏和工作节奏都非常快,就更需要放松和减压。但如何调剂自己的生活呢?虽然你不一定要像纳兰那样把诗词当做解决自己人生矛盾的出路,但你可以选择看一部电影,选择读一本好书，选择去一处山清水秀的所在净化心灵，还可以去做公益……只要是你喜欢的健康的方式，都可以用做生活的调剂。对生活充满激情，哪怕面对困难与挫折也不会轻易放弃的人，总会想出调剂自己生活的办法。

你所选择的调剂，也许对你的人生发展来说没有什么意义，也没有太大的价值，但它却可以成为你的一个"秘密武器"，当你的生活陷入各种威压中时，这个"武器"可以把这些"威压"都打碎，然后让你在生活中畅通无阻。你所选择的调剂还可以成为你的一处"港湾"，在这个"港湾"里，你可以修整一下自己，准备好"粮草"，整装待发。

当然，当你调剂自己生活的时候，就会把自己的注意力合理地转移到别处，暂时忘掉生活的烦恼、工作的压力。当你再回头看这些让你头疼的问题时，它们似乎已经没有那么可怕了。

假如你懂得生活，同时也懂得自己，那么，找到生活的"调剂品"真的是一件很容易的事。

3.怎样拥有特质人生

纳兰的人生也具备着耀眼的特质，他的诗心自由，美德高贵，他的风度与修养兼备，他的人生是绚烂的、五彩缤纷的人生。

说他的特质主要是指他的精神特质而言，他以诗词做幕，以淡泊为舞台，让日月为证，用诗心来了一场美妙的舞蹈，他表达爱，表达渴望，表达夙愿，表达爱情的誓言……他的人生因此呼啸而起，一个惆怅公子与爱情热烈拥抱，他的灵魂满是伤痕，他却因为这些伤痕写下了名扬千古的诗句，荡气回肠，成为那个时代的标志性人物。没有任何一个社会名流敢在纳兰面前炫耀，没有任何一个人不视他为偶像，然后卑微了下来。他喜欢上了冬天的雪，能让雪花抽芽长大，长在遥远的边塞，虽不是富贵花，也成了诗人身边的精灵。虽凄清亦多情，目光在哪里，它就飘洒到哪里……

纳兰是卓尔不凡的，他是风度翩翩的佳公子，他是玉树临风的多情郎。他一手掬起命运，一手掬起誓言，他一手攥住爱情的冰凉，一手捧起温暖的笑靥，他在诗词的最高处，用心酸的阳光，用甜蜜的眼泪，用惆怅的记忆铺陈成为自己的气度之海；他不惧权贵冲击，不慕财富光环，他只是紧紧地，紧紧地拥住诗词的劲骨丰肌，沿着诗词的指引，沿着爱情的纹路，不尽地舞蹈，舞出一个黑暗后的黎明，舞出一个人生的悠然过往，舞出一个爱情的啼血传说……

纳兰无时无刻不在注重着自己的修养，他用诗词修心，同时也享用着诗词的繁华。哪怕道路逃得无影无踪，哪怕爱情凝固成了誓言，哪怕美人已经消失在人生的尽头，他还在踯躅独行。路在远方的深处，而他必须走向远方，才能埋葬自己，就像埋葬自己的诗心与爱情。

纳兰的卓尔不凡支撑着他在诗词的大路上跋涉成一个英雄，成为人们仰视的风景。生活有时会涌出蜜来，生活有时也会涌出黄连，他吸食了甜没有骄矜，吸食了苦也没有烦恼，只要是生活给的，他都坦然地接受。他抱住人生那赤裸的黑暗，也抱住人生那耀眼的黎明。纳兰把诗心装在酒香里，泪水飞溅，笑靥如花，他听见自己的足音，纷至沓来，像一首凄清缠绵的歌，唱着，唱进了谁的心里？

纳兰宁愿与诗词同乐，同喜，同悲，同生，同死。他被诗词的激情所吸引，他被诗词的焰火所融化，他被诗词的葳蕤所茂盛，他被诗词的神韵所感染……如果诗词是人生的一切，他宁愿在诗词的境界里得到永生，如果诗词决意要毁灭他，那他也心甘情愿。从来没有什么事情能让他流着泪坚持，从来没有什么事情让他弄伤了自己也绝不放弃……为了诗词，为了内心的丰饶，他宁愿选择殉道，那对他来说是一种至高无上的光荣。很多人好奇,但他自己懂了,这就够了。

纳兰跟随康熙走南闯北,粉丝无数,太多的人被他卓尔不凡的气质所震慑,视他为仙人。不管他走到哪里,他都受到人们的追捧,他都成为人们街头巷尾的谈资。他从人前过,像极了谦卑又丰腴的鲜花,让人直想奋力采摘,据为己有。在人们眼里,他是好看的春天,多少馥郁,多少稚嫩,多少生机,多少淡淡的清愁,他都能全部给了你……

纳兰的特质体现在崇尚自由,淡泊无欲。纳兰痴迷于自我放逐,哪怕哭了,哪怕累了,哪怕醉了……哪怕前路无知己是一种迷茫,但确信"天下谁人不识君"也是一种幸运……他用诗歌打造自己激情饱满的人生,用诗歌喂养自身的饥渴与孤独,他维护着美妙的诗心,让自己通体透明,然后他什么也不说,只是潸然泪下。是啊,世界依旧,江河依旧,不见的只是爱人的身影和爱情的消息,他看着一切慢慢消逝,然后步伐从容地踏入诗词的世界……他活跃在画好的风景里,他对抗着财富功名,对抗着这人生所有浮华的一切。

纳兰夜以继日地写着诗歌,秋虫唱了一夜,一下子唱凉了秋天,人籁,地籁,天籁,种种生命的提醒和解释,竟然全是命运的悲欢,写了一夜,哭了一夜,然后毁掉了自己……

纳兰用诗词表达精神上的自由,表达人格上的自尊自爱,这就是他高贵的选择。如果爱情没有了诗词,那纳兰注定更加痛苦;如果人生没有了诗词,那纳兰注定找不到回家的方向。每个人都逃不开命运的藩篱、时代的安排,把苦难踩在脚下,才能仰望爱情的美好,才能得到人生的真谛。接受这一切吧,才能在原来的基础上活得更好。

燕子的翅膀剪开了春天的天空,美人的花轿已经渐行渐远,而纳兰的心里只能默默祝福,祝福她忘掉今世的自己,记住来生的承诺。无论是爱情还是人生,就这样要一个坦坦荡荡的结局吧,美人走过,留下他,在美人路过的春天里种下最灿烂的花朵。他的软弱,他的强大,他在为她而等待……诗人海子说过:"大风从东吹到西,从北刮向南,无视黑夜和黎明,你说的曙光究竟是什么意思?"是啊,每当纳兰的一段曙光被带走,他就很难再找到曙光……

祝福和眼泪,刀割般的情怀,纳兰只有用诗词来表达,他眼睁睁地看着诗词割开胸膛,然后让整颗心被思念洗劫,洗劫成爱情的绝响。

纳兰的特质体现在胸怀坦荡,宽容仁慈。鳌拜对抗皇族终于败下阵来,成了不折不扣的反贼,群情激奋,大家纷纷欲诛之而后快。康熙还没等吩咐,朝廷官员已经准备好了一份反贼名单,鳌拜的全部家人都榜上有名。在很多人都建议康熙杀了鳌拜全家的时候,只有纳兰希望康熙能放过鳌拜的家人,毕竟他们多数是善良的,不应该成为宫廷斗争的牺牲品,他的宽容,他的仁慈,令康熙非常动容。康熙无奈地说:"容若,你这样心慈手软,多亏没有给你天下,若给你天下,你还不知要把天下奉送到谁人的手中……"

纳兰没有因为卢氏是鳌拜的外甥女而与之划清界限,而是冒着杀头的危险求康熙把卢氏从反贼的名单里划去。在他的心里,卢氏仍旧是他的妻子,是纳兰家族中的一员,作为一个男人,如果让自己的家人成为权力争斗的牺牲品,那他这个男人是不是做得太失败?

纳兰保住了卢氏,却把永远的"把柄"留在了众大臣手里,人人都知道他留下了一个"反贼"的亲人做自己的妻子,随时有可能拿这件事说话,然后置他于死地,但纳兰毫不畏惧。他要做有担当的男人,就不会惧怕什么风险。

纳兰虽出身贵胄,但他的诗词里没有对富贵功名的向往,诗词意境也丝毫没有无病呻吟,空洞无物。他是沉稳的,他是多情的,他是冷峻的,他是娇艳的,他那么真实生动,芬芳万分。他永远意志明确,他就是要拿着诗词和爱情一起殉情,他之所以在人生的路口走走停停,都是因为滚烫的情泪堵在了路上,命里注定的情缘才成为千古的绝唱……

纳兰喜欢自由,他的诗词飞翔在天上,披着爱情的薄纱,舞得美妙绝伦,好像仙女的织锦,不停地织啊织,就为了那爱人眼中永恒的灿烂，永恒的渴盼。

纳兰是一个无可挑剔的好男人。比疼痛更薄凉的是他的泪水，比泪水更深沉的是他的胸怀，而诗词里埋葬着的正是他的诗心与爱情。

纳兰是一个品性高洁的男人，这种品性高洁在他的诗词里体现得淋漓尽致。有人说纳兰的诗性方面像极了两对父子，第一对父子就是李璟和李煜父子两人，第二对父子就是晏殊和晏几道父子两人，他们都是诗词方面了不起的人物。

"时时作为歌诗，皆出入风骚"就是对李璟最好的描述。他的词风格清新，感情真挚，写情写景均是入木三分，比如他写的"手卷真珠上玉钩，依前春恨锁重楼……"还有"细雨梦回鸡塞远，小楼吹彻玉笙寒。多少泪珠何限恨，倚阑干……"等都是千古名句，李璟的诗作虽然留存于世的很少，但其风骨与韵味倒真和纳兰有神似之处。当然李煜要比李璟更有名气，诗词也更胜李璟几成，他的诗风既淡泊清新，又情怀激荡，很是妖娆多变，比如他的那句"四千年来家园，三千里地山河"，纳兰诗词的特点仿佛是这对父子的综合……

晏殊诗风的主要特点是婉约多情，比如他的千古名篇："无可奈何花落去，似曾相识燕归来，小园香径独徘徊……"就满是多情浪漫。值得一提的是，晏殊贵为宰相，他想得到的都已得到，所以他的词里总以淡泊意境为主要格调。但他的第七子晏几道却命运坎坷，因为命运不同，所以诗风也与父亲大为不同，显现最多的就是激荡婉转的韵味……

纳兰的诗词把这两对父子的妙处集结在一起，巧妙地融合，成为多彩的大家风范，成为光彩夺目的千古伤心词人。

但现在的人们往往曲解了"特质"的含义，觉得只要有很多钱，然后过着奢华万丈的生活就是"特质"人生。不得不说，这是一种狭义理解。如果不具备纳兰那样的高贵品行，这种"特质"是低劣的"特质"，或者说根本不是特质。

　　什么人可以拥有特质人生？普通人可不可以？当然可以，任何一个普通人只要坚持塑造自我，也可拥有特质人生。那么有高档房子和车子算不算特质人生？必须要说，这只是一种生活方式，是"特质"的假象而已。

　　如果特质人生不表现在精神领域的修为，而体现在挥金如土和花天酒地上面，那只能和"特质"背道而驰。只有像纳兰这样的特质人生才更具有恒久性，才能历久弥新，永远不落伍，永远不被时代所抛弃。而真正的特质人生，应该有两根重要支柱：一是文化教养，这种文化教养包含了抵御物质诱惑的能力；二是自由的灵魂，离开这基本的两点是无法拥有特质人生的。

　　比如高更，一生都在进行着艺术的追求，为了把自己完全融入到绘画的世界，打造一颗自由的灵魂，他宁愿抛掉俗世的一切，然后过一种"野人"的生活，终于在美妙的大自然里找到了自己真正需要的东西，一生创造了大量的艺术作品，在自己的特质人生里生活得如鱼得水……

4.实现理想

　　纳兰的一生是在父亲明珠的官位辉煌和财富辉煌的特殊阶段度过的，可以说纳兰要什么就有什么。《啸亭杂录》里说："纳兰太傅明珠掌朝柄，前抚军某，岁以万金饷之，以为常……"可见当时纳兰家里日进斗金也是平常事，再加上朝廷大臣和各地官员送给纳兰家的金银财宝更是源源不断，甚至超过了每年给康熙的进贡，连康熙都要艳羡几分，所以说纳兰家富可敌国也不为过。

　　普通人的庸常"理想"也无非是升官发财罢了,常人有的,纳兰有了,常人没有的,纳兰也有了,似乎他不必再去追逐什么理想了。但纳兰没有被这些外在的浮华蒙蔽住双眼,反而树立自己的理想,并一生都为之努力奋斗。姜宸英撰文曰纳兰"在贵不骄,处富能贫",可见纳兰处在大富大贵的坏境下,非但没被污浊,反而有着更高洁的气韵,更淡泊的情怀,他犹如荷花般出污泥而不染。他是一位用尽生命力追寻美妙的公子,他在诗词里流浪,他在诗词里感伤,当世界只剩下爱情的时候,他才觉得自己是这个世界上最富有的人,因为他拥有了整个世界。风戏柳丝、鹅舞红掌的艳阳天,他坐在树下吹起悠扬的恋曲,虽然爱人远在天涯,但他确信她听了去,拿着帕子捂着嘴笑得那么痴情。

　　纳兰自信而清高,他不想埋在铜臭里,决定做一个写诗作画的风流雅士。他想让人生被诗词暴晒,他想让爱情在诗词深处花开,他想写一首诗贴在美人的唇上,她一发声就是爱情的痴语。他一时间说不出来她有多么美,只想就这么与她相亲相爱,相濡以沫,直到天荒地老,他还是她的多情郎,她还是他的美娇娘。他为她一生沉醉,她为他一生妩媚。他们手牵着手,看着时光在眼前一点点地后退,然后清晰地看到爱情就是这样的亘古,忧伤就是这样的灿烂,从此之后,你就是我,我就是你。人生因为有了彼此,才这么怡然自得。不惧生死,不惧岁月流转,不惧一个"老"字,因为在彼此的眼里,他们永远充满活力。爱,踏实,温暖,自信,浪漫,调皮……种种情愫,他们互相给予。人生的终极缺憾,他们都没有说穿,这一生只要抱着你,就不怕任何的苦难。美人的艳丽,公子的风流,让这个世界欢呼一片,看吧,看那岁月枯荣,看那日月轮回,他们兴奋地待在这里,等候着彼此的消息……

　　年轻的纳兰把自己的一部分诗作结合在一处,然后命名为《侧帽集》。他盯着"侧帽"两个字发出会心的微笑,然后久久地沉思起来。想到高兴处,不由得昂起头,翘着腿,摆起了"POSE",引得下人们想笑又不敢笑,引得明珠一个劲儿地骂他:"你这个小兔崽子,你又在发什么痴?"

"侧帽"就是把帽子戴歪的意思,甚至有点不修边幅的意思,人们不免要纳闷了,好好的诗作集为什么要起一个这样怪怪的名字呢?难道"侧帽"这个词还与文雅有关么?

说起来,"侧帽"这两个字还蕴含有一个典故。魏晋南北朝时期的大才子独孤信,文武双全,既是文人雅士,又是高官显贵,他不仅姿容盖世,而且风流倜傥,是女孩眼中最最典型的"男神",一提起独孤信,所有女孩都会争风吃醋。在当时, 你绝对找不到比他更优秀的男人了。人们追捧他的程度就像"韩迷"们追捧清新迷人的李敏镐,达到了非常狂热的地步。据说有一回,独孤信出去打猎,人们一直追出好远,直到再也看不到他的身影才罢休。正巧那天是个刮风天,独孤信的帽子被大风给吹歪了,他没有理会,因为一心要回避热情的"粉丝",也没有顾得上把帽子扶正过来……但等他第二天出城时, 却诧异地发现全城的男人竟然都歪戴着帽子, 原来大家视独孤信为风流倜傥的楷模,连帽子戴歪了都看成是一种风流,争相模仿……

这个典故不断流传下来, 一些诗人和词人也都喜欢用这个典故比喻自己风流倜傥, 或者是夸耀别人风流倜傥, 晏几道就写过"侧帽风前花满路"的诗句。聪明的纳兰没有直接说出自己的理想,而是把自己的文集命名为《侧帽集》,隐晦地表达了自己也要像独孤信那样,成为才华横溢、风流倜傥的文人雅士。

诗词在那时就成了纳兰唯一的精神欲求。他的诗心抓住辽远的过去,把祖宗那带泪的历史写成悲壮的繁华,把父辈和自己的无奈书写成饱满的悲伤。命运啊,多么像那流泪的胡笳,不管有多少风流的梦,也带不走人生的一点涟漪。多少人的路都是那么坎坷,多少人活得都是那么卑微与无可奈何。人生无处不孤独,闯进命运的深处,却没有渴望中的辉煌,也无法再回首过去,刚刚踏上征途,却发现再也没有回头路。人生没有如果,唯有诗心淡淡。

纳兰决定摆脱父亲富贵与功名的荫蔽,经常和他在一起研习诗词的汉人朋友,都很少当纳兰的面提及他的父亲。因为纳兰认为,富贵功名只属于父亲,与他没关系,他是他,是完全独立的个体,他也不喜欢别人称呼他为"明珠的儿子",他宁愿大家称呼他为写诗的"成容若"。富贵和功名都可以剔除,都可以无足轻重。他最想做的,就是在诗词的天地里,让自己的灵魂能够轻盈地起飞。不管人生是幸福还是不幸福,他都愿意让自己热热的胸怀,爬满诗词的藤蔓。那种茂盛,那种葳蕤,可以让他一生都感到壮美,感到无憾。

　　他不愿意别人把他当做富家公子,却很乐意被别人当做文人雅士。《清史稿》中记载:纳兰看完元代赵孟頫为自己写的诗及自画像,深有感触。他仿照赵孟頫的衣着打扮,也给自己画了一幅自画像。然后兴致勃勃地拿给朋友们传看,甚至还拿给老师徐乾学看,让大家评价一下他画得怎么样。所有朋友都夸这幅自画像简直画得太逼真了,形神兼备,怎么看怎么都像一个有钱的大官员……纳兰听了很尴尬,也很郁闷,怎么大家都喜欢这么夸人呢?简直文不对题嘛。只有老师徐乾学长吁短叹,直夸纳兰的自画像没有什么"官态",也不像什么"富家子弟",倒是跟大书法家王羲之非常相像。纳兰听了心花怒放,喜上眉梢。嘴里说着"哪里哪里,老师过奖了……"手上却已经忙活起来,他竟然把这幅自画像挂在自己卧室中最显眼的地方了,还问身边的仆人:"老师说我像王羲之,你们说我像么?"

　　纳兰被老师徐乾学比作王羲之非常高兴,是因为王羲之也是一位才华横溢、风流倜傥的文人雅士。他的书法之美达到了"翩若惊鸿,婉若游龙"的地步,而他的人更是和纳兰一样视富贵权势如浮云,只管专注于自己的书法风流,专注于自己的心灵富足,也是一位活在俗人之外的人。哪怕太尉到他的家里来选女婿,他也毫不在意,还袒露着肚皮,大大咧咧地躺在东床上……正是他的文采风流,不睦权势的不俗格调,让太尉视为奇人,因而把貌美如花的女儿嫁给了他,"东床快婿"这个典故说的就是这件事。

　　纳兰一会把自己"抬高"到独孤信的位置，一会把自己"抬高"到王羲之的位置，可见他想成为风流雅士的决心之大：以诗词为帆，以毅力做桨，成为时代潮流的领航者。他不害怕诗词有时令自己更加疼痛，他也不害怕诗词所诠释出的全是苍茫的人生和凋敝的情怀，他怕就怕了自己在看似辉煌的人生角色面前彻底丢失了自我，他害怕泪水干涸，害怕记忆冰冷，看穿一切总比一直迷茫混沌要好得多，总比一生浑浑噩噩好得多，纳兰最怕的就是自己总也不能清醒。"乌衣门第"的出身算不得什么，"富可敌国"的家境也算不得什么，"纳兰"的专属满族姓氏也算不得什么，最重要的是人生的活法，是精神世界的丰饶，是人性的自由，而这些是用多少金钱也换不来的。

　　纳兰的人生犹如他的诗词一样"秀气胜韵，得之天然"，梁启超盛赞纳兰时曾经说过："容若小词，直追李主……"就纳兰的诗词成就来说，他已经实现了成为风流倜傥的文人雅士的人生理想。他所"追捧"的文人雅士，若他们泉下有知，该有多么受宠若惊啊，因为纳兰在世人眼中的名声与地位，丝毫不比他们低多少，反而更加耀眼夺目。当然，纳兰为了理想的实现，也付出了常人无法想象的努力，有人说纳兰是"马背上的词人"并不夸张。他除了在宫中陪伴康熙之外，几乎都是在马背上度过的，许多诗词也是在马背上写出的。他在马背上表达的都是自己最本真的渴望，最灿烂的诗心。说纳兰是"江湖落落狂生"，不如说他是"马背落落狂生"更贴切，他与坐骑一起奔驰在人生的悲欢里，一起游历在湛蓝的天空之下，任思绪飞翔于长天之上，任哀愁流转于江河之间，一春一夏，一秋一冬，梦醒了，梦碎了。都说美人在天涯，可是天涯里唯剩诗人的感叹，落在风里……作诗，喝酒，再作诗，再喝酒，让大漠落日记下自己的诗句，顺便传送自己的消息，就这样吧。

　　康熙，是一位闲不下来的君王。他不是东巡，就是西巡，再不就是御驾亲征，至于狩猎和避暑的次数更是数不胜数。康熙把自己的日程排得满满的，纳兰的日程也必须排得满满的。纳兰不仅要保护康熙的安全,还要应对康熙的赋诗要求,康熙累了,打瞌睡了,需要解闷了,纳兰就得作诗献给康熙,往往康熙刚刚提了要求,纳兰的诗词马上顺口拈来⋯⋯

"上马驰猎,拓弓做霹雳声,无不中。或据鞍占诗,应诏立见⋯⋯"就是对纳兰的非常形象的描写。他跟随康熙打猎,把弓箭拉得啪啪作响,百发百中,或者康熙要求作诗,他张口就来,往往吟出的是无人匹敌的神句⋯⋯

纳兰当上康熙帝御前侍卫后,跟随康熙去了遥远的塞外考察边防安全。从此一发不可收,纳兰的足迹遍布于大江南北。五台山、泰山经常去,苏州、扬州等地也常常往来巡视,就连内蒙古、新疆等边远地区也不辞辛苦地长途跋涉过去。"行万里路,写伤心词"就是纳兰马背上的生活,工作的特殊性让他必须把作诗的地点从书房转移到马背上,因而,纳兰成了"马背词人"。神州被马蹄声唤醒,身着铠甲的纳兰在春寒料峭的深处,吟一首伤心词,令大地含悲,令故乡不语,它们总也不明白,玉树临风的翩翩佳公子,整天作诗,难道不用休息?

是的,想要成就理想,必须要克服困难,但纳兰做到了。在他去世后的墓志铭里专门写到他的生活,说他"雕弓书卷,错杂左右,日则校猎,夜必读书,书声与他人鼾声相和⋯⋯"可见纳兰为了研究学问,达到了非常刻苦的地步。

跟随康熙从山东回来的那晚,纳兰感染风寒,竟然没能上朝,家仆代纳兰"告假"给康熙说身体严重不适,请求将息几日。康熙不仅准假,还亲自派太医前往纳兰的家中为纳兰诊治,告诉太医治不好就不要回来。康熙的日常生活已经离不开纳兰,哪怕一日不去"上班",康熙就像少了些什么一样。作为康熙的同龄人,纳兰不仅是康熙的生活之友,还是他的诗词良伴。

纳兰实现理想的主要办法就是锲而不舍,无论生活工作节奏多么快,也无法磨损他的意志。而从古至今,不管天资聪慧还是天性愚钝,实现理想的诀窍也只是锲而不舍罢了。那句最简单的话就是:人若有志,万事可为……

有句古话说得好:"不怕学问浅,就怕志气短……"有志者自有千方百计,无志者只感千难万难。比如大文豪巴尔扎克,为了实现人生的理想,每天都拼命地写作,跟纳兰一样,几乎达到了废寝忘食的地步,竟然创作了94部作品,成为优秀的高产作家……

是的,在实现理想方面,有志向的人会选择战天斗地,而只有无志向的人才会怨天恨地。

5.人生充满无限可能

很多人以为纳兰淡泊名利之后,除了作诗,就再也没有其他作为了,他的生活中充满短板,他专注于情怀的惆怅而不能自拔……其实这是对他的片面印象。纳兰的人生是被诗词镀上色彩的人生,他悠悠的心,在诗词的掩护下,得以坚强,他人生的憧憬,在动情的瞬间,成为他奋斗的标杆。

人生中充满了无限可能,就看你如何选择自己的路,当你遇到困难时,你的态度如何。哪怕无言地面对生活,也要用尽力气打开那扇生锈的门,看到多彩的阳光射进来。哪怕只写一首诗,也要对抗生活的残酷,一生一世与诗词相伴,就为了经历人生中的曲折徘徊之后,自己还能畅行无阻。当纳兰府大院里的人们还处在沉睡之中时,纳兰早就起床练剑了,然后稍事休息,就开始练习书法,研习诗词,还得温习一大堆备考的书籍。纳兰每天都忙碌得像一只陀螺,明珠看在眼里,疼在心里,但嘴上还是要骂他:"这个小兔崽子,还真用上功了,我倒要看看你能折腾出什么花样来……"

纳兰除了聪明过人之外，做任何事情都尽自己最大的努力去做，"勤能补拙是良训"，纳兰认为这就是成功的法宝。他的视野非常开阔，做学问非常灵活，总能触类旁通，举一反三，他的自我发挥能力令人赞叹。

年仅19岁的纳兰第一次科考未能参加殿试之后，精神上确实有过萎靡。朝中大臣，甚至康熙都以为他受此一挫，肯定元气大伤，以后再参加科考也不会有什么好结果。特别是当少年锐气随着年龄增长逐渐被磨光，消失殆尽后，他最后注定是一个没什么建树的相府公子，然后啃着老爹给他攒下的大富大贵，庸俗下去罢了。

但事实恰恰相反，纳兰参加第二次科考因为准备非常充分，取得了非常突出的成绩。在雄伟的紫禁城，坐在龙椅上的康熙表情严峻，他很是担心，纳兰如果殿试失败了，明珠的脸上是不是挂不住？心气甚高的纳兰公子是否能扛得住再次失败的打击？但当才华横溢、玉树临风的纳兰站在康熙面前时，康熙已然被纳兰的才华所倾倒，他的人美，他的书法美，他的诗词更美……他的俊逸飘然，文采飞扬已经大大超过了康熙的想象。所有殿试的考官看着纳兰"精美遒劲"的书法作品时，无不频频点头赞叹：这哪里像一个22岁人的作品，明明超越王羲之也不在话下啊……而当纳兰回答问题时，也是见解独到，有理有据，看得出深厚的文化功底……当时群情激奋，皇帝一呼，朝官百应，大家都力挺纳兰过关，那个场面非常热烈，纳兰像一块耀眼的冰山，一下子在众人的赞誉声中消融了……

纳兰顺利过关并被录取为二甲第七名，相当于全国择优选上来的200名进士之中的第十名，这对于只有22岁的他来说是多么大的殊荣？纳兰能够"三年而学大成"，令父亲和老师徐乾学骄傲不已，朝野更是一片喧哗，刚刚退了朝，大家就都把明珠围上了，问他是不是要大宴宾客好好庆祝一番。明珠一个个地应承下来，心里乐开了花。

　　明珠没想到儿子的命运还会有点转折,是的,纳兰的诗词造诣在这次科举中尤为显现,他完全可以继续进入翰林院深造,然后继续研究诗词。因为纳兰虽然考取了功名,但他的梦想还是做一名风流倜傥的文人雅士。但作为康熙钦点的进士,想要一个什么样的职位却不是他自己能够主宰的。纳兰开始了他的待业生涯,就像如今的大学生,虽然毕业了,但是却没能马上参加工作一样……

　　纳兰在家"待业"的时间长达一年之久,在这段时间里,纳兰继续拼命研究学问,"叹光阴,老我无能,长歌而已"是纳兰偶尔的无奈,他没有因为"职业"无果而长时间沉沦。纳兰继续把生活过的忙忙碌碌,他要继续研究学问,研究诗词,在诗心的深处飞翔到底。

　　纳兰考中进士,朝中大臣拼命祝贺、恭维,还有人匆忙地巴结明珠,期待纳兰如果在朝廷中做了大官,可千万不要忘了提携朋友……但当他们看到中了进士的纳兰并没有被进一步安排职务时,又开始忙不迭地讥讽、挖苦,下黑手了,他们断言纳兰这一次出不了头了,明珠也白得意了。甚至还揣度明珠肯定得罪了康熙,康熙不想重用他了,就更不用说是他的儿子了。这让明珠有些坐不住了,但是他没有丝毫办法。他看到纳兰还是一如既往地看书、写诗,心里有些恐慌,认为纳兰是不是被刺激傻了?

　　"木秀于林,风必摧之……"这话说得一点没错,"待业"的纳兰开始陷入各种流言蜚语之中,他并没有像父亲认为的那样苦恼,他稳如泰山,却让关注他的人陷入一片忙乱之中。纳兰已经坦然地面对了这一切,并且已经轻装上路,他要执着地展示灵魂之美,展示爱情的芳香,他认准了前方,就一定要走在收获的路上,他不去理会自己现在正在经历着什么,也没有停下脚步。

　　趁着这段时间,纳兰埋头研究学问,由他编纂的儒学经解丛书《通志堂经解》已经编印完成,因而奠定了他在学术界的地位;个人文集《侧帽集》也已经问世,因而奠定了他在诗词方面无人匹敌的地位。

别人以为他注定会沦落，其实他却在不断地缔造着一个接一个的人生辉煌。一个少年从19岁开始，仅仅用三年时间就能完成鸿篇巨制，被全天下的人视为一个神话；而《侧帽集》里的所有诗词又被人视为珍宝，被人到处传唱……纳兰的光辉就是想掩藏也掩藏不住了……很多人都揣测如果康熙不重用他的话，他的人生好不到哪去，没想到他的人生却仍旧绽放了异彩。

正所谓，人生有无限种可能，东方不亮西方亮……道路坎坷也罢，一马平川也罢，纳兰从来都没有放弃。研究学问的时候，赋诗做画的时候，纳兰的心里无比安详。面临人生的变数，他想的不是逃避，而是燃烧。他虽然会流泪，但是想的依旧是守候。若梦里有了花环，他定要摘取。他要的正是人生的一场蜕变，所以全然不管要付出什么样的代价，他就是如此执着。

纳兰的所有一切，康熙都看在眼里，对纳兰也更加佩服和喜爱了。纳兰对于他来说就是一个旷世奇才，给他一个什么职位好呢？这个问题显然把康熙给难住了。

一年多之后，纳兰终于得来了康熙的任命，做康熙身边的三等侍卫，官阶正五品，远远超过其他进士所授的翰林院职位。

康熙为什么要让纳兰做自己的侍卫？是因为纳兰太优秀，做什么职位都可惜，只好留在自己身边……

康熙制服鳌拜时，纳兰就是"兵勇团"的一员，给康熙出了很多计谋。他不像索额图的儿子索拉旺那样激进，做事不动脑，纳兰给康熙的每一条计策，都能让康熙眼前一亮。康熙平定三藩之乱时，在康熙的安排下，纳兰亲力亲为，冒着九死一生的危险进入到吴三桂统领下的腹地。康熙感慨于此，在纳兰临行之前说："容若此举让你未出世的儿子也有了爵位……"

纳兰淡淡一笑，他要的根本不是什么封爵封赏，而是诗心的风流，人性的自由自在罢了。

事实证明，纳兰虽然没有"辉煌"到父亲的地步，但他也有着"做大官"的能力，如果他愿意，那他的成就肯定不在父亲明珠之下，纳兰各个方面的表现证明他完全可以通过自己的努力在仕途上取得更大的发展。

做了侍卫，就可以每天跟随高高在上的康熙一起办公了，这种美差让别人羡慕得不得了，但纳兰眼里只是风轻云淡。纳兰跟康熙谢恩时，康熙说："容若有什么本领，都给朕使出来吧……"那时候的纳兰，拥有着"天高任鸟飞，海阔凭鱼跃"的"不设限"空间，但纳兰一心想要实现的不过是文人的理想，而不是做康熙身边的奴才，所以这个奴才的级别不管多么高，离他的想象也是相去甚远的。

纳兰已经得到康熙的任命了，按理说应该不会再有人说什么了，没想到朝廷上的闲话又传出来了，原来朝廷中的官员认为纳兰也就是当当侍卫、写写诗这点本事了。

听闻这个消息，纳兰只是淡淡一笑。谁也没想到纳兰又给了大家一个惊喜：纳兰28岁那年，受康熙皇帝的派遣，亲自带着浩浩荡荡的出使大军，带着圣意，到梭伦去安抚民心。

但在那时朝中人的眼里，这无异于是一个笑话，让一个书生带兵？康熙皇帝是不是糊涂了？难道满朝武功盖世的武将就没有一个能带兵出使梭伦的？但最后的事实证明，康熙的决定是对的。纳兰数年与康熙朝夕相伴，他具备什么样的能力，康熙心里一清二楚，之所以让他前往梭伦，一是因为对他的信任，二是因为康熙认为纳兰的能力完成这件事情，绰绰有余。

路途遥远，行军途中的辛苦程度完全超出了纳兰的想象，远远超过他伴随康熙的任何一次全国巡视。但纳兰用自己的顽强意志克服了困难，带着将士勇往无前，并且在规定的时间之内到达了目的地。

·纳兰出塞可以说是一次非常棘手的政治活动，但纳兰完成得非常出色。康熙派他出塞的目的就是为了代替皇帝安抚西域的各个少数民族。纳兰利用自己出色的情商，积极斡旋，终于，梭伦各部首领折服于纳兰出色的人品与亲和力，决定与朝廷合作，共同对抗准噶尔部。纳兰的第一炮打得非常成功，没有浪费一兵一卒，俨然是一位出色的政治家。

纳兰的成功给康熙吃了一颗定心丸，他抓住这个大好时机，三次御驾亲征，准噶尔部首领噶尔丹坚持不住了，负隅顽抗了几年之后，终于兵败身亡，直到这时，边疆稳定了下来，康熙的心病去除了，而这其中，纳兰功不可没。

从那时开始，纳兰成为康熙眼中的全才，康熙对纳兰说："爱卿为我大清发展立下了汗马功劳，爱卿是我大清子民的骄傲啊……"康熙高度赞赏了纳兰并把纳兰由三等侍卫升级到一等侍卫，官位由正五品升到正三品……

不难看出，纳兰的一生可谓曲曲折折，在每一个拐弯处，好像都没有路了，但经过他的努力，马上又变得豁然开朗。他愿意在坏运气中撑开理想，他愿意在孤独的领地进行坚决的创造，他愿意在淡泊中收获辉煌，他愿意用最美的诗词书写惆怅的人生。

我们的人生有许多种可能，有无数种选择，每一个不同的选择，带给我们的都是完全不同的未来。但只要我们乐意努力，结果都不会太差。

每个人的生活都不会一帆风顺，生活有变数，世事有变迁，都是非常正常的。如果希望前途光明，唯有不懈的追求。理想跟人生总是相辅相成，因为理想有多大，人生就会有多大。虽然不是所有人的理想都能够实现，但如果奔着理想努力了，它实现的可能性就更大一点。如果不敢想，那可就真的没有实现的机会了。

面对同样的人生难题，有的人选择随波逐流，萎靡不振；有的人选择积极乐观，干练自信，他们所取得的成果是完全不一样的。只有像纳兰那样适应环境，超越自我，这才是正确的人生态度。凡事只有尽自己最大努力去做,人生才会有无限可能。

　　比如直销女神玫琳凯并不是天生做生意的材料,她的成功来源于母亲经常对她说的一句话:"你能行。"在玫琳凯的眼里,成功其实很简单,那就是只要你肯努力。在玫琳凯的不懈努力下,她的小公司成长为美国最大的护肤品直销公司。到现在为止,玫琳凯公司在五大洲37个国家设有分支机构,每年的零售额超过24亿美元……

6.环境和氛围影响人生

　　一个人的人生成功与否,与他所处的环境和氛围有着非常密切的关系,纳兰的成功离不开父亲和老师及康熙等几位重要人物为他缔造的良好氛围。纳兰是待航的舟,需要灯塔的指引与海域的宽广无垠。人生的风吹乱突变的命运,仰望长空,只有执着的燕还在向南飞去,矢志不渝。默默地坚守,静静地等待,重要的不是结果,而是前行的途中,总有温暖的手臂互相支撑,总有贴心的话语抚慰无处不在的疲惫。前行,守望,再前行,再守望,一颗诗心更加深邃;爱过,孤独过,再爱,再孤独,爱情总随时光流走,留下一个越发鲜亮的名字,不敢提,一提就会千种憔悴,万种哀愁……

　　好在纳兰所处的环境,所拥有的氛围,总能让他进入人生中的另一种转机,收获人生的别样美好。月亮似一只大鸟飞进纳兰的人生深处,让他的思想与月之魂碰撞,溅起心灵的柔软,爱情的沧桑。让他明白,这人世间,苦里会有乐,疲惫里会有希望,惘然中会有坚持。

　　纳兰生长在一个尊重知识、热衷学术研究的家庭,父亲明珠学识渊博,纳兰良好的学习习惯、学术教养都与父亲的言传身教分不开。

热衷于研究学问的明珠感染,熏陶着纳兰,父亲的一举一动都成为纳兰的榜样,纳兰跟父亲一样,把研究学问当成一种莫大的乐趣。只是,父亲对研究学问有功利性的一面,这是父亲与纳兰的大不同。父亲的政治生涯里,研究学问只是保住官位,让官位更稳妥,让自己在康熙面前更加得宠和畅行无阻。而纳兰研究学问,目的却非常单纯。

纳兰的两次科考,父亲都大力支持。那时候,纳兰家的大事就是纳兰的科考,家庭生活中的所有一切都围绕于此。父亲亲自帮助纳兰查找书籍,甚至与纳兰一起攻克难题。明明是儿子的科考,但好像是明珠自己要参加科考一样。父亲为儿子营造了非常浓厚的文化氛围,这对纳兰以后取得学术成就起着至关重要的作用。

父亲不仅为纳兰提供了优厚的物质条件,更为纳兰提供了优越的教育平台。光为纳兰请来的家庭老师就有好几位,就像我们现在的家庭,父母总会根据孩子的爱好和特长,给孩子请家教,让孩子参加辅导班一样。父亲每次上朝归来,第一件事就是去纳兰的书房看看,看纳兰是不是在认真读书,正在看谁的书,研究哪方面的课题。当然,他也会给儿子建议,提出自己做学问的看法,纳兰总是耐心地听着。

纳兰的家庭不仅是富贵人家,更是书香门弟,就连仆人也都是经过精挑细选的,不认字的或者是文化水平很低的人是没资格做纳兰家仆人的,可见当时纳兰家族对文化的看重。为儿子提供一个什么样的氛围,明珠一向看得很重。

在以学识为重的浓厚的家庭氛围里,纳兰如鱼得水,信心满满。他的路途,没有孤寂,而是充满热烈,他像一团燃烧着的烈火,火头正劲。他寻找着学海中的激荡与平静,让自己成为一个诗歌公子。时光荏苒,岁月如梭,跳进知识海洋的他,不分白日黑夜的泅渡,他的诗心早就去了远方。他不惧怕海的浩瀚无边,不惧怕暴风骤雨的突然袭击,不惧怕冰山礁石的重重阻隔,他看到天之涯,海之角,那青山列列,那红旗飘扬。他知道,这一次成功的主角就是自己。

沟壑迷雾，山涧华英，纳兰迎来了一个又一个黎明。孤独帐下，书海无涯，纳兰走进一个个浓深的黑夜。人生，该是多么浩瀚的画卷。若能执着求索，对纳兰来说就是再好不过的事情了。

听闻儿子马上要进行《通志堂经解》的编纂工作，明珠既兴奋，又担心，兴奋的是儿子小小年纪就承担了这么光荣的使命，担心的是这么艰巨的任务，儿子能出色地完成么？但除了支持儿子之外别无选择。明珠给纳兰加派了几个仆人，要求他们全天候待命，一定要照顾好纳兰的饮食起居，满足公子提出的各种要求……

而另一位在纳兰学术研究过程中功不可没的重要人物就是妻子卢氏。纳兰编纂鸿篇巨制《通志堂经解》之初，刚刚与妻子结婚，处在"蜜月时期"，正是你侬我侬、做什么都分不开的时候。但纳兰就是在这个时期，开始收集历代儒家古籍经典，共一百四十种，多达一千八百卷。妻子本来身体不好，可为了让纳兰能够安心钻研学问，她挑起了照顾丈夫的重任，只要纳兰端坐在那里工作，就是有天大的事，卢氏也不会打扰他，还会在深夜里为纳兰煮茶，坐在丈夫身边安安静静地绣花，陪伴着丈夫度过一个个漫漫长夜。可以说，爱情的力量是无敌的，纳兰满面疲惫，妻子也是身心憔悴，你读书，我捧烛，几年的日月竟也倏忽而过，美人的丰腴竟也变成了清瘦。惟这一路的爱情浪漫，离奇跌宕，成为永远年轻的神话，被两个年轻人牢牢地记在心里。

一个大雨如注的夜晚，纳兰慌慌张张地跑到父亲的房中，说妻子卢氏突然晕倒了。明珠赶忙派仆人请了太医前来给卢氏诊治，太医说卢氏身体太弱，再加上日夜陪伴公子读书，身体变得比以前更加虚弱了，最好不要再操劳了，应该卧床休息才是。可卢氏为了纳兰，一刻也闲不下来，她恨不得每天能加长到48小时，她能为纳兰做的事情多一些，纳兰就能轻松了一样。为了不辜负妻子卢氏的一番深情，纳兰暗暗发誓，他只能成功不许失败。毋庸置疑，卢氏给纳兰的爱情力量也是纳兰能够完成《通志堂经解》一个重要原因。

　　爱情就这么简单,你努力,我也付出,固守着爱情,抓紧着时光,若能繁忙,哪还顾得上忧伤,若能相依相偎,就饮下这朗朗的月光,爱我,忆我,宠我,疼我,懂我,我的梦有你在,就是最大的荣幸,我们各是一只鸟的半边翅膀, 不能缺失一个……在诗词的意境里排列满满的呢喃,在平平仄仄的时光里,难以忘怀的就是这楚楚动人的爱情。公子在哪里,美人就在哪里,美人在哪里,爱情就在哪里。

　　当然,《通志堂经解》的面世是纳兰一生最重要的学术成就。对于这套大型丛书的面世, 纳兰还要感谢一个人,那就是他的老师徐乾学。徐乾学深知自己的徒弟还这么年轻, 而这项工作任务又这么艰巨,除了在精神上鼓励纳兰之外,还提供了许多实实在在的帮助。比如他把家里的所有藏书都拿出来给纳兰使用, 而这些藏书是徐乾学一辈子的积攒,但他毫不吝惜。

　　这套丛书的成功面世也是团队智慧的结晶,为了运作这套丛书,纳兰集结了一大批文人志士,共同完成这项伟大而艰巨的任务,其中就有好朋友秦松龄、朱彝尊等人。为了圆满完成任务,纳兰专门腾出纳兰府一间客户做书房,把所有能出上力的朋友都集结在大书房里。一到夜间,大书房里灯火通明,人头攒动,所有人都忙得不亦乐乎。有专门负责查找资料的,有专门负责誊写的,有专门负责校对的,大家各司其职,各尽其责,都把手头的的工作做得圆圆满满,尽量减少不必要的纰漏……这种繁忙的场景一持续就是三年, 纳兰和老师徐乾学是领头羊,带领着大家共同努力,毫不懈怠。书房里到处堆满搜集来的宋、元时代的儒学典籍,而每一本书的每一个字,每一句话,纳兰都进行了精心的研究和细化总结。对于《通志堂经解》里的重要章节,纳兰更是亲力亲为,操刀撰写,毫不马虎。19岁少年的严谨细致、血气方刚、才华出众都体现得淋漓尽致……

　　集体的力量是伟大的, 可以说没有父亲和妻子及老师徐乾学的鼎力相助,没有团队里其他成员的倾情奉献,《通志堂经解》不可能圆满完成,正是这些人给纳兰缔造了一个非成功不可的良好氛围。纳兰在这个氛围之下,把所有精力都用在了研究学问上。

像美妙的爱情,像悠扬的笛声,像打磨过的诗句,所有的一切都沉淀在公子的心里。纳兰在所有人的帮助下,没有因为寒冷的冬天就停滞不前,没有因为任务的繁重就消极懈怠,纳兰越战越勇,他昂扬向前,是一个百折不挠的公子,让人为之而慨叹,而敬仰。

更让纳兰兴奋万分的是,在编纂工作的后期阶段,康熙竟然派人到纳兰府送上御赐点心犒劳大家,告诉大家好好工作,出了成果,大大有赏。虽然纳兰不在乎什么奖赏不奖赏,但得到皇帝的鼓励,就证明他的工作没有白做。

当然,康熙之所以这么支持纳兰完成这部儒学巨制,还有其他原因:出身高贵的康熙,身上不仅流着蒙古人的血液,还流着汉族人的血液,崇尚"地位在德不在人",亲政以来,非常重视儒家文化。基于此,康熙特别重视汉族文化典籍的收藏、整理与编纂。纳兰所做的事情,正对了康熙的胃口。可以说,康熙为纳兰研究学问营造了一个非常宽松的大环境,纳兰可以放开手脚去做儒学研究。背后有皇帝撑腰,这实在是令人兴奋的事。年轻的纳兰体验到太多人的温情,太多人的无私付出,有朋友相伴,他那么无拘无束,快乐自信,他感染了其他人,与他一起喜怒哀乐,而纳兰也受益于身边人的感染熏陶。

自从康熙恢复"经筵日讲"以来,父亲明珠已经担任康熙的经筵讲官两年之久了,作为康熙的御用讲官,他给康熙讲述的正是汉学经史,儒家文化,明珠深切地知道康熙喜爱的是什么。所以每每撺掇纳兰一定要好好努力,编纂出精品,得到康熙的喜爱……

可以说当时纳兰所处的环境、氛围,都是有利于纳兰研究学问的,这是他成功编纂《通志堂经解》的重要因素。

当下人们的人生发展也如此,也需要一个有利于自己发展的环境和氛围。环境和氛围好了,人们才能更好地塑造自己,改变自己。反之,则不然。

欧文说过:环境决定着人们的语言、宗教、修养、习惯、意识形态和行为性质。

如果你所处的环境、氛围不适合你甚至影响你的前行,那就必须改变环境、氛围。纳兰的例子证明,环境和氛围改变得越好,人生结果或成就改变的程度就越高。而那些周围优秀人士对自己的支持,会激励自己做出常人难以想象的努力,不管老师徐乾学也好,还是和他一起做事的优秀的汉人文学家也好,都可以成为他的榜样。纳兰的生活就是在这种积极向上的氛围之中,对生活白折不挠地坚持与热爱。不管是苦是甜,都没有失去对生活的信心,这更是一种品格和风范。

不是说坏境决定一切,但环境和氛围确实会在人生发展过程中起到至关重要的作用。

比如罗曼·罗兰与高尔基是朋友,还经常与托尔斯泰通信,还用自己父亲做自己人生的楷模。他处的环境和氛围都是有利于他进行文学创造的,从小在谙熟音乐的母亲的熏陶下养成了对音乐的爱好,他被后世人称为"用音乐写小说"的作家。

比如麦当劳的老板雷·克拉克就是改变环境的典范,当初靠卖纸杯为生,后来不断想办法改变处境,买下了麦当劳兄弟的产业,才得以实现了人生的辉煌……

人生贵在坚持原则

1.何谓精英

　　"精英"是当下的一个流行词汇,往往指那些在某些范畴做出优异成绩的人,在自己所处的时代,是响当当的人物。毫无疑问,纳兰是诗词精英,是康熙时代的领军人物。提起纳兰,人们无不交口称赞。他的整个人生华贵而灿烂,收藏千年的心事在燕子的翅膀下,在美人的芳唇下,熠熠生辉,千回百转,然后慢慢滑落在人生的每一个罅隙,每一个百花芳艳的出口。让见者悲伤,闻者哀恸,而纳兰只把自己交给心里的一句词:"我是人间惆怅客,知君何事泪纵横……"眼前的黄昏,仿似多年前,那塞外的黄沙,铺天盖地,那塞外的音乐,只一曲,就让人念了一生。纳兰的心是晶莹剔透的,是旷达无边的,他的心装下了一个时代的落梅横笛,装下了一个时代的小桥流水、夕阳西下。残血凝辉是佳人梦,断肠声里是公子那旷世的爱情。在谁的身影里慢慢孤独？在谁的眼泪里凄然地微笑？纳兰骑着白马，要去的地方，有大风刮，有桃花开，有雨水缤纷，有冰雹肆虐……孤独的公子，念着悲伤的诗句，怀揣美人赠送的一方香帕，却立在坟冢前，歌一句，哭一曲，期待那个化蝶的梦，就在这一时刻变成现实，让爱人的肩膀在自己的抚摸下变得温暖如春，他携了她去，把黑夜和她一起吞进腹中，她就永远属于他，再不会远离，再不会哭泣……

纳兰站在高处。他吐露心曲，在薄如蝉翼的爱情面前，他变得有些惊慌失措，他红着脸，把一坛一坛的烈酒倾倒在诗行里，把一缕一缕的月光系在腰间，把一曲曲的音乐送上云端，他突然回旋起自己的身体，他轻舞飞扬，他踢踏有声，他衣袂如飞，他觉得自己好像回到了故乡，回到了纳兰府，回到了美人的怀中……那种极度的快意与哀伤谁能懂？谁能给他安慰或者一个热烈的拥抱？

风雪已经掩埋了马蹄的印记，烽火台上青烟四起，号角声不断，纳兰把自己深深地藏起，藏在哪里？就藏在马背上吧。若能看到朗朗长天，若能看到星河灿烂，若能得寻爱人的消息，那就把酸甜苦辣、雨打风吹一起收进胸怀里，期待吧，期待虚掩的门后边，美娇娘那动人的妩媚，期待那磨好的墨，铺好的纸，笔下流溢的缠绵与沧桑。什么不说，只一句诗就已经诠释了所有一切，就能让爱人明白，他的思念和她的苦痛一样多，一样荡气回肠。正所谓："西风多少恨，吹不散眉弯。"

翩翩佳公子，故园俏佳人。就是那一枚短短的竹笛吧，装满了心事，装满了痴情……

抛开内心动荡的情怀，纳兰清楚地看到前方有更重要的任务在等待着他，等待着他策马扬鞭，为了理想而不懈努力。成为时代精英不是一件容易的事情，需要一个人具备不屈的志向，需要他不懈的努力。脱下铠甲，纳兰钻进书房，一夜又一夜地埋头苦读，竟然用功到头上长出零星的白发。窗外夜合花开，他也全然不顾了。他清楚自己有多少学问,也清楚自己具备什么样的特长,他不骄傲,唯自信,他找到了方向,然后勇敢地向前走。

编纂《通志堂经解》时,老师徐乾学对他说,如果书稿能面世,那他可真就是了不起的人物了,更能得到康熙的器重了,康熙一定会把他当做臣子中的"精华"。但切记不能欺骗皇帝,工作做得就是做得,做不得就是做不得。同时老师鼓励他要勇敢,如果遇到困难千万不要退缩。纳兰牢记老师的"为臣贵有勿欺之忠"的训诫,并把其当做人生的准则,不欺骗自己,也不欺骗别人,做精英之前先做君子。他没有居功自傲,没有把《通志堂经解》的功劳全部算在自己头上,而是广而告之,说文集完全是集体智慧的结晶,没有老师和一干文人朋友的支持,就没有文集的面试,也不可能有纳兰的今天。其谦虚谨慎,低调内敛可见一斑。

纳兰在挫折面前,没有退缩,虽然就个人情怀来说,他是千古伤心词人,但实际上他对自己的个人情绪具备很好的管理和调控能力。比如卢氏去世后,他虽然悲痛万分,像被人抽走了魂魄,但是痛定思痛,他选择了牢牢地站稳,然后继续生活下去。他把所有情怀用诗来表达。葬花天气,阶前雨,公子的心里满是人间无味,风呜咽,雪花盛开,公子用眼泪洗净了暗夜的垂死,用诗词呼唤来又一个黎明。终宵转侧,谁人是知己?

爱人在自己的故事里,是最美。踽踽独行的自己在爱人的心里,是否也是唯一?爱人啊,这一刻公子的心,比雪还冷,比花还灿烂,若你能懂,足矣。纳兰拽住自己,不让自己在悲伤里跑得太远,不让爱人为自己继续感伤,如果爱人能忘了自己,寻找到快乐,足矣。

卢氏不在了,纳兰一如既往地陪伴着康熙,康熙没有安慰纳兰,他知道纳兰的心需要诗词,需要烈酒,唯一不需要的是安慰,因为安慰是无力的,若纳兰能救自己就救了,不能救,别人没有任何办法。苦难能击垮一个人,也可以让一个人得到新生,就让纳兰自己控制自己的情绪吧。纳兰没有辜负康熙的厚望,春夏秋冬,从彼时到此时,纳兰虽然黯然感伤,但他也是艳丽的风景;他挥一挥衣袖,把诗词的酒杯填得满满,醉了红尘情长,醉了壮志豪情,醉了诗香中的灵魂。人生澄明,岁月无声,时间把所有的故事全部带走,直到最后,把所有的主人公也都带走了。这是人生的幸运,也是人生的无奈。看清了,就淡了,就放下了,仅此。

生活还是要继续的。纳兰的生活具备很强的计划性,他能把个人的爱好兴趣与本职工作紧密地结合起来,不让二者之间产生丝毫冲突。陪伴康熙的时候,纳兰专心致志,不让工作发生一点纰漏,回到家的时候,他又能把自己的第二职业经营得风生水起。两手都要抓,两手都要硬。纳兰总有办法让自己的人生那么有趣味,那么五彩纷呈。做侍卫是康熙不断称赞的侍卫,康熙因为纳兰工作的优秀,曾经给予纳兰不计其数的奖赏,有金牌、彩缎、字帖、佩刀、鞍马、御馔等等;做诗人是作品奇绝的诗人,雪大如席,痛而无泪,纳兰行走于诗路,内心收获的是淡泊清凉。面对人生种种,纳兰何尝不是"打不倒的公子"?

在那上层世界,纳兰的真情飞舞,他的信誓,他的艳绝,让人无法忘记。若珍视,必深埋于心底。

一般说起"精英"二字,人们往往把他们完全地与普通人区别开来,让"精英"和普通人之间有一个不可逾越的鸿沟。事实上,精英并没有那么神秘。纳兰没有因为自己卓越的诗词成就和汉学修养而高高在上,没有把自己与普通人隔离开来。相反,他还能够跟普通人打成一片,无论是汉人的落魄学子,还是府中最普通不过的仆人,都与纳兰有着非常融洽的关系。他风度翩翩又态度平和,他心态艳绝,又真挚善良,他结交了非常多的朋友,并把交朋友当做自己的一个乐趣,他重视每一个朋友,并擅长与朋友进行沟通合作。他完全没有相府公子的高傲姿态,他对所有人都是那么随和,没有丝毫的骄矜,朋友们乐意与他一起吟诗作赋,却不忍提了他的伤痛。他们爱护着纳兰,像爱护自己一娘所生的兄弟。纳兰的心水般软弱,火般热烈,在一季又一季的寒冷与繁华里,纳兰一步又一步地走过,直走到地老天荒……朋友们看在眼里,痛在心里,但也无力去帮助他,只有在酒桌上,一次次地拍着他的肩膀,无言的情谊,无语的安慰。

纳兰的种种特质让他成为与众不同的公子,吸引着一干朋友。纳兰的思维是开阔的,他从来不会固步自封,他乐于接受新生事物,头脑里永远有着另类的想法。朋友们经常找纳兰,问询他最近有什么新鲜事?纳兰总不会让朋友们失望而归,因为纳兰是大家的"智囊书生"。纳兰也有着做读书笔记的好习惯,当然也喜欢记日记。在他平时的读书杂记里记满了西方的文化知识,不管天文、历法,还是农业知识,他都非常感兴趣,然后分门别类,细化归纳。他的读书笔记,在书房里码放得整整齐齐,朋友们经常来拿走学习。甚至,纳兰还利用宝贵的休息时间,把家里的仆人集结起来,给他们讲"故事",故事内容就囊括了许多仆人们闻所未闻、见所未见的西方学术知识,让仆人们大开眼界……

康熙听闻纳兰还给仆人们讲"故事",也要凑个热闹,纳兰打趣康熙说:"皇上可不要吓坏了我的仆人啊……"

康熙虽然没有去纳兰府上听纳兰"讲故事",却经常把自己写的诗交给纳兰,让他翻译成蒙古文,哪怕是普通的一首诗词,经过纳兰的翻译,也变得妖娆多姿起来……

纳兰是博学的精英,是不断进取的精英。在诗词领域,他推动了整个时代的进步。他的卓越成就令后人尊敬,敬仰。他是真刀真枪的精英,没有任何作秀的成分,也没有任何包装的成分,他这个"精英"当得让人服气。他的品性高洁,诗词婉约,他让人佩服的同时又心生怜惜。他凄楚明丽,又幽香淡淡,他像最和煦的阳光落在你的桌上,不掬起却感怀了他的温暖。他作词,你凝眸,他心酸,你流泪,涌入你心田的都是诗词的味道。无论愁怨,无论冷寂,你都愿意与他紧紧相随,一起走过。岁月的惆怅是不是越走越浓?伤心的人儿是不是举手祈祷？成为精英的纳兰已经在时光的最巅峰浅吟默唱……

　　但现在的许多精英是包装出来的精英,有着不能深究的优秀,虽然也耀人耳目,但总是如同流星,拥有短暂的辉煌而已,不具备长久的魅力。

　　有人会说,纳兰出身于富贵人家,本身不就是精英么？但如果纳兰不具备优秀的诗词能力,不具备优秀的个人魅力,不具备时代洪流之中的卓越风采,不能全方位地打造自己,恐怕他也只能是一位普通的富家公子而已,却称不上是精英了。纳兰最吸引人之所在不是他的富贵等身,而是他的"内秀"。

　　有地位,有钱,有高学历的人很多,这样一些人经过努力都可以成为精英,也确实能够误导人们把他们当成精英。但地位、财富、高学历等跟精英不是等同的,这是对精英的一种误解,精英与身份地位没太大关系,也跟财富学历没多大关系,主要看他们具备了什么样的特质,对这个社会做出了什么样的贡献。落马的高官和打着艺术旗号进行包装的人也往往被人称为精英,但他们实际上是"伪精英"。

　　在物欲横流的社会,当一个人富得"流油"了,很容易被人说成是精英。人们为财富和功名而不停追逐,谁钱多,谁就是老大,谁就是精英。谁做官做得大,谁就是精英,这是多么可怕的趋势！

　　勃拉姆斯很贫穷,但他是德国音乐史上非常著名的作曲家,他是大师,被称为19世纪浪漫主义音乐的复古者,他是时代的精英,并被后人铭记;巴赫一生苦难,但他被称为西方现代音乐之父,他也因为自己的突出贡献而成为时代的精英；贝多芬也很贫穷, 还经常去卖唱,但他也是精英……这样的例子举不胜数,这就可以看出,精英并不是富人的专利,穷人也可以成为不折不扣的精英。精英的关键就是看你为这个时代做出了什么样的贡献,与穷富倒没有什么关系了。精英更需要像纳兰那样对自身进行多角度的锻造,火候到了,想不成为精英也难了。在物欲横流的时代,面对财富功名的诱惑,能否去追寻生命中最重要的意义,是一个刻不容缓的问题。

这世间,精英无数,生活里,诱惑无处不在,人生里也会有各种各样不完美的痕迹,把自己打造得尽量完美,才能醉饮人生,花开四季。

2.用行动证明你有职业声望

纳兰作为康熙的御前侍卫,得到康熙的信赖与赏识,别提让多少朝中大臣羡慕嫉妒恨了。虽然纳兰的愿望是考中进士后进入翰林院继续深造,但既然康熙钦点他作为贴身侍卫,那么恭敬不如从命,纳兰迅速走马上任了。纳兰心怀敬畏,愿意用自己最大的力量做好这份工作。不管是马背诗人,还是御用文人,只要能与诗词相伴,哪怕再苦再累,哪怕与自己的志向并不完全匹配,他也要竭尽全力。诗书藏于脑海,爱情埋于心间,他与大海一起澎湃,与雪花一起跌落,人生就是平仄的脚印,就是慷慨的时光,就是细心的收藏,就是坦然的面对。从一个人的孤单,到两个人的爱情,是笛声的惆怅,是两个人的错失。遇到什么样的人,能做什么样的事,都是缘分,除了认真对待,别无他法。海水蓝了,你还会孤单,花儿开了,你也会绝望,接受命中的一切,好好工作,好好生活,淡泊有味,人生无悔。

在家中苦苦等待康熙任命的纳兰终于摆脱焦急和日思夜想。没成为侍卫之前,他如此淡定,得到侍卫的任命后,他也没有表现出过分的惊喜或失落,纳兰只是平静地接受了这一切。

事物都有其两面性,做康熙侍卫"好"的方面是这个职位是正五品的高官,不仅福利好,工资高,而且离康熙近,可以当红人;"不好"的方面是"侍卫"的意思是满族方言里的"虾"或"辖",是必须随时听候调遣的奴才,就像永远弓着背,弯着腰的虾。就从这一点来说,那侍卫的职业声望几乎为零了, 纳兰想成为文人雅士的愿望好像跟侍卫这个头衔没有任何关系。纳兰有什么办法提高自己的职业声望呢?

康熙任命纳兰的那一天,从朝中归来的明珠极为震怒,甚至把茶碗都摔碎了,还拍案骂人,好一阵子不服气,把家人吓得大气都不敢出。明珠认为康熙给自己的儿子这样的职位,简直就是在打他的脸。康熙太老谋深算了,他不给儿子正经的官职,也无非就是怕纳兰羽翼丰满,纳兰家族强大之后,会报祖上的世仇,威胁到他的皇位罢了。朝中那么多的职位,让纳兰做什么工作不好,却偏偏让他当什么侍卫?这不是大材小用么?

虽然明珠知道不管把职位做到什么程度, 充其量也是皇帝的奴才,但他还是想让儿子哪怕当奴才也要当得体面点儿,而不是去当什么侍卫,康熙的这种任命是他万万没想到的。

何况明珠也是从侍卫做起的,他深深知道,作为一名侍卫,要想有一天出人头地,那可是太难了。但既然是皇帝的任命,明珠就是再恼火,也说不出来什么。明明不情愿,也得谢恩再三,不高兴也要装出高兴的样子来。

明珠以为纳兰两次考试,六年的准备就得到这样的一个结果,肯定痛苦万状,没想到他还没有安慰纳兰,纳兰就主动跟他说:"阿玛不要伤感,也不要苦恼了,同样都是效忠于皇上,那做侍卫和做尚书又有什么分别? 谁说做侍卫就没出息了? 再说又不是永远做侍卫,阿玛不正是由侍卫一点点地走到高处么?阿玛放心吧,儿子做侍卫也要做一个称职的侍卫……"纳兰明明不爱什么富贵功名, 但为了安慰父亲,也只好如此劝慰。

听儿子如此说,明珠也释然了,反而嘱咐儿子好好侍奉康熙,争取有一天换个有前途的官当当。

"声望"一词是对职业地位高低的评价,在当时,纳兰的职位声望很有争议。有人觉得他能天天跟着康熙,那简直是平步青云了,也有人说他再是进士,也无非是康熙的侍卫,一辈子也就这样了,没出息了。但纳兰决定用自己的实际行动证明自己的职业声望,扭转大家对侍卫的看法。别人认为他走到了仕途的顶点,但他还是跟从前一样习武读书,反而更有干劲了。他每天练习剑法,每天进行体能运动,每天抄录徐乾学老师家里的古籍。不用工作的时候就早早地去了徐乾学家里,和老师探讨学问,往往清晨去了,黄昏才回。在月光明亮的夜晚,纳兰书房里的诵读声直至午夜还朗朗……累了,就独自望月,看那天河里一望无际的寂寞……

他上任第一天,索额图的儿子索拉旺就讥讽他说:"容若,恭喜你做了皇上的……奴才啊……"纳兰一笑置之。

索额图凑到明珠跟前说:"恭喜容若公子做了皇上的侍卫,虽然是……"他的话还没说完,就被明珠打断了:"你我都曾经做过侍卫,多余的话就不必说了……"一时间,索额图无言以对。

康熙不仅有纳兰一个侍卫,但论起才华,纳兰却占了第一名。他的鲜亮与华彩,把别的侍卫都比了下去。面对他的优秀,不由得令人不知所措,自惭形秽。他不仅是康熙的骄傲,也是其他侍卫的骄傲,他们以与他为伍为荣耀。

纳兰没跟随康熙之前,康熙只能曲高和寡,写一首诗,没人能评,也没人能和,大家除了恭维着说些无关疼痒的好话之外,再也不会给他任何评价和建议了。但自从纳兰来了之后,康熙终于找到对手了,再也不寂寞了。康熙与纳兰一起写诗作赋,好不热闹。纳兰是个聪明人,无论自己的兴致多么高,他也不会刻意地把康熙比下去,总能让康熙略胜一筹,然后龙心大悦。他的细致入微,让康熙甚为感动。甚至对宫中人说,只要是纳兰来了,可以不必禀报,直接进入皇帝的大殿,不管皇帝是否在批折子,也不管皇帝有否更衣……这在当时可是非常大的特权。

康熙之所以给纳兰这么多的优待,是因为康熙和纳兰有许多相似之处,康熙和纳兰一样,从小也是"神童",自小学习诗词能够过目不忘,而且也是文武双全。康熙从小博览群书,当上皇帝后反而比幼时更加发奋用功了,他看到纳兰就仿似看到了自己,倍感亲切,所以没有把纳兰当"外人"。当然,高人最感兴趣的事就是能够随时与高人进行武艺的切磋、文艺的切磋,这个高人自然就是纳兰。康熙与纳兰无论诗文,无论骑射都不相上下,康熙更加赏识他了。纳兰可圈点的岁月里,是与康熙同步的时光,这对康熙和纳兰来说都弥足珍贵。他们的家族有着非常相近的血统,也有着世人皆知的恩怨,但并不妨碍康熙与纳兰建立异常亲密的君臣感情。

而纳兰自从当上侍卫以来,更加勤奋了。他知这一生就是一条不归路,而他还能在工作之余,打磨诗词与爱情,这一定是老天的赐予,他倍加珍惜。他用诗歌写就生命的悲欢,他用诗歌写就爱情的痛楚,所有的悲剧与喜剧其实都是生之所在,就让人把自己当做狂生吧,坎坷路途,甚至生死,都能够大笑着走过。凄清不可怕,寂寞在怀中,披散开长发,就舞在万劫不复的山崖边。是美人的红袖吧,临风舞过,托住他垂下去的诗心。人生的来处与去处,都有诗词相伴,做了侍卫还能够有皇帝赏识自己的才华,这是多么大的幸运!

作为康熙的保镖和生活助理,纳兰不仅把本职工作做得非常好,而且进一步加强文武双修,毫不懈怠。他在诗路上奔跑,他在剑气的清寒里看到人生的模样,人生如梦,他经历过一个个人生的片段,经历过够他消化一生的故事,日升月落,多少好景难留,最美的爱人不能永远相拥,悲剧有时就是生活的主旋律,给你一个相会的日期,竟然是来生。心里不是不在乎,只是不敢常常回顾。看破了红尘,还要勇敢向前,这就是人生的禅……

多少痴狂,伴酒而生,多少沧桑,岁月铸就,多少风景,就融入那三生七世。如果路还在,就要不停地追寻……

康熙射鸟,能够一箭两鸟,纳兰也能一箭两鸟。康熙能射杀老虎,纳兰也能够射杀老虎,康熙能够百步穿杨,纳兰也能够百步穿杨……

在猎场,在马背上飞驰的纳兰,看似不经意,射出去的箭却百发百中……

纳兰公子,风般的姿态,梅花的模样。他一忽琴棋书画,一忽剑影刀光,他给予你的永远是无法阻挡的魅力……

谁能理解纳兰公子呢?他一手统辖着诗书,一手统辖着爱情,然后还要把自己的工作做到完美。他时时刻刻寻找着生命的意义,然后把自己当成细小的微粒。已经逝去的都是传说,他其实也没有什么目的地,却不再惧怕人生的巉岩险峰……

纳兰做御前侍卫一段时间之后,朝廷里又开始议论纷纷,都说纳兰公子无论做什么工作都能做得非常出色,能把侍卫这个卑贱的活儿做到这个份上的可不多。纳兰府上开始热闹起来,大家都来拜访明珠和他的儿子,明珠位高权重,"拜访"一下情有可原,但拜访纳兰这个御前侍卫又是为何呢?原来他们认为纳兰离康熙最近,说话办事肯定非常方便。只可惜纳兰对官场上这些蝇营狗苟,根本不感兴趣。实在盛情难却,纳兰干脆把别人托付的事情推到父亲那里,自己落个清静。

时间长了,大家终于知道,毕竟纳兰跟父亲明珠是完全不同的两种人,想要收买纳兰,除非太阳从西边出来,也就断了继续纠缠于他的心思,不再去打扰他了……

纳兰的文化程度很高,工作能力很强,做侍卫有些"屈才",但纳兰自己却把侍卫的工作做得有声有色。和他一起做侍卫的人,因为纳兰的出色而不再卑微,他们常常跟人说起:"容若公子是和我们一起的……"可以说,因为纳兰,在康熙时代,侍卫这个职位有了很高的声望。不仅扭转了大家对侍卫的看法,还让"侍卫"一职成为不可小窥的职位。所以后来,康熙让纳兰作为皇帝的代表出使西域也不是什么稀奇事了。不管满朝文武如何看待这件事情,康熙都打定主意让纳兰出使西域,因为他知道纳兰具备这个能力,而且一定能够圆满完成任务。事实证明，康熙没有看错纳兰。

纳兰心中的职业没有高低贵贱之分，他的心思放在了工作本身，想的是如何把本职工作做好的同时，再为这个职业增添点正能量。所以说，纳兰的工作态度一直是端正的，他对自己充满信心，因为做了侍卫的工作，就爱上了侍卫的工作。用现在的说法就是干一行，爱一行。他因为侍卫工作做得好，皇帝才让他到各地出差，才让他参与国家的重要政治活动。

是的，自古以来，职业声望有高有低，但劳动者并无贵贱，这是不变的法则。古话说得好，三百六十行，行行出状元。若你愿意，你总会打造出自己的职业声望。重要的是，无论身在什么样的职位，都应该注重培养自己各方面的能力。若你想成为多面手，没人会拒绝你，多种能力还会让你在职业生涯中更加如鱼得水。

时传祥是一位"宁肯一人臭，换来万人香"的挑粪工人，他把掏粪当成自己人生中最光荣的事，因为他全心全意为人民服务的精神，他受到了毛主席的接见，谁能说他没有职业声望呢？

现在的人也应该跟纳兰学习，无论做一份什么样的工作，都应该正确认识自己，客观评估自己，进而了解社会需求。只要是适合自己的岗位，都能够通过不懈的努力证明自己的职业声望……

是的，没错，几乎所有人都愿意当科学家、大学教授、歌星和工程师，觉得这样的职位才具有职业声望，而只有这样光鲜的职业才适合自己，从事这样的职业才不会丢面子，才能够对得起父母和国家的培养。但是能当上科学家、教授和歌星的毕竟是少数，绝大多数人只能从事普通的工作，是在多数人眼里没有"职业声望"的工作，那么普通的工作要不要做好？答案是肯定的，钻石有钻石的光芒，鹅卵石也有鹅卵石的顺滑。做好最适合自己的本职工作，人生也一样大放异彩。

3.不交媚俗之人,乐交俊逸之友

　　每个人都有朋友,相门翩翩佳公子纳兰也不例外。抛却富贵功名,最让纳兰动心动肺的就是一干患难与共、肝胆相照的朋友。纳兰的一生,极为重视亲情、爱情和友情,其中友情占据着非常大的比重。友情是纳兰心中最为纯粹的诗歌,消磨尽一生的时光,收获到余韵未尽的芬芳。如同蝶戏蜂采,纳兰的一生因为有了朋友才变得热闹起来,因为有了朋友,他的苦闷才有人与他一起分担,他的诗歌才不是独自穿行,才得以穿过今生,到达来世。他才会在短短的生命旅程里,得到岁月的宠爱。

　　卡耐基说得好:"周围到处是朋友的人,比四面楚歌的人不知幸福多少。"可见,交友是非常重要的人生活动,那么结交什么样的朋友就变得尤为重要。众所周知,纳兰结交的多为汉族的落魄文人,多为俊逸之才,鲜有媚俗和唯利是图之士。一些抱着先交好纳兰,然后亲近康熙,实现自己私利的"朋友们",都被纳兰"关到了门外"。面对纳兰的澄清、淡泊与真挚,那些用"曲线救国"作为交友策略的人都败下阵来。纳兰希望的是诗心与诗心的碰撞,而不是制造什么方便做官、方便发财的"关系网"。

　　朋友贵在知心,至情至性的纳兰在朋友们的心里,是一生都无法忘却的热烈与温暖,是一生都无法忘却的单纯与率真。纳兰与他的诗词一起,切断岁月的流转,切断人生的困惑与沧桑,停驻在渌水亭里,停驻在上庄玉河,等待着朋友用烛光把他点亮,用酒精把他沸腾。他或者与你动情地拥抱,或者与你一边饮酒一边嬉笑怒骂,他给予你的总是真诚与洒脱,温婉与浪漫。若你有了纳兰公子做朋友,那你就拥有了人生中最为宝贵的财富。

而纳兰的真性情是他得以朋友满天下的真正原因。他的诗心吐露芬芳,他的友情纯洁博大。与他相交至深的知己顾贞观,就非常感动于纳兰的真性情。在顾贞观眼里,纳兰不仅用真性情写诗,而且还用真性情做人。

只因为顾贞观无意之中跟纳兰说了一句话:"卿自见其朱门,贫道如游蓬户",意思是说他不在意什么富贵朱门,倒很喜欢茅草寒舍,纳兰马上在金碧辉煌的纳兰府里建了茅草屋送与顾贞观,这让顾贞观很震惊也很过意不去。他跟纳兰说:"我只是酒后随便说说而已,吾弟何必当真?"纳兰担心顾贞观受之有愧,忙作诗一首安慰顾贞观:"问我何心,却构此三楹茅屋?可学得海鸥无事,闲飞闲宿。"意思是说自己想和顾贞观一起,从世俗的烦恼之中解脱出来,像海鸥那样自由自在地生活。顾贞观心下甚喜,从此,二人经常在茅屋里饮酒作诗,谈天说地,好不快意。在茅草屋里,纳兰似乎摆脱了人生的沉重,想起爱情和佳人,他完全可以毫无顾忌地哭泣。泪水也好,诗篇也罢,友人都能用双手给你接起,回报给你真诚的宽慰。

纳兰工作累了,需要排遣心中的苦闷时,就肯定会来茅草屋,与顾贞观一起做起陶渊明,"采菊房檐下,悠然见茅屋"。两人虽然相差十八岁之多,但却每每称兄道弟,掏心掏肺。他不知为顾贞观吹奏了多少爱情曲,也不知为顾贞观写就了多少友情诗,他乐意让朋友目睹自己不绝的伤心,不悔的选择……这份真情连明珠也被感染到了,他知道儿子为顾贞观特意盖了茅屋,只是为了满足顾贞观的"田园之心",只是为了友情的延续与保养。

纳兰交友根本不在乎你的身家地位,不管你是否财富等身,只要你有才华,有高洁的品质,他就会视你为知己,以诚相待。你会融入到他的血液里,凝成各种情结,每一个情结都是红艳而灿烂的,都是被纳兰视为珍宝的。

在一干朋友中,纳兰最喜欢的是顾贞观,他视顾贞观为"一母同胞"的兄长，虽然没让他认明珠为父亲，却把自己的儿子拉到顾贞观面前，跟儿子说："吾儿要记住，这就是你的亲伯父！"不仅如此，纳兰还把自己的文集托付给顾贞观，让他帮自己整理编纂。我们都知道，每个文人都很看重自己的作品，甚至把作品当成自己的"孩子"，能把自己的作品交付给别人，就相当于把自己的孩子送给了别人……

《饮水词》终于面世了，其中就有顾贞观的功劳。那些"不忍卒读"的诗句，就是这位兄长一边流泪一边帮助纳兰整理出来的。那些伤口，那些疼痛，顾贞观同纳兰一样感同身受，他把纳兰的"孩子"也当成了自己的"孩子"。

纳兰的朋友，不仅顾贞观，几乎所有朋友都是一无权、二无钱的江湖文人。其落魄，其瑟缩，其无着无落都达到了顶点。纳兰与这些人交朋友，引起了许多非议，有很多人说纳兰这样做是为了标新立异，也有人说这些落魄的人跟纳兰交好，目的险恶，甚至很多朝中大臣都要讥笑明珠："纳兰公子不爱富贵功名倒也罢了，怎么现如今却做起丐帮帮主来了？"明珠只好敷衍道："犬子一向浪荡悠闲惯了，他的爱好就是以酒会友，倒不去管朋友的出身了……"

针对周围人的非议，纳兰用一首诗表达了自己的气节，这首诗就是他的成名作《金缕曲·赠梁汾》。其中有两句表达，"德也狂生耳，偶然间，缁尘京国，乌衣门第"，"身世悠悠何足问，冷笑置之而已"，意思是说，不要以为你顾贞观是江湖风流客，我何尝不是狂放不羁之人？只是偶然的机会，我才出生于权贵之家罢了；对于人们的蜚短流长，关于身世的问询，不用理会，冷笑而已……

面对非议，纳兰丝毫没有"收敛"，而是加大了交友的力度。一时间，顾贞观的茅草屋热闹起来，渌水亭也热闹起来，就像现在的PARTY一样，经常宾客云集，热闹非凡。这些地方成了纳兰诗歌的"库房"，成了他友谊的发源地，他与朋友们一起作诗，一起研究学问，已经到了一起吃饭喝酒，一起入眠，时刻不能分离的地步。纳兰的灿烂与美好，一览无余地展示在朋友们面前,让朋友们更加推崇他,更加爱护他。

　　纳兰的座上宾除去顾贞观,还有朱彝尊、陈维崧、梁佩兰、秦松龄等人,严绳孙和姜宸英也是渌水亭的常客,他们有的比纳兰大二十多岁,有的大三十多岁,顾贞观是这些人之中年龄最小的,还比纳兰大了十八岁。他们与纳兰不仅年龄差距大,而且身份地位也非常悬殊。有意思的是,他们都是落魄文人,都有一个共同点:具备很深的文学造诣,文采风流,天性高贵。这正是他们与纳兰性情上的交集,就因为这个交集,纳兰与他们赤诚相待,肝胆相照。纳兰不仅经常与他们在一起吟诗作赋,而且经常资助贫困的他们,几乎惠及到了每一个人。没钱花,纳兰给他们钱,没地方住,纳兰把他们安排在纳兰府,可谓关怀备至。

　　才华横溢的严绳孙是个极为叛逆的主儿,他不想归顺清朝,虽然康熙破格录取他进入翰林院,他还是找借口"辞了职"。他年老体弱,境况非常潦倒,纳兰悲悯于他,所以长期收留他住在纳兰府,直至他返回家乡,纳兰还依依不舍,写了许多诗赠与他……

　　因为友情,纳兰洞开的胸怀无比宽广,宁愿这一生不再有什么归途,就是这样喝酒作诗,谈古论今,就这样从冬天走到春天,就这样与众兄弟一起歌唱,唱罢人生的无奈,再唱爱情的甜美芳香,就这样坚持着自己的立场,不管什么诟病,也不管什么蜚短流长。用诗心的光芒照亮自己的前世今生,也用诗心的火焰,互相取暖,看到雪花的模样,看到严寒里的盎然……

　　牵着手,搂着参差不齐的臂膀,在诗香里徜徉,在酒香里沉醉。谁说我们是丐帮,任选一个,哪个不是一流的好儿郎?每个人的舞步,每个人的情怀,集结在一起,就成了百花齐放,纳兰与这些朋友,不管地位相差多么远,灵魂却靠得这样近。他的心如此虔诚,导致他的悲与欢都被朋友们尽数捧着,就像捧着高山上的雪莲。

　　纳兰好像战国时期的平原君赵胜那般,拥有门客三千,好不辉煌灿烂。对志趣相投的人,纳兰"青眼"相加,对庸俗的势利小人,他白眼一翻，理都不理。

"青眼"一词还有一个典故，这个典故得从竹林七贤阮籍说起，阮籍有一个"功夫"：能翻白眼和青眼。遇到势利小人，就白眼看他，遇到志同道合之人，就青眼相加，然后甜甜蜜蜜地交往。

纳兰也跟阮籍一样，不是朋友的，绝不招惹，是朋友的，就会一生交好，并给予一生的厚爱与倾情奉献。在这里不得不提起，纳兰全力挽救吴兆骞的佳话。

其实纳兰并不认识吴兆骞，这个名字对于他来说是个完全陌生的名字，但吴兆骞是顾贞观的朋友。他在一次科考作弊案件中含冤入狱，被流放到极其荒凉的宁古塔，生死未卜。顾贞观为了搭救吴兆骞，从未求过人的他恳求纳兰帮自己这个忙，一定要把吴兆骞救回来。但这个案子是前朝的顺治皇帝处理完并下了定论的案子，无论怎么样，儿子康熙都不可能"翻案"，因为那样就是大不孝。所以无论纳兰自己求康熙，还是让父亲明珠求康熙，想要释放吴兆骞，都是非常困难，甚至是完全无法做到的事，所以一开始，纳兰并没有答应顾贞观，并且一再道歉，说自己很惭愧。

顾贞观知道纳兰不是不帮忙，肯定是难度太大了。绝望之中，他为吴兆骞写了两首诗，其中的句子感人至深："行路悠悠谁慰藉，母老家贫子幼"，"薄命长辞知己别，问人生，到此凄凉否？"纳兰看了这些诗句，被顾贞观和吴兆骞的生死友谊感动，心潮澎湃，答应此事虽不可为，但哪怕用十年时间，也要搭救吴兆骞出来。可吴兆骞已经被流放十九年之久了，再等十年，都不知他还能不能在人世了……顾贞观"得寸进尺"，再次恳求纳兰说："人的一辈子有几个十年？十年实在是太长了，能不能用五年的时间呢？"

纳兰感动于顾贞观的深情厚谊，答应他以五年为期，让吴兆骞活着回来。可救吴兆骞，难度非常之大，纳兰决定什么都不要了，只要能救人于水火，他决定孤注一掷，哪怕受到牵连也在所不惜。所以，接下来的五年时间里,纳兰出钱出力,不断奔走。甚至不怕山高水长,派人去到宁古塔,秘见吴兆骞,让他写下《长白山赋》,趁着康熙祭祀长白山之际,把这首诗想办法送到了皇帝手中,康熙虽然没有马上释放他,但因为这首诗而龙颜大悦……

纳兰和父亲继续奔走,纳兰甚至冒着欺君犯上的罪名,亲自面圣,先是跟康熙探讨满汉融合的重要性,又跟康熙谈起宁古塔流放之人,也有才华横溢之士,如果给予机会,假以时日,他们一定能为朝廷建设出力献策,若能放了被冤枉的人士,就显示了皇帝的宽容大度……

在纳兰和父亲联手斡旋的情况下,纳兰遵守诺言,在他答应顾贞观救人的五年之后,吴兆骞终于被释放了。可以说,吴兆骞的性命是纳兰不顾性命换回来的。从那以后,吴兆骞与纳兰成了生死至交。纳兰的重情重义,流传于世,并经久传颂。

别林斯基说过:“真正的朋友不把友谊挂在口头上,他们并不为了友谊而相互要求一点什么,而是彼此为对方做一切办得到的事。”纳兰和他的朋友们就是如此,他们的交往没有任何功利性,但却能够为了朋友排忧解难,哪怕面前就是重重阻隔,沟壑险滩。

纳兰因为身边的俊逸之友,显示出了自己更大的价值和风采。在纳兰心里,因为这些朋友的优秀卓越而去与他们交好,是人世间最快乐的事。纳兰与朋友们同声相应,同心相知,收获的是常人难以想象的快乐。

朋友是一个非常普通的词汇,但是得到真正的朋友却不是一件容易的事,常常听人说:“这一生,有一知己足矣。”可见如果得到真正的朋友,该是多么幸运的事。而人生最美丽的回忆,就是在物欲横流的世界,自己还能够有知心朋友。

莎士比亚说:“朋友间必须是患难相济,那才能说得上是真正的友谊,你有伤心事,他也哭泣,你睡不着,他也难安息;不管你遇上任何困难,他都心甘情愿和你分担。”纳兰与自己的朋友正是有着这样的境界,才让自己的友情成为后世的佳话。

佛教《字经》里提到四等朋友——有友如地,有友如山,有友如花,有友如秤,就是对各类朋友最好的诠释。如地如山的朋友多为俊逸之人,而如花如秤的朋友就是媚俗之人了。

人生不能没朋友,那么,就像纳兰那样,不交媚俗之人,只交俊逸之友吧。

4.用个人魅力建圈子

物以类聚,人以群分,这个"群"其实就是"圈子"。

我们每个人都生活在圈子中, 因为圈子的类别不同而具备不一样的人生特点,因而拥有完全不同的人生。纳兰和我们一样,也拥有自己的圈子,并在自己的圈子里绚烂绽放。他如鸣在枝头的鸟儿,他刚刚婉转低回,就有了百鸟争鸣;他如草原上的角马,他刚刚起步,就带动了万马奔腾;他如春花的第一枝,他刚要破蕊,就有了园子里的百花齐放。他在街上策马而过,总有美妙的女郎推开临街的窗子,第一眼就认出哪个是风华绝代的纳兰公子。他衣袂飘飘, 如此圣洁高贵,如此洒脱俊逸。风儿吹动纳兰美好的身心,看他沸腾在绚烂人生的正中央,看他把诗句折叠起来,放在佳人温暖的手心。

纳兰是圈子里的主角,圈子是他用个人魅力建造起来的。不计其数的满汉文人雅士,都是冲着纳兰而来。无论是在渌水亭,还是在上庄玉河,他都是大家簇拥的中心和焦点。爱情降临的时候,纳兰已经在路上。岁月迂回婉转的时候,他的心已经弥足珍贵。他像太阳那般,了解春天的情谊。他像蝴蝶那般,知道振翅后的结局。

受纳兰人格魅力的影响,越来越多的满汉文人都来投奔纳兰。有自己找来的,有通过朋友介绍来的,他们决心要把以纳兰为主的圈子壮大起来。

秦松龄被革职流放后,辗转找到纳兰时,非常穷困潦倒,破衣烂衫,几乎达到了衣不蔽体的地步。没想到纳兰不仅给了他财物,还安顿他在家中住下,纳兰给他更多的是精神上的支持,纳兰与他一起研究诗词,说古论今,完全没有相府公子的架子,这让秦松龄感怀不已。

翁叔元也是纳兰的好朋友,历任翰林院侍读和内阁学士等职位,学识非常渊博,而且恃才傲物,清正公平,颇有人中豪杰的架势。自我更是觉得在当时的朝代,没有人可以超越他的诗文,超越他的品性了。见到纳兰后,他真的惊讶了,纳兰如此优秀,竟如此低调内敛,让翁叔元心服口服地拜了纳兰为"老大"。他们相对而坐,在酒里品味诗词人生,那种意境该有多么纯美……这令翁叔元一生难忘。

有纳兰在的地方,总是欢声笑语,作诗声,谈笑声,不绝于耳。那些美好的日子,像旋转的陀螺,那些迷幻的风采,那些美妙的情调,总怕它们转得太快,来不及捉住。朋友们跟纳兰一起练习骑射,练习书法,研习诗词。纳兰是个好老师,又是个好学生,他不以自己的优秀而骄傲,却力赞了每个朋友的好处,让每一个朋友都感到受到重视的美好。

纳兰最喜欢的就是与一干朋友玩一个诗词"接龙游戏",如果遇到哪个朋友接不下去,他会比那个朋友还要紧张。纳兰是真心地把每一个朋友都当做自己的兄长,哪有弟弟不爱护兄长的道理?在"忘年交"面前,纳兰像一个孩子般可爱,他肝胆之豪爽,他诗心之清冽,竟又让他一下子变得更高大,他的人,他的心都灿烂在诗词的画卷里,这画卷里有朋友的歌声,也有朋友的笑脸……

因为出身的原因,纳兰的周围遍布富家子弟,权贵同行。是进入富贵子弟的圈子,富贵得流油,嚣张得离谱,还是进入文人圈子,自由得无边无际?满足得喜上眉梢?这个问题在纳兰出生的时候就有了定论,成为一位千古伤心词人,是他命里注定的。

正是因为进入了文人的圈子,他的世界才更加妖娆多姿,蕴含各种可能。他夜夜作诗,诗歌里遍布的是白雪乌鸦,是鲜花盛开,是枝条低泣,是人生的暗香,是世界的孤寂。富家子弟都佩服纳兰的博学多才,但同时又讶异于纳兰的"出格":多少富贵人家的公子主动与纳兰交好,但似乎他都不感兴趣,他稀罕的偏偏是一些穷小子,难道在这些穷小子身上还能得到什么好处和乐趣么?那些穷小子往往是其他人唯恐避之而不及的,纳兰却偏偏主动迎上去,当成自己的家里人那样款待,肯定是钱多得没处花了,时间富余得用不了了,才会费时费钱地做一些吃力不讨好的事……

这些富贵公子哪里懂得纳兰的情愫呢?哪里会懂得纳兰把"白眼"给了他们,却把"青眼"给了落魄的穷小子是有原因的呢,因为淡泊名利的纳兰根本不会用官多大、钱多少来判断一个人的品质,他更多看的是诗心,是情怀,是一个人高洁的内在,而这些与富贵连边也沾不上……

在诗词圈里踽踽独行,或者结伴而去,直至命运的终点,这就是纳兰的抉择。不管人生是成是败,选择了自己所爱,就证明人生的走向没有偏离轨道。也只有在诗词圈子里,他的灵魂才有了归属。马背之下,他是诗人,马背之上,他还是诗人。无论万家灯火,无论风雨飘摇,无论爱情恣意,无论人生苦涩,他找到的都是自己,是自己怡然的梦境,梦境深处,诗歌挣脱藩篱,包裹住爱情,唱得奇绝,唱得浪漫,一只鸟儿落在檐上,因为一只幼虫带来的温饱而欢呼雀跃,纳兰微微地笑了,就让诗心藏于这最普通不过的人生,就让岁月碾过最普通不过的脚印,带走吧,带走这一场接一场的寂灭。缘聚缘散,爱情奔逃,却总也逃不过一场风花雪夜的宿命。

也只有在诗的圈子里,纳兰才能展示最真实的自己,他要做的就是以诗词为生的风流雅士。人生的叶片有时会鲜艳,但也有时会枯萎,诗词是装满水的容器,给人生浇了水,人生就会绽放出阳光的温暖。

在诗词这个圈子里,他没有单枪匹马,形单影只。在圈子里,他是"群居动物",如果没有一大堆的朋友,他写的是自己的诗,有朋友相伴,他既写诗又评诗。虽然不比当侍卫轻松多少,但纳兰通过评诗得到了许多快乐,他因为朋友对他的信任而欣喜,也因为朋友的佳句而兴奋。只有在这个圈子里,纳兰才意识到相比于金戈铁马,诗词就是自己的财富,相比于富贵功名,诗词才给了自己实实在在的人生。

若诗词从天而降,他不会奔逃,只管悉数接住,不要让它们摔得粉身碎骨;如果诗词能够缝补人生的伤口,他自然不会理会伤口有多深,有多么致命;诗歌已经住进了纳兰的身体,所以让他满身带着异香,在雪地里,成为雪花的味道。

"不信道,遂成知己",纳兰在诗词圈里把每一个人都当成了挚友。他"举以待人,无事不真",他"黄金如土,惟义是赴",他用真心换真情,这人生已经是饱满的了,他怎会在乎朋友的地位与名望?面对诗词的精魄,他如此坦诚,如此真挚。他形神兼备,气质飞扬,他就是大家亮亮堂堂的主心骨。他用诗词把自己传达给大家,所以大家都在了诗词的射程之内,兴高采烈地倒下,不知是被酒醉倒,还是被诗歌醉倒……

纳兰交流的渴望在这个圈里受到激发,他结交了一批又一批的朋友,可以说,他用个人魅力建起的文人圈子,为满汉融合做出了非常大的贡献。因为纳兰和父亲明珠的帮助,许多圈子里的落魄汉人文学家还参与了《明史》的编纂与修正。比如朱彝尊、陈维崧、严绳孙、秦松龄等人都参与了《明史》的编纂工作,使他们的毕生所学都有了用武之地。纳兰在圈子里,是他们的偶像,在圈子之外,纳兰还成了他们的伯乐。

没有圈子的人,世界是渺小的,有了圈子的人,世界是生动开阔的，纳兰的人生因为圈子的依托，而有了稳固的格局。在这个格局里，他的人生走向脉络分明。他的人生开了两个杈，一个杈上满是工作的魅力，一个杈上满是诗词的魅力，而每个杈子都生长得枝繁叶茂。诗词里满是人生的哀愁，前路满是诗词的方向，诗词已经成了纳兰的标志。他的心里满是数不清的诗情的根芽，它们静悄悄地成长，让他更加地光彩照人。

纳兰已经融入到这个圈子里，并且是这个圈子里最受欢迎的人。在朝廷，在民间，在圈子里，纳兰的"粉丝"无数。若他一呼，必有百应。前面的路很远很远，但纳兰成了大家的依靠。纳兰与圈子里的人共同促进，共同成长，形成了一个非常具有正能量的小环境。不管是顾贞观的茅屋，还是渌水亭，大家来了之后的第一句话就是："容若公子在么？"他在，大家欢呼雀跃，他不在，大家必去想办法寻来，或者耐心地等待，因为有纳兰在的地方，就是他们的家园。

纳兰用自己的人格魅力影响着圈子，维护着圈子，经营着圈子，扩大着圈子，使这个圈子的名气越来越大，似乎圈子里的每个人都带上了"纳兰"这两个字的标签，因为与纳兰是朋友的关系，显得他们的人生也超凡脱俗起来。纳兰的书画作品都被他们要了去，当做宝贝放在家里最显眼的位置。康熙还特意参加了几次纳兰圈子的聚会活动，当大家都放松下来之后，竟能与康熙打成一片，喝酒唱诗，好不热闹！

纳兰在圈子中还是个服务者，他热心地帮助圈子里的每一个人，无论是谁有了生活困难，都会来找纳兰。如果他们碍于面子不来找，纳兰只要听说了，也会主动资助他们渡过生活的难关。米、面、衣服、钱，只要有人需要，纳兰都给。他在朋友们眼里是亲切的，是良善的，是没有任何公子架子的，就像邻家的少年，带着爱心走来。再大的困难，他都能帮助解决，还不要任何的回报。

纳兰用真心换来真情，也换来了圈子老大的地位。纳兰用诗词改变了自己，也用诗词改变了圈子里的人。他用诗词还原了青春，还原了爱情,还原了人生的真谛。在他这里,没有无法抵达的梦想,当他跟随这个世界一起战栗,他就懂得了人生的意义。当月亮抱着花朵做梦的时候,当流星成为时光的舞姿,他用衣袖覆住自己的脸,他知道,有一颗泪,里面已经是全部的人生。

我们当下人所处的光怪陆离的世界,也是由各种各样的圈子组成,我们每个人都是圈子中的一员,扮演着圈子中的角色。如何在圈子里生活得游刃有余,是人生一个重要的课题。

就像纳兰那样发挥自己的优势,做出成绩来,才能收获人生的精彩,才有可能在圈子中被人看到,被人重视。当然,做事先做人,如果能把个人魅力发挥到极致,素质优秀,成绩突出,想不成为人生翘楚,都是一件困难的事情了。

纳兰的例子可以看出,个人魅力非常具有"杀伤力"。它是一剂黏合剂,能把具有相同兴趣爱好的人集结在一起,形成一个颠扑不破的圈子。像一艘大船,带着志同道合的人航行于浩瀚的大海,去实现人生的理想。毋庸置疑的是,圈子成功了,人生就成功了。纳兰就是圈子成功、人生成功的典范。

5.隐忍的力量

每个人的一生都不可能一帆风顺,总会遇到各种各样的困难与挫折。为了对付这些困难和挫折,我们的内心就会产生一种强大的力量,帮助我们从容面对人生中的一切,这种力量就是隐忍的力量。

纳兰的一生也是隐忍的一生,当他与一片雪花相遇,当他在人生的无奈中选择诗心的执着,他就已经完全不在乎把自己隐藏起来,完全不在乎只用诗歌的触须探出生命之外。他把诗歌当做奔腾的弦,然后弹成生命的绝响。

这里讲的隐忍不是狭义的,不是指面对命运的安排时,那种单纯的忍让与屈服。人们在生活中总会遭遇苦难,会遭遇诧异的眼神甚至蜚短流长,甚至总会有各种各样的羁绊。但当你生活得自信又满不在乎时,你的境遇就会向着好的方面发展,就会慢慢地顺畅起来。许多不开心不是你遭遇了什么,而是心境的转变。人歌一生,最后总会曲终人散;人舞一世,最后总会悲欢舞尽。但只要无悔,只要参透了人生中的所有悲欢离合,那么短暂的快乐也可以永恒,长久的磨难又能算得了什么。哪怕人生的帷幕慢慢落下,那些曾经的华彩还是会长生于人们的脑海。垂下双眼,你总会看到哪怕是苦难覆盖之下,也有前进的誓言。

隐忍是纳兰生活中的主线条,让他能够在淡泊之中求进步,进步之中求发展。他有旷世之才,但他宁愿做康熙的侍卫,放弃风流雅士的梦想;他出身贵胄,但他宁愿放弃所有富贵荣华,选择了一群孤苦清淡的诗酒朋友;他把爱情当做自己的生命,但当佳人不在,他选择了与诗词为伴,惆怅安然;当他受到康熙的误解,他也只是淡然一笑,仍旧以效忠为本;当父亲与他走了完全不同的人生路,他最后选择了理解宽容……

说起纳兰与康熙之间的误会,还有一个小故事。纳兰在编纂《通志堂经解》时所付出的卓绝努力,康熙都看在眼里,心里也暗暗佩服,心想这么浩大的工程,纳兰是用了什么样的心劲才坚持下来的呢?

但当《通志堂经解》成功付印之后,康熙有一回听信百官谗言,对纳兰有了些许怀疑,他竟然也认为年轻的纳兰目的不纯,纳兰在家里等候殿试任命之时肯定非常想出名,非常想做出点什么成绩给康熙看看。他之所以竭力弄这个《通志堂经解》,主要目的就是为了沽名钓誉,给自己弄个好名声罢了。但当康熙阅读完《通志堂经解总序》后,才知道他冤枉纳兰了。纳兰在总序里坦然承认,在文集编纂的过程中,他做的工作只是微乎其微的,这部文集就是集体智慧的结晶,如果没有老师和朋友的帮忙,他成功不了。纳兰完全没有把老师和朋友们的功劳据为己有的意思,又哪能谈得上沽名钓誉呢?再大的富贵功名在他眼里也只不过是浮云,又怎会在区区丛书上面做文章?他的坦白与诚实,他的谦虚与自尊,让康熙感动至极,也不好再歪曲他了……

纳兰无论身处什么样的境遇都保持着自己的干净与纯洁,他是特殊的风景,总能让你过目不忘。他的单纯与至情至性,从来不是刻意制造,那正是他骨子里的特性。

纳兰的隐忍是他的气度,是他的胸怀。一段时光,一截故事,纳兰都让它们在自己的诗心里扩张,它们如此柔和,如此悠长,如此冰清玉洁,不会因为境遇的改变就没了曾经的模样。

纳兰的隐忍是他的包容,是他的悲悯。伴君如伴虎,他虽然是康熙最信赖的御前侍卫,但他也经常要面对康熙的坏心情,纳兰都默默地承受下来。他不会因为康熙的一句"容若办不好这件事,就提头来见朕"而怨怒于康熙。

作为康熙的同龄人,他除了对康熙的尊崇之外,心里还满是对康熙的悲悯。

是的,纳兰虽然有过爱情的失落,有过因病错失殿试的遗憾,但这实在称不上是人生的大风大浪。康熙的人生跟纳兰相比,那才是真正的悲情万丈。康熙八岁丧父,十岁丧母,虽然身为黄天贵胄,但实际上是一个孤儿。他八岁登基,十四岁亲政,十六岁除掉鳌拜集团,一系列棘手的政治事件一股脑地倾倒在少年天子身上,其艰苦卓绝又怎是常人能够想象和预测得了的?康熙是坚韧果敢的君王,纳兰是多愁善感的诗人。一个经历的是刀光剑影,一个经历的是爱恨情殇。

纳兰对康熙的悲悯之心,令他无怨无悔地应对康熙的任何命令。做贴身保镖也好,做文学侍从也好,他都尽量把工作做到完美。翅膀四散而去，从不惧青春褪尽色彩，从不惧人生跌宕起伏，若能从冬天回到春天，就让一簇簇的诗词集结成坚强的盾牌，护住人生的软弱。风雷还在，闪电倏忽，少年公子的心容纳了太多人的悲戚，太多人的故事，他的生命因为关注他人而更加美艳精彩。他与悲欢迎面相拥，又与风霜互相杂糅。月光如水，诗词和美人都成了至静至美的玫瑰。玉碎一地，丝绸飘扬，佳人从天上舞来，他奔跑着接住，就像接住雪花的晶莹，雨水的纯净。

纳兰的隐忍是他的坚持，是他的承担。身为康熙的近臣，他对高官们之间的明争暗斗，尔虞我诈，互相倾轧，再清楚不过了。若深入进去，只能是满心的苦涩。但所有的无奈与苦涩又不能随随便便地发泄出来，他必须安于自己所处的位置，做好本职工作的同时，还要装聋作哑。康熙百般爱护他，但康熙的心思，他永远摸不透。康熙一方面把明珠当成知心人，一方面又把索额图当成知心人，但明珠和索额图却是政治上的死敌。康熙与他们分别交好，其政治意图到底是什么？纳兰不敢去想。

纳兰只是清楚地记得，因为在处理三藩问题中，父亲明珠与索额图处在两个完全不同的立场，明珠主张撤藩，而索额图坚决反对。特别是在吴三桂叛乱之后，索额图勾结一干大臣进谏康熙，一定要诛杀建议撤藩之人，以达到铲除异己的目的，如果明珠被自己除掉了，那么自己就是朝中最强悍的势力了，除了康熙，谁能动得了他？康熙态度暧昧，明珠慌了手脚，跑到孝庄太皇太后面前，请求卸任回家养老。孝庄太皇太后一再挽留，但明珠一再坚持，他的本意并不是真的请求卸任，而是希望在撤藩的问题上，孝庄太皇太后和康熙都能够支持他，为自己在宫廷的政治斗争中"加分"，没想到明珠的激将法却惹怒了孝庄太皇太后，她老人家没什么耐心去调和明珠和索额图之间的矛盾，她定要问斩明珠全家，让明珠回家等候圣旨发落，对祖母唯命是从的康熙却完全没有替他讲情开脱的意思……

明珠只好流着冷汗,软着双腿回到府中,家眷听闻这个骇人听闻的消息,都吓得不知如何是好。但怎么也没想到,孝庄太皇太后一方面要置明珠于死地,一方面让皇帝颁旨给明珠,让他继续辅佐康熙平定三藩之乱。孝庄太皇太后"问斩全家"这个没有行使的措施一方面给予明珠"严",让他永远惊惧于朝廷,一方面给予明珠"软",通过康熙的开恩让他感恩于皇帝,成为康熙平定三藩的死士……有惊无险的明珠忍不住把准备自缢用的白练扔到一边,然后仰天大笑:"老天睁眼了,它不会灭我纳兰家族!"

也就在那时,纳兰被康熙派往凶险万分的吴三桂统领的腹地,父子一起登上了政治的战车。

而纳兰作为侍卫,又受到顶头上司索额图的直接管辖。索额图位高权重,而且康熙的第一任皇后就是索额图的侄女,他是不折不扣的皇亲国戚,那种"了不得"就可想而知了。

对于针尖对麦芒的父亲明珠与皇亲国戚索额图,纳兰谁都不能得罪。作为索额图的下属来说,他不能站在父亲一边,必须得对索额图唯命是从;作为父亲的儿子来说,他又不能站在索额图一边,必须"孝顺"父亲。真是左也不是右也不是,在这样的政治氛围下,他倾向于哪一边都没有他的好处。康熙拿出与明珠和索额图相关的事件意欲与纳兰讨论时,纳兰只能唯唯诺诺,什么也不能讲,因为无论他如何说都是错的。

只有在与朋友的私人信件中,纳兰才表达了自己战战兢兢如履薄冰的惶恐与无助,他这个康熙的红人可不是那么好当的啊!《进士纳兰君哀辞》里说纳兰"相与叙生平之聚散,究人事之终始,语有所及,怆然伤怀……"待在康熙身边的这一切无奈与纠结,纳兰只有默默承担……

而纳兰越来越明白,只有心灵的自由、诗词的浪漫才是他可以坚持的。在他的一生中,只有内心的至情才是永恒不变的,只有一颗纯净的诗心才能够不朽。多大的权势才是大呢？多少的财富才算多呢？终究会被烟尘掩埋，会被历史遗忘。就像祖上的灿烂，不管多么家大业大，只是区区几十年的光景吧，在皇族竞争中还不是成了一地衰草、荒冢连绵么？打马而过，还能闻到多少当年的气息？鸡犬没留，片瓦不在啊，真是干干净净，一片空茫，这就是财富与功名的下场！古今多少事，都付笑谈中，多少英雄泪，能被后世收藏？人生的风暴可不是桃花源里的美景，历史的灰烬足以让人醍醐灌顶，战栗而清醒。

如果这些事情算是人生的不如意，那么纳兰忍耐了过去。午夜的纳兰府，高悬的灯盏像是一支支明亮的花骨朵儿，盛开成一片片富贵安详。惊醒的纳兰目光越过这些灯盏，他真害怕这些"花儿"的微弱伤害的却是完整的黑夜，是黑夜里沉睡着的毫无抵抗力的亲人们。父亲慢慢地老了，白发增多，弯腰驼背，而家里除了妇孺就是无力的公子了。这偌大的府第不也完全依附于皇权么？皇权让它在，它则在，让它不在，它又能上哪里找到庇护？纳兰抚胸而恸，泪如泉涌……

纳兰家族被别人羡慕嫉妒恨的时候，谁能想到贵胄家庭内部，早就岌岌可危，风雨飘摇？人心知冷暖，岁月的惊悸给予他们的是毫不留情的洗礼，接受命运的恩赐，在皇恩浩荡之下细数日月，千小心，万小心，千万不要让祖上的悲剧再一次重演……

纳兰抵住了财富功名的诱惑，收获了内心的富足与安宁。财富功名被别人无限的热爱与惦念，但纳兰的诗心不染纤尘，云淡风轻。他愿做一枚灿烂的花朵，开在诗心的田畴之上。他愿意做最纯洁的诗篇，打磨掉挫折与伤害。在衰老的时间面前，他隐忍，向上，一点点地走向高处，一直高过了时光。他阅读着沧桑，然后，恬淡地微笑。

纳兰的隐忍是他的决心，是他的毅力。虽然纳兰一生情路坎坷，事业不顺，但他毕竟把挑战接受了下来。他做了好儿子、好丈夫、好朋友、好侍卫，是不折不扣的"四好青年"。在人生的漫漫旅程，纳兰把耐心等待的功夫做到了极致。尤其是在等待殿试任命的时候,纳兰的命运被越来越多的人猜测,揣摩,许多人都说:"纳兰完了,纳兰完了……"但纳兰却时刻隐忍自己,蓄势待发。他把自己的时间做了非常完整的规划,他没有浪费哪怕一点一滴的时间。谁念西风独自凉,纳兰挣脱流言的束缚,给了人们一个完美的答案。在研究学问时,他争取每一天都高效率高质量,正因为他的合理规划与不懈努力,才有了《通志堂经解》的成功面世。纳兰知道,无论诗词,还是研究学问,只要他不放弃,奇迹总会出现。隐忍是做人的第一法则,为了人生的厚积薄发,必须韬光养晦。

纳兰的隐忍是他的自信。因为纳兰知道,如果遇到困难和挫折,选择颓废,就很容易毁掉一生。如果人生遭遇最坏的结果,必须选择退一步之后再前进,事业和爱情无不如此。心灵需要自身去温暖,需要自己去掌控,悲伤也好,绝望也罢,但永不要让不良的情绪主导自己。

人生中的许多事情都没有十全十美,只能不断完善自身,隐忍向前。每个人的承受力和抗击打能力都不同,只有经历了岁月的洗礼,困难的催化,才能成为人们的护佑。面对人生的种种,只有隐忍淡定,才能拥有从容的资本。

越王勾践隐忍负重,兵败时把妻子送与吴人为妾,经历了十年卧薪尝胆,终于得以灭掉吴国。

刘邦死后,惠帝刘盈继位,吕后掌握朝中大权。匈奴看到西汉孤儿寡母执政,觉得正是他下手的好机会,就对吕后进行了羞辱与挑战,冒顿单于还修书一封,说既然吕后没了丈夫,不如嫁给他为妻,到他的大草原上跟他过上神仙般的日子……母仪天下的吕后隐忍大气,把公主嫁给冒顿单于为妻,避免了一场流血战争,给了自己国家喘息的机会……

是啊,人生隐忍方能成大事。

6.做个自由人

每个人都渴望自由,害怕被束缚。但在当今社会,大多数人都在忙着工作和谋生,忙着争名夺利,自由就变得困难起来。命运似迷宫,失去自由的人们转来转去,很难找到出口。人生本应该是灿烂的,却因为失去自由而变得晦暗起来。人生的理想是光明的,却因为失去自由,理想竟被压毁,这是多少人的生活现状啊?自由总能被薪水买走,失了业倒是能还给你自由,又没钱生活了,那么如何调节自由与现实生活的矛盾呢?

自由是人的一生中最可宝贵的财富,纳兰的一生都在追求自由,作为康熙的侍卫,他是不自由的,是完全受制的,康熙走到哪,他就必须跟到哪,就像秘书、助理和司机一样时刻跟随着老板,随时听候老板的调遣。而且他的工作强度非常大,每天忙碌得像陀螺一般。有人会说,他都这么忙了,还怎么自由?他的时间都没了,还拿什么去自由?是的,他比现代人聪明的地方就在于,他能够在"不自由"中"创造自由"。身体不自由了,他可以让灵魂自由。萨特说过:"一旦自由在一个人的脑子里爆炸开,上帝对这个人也就无能为力了……"当月亮流落风尘,当爱情辗转千年,当诗词成为生命中的喟叹,当人生不再有归路,一颗自由的灵魂却可以信马由缰,把人生的苦苦悲悲转化成摇曳多姿的神话。人生再平静也会有骚动不安,命运再厚重也有偶然的脆弱,自由之后才能放飞青春梦,才能把淡泊注入似水年华,才能知道一个词,这个词就是"圆满"。若时空静止,若苦闷成为挥之不去的梦魇,只有自由的诗心,才能把惊慌下坠的自己牢牢拉住,让你惊喜地醒来,看到世界虽然变了模样,但自己还能安然无恙。

纳兰换下盔甲,穿起便服,拿着自制的特大毛笔,站在自家的水潭边,挥毫发力,让这支毛笔搅动水波,搅动那一池春光的消息,然后不厌其烦地写就两个大字:自由。

纳兰具有独立思考的能力和品质,他的头脑是精明剔透的,这是他的难能可贵之处。他常常在想,一个人生下来之后明明是自由的,为什么随着一点点长大,却要把自己放在各种牢笼里,然后被枷锁困住?祖父在枷锁里,外祖父在枷锁里,父亲在枷锁里,整个纳兰家族也在枷锁里,它是属于康熙朝代的,就必须打上时代的烙印,人在历史的洪流面前,很多事情都是那么无能为力,难道真的没有摆脱的办法么?难道真的就是命中注定?

好吧,如果接受这命中注定的枷锁,那么是不是可以放飞灵魂?争取到更高层次的自由?

纳兰手中的毛笔越来越快,他想到幼年时父亲的怀抱,那么温暖;他想到父亲的诗词,也工也丽,总是让他崇拜万分;他想到高高在上的秋天,他和慈爱的父亲一起爬到树上摘柿子,在纳兰的眼里,父亲就是父亲,而不是什么朝廷的高官;是从什么时候开始,慈祥的父亲总是发脾气,总是骂他不争气,总是警告他,在这样的时代,如果不成为为朝廷卖命的精英,那就得成为国家的废人,永世不得翻身……这一切都是由什么造成的呢?

是自由重要,还是财富功名重要。显然父亲明珠选择了后者,这也就是他一生苦闷、性格扭曲、热衷操控权势的原因,他不想父亲的悲剧在自己的身上重演,人生的价值应该由他自己决定,他不想成为封建权势的牺牲品。他知道,一切自由的启迪都应该从灵魂开始。在作诗的间隙,看花瓣成雨,笔落纸上,听佳人唱情歌,那种灵魂的空寂与感动又有谁能体会得到呢?从凌晨到黄昏,他想起佳人,想起佳人居住过的地方,佳人已不在,却仍能闻到她栀子般的清香,那么浓郁,浓郁成不能念,一念就流泪的诗句。

摆脱工作和财富功名的束缚,收获心灵的自由,这是纳兰一生锲而不舍进行的人生活动。因为灵魂的自由,他才能从容,才勇于去面对脚下的人生路经常发生的扭曲与断裂,泥泞与坑洼,才能让自己在繁忙的工作中,顺畅地呼吸,无论工作强度多么大,也压他不垮。人生该有多么扰扰攘攘,错综复杂,当把注意力的焦点凝结在灵魂上时,才能平静安然。家庭,工作,爱情,这一切都会幻化成一阵接一阵的阵痛,它们像潮水一样,一波接着一波,不管你乐不乐意,都要把你覆盖,挟裹,让你觉得无路可逃。只有灵魂的自由才能让你在生活面前彻悟,才能让你以最简单的方式通晓人生的意义。在万千苦痛中拈出那难能可贵的温柔,在动荡的风里握住一枚无足轻重的草籽,让它长出一个春天。春水如白缎,薄雾如飘纱,涟漪是轻柔的,诗心是唯美的,纳兰决意做个自由人,用呜咽的笛声穿越落泪的风景,用诗词守候灿烂夺目的爱情……仿佛遥远的梦境,等待着跋涉的他,等待他捧住人生的核心,命运的真相。

真正自由的人,只要他愿意,就会找到自己乐意去做的事,他就会主动寻找恬淡悠然的生活,纳兰也不例外。他不惧怕人生的十面埋伏,毅然而出,面对苍天无语,他抖落了自己的梦想:富贵诚可贵,功名价更高,若为自由故,二者皆可抛……

纳兰被派往吴三桂的腹地回来之后,大难未死的明珠设家宴给纳兰接风洗尘。席间,明珠问纳兰有何打算?纳兰没有正面回答父亲,只是说,这一回出行,倒把诗词和书法耽误了不少……父亲明白了他的意思,再没说其他话,却陷入了深深的沉默。官场的诱惑对纳兰家族来说,真的很像"鸡肋",食之没有什么味道,没有什么吸引人的,但是要说放弃,也不是一件容易的事。儿子若能摆脱自己面临的尴尬也是好事,也就不必像自己这样每天担惊受怕的了……

康熙带着纳兰去见孝庄太皇太后,太后先是跟他说了一些去往三藩、路途遥远、舟车劳顿的客套话,然后温和地问他想要什么样的赏赐?纳兰说他不是来领赏的,他只想给太后吹个曲子,让太后高兴一下。太后觉得这个后生有点意思,怎么看怎么跟明珠都大不相同……

　　当然纳兰还跟太后详细地汇报了他去到吴三桂腹地之后的全部情况,但却只字没提他对三藩之治的想法与见解。

　　纳兰走后,太后忍不住对康熙说:"明珠是怎么教育自己儿子的呀,这么聪明的孩子完全可以成为朝廷的栋梁,却独独爱好写个诗,吹个曲儿。"太后又一叹说:"这孩子志向虽然没有了,但是看着还真有些洒脱不凡啊!"康熙大笑着说:"老祖宗难道您都被他蒙到了?我告诉您吧,容若这小子是属蛤蜊的,肉都在壳里呢……"可见作为同龄人,康熙对纳兰的心思是有一些了解的,纳兰的心明眼亮、崇尚自由可不单纯是公子哥的风雅啊。

　　"霸业等闲休,跃马横戈总白头",没错,战场上是能够缔造英雄,但试问哪个英雄能是时光的对手?金戈铁马最后也只能是壮士白头的下场罢了。成为英雄的念头只是在少年纳兰的心里一闪念而已,选择到最后,纳兰还是决定做一个灵魂自由的人。纳兰不想让自己的人生在追逐虚无的"英雄梦"之中度过,虽然在那个时代,不想当英雄的侍卫不是好侍卫,但纳兰还是有了自己的主意:"莫把韶华轻换了,封侯……"表面的繁华不要也罢,就让人生梦里,自己能活出一个自由自在。为了自由,为了灵魂的解放,就让自己的心音成为任何人都无法破译的音符吧。日落万丈,惆怅难行,但总有归巢的鸟儿告诉你,明天的太阳又是一个新鲜的太阳。自由是人生的禅,让你放下,让你懂得,人生的困苦也许就是幸运,放弃不是懦弱,也许就是觉醒。今世的告别,也许就是来生的相遇。史海挣扎,也无外乎利禄功名,一生悟禅,也无非是诗酒田园。为了自由,那就往前走吧,无论走多远,也无论是离开还是回来……

　　真正自由的人,总能够进退自如。康熙的许多政治活动,纳兰都曾经有过试水,比如扳倒鳌拜集团,比如铲除三藩势力,比如出使西域。纳兰的动作都是大动作,但在这些政治活动中,纳兰能把自己融人进去,然后又能潇洒的抽身而退。兵勇团,纳兰退了出来,铲除三藩,纳兰最后也没有再插手,出使西域之后,也把更重要的任务交由了其他人,他对自己的定位永远是一个书生,他惟愿这一生的无为与自由,换来无怨无悔的洁白生涯。

顾贞观求他搭救吴兆骞,纳兰答应了,但是如果想要求他帮助买官,他就无能为力了,纳兰对朋友坦言自己一身自由,两袖清风,不想把朋友扯到官场里,也不想被热衷功名的人拉下去。时间长了,想要谋官职的人倒还真把纳兰"放"过去了,他们知道纳兰帮不了这个忙,求他倒不如去求明珠,如果贿赂足够多,明珠真能给你买个官做做。

当然也有一些人根本巴结不到明珠,那怎么办呢?那就只好找明珠的一个奴才,叫安图,安图仗着明珠的信赖与恩宠,帮人牵线搭桥,赚些外快……

纳兰跟随灵魂的指引,从不刻意追求功名利禄,相府的荣华已经让他望而生厌了,更别提其他了。他不像阿玛那样,当官的欲望没上限,收受贿赂又没下限,心里装的全是自己的小九九,能贪多少就贪多少,毫不手软。明珠整天考虑的是康熙和太后如何评价自己的,文武百官是如何评价自己的,索额图会不会再给自己使绊子,自己在朝廷中到底得罪了多少人,这些人是不是要找机会害自己等等;而纳兰考虑的只是诗词学问, 只是内心的清明。他一直盼望的是自由与解脱,容不得龌龊与脏污。

纳兰经常去到顾贞观的草房子里,和他饮酒作诗,在出征之前再和朋友大醉一场。当然, 他也跟顾贞观讲讲自己江山踏遍时的新鲜事,讲讲国家风光的壮美。说起这些,他也像陶渊明那样"不知有汉,无论魏晋了……"纳兰又要伴驾出征的消息很快在朋友之中传播开来,不管忙不忙,大家总会聚集在一起,为纳兰饯行,通宵饮酒作诗当然还是重头戏。他们用诗歌敲打灵肉,用酒香酿造文人梦,他们在漫漫长夜里缤纷地倒下,在酒话里呼兄唤弟,纳兰跟朋友们说,他的心是自由的,并且跟朋友们的心永远连在一起。

灵魂自由是纳兰可贵的个性,他不会放弃的是诗词风雅。他有追求有理想,但他的追求与理想又与别人不同,让他看起来那么清高,那么满足,其倔强,其坚韧,其华美,令人艳羡。塞万提斯说过:"自由是上帝赐给人类的最大的幸福之一。"纳兰因为做了一个自由的人,所以他在本质上是一个幸福的人。

纳兰用诗词养心、修心,为了灵魂富足,从不辜负自己。他以和谐为重,在诗词的道路上,给自己准备了足够广阔的时空,不被任何人所牵制,哪怕康熙也不行。若寒天凛冽,是不是腊梅也会开放?如淤泥深沉,是不是也有荷花的洁白?若黑夜沉郁,是不是也仅是阳光的背面?年年岁岁,落霞乌鸦,年年岁岁,唱响天涯。人生不是择词而吟,只是自由为上,才最美。

现代人忙碌着自己的生活,白天工作一整天,晚上还要加班加点,完全没有任何自由,简直就是生活的机器。当然,还经常带病上岗,不评他劳模也在所不惜。有人问他累不累?他说累点到没啥,关键就是心累。这就更可怕了,身体累,不自由,心累就是心灵失去了自由,人生还有比这更苦涩的事情么?

物价在涨,谁都想让工资高点,再高点,好歹也要赶得上通货膨胀的速度;你当科长了,我怎么也得当个处长;你有了两居室,我怎么也得有个三居室;你开个一百万的车,我怎么也得开个两百万的车……无穷无尽的欲望控制了人的自由,使很多人都成了木偶……

英格索尔说:"自由之于人类,就像亮光之于眼睛,空气之于肺腑,爱情之于心灵。"

是的,没有自由是非常可怕的,没了自由,人生还有什么意义?

第五章

人生贵在多元

1.不可摧毁的本质

　　纳兰是一位"多面公子":因出身富贵,被人称为相门翩翩公子;因对自由生活的向往,被人称为江湖落落狂生;因诗词造诣无人匹敌,被人称为清朝第一才子;因一生诗词艳绝,被人称为千古伤心词人……他似一颗晶莹的晨珠,带着一段绝唱在太阳下流干最后的眼泪,然后成为动魄惊心的神话,一下子光芒万丈。哪怕他蒸发了,人们还能闻到他清凉的味道;哪怕他的人生只是一场虚无,他的精彩也是人们意料之中。几个世纪过去,人们仍旧向他回望,深情款款……

　　纳兰吸引人之所在,就在于他的身上有着不可摧毁的本质。他的真诚纯洁,淡泊惆怅,总是那月落乌啼,千年风霜,总是那江河流转,岁月沧桑,但纳兰守住的是诗心的精彩高洁,是心灵的清新透彻。处于当时特殊的家庭与时代,他像一根白布条,被命运扔到了大染缸之中，但让人惊奇的是，他竟然保持了洁白无瑕，晶莹剔透。他走的是一条长路，但却没有迷失方向。他从不计较命运里有多少悲怆，从不计较俗世的眼光，淡泊无欲贯穿着他的一生一世，竟然成了永恒。他看到鸟儿在天边哭泣，时时想念起佳人的叹息，人生里有甘甜就会有苦涩，活着不易，所以更要好好地活。拒绝扭曲，拒绝弯路，在星月深处，才能看到人生的洁白。

除了纳兰容若、纳兰成德、纳兰性德、成容若等称呼之外，纳兰还给自己起了一个名字"楞伽山人"。这个名字来源于佛教经典《楞伽经》，其中有一段话："世间离生灭，犹如虚空华；智不得有无，而兴大悲心；一切法如幻，远离于心识……"其主要意思是形容万事皆空，而要说认识世界与人生，最主要的在于内心的体悟与成长。只有关注心灵的成长，才能收获人生的富足……纳兰自命为"楞伽山人"，表达了他的愿望就是抛却红尘纷扰，而把人生的主要精力放在修心与内在成长方面。他专注于本质的不可摧毁与源远流长，他放飞灵魂，让心灵自由清明，这时，他无比快乐。他把心灵当做港湾，只要累了，可以随时停泊靠岸。他把心灵当做最后的高远，拾阶而上，哪怕他的身边没有一个人，他也不会寂寞。

因纳兰心性高贵，人生传奇，人们往往把他比作《红楼梦》之中的贾宝玉，甚至还有人说纳兰就是贾宝玉的原型，贾宝玉就是根据纳兰这个人物才塑造出来的。而点破纳兰和贾宝玉之间微妙关系的却是乾隆皇帝，传说在乾隆晚年的时候，他最得意的大臣和珅看他太过闲适，不免无聊、烦闷，还总发脾气，就给他拿来一本书《红楼梦》。乾隆被《红楼梦》的文采所吸引，一口气看完了还意犹未尽。和珅问他："圣上觉得这本书咋样？好玩么？"乾隆回答："写得好是好，不过，这本书写的不就是纳兰明珠的家事么？那个贾宝玉说的就是容若公子吧？"和珅狐疑地回答："是么？还是圣上英明，小的也看完这本书了，但还真没看出来，这个不争气的贾宝玉竟然写的就是纳兰容若啊？"

先不说乾隆爷的推断是否正确,就说说《红楼梦》的作者与纳兰容若的连带关系吧。

《红楼梦》作者曹雪芹的祖父曹寅,跟纳兰当年是非常要好的朋友。要说康熙为啥喜欢曹寅,可是有原因的。因为曹寅的母亲是康熙的乳母,康熙自幼失去父母双亲,所以在他的心里,是把曹寅的母亲当做亲生母亲看待的。曹寅很小的时候担任过康熙的侍读,后来跟纳兰一样成为康熙的贴身带刀侍卫,深得康熙的信任。曹寅因为与纳兰情趣相投,又在同一个部门工作,所以跟纳兰成了无话不谈的"铁哥们儿"。更有人说曹寅与纳兰做侍卫期间曾经是康熙的左膀右臂,两员爱将……后来曹寅随了父亲去到江宁,才不得不与纳兰洒泪而别。康熙南巡六次,有四次都是时任江宁织造的曹寅接待的。当然,曹寅能够招待知己纳兰,更是让他高兴万分。

康熙二十三年,纳兰跟随康熙再次来到了金陵。曹寅听说纳兰来了,喜不自禁,迎出府外好几里,简直是望眼欲穿。跪地迎接圣驾的他,眼光却斜睨着康熙身边的纳兰,欢喜得有些急不可耐了。

康熙南巡给纳兰和曹寅创造了叙旧的好机会,两人促膝长谈,喝酒唠家常,研究诗词,不觉数日一闪而过。天下没有不散的筵席,分别在即,纳兰与曹寅难舍难分,互相写诗相赠。纳兰专门为曹寅写了一首《满江红》,送予曹寅,曹寅也写诗赞纳兰"家家争唱饮水词,纳兰心事几曾知,布施廓落人安在,说向名场此一时……"可见曹寅对纳兰非常了解,所以才对纳兰的诗词建树给了非常公正的评价。纳兰去世后,曹寅悲痛万分,写了许多诗缅怀纳兰,还把纳兰的传奇故事说给自己的儿孙听,那么后来,曹雪芹写《红楼梦》用纳兰做故事原型,也就不足为怪了。

纳兰不仅与贾宝玉身世相似,而且其崇尚灵魂自由的心思与贾宝玉要摆脱封建家庭桎梏的心思也是非常相似的,这也难怪人们深信纳兰就是贾宝玉的原型了……

纳兰诗心的精彩也更多地体现在他的真诚纯洁,淡泊惆怅。这些情愫是他骨子里的精华,不可摧毁,坚定而持久,也是他作为诗词名家最耀眼的特色。他虽为万人敬仰的文人,但丝毫没有文人那种迂腐、酸涩、拿腔拿调,纳兰也从来不会依仗自己的才华而自以为是。他作诗用了真心,表达的也是内心深处最真挚的感受。要说他的诗词打动人,首先就是他真诚的情怀打动了人。王国维评价的没错,纳兰"以自然之眼观物,以自然之舌言情",一切都出自赤诚的真心,没有任何伪饰。在纳兰的同时代,著述颇丰的文人不在少数,比如朱彝尊,比如陈维崧等等,但为什么其他人都不能取得纳兰这样辉煌的成就?就是因为他们的诗词甚至做人无法做到以诚示人造成的。他们的诗词也能做到对仗工整,用词华丽,但过多显示的还是辞藻的华丽,美是美了,但离个人生活却差了十万八千里。

纳兰用的是真情,所以才得到人们的共鸣。他写的是个人悲苦,却包容了芸芸众生;他明明写的是小情绪,却包含了对人生的独到理解。他把诗词的美、忧伤或者快乐都留给读者去细细体味,他把透明的、梦幻的、新鲜的情愫都袒露给读者,让你看到他的真心如此圣洁高贵,一尘不染。他的诗像流动的风云,像变幻的四季,像透明的琥珀,像黄昏的微笑,像爱情的坚贞,你总能在句里句外,被他的真诚所感染,所震慑,所引领。

他的甜蜜与苦涩都在一颗真诚的诗心里睡眠,他用真诚孕育着它们,然后它们就成熟了,结出了最灿烂、最光彩夺目的诗句,一往情深的公子就这样在人们的心里得到永生。人们理解他,爱护他,崇拜他,更多的时候,把他当做了自己灵魂的导师。

生活有时会露出笑脸,命运在悲苦中也会夹杂了星星点点的吉祥,若有一颗真诚的诗心,就不再惧怕人生的局限与无助。命运伸出的温暖的手,命运撂下的残酷的铁蹄,都必须接受下来,然后记得,一生的辗转徘徊,总会有最后的归宿。人生的庄严,苦痛与期待,总会随着雨打落花,飘摇而去。

无论优美的伤口, 还是溃烂的伤口, 都会被时光的大幕紧紧盖住,然后像变魔术般悉数拿走,留给你一个白茫茫的世界。所以还是恪守住这纯洁的世界吧,不管是否有人记得自己的初衷,也不管自己是否成为别人的焦点,惟愿自己的诗心在时空的河流里不断浮游,宣泄不朽的年华与热烈的向往。

苍穹寂寥,风云涌动之下是瞬息万变的风景,用诗词展示人生的智慧,解答人生的秘密。回首之后,风景无痕,触目所及,竟又是一番新天地,这就是人生的真谛。

如果你的伤口很疼,那就快点拨开人生的迷雾,快点推开身边的阻隔。春之料峭,夏之酷热,秋之萧瑟,冬之凛冽,若能在孤独中沉思,在迷茫中顿悟,你总会去歌咏人生,哪怕痛了也能快乐,这就是人生的迷人。

就让内心的纯洁成为昼夜不舍的洪流,拥有排山倒海之势;就让内心的纯洁成为月明的晚上,心灵的骏马,尽情奔腾,一往无前;就让内心的华彩在阳光之下震颤,花开般绚烂,雪落般纯洁,这就是人生的魅力。

像一只蚌,尽管经历了河流的浑浊,仍能保持内心的清纯、鲜嫩;像一株乌木,虽然经历了千年的沧桑梦,仍能保住自己的不朽;像那些一岁一枯荣的野草,虽然经历了秋霜的洗礼,还能把根留下,这就是人生的希望……

当用一颗纯洁的心去拥护自我价值的时候, 当无论身处什么样的外在环境之下,面临什么样的诱惑时,都能坚持自己的选择,那一个人就会迅速地成长起来,无往而不胜。

岁月老了, 纯洁的诗心是上天赠予的礼物。一个人的过去与未来,岁月已然背负不起,那就好好地活在当下吧。让所有的背影狂奔而去,让所有的渴盼融于此刻的月明,再没有折戟狂沙,英雄无泪;再没有撕心裂肺的分离,佳人痛悲;再没有物欲横流,不知所以;惟剩这坦坦荡荡的诗心,画角悲吟,兀自站着的就是我们热爱的诗人。

纳兰,就是这个极尽鲜亮的人儿,他用真诚之心面对这个世界,他守着自己的纯洁无欲,成了世人羡慕的楷模。不是为了标新立异,也不是为了哗众取宠,只是为了在这沸腾的人生里,一直拥有清晰的路标。不会走错,永不后悔。就像那沙漠里的胡杨,千年而不枯,枯了千年而不倒,倒了千年而不朽,那种长久的决绝带给人们的总是荡气回肠。

人生就是需要忍耐,悠悠人生多少事,抱怨和解释都没有任何用处,只有积极地前行,这就是最好的办法。名不重要,利不重要,谛听诗心淡泊,才能收获人生的温热。参加科考,一直到等来皇帝的任命,纳兰的一生就是一个学会选择、坚持选择又不断选择的过程。他的身体带着"相府公子"的标签,他的灵魂却有着"江湖落落狂生"的华美。他不去关注自己能做到什么样的官位,却常常把诗词的韵律记在心中。

明珠一直希望纳兰能够子承父业,成为皇帝身边的重臣,从小到大,明珠一直这样引导着纳兰。他过度的关注成了一种障碍,他"阻挠"着纳兰在人生的各个阶段做出的选择,他根据自己的阅历与经验,左右着纳兰在人生中的定位,但纳兰就是对富贵权势、功名利禄不感兴趣,这让明珠非常恼火。在诗词的大路上,他已经走得太远,父亲已经跟不上他的步伐。

可能人们以为纳兰忤逆父亲,一定是一个不孝的人。其实完全不然,纳兰虽然不能听从父亲对自己的人生安排,但这些不妨碍他成为一个大孝子。如果父母生病,他会衣不解带地服侍在身旁,亲自去请太医,亲自给父母煎药,喂药。直到父母痊愈,饮食有了起色,他才能长出一口气,而他自己已经煎熬到面色憔悴,疲惫不堪,而纳兰毫不在意。不仅如此,纳兰还非常爱护自己的弟弟,只要弟弟出去玩耍,他必然派了自己的随从紧紧地跟在后面,保护着弟弟,不出一点闪失。

孝顺父母,爱护弟弟是纳兰生活中的重头戏。亲情是纳兰生活中的欢喜与依托,不管人生大开大合,大起大落,亲人的安康与幸福都是他极为重视的。

在那一阕一阕的月色之下,纳兰读书填词,偶或站在院子里,看着父母已经睡下,整个纳兰府陷入一片静谧安好之中,那是他最大的满足。他多么想有生之年,纳兰家族都能够平平静静啊。若岁月静好,家人顺意,这一生足矣。就让自己睁大惆怅的眼睛,看岁月辗转,游离,也没什么可怕的了。

真诚纯洁,淡泊惆怅是纳兰不可摧毁的本质,正是这样的本质让纳兰的人生清丽明朗。他独自一人踩着月神的肩膀,慢慢飞行,飞进那命运的深不见底。他守着灵魂的桃花源,用了一生的时间。如果你也跟纳兰这般,有着不可摧毁的本质,那你的人生一定是美妙的风景。

春天早早地来了,灵魂守着黑夜,然后陶醉着,投入到人生的洪流中去,无所畏惧……

2.谁的青春不惆怅

深夜的诗词,唤醒沉睡的公子,三十一年的光阴,虽短暂,但震撼,虽迷失,但坚定,虽愁闷,但凯旋。纳兰诗云:"我是人间惆怅客,知君何事泪纵横……"是的,纳兰就是这样从惆怅的青春之中走出来,然后慢慢微笑,看到自己的人生流溢的皆是诗词的味道,皆是黎明之前那变幻莫测的星月交辉,皆是风雨茫茫之后那火热的云影鸟鸣。

悠悠人生,是什么吞噬了飞翔的羽翅,是什么吞噬了浪漫的诗心?是谁挽住惆怅的少年,告诉他阴霾的那边,就有红日的精彩?是谁告诉他,惆怅不仅是青春的遗憾,还是青春的财富?因为,只有在惆怅中才会懂得青春的迷茫,才会体会青春的本真,才会懂得跌倒后再爬起是人生的必修课程。果实未成熟之前,总要经历风吹雨打,花朵绽放之后总有萎谢的那一天,不是在彼时,就是在此时,你总会明白谁的青春不惆怅?谁的爱情不凋残？又有谁的理想不受损伤?

青春会在往事的恩怨与红尘的揭示之中往复,会在迷茫与困顿之中变成清晰的疼痛,但青春无悔,脆弱总会被抛在身后。因为青春掩埋过自己,所以才能动情地歌唱。因为青春的烟云曾经缭绕过最美的华年，所以才让人不断陷入回忆与沉思。因为青春是勇敢的,所以后续的人生才感染了它的坚强。

纳兰的一生是惆怅的一生。家庭、爱情、事业,纳兰与现代人有着差不多的困惑,也与现代人有着差不多的哀伤。彼时,经历青春的种种,觉得那就是人生的噩运;此时,时间竟然让一切都风轻云淡。想要细数过去的点点滴滴,却发现除了惆怅的情绪,竟然无从找寻过去的故事,过去的人物。很多人,来过又走了,容颜模糊,让人有一种错觉,好像他从来没有来过,自己与他之间也从来没有发生过任何故事……

纳兰的朋友中,有许多人都曾经与纳兰闹过误会,比如姜宸英,比如顾贞观,但纳兰从不放在心上,而是体谅朋友们的难处,看到他们的贫困潦倒,该帮助还帮助,那些青春里友情的伤害总能让他会心一笑……

一个"惆怅"落在青春里,旧事难说,清楚的只有生活。你的眼睛注视着青春,看到它成为一句灿烂的诗句。每个人的青春都会被打开,每个人的青春都会是一种深深的领悟,一种无法言说的幸福或感伤。

纳兰写就的大部分诗作,总沉浸在对往事的描述之中,他不厌其烦地赞美和讴歌的是爱情,是友情,表达的是对人生的无奈以及内心的苦痛、彷徨。他的诗词艳绝哀伤,惆怅婉约。纳兰最好的朋友顾贞观说:"容若词一种凄婉处,令人不能卒读,人言愁,我始欲愁。"意思是说他的词写得太哀伤了，让人都不忍心往下读，他的愁绪往往感染了读者，使读者也伤心到无法读下去的地步。

纳兰打开过青春的缝隙，他看到各种情愫蜂拥而入，"惆怅"带领着幸运、感伤，带领着淡泊、悠然，一起来丰满他的心海。阳光与阴暗齐头并进，一起出生，又一起灭尽。愿望不可得处，连青春也变得如此虚幻……

人生是悲剧还是喜剧？爱情是纯洁还是妖冶？当官发财真有这么重要？人生的真正意义是什么？深夜无眠，纳兰内心也会偶尔纠结这些问题。对于自己人生的选择，父亲并不看好，对于自己的淡泊名利，甚至最知心的朋友也鲜有理解。在康熙身边，不能太优秀，也不能不优秀，那种职场的困惑与无奈总是如影随形。想要得到大多数人的理解，谈何容易？朝廷中不知有多少人说纳兰离经叛道，不知有多少人说他完全依仗了父亲才成为康熙的红人。面对这一切可以选择"一笑而过"，但那笑容背后又怎么不会沾染上点滴的苦涩？纳兰接受了青春的一切，用惆怅的思绪安抚自己，哪怕让自己在诗词里破碎。那华美的青春啊，袍子已经褴褛，一颗诗心还要担负青春的惆怅无依。惆怅的情怀不是一种病，却似病那般清淡绵长。你若受了它的蛊，注定无法剥蚀命运的哀恸，惶惶然，戚戚然。

朝中各种势力互相倾轧，君子之间的淡淡之交变得尤为珍贵。爱情的倏忽易碎，沧海桑田的信守、患难与共的相偎相依才是不变的追求。纳兰在惆怅中了解了不断成长的自己，明白什么才是自己最需要的。青春不会走太远，青春期的情愫也消失得最快。不管有多少海誓山盟的誓言，也很容易化作梦中的尘烟。但青春总能让你大胆地挥霍，青春成为你的财富，哪怕惆怅也是对生命的答谢。泪水流干，守候无声。青春过后是那一望无垠的视野，而我们早已变得坚强，只有在梦里才会偶尔记起青春的过往。不好意思说青春，只是假装无意地说"想当年……"如果有一种情怀能让你冷静，有一种情愫能让你热泪盈眶，如果有一种记忆让你不再惧怕人生的悲苦，如果有一种信念让你学会慢慢忘却，如果有一种执着能让你经常勉励自己，那它必是青春。

纳兰明白这样一个惆怅的青春，就是上帝对自己的恩赐。当心灵与人生博弈，他收获了美好至极的青春时代。他不惧怕山水重重，不艳羡海市蜃楼。青春未走远，人生正在承接。命运该有多么微不足道，但它却包容了人生所有一切悲欢离合，喜怒哀乐。

纳兰要感谢的就是人生中的所有一切，是它们打造了与众不同的自己。时间的无涯，空间的浩瀚，他用诗词搭建的"纳兰王国"，容了自己，也容了志同道合的朋友。他们一起相携走去，觉得哪怕青春苦涩，但你对它还是那么热爱，那么不离不弃。惆怅的青春是一场残美，有刹那的欢喜，也有刹那的执念，有刹那的糜顿，也有刹那的芳华。青春在时，你圣洁，青春在时，你通透。

再大的惆怅也是生活的选择，谁说靠这种情绪生活下去，就完全是坏事？青春有一千种开始，惆怅也是青春的方式，如果愿意，那么就来写诗吧。青春的行板，因为诗歌而流畅，青春的挚爱因为诗歌而闪烁着奇光异彩。用诗歌弹奏起青春的心曲，坚守的是纯真的情怀，是洒脱的乐章。有多少苦涩就有多少期盼，有多少故事就有多少心声。对于青春，你可以缅怀它，可以铭记它，可以注视它，但切记不要时间太久，因为擦掉那些伤感的眼泪，你还要奔赴人生这一条实实在在的路……青春只是人生的起点，却不是人生的终点。

没有谁的青春万古长青，那么就在有限的青春里做一番作为吧。出名要趁早，青春才无悔。纳兰十七岁就进入国子监读书，已经有了非常大的名气，十九岁就开始编纂《通志堂经解》更是显现了他的无尽才华。在这其间，他经历了无缘殿试的苦闷，经历了初恋的苦涩。他看着身边的富家子弟挥金如土，也看着身边的汉族文人落魄飘零。他的青春期满是情怀的落差，甚至它觉得这种落差要把他摧毁。他觉得家庭是港湾，却深深觉得纳兰家族的名利追逐让他透不过气来；他觉得皇族是依赖，但却分明感受到那种深入骨髓的冷漠与虚伪；他觉得诗词是生命，却已然满心惆怅。说不尽道不明的就是这人生的矛盾，乱花迷眼，他是要翻越世俗的栅栏，还是要饮尽杯中酒，向着自己选定的方向，毅然起航？

纳兰终于明白，无论人生有再大的悲苦，能够改变你命运的只有自己。青春的长度是有限的，既然选择了风雨兼程，就没法再走回头路。灵魂的自由，是青春世界里最美好也最昂贵的东西。只有灵魂的自由，才保证让你能经受得住命运的沉浮；苦痛的磨砺，才能让你拥有淡泊洒脱的风度。

把青春交给风景，风景就会展示给你绮丽的孤独。把青春交给人生，人生就会包容你沧桑的诗心。不要为一滴眼泪就放弃了歌唱，不要为青春的苦涩，就要否定整个人生。不要因为青春的迷失，就选择绝望，就放弃了主动出击的权利，然后做一个自己都看不起自己的可怜虫。青春的糜顿可以毁掉你的一生，青春的誓言也可以支持你不断的前进。

青春的情怀可以写进诗歌里，青春的努力也可以嵌进脚下的路。哪怕青春是残缺的，但它也是人生中最美的一段路程。青春时期能走多远，就注定你这一生能走多远。青春是一片茂盛的土地，种满人生的憧憬与欲望。无论你走向哪里，都会记得那唱得感天动地的青春之歌。世界敞开着，太多的人为了青春的梦想而不懈地努力。

青春可以惆怅，却不能放弃。青春让你吻到风暴的滋味，青春让你泅出迷离的漩涡。青春的怒放就是对未来发出的宣告，与青春同在的一定是崭新的黎明，一定是芳香的春天，一定是含苞待放的蓓蕾。青春在人生的长河里漫游过，青春被辉煌的诗句吟唱过，被清凉的野草抚慰过，青春有可能只是被忘掉的情绪，但青春却是生命深处最感动人的真实。

少年岳飞曾经骄傲自满，但他于乱世醒悟，苦练岳家枪，终于成为国家的英雄。顾炎武因为得了天花而少年惆怅,但他没有放弃钻研学问,竟然手抄《资治通鉴》,终于成为有名的大学者。

特别值得一提的是隋朝的李密,他跟纳兰一样,也做过侍卫。但是他没有纳兰这么好的命,因为生性顽劣,不能安心于本职工作,竟然被隋炀帝免了职,李密伤心了很久,这件事也成为他青春时期最大的伤心事。但李密没有就此一败涂地,而是发奋读书,勤学苦练,发誓做个有学问的人。哪怕就是骑牛外出,他也会把《汉书》挂在牛角上,继续看书。牛角挂书被人们传为佳话……

从上面的例子可以看出,惆怅的青春往往能够给予我们独一无二的信仰,给予我们博大无比的动力。

谁的青春不惆怅?惆怅不是一件可怕的事,惆怅也不会毁掉我们的人生。当青春的歌声戛然而止,当人生的喧器化为一片死寂。当月光如禅,将我们的身心一并掠过,才发现,青春已经远远地、远远地站在了人生的角落,没有哭,没有微笑,没有任何的情愫,跟我们自己一样清净洁白,我们终于才知道人生如天空,青春也如天空,我们已飞过,仅此。

如果你写诗,一定经过了孕育;如果你苦痛过,才更忆起青春的美;如果你失去过,一定希望青春是永恒。青春跟久远的年代相比,跟盛世的繁华相比,仿佛是葳蕤茂盛的谷底,而我们从那谷底爬到人生的高处,才更加看到它的风华绝代,但已经不能再跳下去,再大的诱惑也不能再走回头路,因为人生总要前进,总要进行到更高处……

青春值得我们感恩,为了那回不去的记忆,我们高呼:青春万岁!

3.平衡的幸福

纳兰出身贵胄，却能够在物质生活与精神生活之间找到平衡，他把这个平衡点无限放大，收获诗心的浩博，气节的淡泊。虽然一生短暂，但他的生命却一直处于精神成长的递进中，他成了精神生活的富翁。他甩开物质的桎梏，让心灵的美好与大气充满心灵。他要的很纯粹，不是用物质打造。他每天都打开自己的灵魂，等待着诗词把它填充。诗词把他的灵魂占满了，没有一丝缝隙让他因为富足的物质而虚荣、腐败、膨胀。他的人生因为知足而安逸，因为无怨而无悔。

纳兰醉心于诗词的艺术、书法的艺术、绘画的艺术。他青春的豪气，他人生的光辉均与物质无关，倒更多地显现于心灵的强大与美好。他徜徉诗词的家园，遗忘了财富，埋葬了功名，只有梅的气息穿透了心房，只有雪花的歌声铺满洁白的岁月，就是这样一条诗词路成了他无怨无悔的生活。

财富在纳兰的心里到底是什么？又是如何运用财富的呢？

为解救被流放的文人吴兆骞，纳兰花费了很多"周转钱"，这让顾贞观很是过意不去，询问纳兰说自己现在没钱，能不能缓一些时日慢慢还？纳兰大笑几声给了顾贞观一拳，说道："友情无价，谈钱不煞风景么？"顾贞观再没好意思说拿钱弥补纳兰损失的话……在纳兰心里，金钱本是毫无意义的，但拿钱做了有意义的事，也算把钱用在了刀刃上，也是财富的适得其所。心灵虽然很轻，但总比金钱要高贵，友情虽然很淡泊，却可以万古长青。

纳兰的所有落魄汉人朋友都受到过他的资助，朋友感激不尽，纳兰却像没事人一样。明珠愿意纳兰融入到红红火火的人际圈子当中去，但看到圈子里的人，却好像都是冲着"索取"纳兰而来的，而且竟然没有一个官场上的朋友。明珠劝过纳兰适当地结交一些朝廷官员，虽然结党私营不是啥好事，但是在官场上有朋友，对自己仕途发展有好处。但纳兰不以为意，物以类聚，人以群分，纳兰的圈子是精神家园，他觉得这是自己需要的，也是朋友需要的。而只有圈子对了，人生才能对了。用财富的多少、官位的大小划出来的圈子，早晚有一天分崩离析，不仅不能成为他的精神家园，反而会成为他人生的桎梏。所以纳兰总是主动远离那些富家子弟，而对身边的落魄文人"青眼相加"。他没有像父亲明珠那样，用物质和官位来衡量一个人的价值，而是用内在来衡量一个人的价值……

纳兰是一个精神富足之人，不管有钱没钱，他都能淡泊平静。他不仅可以摆脱财富困扰，还可以驾驭财富，让财富为他所用，哪怕全部拿来救济了朋友也无所谓。

每个人都有一个拥有幸福人生的理想，但却总不能很好地平衡物质生活与精神生活的关系，所以显得那么跌跌撞撞，迷迷糊糊。

财富多了就一定幸福么？财富少了就一定不幸么？每个人对幸福的理解不同，所以答案也就千差万别。但有一点是肯定的，高质量的精神生活相比于物质生活，更能让人体会到安宁与满足。人生许多事处于可为可不为的临界点，但灵魂的修为才是人生中重要的课程。虽然在物欲横流的世界，如果你选择锻造心灵，就意味着独自舞蹈，就意味着独自负载，但当所有人面对诱惑出现迷茫混沌时，却只有你能保持清醒的头脑，做出最正确的判断，不会站错队，也不会做错事。你会拥有独坐黄昏的肃穆，也会拥有踏月而行的自由。满足和淡定对你都是极为容易的事，你也更容易抽出时间关注内心的成长，关注这个美好的世界。有些幸福，只要心到了，就得到了，如果心没到，哪怕你身在幸福中，感受到的也不一定是幸福，"幸福尽在一念之间"，这话说得真好。

这里有一个小故事，说两个渴望得到幸福的人有一天相遇了。富翁甲说:"我奋斗了一辈子,就是想要在海边建一栋别墅,然后可以每天过上面朝大海、春暖花开的生活,现在我的愿望终于实现了,可是遗憾的是,我现在已经老了,当理想实现的时候,我却享受不到多少幸福了……"渔夫乙惊诧地说:"原来你奋斗一辈子就是为了这个啊?我这一辈子每天都在钓鱼,我每天过的都是面朝大海、春暖花开的生活。我天天都活得很幸福。老兄,幸福天天就在这等着你,你为什么不早点来?"可见,幸福只是心灵的感受,用巨额资金和大把时间换来的幸福,其实没准就在你的身边,但很多人却偏偏视而不见,反而去舍近求远,生生辜负了"幸福"的美意啊。

生活离不开财富物质,把金钱视为阿堵物,那是假清高;但如果把追求物质财富当成自己唯一的追求,那是钻钱眼。这是两种极端,都是不可取的。

钱和物质不是万能的,如何打造有钱没钱都能快乐,都能幸福的生活,才是人生修炼的关键所在。就像那个富翁和渔夫的故事一样,内心富有跟财富多少关系不大,只要你愿意,"幸福"的门槛不高,且很容易跨越。

幸福是一种比上不足比下有余的乐观心态,幸福是一段灵魂的旅程,精神生活富有了,幸福定会随之而来。

幸福有时并不需要过多物质的装饰,只要有心,就可以花枝招展,风姿绰约。当你一觉醒来,不管你是富人还是穷人,都能看到辉煌的地平线。空气未变,泉水未变,太阳奉献给你蓝天,月亮奉献给你星辰。在幸福那里,没有什么高低贵贱。它没有等级观念,不会把渴望幸福的人们分成三六九等,热衷于分级的往往是人们自己,拿了物质财富做标杆,有钱了就幸福,没钱了就不幸福,好像幸福这件事只是富人的专利。

"幸福心中有,关键在修为",难道这只是穷人的自我安慰么?只是穷人的阿Q精神么?不是,这是心灵的召唤,因为幸福的秘密就在于心灵的满足,灵魂的放飞。

纳兰合理地平衡了物质生活与精神生活的关系,他出生于一个"富可敌国"的家庭,但并没有被富贵豪华的生活困住,他专注于灵魂的修为,专注于内心的成长,他深谙平衡之道,懂得人生的侧重。哪怕诗心惆怅,但因为几十年如一日的修为,他已经收获了幸福。

纳兰知道自己的生而富有只是父亲明珠带给他的难以复制的命运而已,幸福需要他自己去缔造。如果依仗父亲给予的一切也不是不可以, 但是谁会喜欢寄生虫般的人生?纳兰追逐的是内心的清醒淡泊,追寻的是心灵塔尖上那不灭的珠光。无论人生的旋律是明亮还是漆黑,无论寂寞的夜晚有多少抚不平的伤口,只要灵魂有所皈依,他不惧怕没有答案的人生困惑。

盲目追求所谓的物质满足是最不可取的, 无论苦痛, 无论哀伤,享受生命,感悟生活,才是人生之根本!纳兰眼里看到的富贵功名,金钱权势只不过是人生的幻象,如果把这些跟幸福绑在一起,强行组织一个生拉硬拽的人生, 到头来只能是一切都归于消亡的命运。财富没有了,幸福没有了,连心都没了……

马克思认为人的本性是从事自由的劳动, 而获得心灵的满足是人们最可宝贵的幸福。纳兰从事诗词研究时拥有一颗自由的诗心,为了这种自由,他做足了两件事:一是理清了财富与幸福的关系,不被物质所迷惑;二是把诗词创造当成生活的必须,在诗词创作中,他追求心灵的丰满。无论俗世多么污浊,他的内心仍旧是一篇童话。财富有尽,时光有尽,他的诗心如故,淡泊悠然不减当年。人生的恬淡就这样守在了他面前,而他并没有刻意去追逐,一切的一切就这么水到渠成。就像那个渔夫,他只是钓鱼而已,但他收获的就是面朝大海、春暖花开的幸福。

如果"被物质幸福"只能让人们成为物质的奴隶,现今社会这样的例子不在少数。很多人为了挣钱而挣钱,渐渐失去自我,慢慢地变成了机器。钱是挣得越来越多了，但有了钱后就真的幸福了么？老葛朗台很有钱,但他却在空虚寂寞之中过了一生。葛朗台是金钱至上的代表,他认为没有钱,什么都完了,而他对金钱的渴望已经达到了病态的程度:他会每天把自己关在密室里,一遍遍地把玩他的钱,还把钱放在大桶里储存。就是他在临死前,他也让孩子把钱放在桌子上,让他能够近距离地看着,然后,他才能感到温暖和踏实……

虽然小说家对葛朗台的描述有些夸张,但当今社会,跟他差不多的人大有人在……

如果把"物质派"和"精神派"放在一起,让他们进行讨论,肯定讨论一辈子也分不出胜负,因为每个人都有每个人的道理。很多穷人忙着挣钱,因为只要你一睁开眼睛就得消费,没钱就过不上好日子,就谈不上什么尊严,更谈不上什么生活质量,生病了没钱治,说不定治不起的时候还得求助他们一向看不上的土豪;既然钱这么重要,那当然得拼命赚,但钱赚到时候才能罢休呢？似乎永远没有穷尽,不知不觉就成了金钱的奴隶……富人挣钱也有他们的道理, 对于挣钱额度来说,当然永远没有上限。没有哪个富人会说,我的钱挣到多少的时候,我就不再挣了,不知不觉,他也成了金钱的奴隶……

为什么"穷人"也好,"富人"也罢,都很容易成为金钱的奴隶？往往是因为他们害怕贫穷而放弃了比财富更加富贵的自由。他们一直过着非常单一的人生,只要有钱,其他什么都可以不要,因为他们认为只要有钱了,什么还买不来？他们从来没想过平衡物质生活与精神生活,甚至,精神生活被人们忽略了。

财富只是生活的工具,而不应该成为生活的终极目的。纳兰是一个懂得平衡之道的人, 他成功解决了物质生活与精神生活之间的矛盾。在他那里,他拥有的财富不是他最重要的生命价值,相反,自由奔放的心灵才成了纳兰巨大的财富。一个渴望灵魂富足的人,是一只飞翔长空的鸟,不愿意被物质所累,如果在鸟翼上系上黄金,那么这只鸟就再也飞不起来了。幸福与否,起到调剂作用的就是一个人的精神生活,而幸福指数主要是由心态决定的。

托尔斯泰说:"没有钱是悲哀的事,但是金钱过剩则更加悲哀。"财富永远减轻不了人们心中的忧虑和烦恼,纳兰父亲明珠的例子证明,他的一生虽然在不断地聚敛财富,但这其实是一个自寻烦恼的过程。他最后官位不保、断送一切的时候,所有的一切财富都被全部拿走,连宅子都没了,"富贵成了浮云,只是偶尔才投影在他的波心……"这对于已经习惯聚敛钱财、富庶有方的明珠来说该是多么大的讽刺?

虽然明珠高居官位时,"田产丰盈,日进斗金",但最后还是落了一个极为落魄的下场。有钱时他是一个没心的富翁,被打压之后他成了一个没心的穷汉。如果他曾经锻造过灵魂,是不是最后还能落下点什么?

季羡林一生研究学问,是国宝级的大师。但他却过着极其清贫的生活,是他挣不到钱么?不是,只是因为他注重了修心,才"狠心"地丢弃了财富。在他那里,几万块钱的皮鞋跟几元一双的布鞋大为不同,几万块的皮鞋就是个花样子,而几元钱的布鞋却给了他真正的舒适……

4.学习是一辈子的事

纳兰能成为著名词人,不仅与他超乎常人的天赋有关,还与他一生刻苦学习,勤奋钻研分不开。哪怕就是在他去世的前一天,他还把朋友们聚集到一起，全神贯注地写诗呢。他人生的丰厚是因为学识的积淀，诗心的创造。他的人生旅途是拼搏的过程，他明白人生如何才能厚重，如何才能有诗歌般的姿态。只有选择倔强，生命才会高亢。同理，人生只有不断腾跃，才会带来希望。

纳兰的一生是不断学习的一生，他把学习当成自己毕生的乐趣，从未觉得苦闷，枯燥。日月旋转，梦境轮回，来回的雁阵阻不断他求索的目光，诗词的神手点燃了他人生的理想。

那个时代可能没有"活到老，学到老"的箴言，但纳兰却成了"活动老，学到老"的典范。踩踏不完的大漠黄沙，游历不尽的丝绸之路，惆怅的总是诗心，收获的总是希望，一座精神家园就是一部诗书，让你用尽一生才能读个明白。

纳兰的好学得益于家庭的熏陶，得益于清初的大坏境。他像大海里的鱼，因为丰沛的水域而自由徜徉，他用智慧读了汹涌，读了澎湃，读了美妙的诗心。

不管是威严的父亲还是威严的皇帝，都是纳兰的后盾……

满洲刚入关时，非常重视子女教育，无论"体育"、"德育"、"特长"都毫不松懈，力争齐头并进。体育方面是指骑马、射箭、武术等，几乎所有满族家庭的孩子，都是在马背上长大的，精通骑射是满族孩子的一大特点，纳兰也不例外，完全继承了游牧民族的特性；德育方面是指文化教育，因为当时处于满汉融合的特殊时期，汉文化的普及与发扬已经是大势所趋，明珠不仅让纳兰好好研究本族文化，还亲自带他学习汉族文化。明珠精通满汉文化，家里藏书无数，明珠还专门负责给康熙讲解儒家经典和汉族文化，所以他完全有资格当纳兰的第一位老师。当纳兰一点点长大，明珠又给他请了好几位汉族老师，他们列出详细的教学计划呈给明珠，明珠那里通过了，他们就开始悉心教授。日复一日，年复一年，纳兰聪明好学，老师所教授的内容往往很轻松就掌握了。经过数年的刻苦学习，纳兰的汉文学习已经达到了一个非常高的水平，特别是儒学方面非常精通，连老师徐乾学都非常佩服。纳兰的汉人文学家朋友，丝毫看不出纳兰比他们差了多少，不仅不差，还有大大超越他们的势头。

清初的大环境也给了纳兰深入学习的空间，为了政治需要，康熙非常重视汉族文化，重视满汉文化的融合，他把这一点当成治理国家的重点。所以康熙非常支持纳兰研究汉学，还建议纳兰多交一些汉族文人，然后把他们的治国建议统一提炼上来反馈给他。

出于对汉族文化的热爱，纳兰把许多满族人写的诗词翻译成汉文，还把汉族文人的诗词翻译成满文，交由满族人学习欣赏，而他自己仿佛成了满汉文化交流的纽带。

纳兰不负康熙的厚望，《通志堂经解》的完成，让纳兰一下子成了有名的大学者。但他没有停滞不前，而是继续如饥似渴地学习各种文化知识。纳兰不仅通晓儒家经典，还关注历史发展，民生发展。不仅东方文化，纳兰对西方文化也不断进行着深入的学习和探讨，无论天文、历法、农业、军事都有涉猎。只要能淘到有用的西方文化书籍，他必然认真细致地学习，自己淘不到，就委托朋友去找，委托老师去找，自己学完了，还把这些书推荐给朋友，希望他们也能开阔视野，博采众家之长。

纳兰非常希望西方文化能够在中国得到普及，能为中国人的生产和生活带来便利。比如他很希望中国的风车技术能达到西方的先进水平，还希望中国的水利设备能够好好改进。他在《渌水亭杂识》里记载："中国用桔槔，大费人力，西方人有龙尾车，妙绝……"详细说明了中国技术与西方技术的差异，中国技术有哪些方面亟待改进。

总结《渌水亭杂识》花费了纳兰很多时间，但他不嫌累，也不嫌枯燥。

纳兰利用一切可利用的时间孜孜不倦地苦读，很多人不理解，特别是纳兰成为康熙的侍卫之后，大家都认为他已经功成名就，根本没必要继续学习、受这份罪了。可纳兰哪怕就是跟随康熙出巡的途中，也不放弃学习，所以纳兰成了马背诗人、游侠学者。

纳兰身处古老的东方，却意识到西方世界的变化。当中国人认为天河只是气团时，西方人就已经用望远镜观察到这些"气团"不是气团，而是一颗颗灿烂的星辰。他在《渌水亭杂识》里呼吁中国人多跟西方人学习。

纳兰跟随康熙去避暑，所有人都在休闲娱乐，只有纳兰一个人在捧卷苦读，他的行囊里除了几件简单的衣物外，其余都是书卷。当他深深地投入到学海之中时，就完全不知道自己是谁，自己在哪里。他任雨打风吹，心智不变，帐内灯火赐予他无穷无尽的灵感，得以吟哦出不朽的诗句。长夜寂寥，谁能比他更兴奋，比他更执着？诗意的岁月总是充满希望，纳兰的人生就是以抒情的方式进行。

纳兰跟随康熙去江南，虽然旅途劳顿，但他还是跑到曹寅的书房里，彻夜学习。曹寅的母亲给他送来点心，夸奖他好学的劲头跟少年时一模一样。

纳兰第一次得的大病是伤寒，因为病情严重，他错过了殿试。但他身体刚刚有一点好转，马上开始读书学习，把自己的病痛抛到了一边。家人怎么劝都劝不住，因为太过劳累，导致病情反复了多次。明珠心疼儿子，气得大骂："你这个小兔崽子，你是不是不要命了？病成这个样子，你还用什么功？"但纳兰仍旧手不释卷，明珠无奈，只好派老管家睡在纳兰的房里，强行监督他休息。

纳兰与顾贞观合编《今词初集》时，连续几昼夜没睡觉，因为太过劳累，在马背上都睡过去了。

出使梭伦时，因为长途跋涉非常劳累，晚上要想读书学习，纳兰必须靠喝酒提神，才能坚持得住，就这样白天行军，晚上学习，从来不间断。底下的将士对纳兰的韧劲佩服得五体投地，他们往往晚上倒头就睡，睡到号角响起还睡不够，而纳兰休息时间很少，但他精力充沛。在将士们眼里,纳兰简直就是不怕苦不怕累的铁人。行军途中阅尽多少沧桑,纳兰就写出了多少锦绣的诗章。

因为工作的突出表现,纳兰一次次被提升。纳兰被提升为一等侍卫时,不仅朋友劝他,连父亲都说不用这么拼命了,他已经学富五车了,已经得到皇帝的重用了。明珠认为纳兰的智商可以了,当时最重要的就是提高情商了。纳兰可以有诗人的独特风度,但是也要顺应皇帝的心思,他希望儿子在仕途上能有更大的发展,而不是读死书……

康熙二十三年十二月,纳兰性德随驾南巡回来后,身体出现严重不适。被他苦心救回来的吴兆骞去世了,让纳兰好不悲痛,他流泪叹息"嗟嗟苍天,何厚其才,而啬其遇……"好友严绳孙的辞职南归,更使他伤痛不已……

康熙二十四年五月,纳兰与顾贞观、姜宸英等再次相聚在一起,纳兰写了夜合花诗"阶前双夜合,枝叶敷花荣。疏密共晴雨,卷舒因晦明……"没想到这首诗竟然成了纳兰的绝笔,他一生苦学,到此画上了句号。

纳兰一生虽短暂,但一生都在学海中泅渡的他,成了我们现代人的榜样。

处于知识大爆炸的时代,学习应该是一辈子的事。特别是刚刚走上社会的年轻人,觉得自己在高等学府深造过,有了很高的学历,这一辈子就省事了,从此之后,所有的书籍就可以该卖的卖,该送人的送人,因为它们对自己再也没有任何用处了。这种想法是非常错误的,因为毕业了仅仅代表你不再是学生,但你的学习生涯并没有结束,甚至才刚刚开始。因为在一个知识更新速度非常快的时代,如果你不能保持持续学习的状态,不通过不断学习来改变自己,就无法应对激烈的社会竞争。

有两个英语专业的毕业生,参加工作后都没有从事英语专业。甲安于优厚的工作待遇,没有继续学习,连书本都懒得摸一下,自打毕业后一个单词也没背过。乙跟甲完全不同,他虽然也有一份不错的工作,但他很有危机感,利用业余时间继续学习。几年后,因为不可控因素,甲乙同时失业了,同时去应聘英语翻译,甲不用说有什么长进了,连之前在学校学的英语基础知识都忘得一干二净,而乙因为这几年的不断学习,水平非常高,应聘时顺利过关。甲很受震撼,深恨自己这几年太颓废了,要是自己也跟乙一样不断充电,怎会是这种下场呢?

有一篇报道,叫"哈佛四点半",被人们大量地转载,说的是在午夜四点半的时候,哈佛图书馆里竟然灯火通明,座无虚席,年轻的学子们都在埋头苦读,面前是一堆一堆的学习资料……而在哈佛食堂里,经常有人一边吃饭一边读书,也有人因为太劳累了,竟然在食堂的椅子上睡着了……而哈佛的朴素箴言被很多人记住了,比如"学习时的苦痛是暂时的,未学到的痛苦是终生的",比如"学习并不是人生的全部,但既然连人生的一部分——学习也无法征服,还能做什么呢?"比如"即使现在,对手也不停地翻动书页……"正是这些朴素的道理让每个哈佛人都在拼命学习,并把学习的好习惯一生延续下去,不仅自己牢记,还要传给子孙。

是的,一个热衷于学习的人,应该把"毕业了"、"我懂了"、"我会了"、"我是博士"、"我是海归"、"我是专家"这些语言彻底地从自己的脑海之中抹去,不管你有多么高的学历,不管你在哪里镀过金,学习都是没有止境的,人生最好的状态就是做一辈子学生,就像纳兰那样,如果生命没有结束,就绝不会停止学习。

走出校门的人,一般都从学校里学到了正确的学习方法和思考方式,那么接下来的社会大学,需要你毫不松懈地继续学习。做一个好学生,交一份成功的人生答卷。

是的,人在社会中生存,必须有一个"持续学习"的意识,环境不能改变的时候,自己就要适应环境,不断学习,改变自己,才能让自己立于不败之地。一个有毅力不断学习,有兴趣不断学习的人,人生都不会太差。

我们经常羡慕那些"多面手",这个工作不做了,别的工作也可以做得很好。但"多面手"不是天生的,是不断努力学习、不断拓宽学习领域的结果。

当今时代是一个不相信证书和文凭的时代,一个人要想进步,必须养成一生学习的好习惯。这是当代人安身立命的法则。证书、文凭等等都不是资本,而持续学习的能力和习惯才是人生的资本。

欧阳修就是一生学习的典范,从他的祖母拿着麦秆在沙地上教他写字开始,他就从来没有停止过学习,终于修成大家。

著名经济学家、哲学家于光远坚持活到老、学到老,他86岁开始使用电脑,86岁建立了自己的网站,90岁之前出版了75部著作,甚至在97岁高龄去世之前还在孜孜不倦地研究学问,不曾有过懈怠。

未来的中国即将步入老龄社会,如果老年朋友去读老年大学,积极地学习书法、绘画和计算机,不仅可以丰富老年生活,不断学习的状态还会使老年人充满活力,减少他们进入老龄之后孤独、失落的负面情绪,会让晚年生活充实快乐,会变得年轻……

5.不奢求的人生

纳兰一生是不奢求的一生,他的人生像诗歌般喃喃细语,像燃烧的篝火般从容热烈。他与你同在,却与你完全不同。纳兰一生极为重视亲情、友情和爱情,但他知道每个人都有不同的人生航线,不是所有人都拥有同等的价值观念,不是所有人都会成为淡泊无欲的诗人,所以他从不把自己的思想凌驾于其他人之上,他喜欢求同存异,他愿意自己身在百花园,而自己只是万花中平凡的一朵,不争奇也不斗艳。

对待既有的财富功名,纳兰也能做到淡泊无欲。他的诗心是热烈质朴的,有多少次,他的梦里,他的歌里,他的希望里,都是情怀的蒸腾,都是诗歌的激荡,都是思绪的流向。他的人生不奢求,哪怕惆怅遗憾,但惆怅遗憾之后,是放松与解脱。

人生莽莽苍苍,纳兰抛却浮名,用纵览天下的目光,看着这或近或远的芸芸众生,内心充满悲悯。他想用诗歌温暖父亲,感染皇帝,感染身边的所有汉人朋友。可是谁能读得懂他质朴纯真的灵魂呢?

明珠给了纳兰高贵的身份,这样的身份是普通人想求也求不来的。纳兰幼小时,父亲是他的偶像,官服加身的父亲在他的眼里那么伟岸高大,像一座大山。因为父亲做的官实在太大了,多少朝廷官员、文人政客见到父亲都要点头哈腰。父亲的文学造诣又那么高超,高超到儿子无论给他提出多么难的问题,父亲都能够对答如流,在纳兰眼里,父亲明珠是一个聪明绝顶之人,宽厚仁爱之人。可就是这样一个聪明绝顶、宽厚仁爱之人,在他慢慢长大后,反而越来越陌生。他结党私营、卖官加爵、心狠手辣和打压倾轧的能力不在索额图和鳌拜之下,不仅如此,他竟然希望儿子跟自己捆绑在一起,成为一股强大的势力,能够与朝廷中任何强大的势力相抗衡。

纳兰是大孝之人,虽然他与父亲的"政治意图"完全不同,但对待父亲,纳兰最后还是选择了包容,对于亲人的人生定位,他不奢求,更多的是悲悯,他只是拼命地做好自己。父亲虽然骂纳兰是书呆子,但他在内心深处是欣赏这个儿子的。

纳兰的汉人朋友,也有一些势利之人,他除了对同道中人选择青眼相加之外,其他的不和谐声音就随它去了,自然不会奢求朋友的忠诚。对朋友的选择,能支持就支持,不能支持就选择理解。平定三藩之乱时,朝中不同的派别很多,各种不同的声音集结在一起,不分上下。因为朝中的政策改革,明珠的心情很不好,君臣关系也变得异常微妙,明珠迫切希望保住自己的官位,极尽谄媚之能事,忙得焦头烂额。正在这个节骨眼儿上,姜宸英想让纳兰辗转求明珠帮他在康熙面前美言,给他换个职位做做,或者提拔一下,那就更好了。纳兰不好在父亲忙乱之时再去求父亲,就让姜宸英去求明珠的仆人,因为明珠非常宠爱甚至是信任自己的这个仆人。有时候,纳兰求不得的事情,仆人一求他,反而成了。纳兰本是出于一片好心,但敏感的姜宸英却觉得自己受到了纳兰的侮辱,觉得他一个堂堂大才子,竟然被要求去跟仆人低三下四,太丢面子了。姜宸英大为光火,不惜与纳兰反目,对纳兰恶语相加,发誓再也不做纳兰的朋友了……一时间,诋毁之音频频在朋友圈中传来传去。姜宸英批评纳兰仗着父亲的权势,仗着自己得宠于康熙而目空一切,得意忘形,连这么点小忙都不乐意帮了,还把他推给仆人,简直就是一个小人。面对好朋友的误解,纳兰不争辩,只是一笑置之。后来,姜宸英还是得到了纳兰父子的帮助,纳兰不计前嫌,还让他继续参与自己定期的文人聚会活动。纳兰与姜宸英之间的误会解除了,姜宸英非常后悔,更加钦佩纳兰的大度。有一次聚会喝酒,借着酒意,姜宸英问纳兰恨他么?纳兰哈哈一笑:"是我的朋友总会是我的朋友,谁说朋友之间就不能有误会?有了误会就不能继续做朋友了?"

纳兰的表妹被康熙召进宫去,纳兰痛苦万分,还曾乔装打扮后去皇宫里看望表妹。但表妹的特殊身份,让她选择了对最爱的人一语不发,而把炽热的情愫深埋于心底。面对表妹的"绝情",纳兰从宫中回来后,确实低迷了很长时间,但他最后还是选择了慢慢放下。对待这份美好无比的情感,纳兰尽量付出了,但他绝不奢求。他在心里对着雪梅表妹一次次地独白,他内心里的泪撞得日月叮当作响,但他仍旧选择了从容。他让自己伤感的泪水在黑暗与寒冷之中燃烧,却不发出一句呻吟。

　　无论亲情、友情，还是爱情,拥有时就极尽爱护,哪怕这些情感也是有瑕疵的,他也一样视为珍宝。纳兰没有强求自己,也没有强求父母亲人甚至朋友,非要达到什么样的标准,达到什么样的素质。纳兰"放过"了父亲,不再像以往那样不断纠缠父亲,非要让他归隐于田园,他知道父亲的生活轨道已成定势,是他无力扭转的了;纳兰的汉人朋友不计其数,但他无法让每一个汉人朋友,都来热爱大清王朝,他知道要想扭转他们的心,不是一朝一夕的事情;不管父亲明珠,还是他的汉人朋友,在滚滚向前的时代面前,都是非常渺小的,就像风云,就像沙粒。无论在时代大潮面前做出什么样的选择,似乎都是可以理解的,因而纳兰做了一个宽容大度的公子,不奢求于自己,不强求与他人。纳兰用诗歌的音符敲打生命的键盘,亲情,友情,爱情,响亮地拔节时,他正在默默地施肥,一场秋风过后,诗人的心思成熟了,他一下子拥有了淡泊的智慧、包容的心态。不是每朵花都有蜜,但他还像蜂儿那样往来无穷。他所接触的大地,生长过庄稼,也生长过野草,也曾茂盛,也曾荒芜,但他相信所有的一切都会在春风的鼓励下葳蕤成诗,都会像诗歌那样灿烂。

　　在"不奢求"心态的指引下,纳兰淡泊前行,做人,处事,都有着洁净宽容的胸怀, 都有潇洒的态度。纳兰看惯富家子弟的骄奢淫逸,也看惯了普通人的平淡无奇,甚至是碌碌无为,他没有要求任何人都跟他走在同一条道路上,他知道人生应该千姿万彩,该放弃的就应该放弃,如果坚持了不应该坚持的一定会给自己带来苦闷。人生的列车总是不让你停稳脚步,迎着雨雪风霜,一定会有欢欣,也有痛苦,而这痛苦有很大的原因是人们奢求了不该奢求的东西。

　　青春走过来,又毫不手软地离开,对人生不奢求不代表浑浑噩噩地过一生。恰恰相反,人生需要更狠辣的磨砺。

　　纳兰不要一切浮名,他只想做一个干干净净的人。他已经树立了成为文人雅士的理想,所以他时时刻刻拨正着自己的方向,并且不懈地努力。他的理想往往是别人忽略不见的，甚至是完全不被人理解的，但他却津津有味地为了理想而交付了青春。他不奢求财富功名，不奢求被所有人理解和支持，他宁愿孤独，在孤独中痛苦，在孤独中满足，他自喻为"不是人间富贵花"，宁愿做千古伤心词人。他在黎明里，他在夜色下，他的眼眸望断人生的前前后后，只想泅渡这绵绵的爱恨，看到时光消融之后展露的心灵之花，干净，纯粹，美好。

命运啊命运，不管前行的路途是平顺还是坎坷，命运都在这里。它有时顺风顺水，有时多舛惨淡。但谁能总跟人生的大开大合较劲呢？悲剧也好，喜剧也罢，都是人生必须经历的。唯有不奢求，然后淡泊无欲地过一生，才不辜负人生一场。就在阳光下虔诚地祈祷吧，就把生命吟成千年不老的圣诗吧。

富贵也好，落魄也罢，若都是人生路，就没有好或者不好之说。人生无完美，所以没必要奢求太多。人生总是得失参半，只有心态平和了，才能提高人生的幸福指数。"不奢求"让人们保持知足常乐的心胸，主动做到淡泊无欲。人生本来就是这样，充满弹性，有可为，有不为。

孝庄太皇太后，有一回跟康熙聊天，说明珠家的纳兰公子肯定是读书读傻了，读痴了。为什么效忠皇帝有功，却完全不在意皇帝给的奖赏？为什么当明珠不断有着政治大动作时，他这个做儿子的却没有任何反应？为什么没有子承父业？明珠真是聪明了一世，糊涂了一时，这么一个只知道读死书的傻儿子，也不说好好教育教育。康熙回答："老祖宗，容若的心里除了诗词还是诗词，哪还顾得上争名夺利？您不觉得他改写了纳兰家族的风范么？痴痴傻傻是他的缺点，但谁说这又不是他的可贵之处呢？把他放在孙儿身边，您老尽可以放一百个心，容若最得力，但容若也最没有威胁……"

可见皇帝眼中的纳兰也是没有任何奢求的，他能在富贵丛中做到淡泊无欲又问心无愧，这不正是他至高无上的境界么？

要说词人的身份，纳兰是千古伤心词人，要说惆怅的情怀，纳兰的多愁多病，忧愁幽思，又成了他保护自己的外壳，让他得以在风云变幻的大坏境下安然无恙。

都说纳兰是贾宝玉的原型，但纳兰从出生一直到去世前，纳兰家族一直处于稳妥无恙之中。平和的环境保护了他一生醉心诗词，远离权势纷扰，这是纳兰的幸运所在。明珠受到弹劾时，明珠和纳兰的恩师徐乾学因为政治立场不同而反目成仇时，纳兰已经离开了人世，所有一切风雨飘摇、担惊受怕、乾坤倒转、家族崩殂，纳兰都没有看到。"奢求人"的下场虽然被他预见到，但好在没能亲眼所见，他也就没有了这方面的打击。不像贾宝玉，经历了贾家的衰败，直接面对人生凌乱的下场。

不奢求，纳兰选择把自己的人生借助诗词过得有声有色。古话说："事能知足心常乐，人到无求品自高。"这句话用在纳兰身上非常适用，正因为对自己，对他人都没有奢求，也没有被财富功名所束缚，纳兰的品格显得尤为高贵。

人生不奢求，才能超凡脱俗，才能心静少欲，才能恬淡养心，进而成就高贵人生。"贪财、权欲和虚荣心，弄得人痛苦不堪，这是大众意识的三根台柱，无论何时何地，它们都支撑着毫不动摇的庸人世界。"——而庸人的世界该有多么痛苦，自己说不出来，别人说的又不能懂，从此就这么浑浑噩噩了下去……

正因为纳兰对待人生不奢求，他才做到了没有功利心，才产生了人生的完美行为，成为世人仰慕的诗词名家。而我们必须承认，当你不再奢求什么，对一切身外之物都能做到淡泊无欲时，我们才能够轻装上阵，而且也更能看到这个世界的美好，更能关注到自己的内心，收获内心的满足，修心成长，坚强面对人生种种。一个人不会因为富贵等身而显得他有多么优越，而他的灵魂之美才可以万古长青。

陶渊明不奢求富贵权势，回家采菊东篱，悠然南山，终于成为田园诗体的创始人……

　　这里还有一个"腐鼠"的故事,传说庄子去探望自己的好朋友惠子,正巧惠子刚刚做了宰相,在庄子临行前,就有人急急忙忙地把这个消息告诉了惠子,还添油加醋地说庄子此次探望,是醉翁之意不在酒,探望朋友是假,夺取相位才是真,不抓紧想办法解决,可要出大事了。惠子吓坏了,马上派人在城中搜寻了三天三夜,不惜一切代价也要找到庄子,及时制止他的痴心妄想。没想到庄子面对愤怒的惠子时却说:"有一只从南方飞来的鸟,叫鹓鶵,请问您听说过这只鸟么?他可是一只奇怪的鸟啊,因为他虽然远道而来,但如果不是梧桐树的话,它不会飞到上面去休息,如果不是竹子的果实,它坚决不吃,如果不是甜美如醴的泉水它根本不喝,正在这时,赶巧有一只猫头鹰抓到一只死去多时、已经腐烂的老鼠,它看到鹓鶵飞过来,还以为鹓鶵要抢他的死老鼠,赶忙大叫着吓唬鹓鶵,还紧紧地用爪子护住腐烂的老鼠,其实鹓鶵哪有跟它抢夺腐烂老鼠的心思啊……惠子啊,您现在也想拿着您的相位吓唬我么?可我对您的相位王权丝毫不感兴趣啊!"庄子用"腐鼠"比喻权势,但庄子不奢求官位,崇尚自由,所以对权势完全不奢求,他专心研究学问,成为了大思想家……

　　他和陶渊明一样,都没有富贵等身,但他们一样都拥有着灵魂之美,都拥有着不奢求的人生。

6.情商无价

　　生性聪慧的纳兰,情商很高,首先,他能够很好地认识自己,剖析自己,他明白自己是因为什么而惆怅,而欢欣。时光的炽热与诗心的情焰,如被火烤般不停地沸腾,涌动,壮观而辽阔。如果他选择了一种路途,而这路途又是适合自己的,那他就一定要坚持。灿烂如天高,辉煌如地厚,是的,没有什么比明白自己更让人幸福或者苦痛的了,纳兰颇富传奇色彩的人生因为清醒、自敛而更显尊贵。他知道自己选择了诗人路,就注定会在繁华里寂寞,在欢悦里苦痛。人生的打击让他一次次地用诗歌解释,用惆怅致意。只要他走在诗歌的征途,他就亢奋无比。

纳兰的一生虽惆怅,但这惆怅并不等于脆弱。他的心灵是深邃的,就像永远看不到底的大海;他的生命是带有内蕴的,就像地层之下那不会轻易涌动的岩浆;他的追求是厚重的,他弯下身子再昂扬地起身,他像坚硬的大山,只有雄浑与巍峨,不管这世界是静谧的港湾还是凶险的漩涡。

纳兰的心理、情感、意志,及抗击打能力,都超乎于常人,他的高情商在他的一生中发挥了重要的作用。而他的传奇一生就是先由认识自己、认识自己的环境和身边的人开始的。他用力抹掉内心的阴霾和惆怅的思绪,他用美好的诗歌唤醒世界,唤醒周围的人们,他的胸腔里有一个执着的声音:我在这里……生命如诗,埋不住公子的心事,就让这命运兼葭苍苍,就让这霜天尽处,诗人的眼光摇摇晃晃,然后在岁月的寂静中暗暗欣赏,浅浅微笑……

每当纳兰出行,身边总是前呼后拥,随从无数,纳兰在所有人眼里都是一个高贵的公子,每当他想要什么东西,无论这东西多么昂贵,父亲都会提供给他。母亲脾气非常不好,动不动打骂下人,下人见到母亲就像猫见到老鼠一样,但母亲对纳兰却是爱护有加,因为纳兰是父母心中的骄傲。幼小时,父亲是慈爱的,但父亲经常与政客们聚集在纳兰府的密室里,密谋一些计策,这些计策让父亲得以在残酷的宫廷斗争中立于不败之地。父亲要纳兰攻读诗书,是纳兰乐意去做的,但父亲却希望他的诗书功夫能够对仕途有所帮助;对待爱情,纳兰只希望两厢情悦就好,可父母却要求他的爱情能与政治联姻,最好门当户对;纳兰的汉人朋友,有的是纯粹的,只把诗词当做生活的全部,而有的人也热衷于在皇帝面前卖弄……纳兰默默守望,真心爱护的一切,偶尔也会成为疼痛的伤痕,这所有的一切跟他内心深处的想法经常是错位的,经常是颠倒和不可想象的,经常是让他感到困惑的……是他已经成了另类,不能融合于这个时代,还是这个时代的发展本来就是扭曲的? 他是顺应时代的发展还是顺应自己灵魂的诗性发展?

万事万物都具有两面性,纳兰认识到这一点,所以在他这里没有"好"或"不好"的定义,他没有成为偏颇的人。环境就在那里,不会改变;周围的人们就在那里,也不会改变。如何在这种大环境下生存? 怎样做才不会迷失自我? 纳兰的高情商发挥了作用。也许有些事情他无法承受,那就专心去创造属于自己的辉煌。也许实现心中的理想注定陷入不可知的迷途,那就按照固定的路标,目不斜视。哪怕心灵破碎了,也要深情地守望,哪怕前面都"没了路",那也一定要等待柳暗花明。情商是无价的,那就发挥自己情商的作用吧,就做一个有心人。

对待父母亲人,纳兰采取了两手抓,两手都要硬。第一,他孝顺父母,关心父母的饮食起居,视父母的身体健康为头等大事。如果父母身体不适,他会抛开一切事情,对父母悉心照顾,直到父母痊愈为止,对父母尽孝道,在他看来是理所当然的事;第二,在自己的政治理念发面,他没有"愚孝",没有刻意示好于父母,所以他坚持自己的原则,不被富贵权势所迷惑,对父母之命,他没有完全"唯命是从",而是选择了跟富贵家庭的发展完全不一样的道路。虽然他成为了康熙的御前侍卫,但他本质上是一个"马背诗人"。他虽然进入了"仕途的染缸",却没有改变颜色。在人们眼里,很少有人把他当做康熙的红人,更多的人认为他就是"江湖落落狂生"、"千古伤心词人"。

对待周围的朋友,他也采取了两手抓,两手都要硬。第一,他的朋友多为落魄穷困之人,所以他尽自己最大的努力帮助他们,几乎所有朋友都受过他的资助,纳兰希望每个朋友都能过上好一点的生活。不仅于此,他还积极地跟汉人朋友交流学习,在很大程度上促进了满汉文化的融合。第二,对于跟他的志向完全不同的朋友,他也不会求全责备,他给予最多的就是理解、宽容,无论朋友的人生观和价值观是什么样的,他都给予尊重,他乐意倾听和欣赏朋友,哪怕这个朋友的"道行"没有他高。他悲悯于朋友的坎坷与苦难,他祈祷朋友的平安和幸福,他珍视友情并乐于付出。

对待康熙,他也采取了两手抓,两手都要硬。第一,他出色地完成康熙交付给他的各种任务,做好分内之事,对待工作,他从来不会敷衍了事,总会全神贯注,尽心尽力;第二,对于自己的主子,纳兰从不会刻意谄媚,他保持着一贯的谦和,淡定和从容,保持自己的气节。他做自己该做的,不说自己不该说的,把主子惩罚奴才的风险降到了最低。

纳兰把高情商发挥到淋漓尽致,纳兰不是"圆滑",而是智慧,如果惆怅是刻刀,那他雕刻的是自己的心。他默默地用心承受着生命中的一切,渴求和守望着这一切。

纳兰从小是个神童,他有很高的智商,但他的情商又远远超过智商,他的学问做得好,是源于他的智商;那么他的做人做得好,就完全是因为高情商了,所有的这一切促成了他成为一个优异的公子。

作为"江湖落落狂生",他没有骄矜和高高在上,事实上,与人交往时,他能够管理自己的情感,同时也能比较开阔地接受坏境,接受周围的人。他像一块棱角分明的鹅卵石,因为身处广阔的河滩,面对其他石块的挤压与大水的洗礼而变得圆润美好,这是他人生的代价也是人生的成果。

无论在什么样的环境下,纳兰都能够有效地控制自己的情感和行为活动。比如等待殿试结果时,面对朝廷上下的非议和各种猜测,他能够保持淡定,继续研究学问。殿试的结果不是他所期望的,他也没有绝望,而是默默接受了康熙的任命,安心做好侍卫的工作。初恋夭折,他虽然很痛苦,但也没有就此消沉下去,而是选择珍惜眼前人,这些都是他人生的可贵之处。

纳兰的高情商是他的能力,是他人生的创造,也是他在错综复杂环境下生活的技巧,他的高情商让他具备了强劲的适应力和学习力。比如纳兰有自己的"诗人圈子",但这个圈子不是随随便便就能建立起来的, 是因为他人格的高贵才吸引了不计其数的汉人围绕在他身边,他的才华,他的机智,他毫不吝惜的感情投资都是原因。他像一株高大贵气的梧桐,吸引了鸟儿来此栖身……这个"诗人圈子"就是他的人脉圈子,也是他生活的摇篮,诗词的摇篮,是他得以放松自己的自由坏境,是他的"世外桃源"。这个世外桃源伴随了他的一生,直到离开人世。他拼命地燃烧着,完全不顾自身有可能毁灭。他拼命地寻找着生命的意义,完全不顾自己渐渐失血苍白的诗心,他在荒冢旁大声地唱歌,惊飞昏鸦无数,惊醒自己的爱情梦。人生的车辙啊,是想延续他的惆怅还是延续他的梦想?

父母的陌生,纳兰害怕过。听说宠爱自己的母亲挖了仆人的眼珠子,他吓得哭起来了,听说父亲把一个"犯了错误"仆人送进小黑屋,然后派人把他缢毙,纳兰感到不寒而栗;朋友的陌生,他害怕过,哪怕一件小小的事,朋友就有可能跟你反目,老死不相往来;康熙的陌生,他也害怕过,他是康熙宠爱的手下,但如果触犯了皇威,下场肯定非常悲惨。政治环境中,总是有着永远的利益,而没有永远的朋友,这是多么让人心寒的现实?

而高情商就是面对这一切,一点点地培养和修炼才达到的。高情商的先决条件就是让你勇敢地面对自己厌恶的事情, 面对自己理解不了的人, 面对自己惧怕和拼命想要回避的命运……从难以相处的人身上学到东西,从压抑困顿的环境中得到人性的自由,只有这样才能迅速地成长, 然后把自己修炼得百毒不侵, 把自己修炼得坚强不催。人生的修炼就像在给一把宝剑淬火,火候到了才有了锋利;把人生的空白高高挂起,然后用高情商描绘出精彩。

第一次科考失利,初恋失败,跟父亲的矛盾等等,他的多情,他的多病等等,都是纳兰不愉快的经历。面对这些不愉快的经历,纳兰学会了适应这一切,然后调节,引导,控制和改善自己的情绪。当命运的悲苦以蔓延的姿势覆盖你的时候,不应该逃避,而是坚强地面对。而读书和写诗都能够让纳兰摆脱焦虑和忧郁,让他在冷静下来之后面对危机,然后储备力量继续前进。

每个人的一生都是一部传奇,重要的是你在传奇里选择闪光还是选择晦暗,而人生的走向往往就在一念之间,悲剧和喜剧也没有严格的界限……纳兰知道,自己的现实,他人的现实和环境的现实都要尊重,所以他要自控,要约束自己。这是最难的,但纳兰做到了。他所读出的人生沧桑里,有河水的清澈,有百花的鲜艳,有高山的巍峨,有大海的壮阔,而命运在其中,以变幻莫测的方式漂浮着,不到最后一刻,让你永远看不出真实。

如果人生是贫瘠的,那这种人生就会有含蓄和矜持,如果人生是残破的,那这种人生就会有轻灵和柔美,人生只有一次,不管怎样,如果有心,都会有各自耀人的光彩。

纳兰把自己的所有不快与惆怅都融合在诗词之中,他自己鼓励自己,一切都不能改变,但生活还要继续。在压抑的环境之中还是要一点一滴地从事自己的工作,坚定自己的信念,工作好,生活好,两样都不能耽误。如果你选择挺直了脊梁,那脆弱又算什么呢?如果你要选择岁月的风光,那么又何必害怕人生的无常?生命的血泪因为时光的打磨具备了馥郁的风情,而这风情可以感染自己也可以感染这个世界。阔大厚实的希望,如果乐意坚持,总能点燃,并燃烧下去。

所以,高情商是纳兰的坚毅品质。每个人都要相约命运,每个人又都与命运错失，悲苦轮回，一生一世，深沉的就是命运，令人赞叹的就是这生命之歌。

纳兰能够做到设身处地考虑周围人的难处，能够准确地理解周围人的情感差别，能与自己观念不一致的人和平相处，纳兰的许多朋友都说他是一位随和的公子。纳兰在自己的诗词圈子里最有才华，也最富贵，但他却能够跟其他人打成一片，和谐共处。如果不具备很高的情商，怎么能做到这一点呢？

与人交往，纳兰具备超强的心理素质和超强能力。他写诗真诚，"以自然之眼观物，以自然之舌言情"。他做人也一样真诚，热忱，把相交甚好的朋友当做自己的兄弟，把自己敬重的恩师当做自己的父亲。

纳兰的心理适应力和心理平衡力都很好，在任何环境下，纳兰都能够做到自我激励，理性客观地调节自己的情绪，妥善处理自己遇到的任何事情。无论坏境是什么样的，他都能坚持正确的东西，坚持自己的理想。他知道生命就是一个微乎其微的过程，把生命打造成什么样，完全在于你的心坚持了什么。纳兰释放哀伤的方式就是写诗，然后与朋友聚会，研究学问和诗词。他的高情商让他具备了普通人不具备的人格竞争力，所以他成了众人瞩目的焦点。

在人一生的发展过程中，情商与智商缺一不可，而情商比智商更重要，情商甚至能决定人们的命运。可以说，纳兰成功的秘密之一就是高情商。

高清商可以调整性格，让人们适应环境，适应人际交往，然后收获成功的人生。

丹尼尔·格尔曼说过："一个人如果不具备情感能力，缺乏自我意识，不能处理悲伤情绪，没有同理心，不知道怎样跟人和谐相处。即使再聪明，这个人也不会有大的发展……"高情商让人们公正地认识自己，正确认识自己的优点与缺点，改善自己的情感认知，学会管理自己的情感，这对人们的生活与事业发展都是非常重要的。

情商高的人无论遇到什么样的挫折和打击,都不会轻易放弃。可口可乐的总裁刚刚来到美国时,身上只有40美金。他一生经历了无数坎坷,但40年后,他成为可口可乐公司的总裁……

铁血首相俾斯麦也是一个情商高的人,他不仅借助高情商成为出色的首相,还成为一位掌握多门外语的出色的外交官……

是的,一个优秀的人未必有着高智商,但肯定具有高情商!

第六章

人生贵在开悟

1.幸福源于自足

　　纳兰相信自己就是幸福的源泉，生命中的所有故事都要坦然地排列,幸福和哀伤都同样不会褪色,在人生的漫漫长途中点滴渗透,渗透成惆怅的心曲,悠然的诗词。如果关注了自己,才会倾听到命运的回声,它是美的,是婉约的,是通透的,是与鲜活的生命同在的,是任谁也不能抹杀的。它是安宁的眼泪,是超脱的微笑,是哪怕一个人独处时也能意识到的百般滋味。当关注自己时,命运才会这么栩栩如生,像如水的夜晚,像厚重的诗稿,像永远的新娘,绮丽鲜艳,永远不会流于平凡。所以,关注自己时,就能看到真实感人的魅力……

　　纳兰知道父辈乃至祖先的命运整体是悲苦的，个人命运是残酷的。祖父辈们在马背上厮杀,父辈们在宫廷上斗智,他们从没有关注过自我的感受,或者忽略了自我,也没有想过要为自己开辟一块心灵的家园，他们永远不知道幸福就是源于自足。他们用一种外在的浮华假象来掩盖自己内心真实的感受，他们手里都有权势和富贵利禄，这些成了他们的"玩具"，成了他们向上爬的梯子，但不幸的是，有一天，"玩具"破损了，梯子倒下了，他们竟然像孩子一样哭泣，没有着落起来。因为此，他们成了一无所有的人，因为失去了"玩具"，他们还受到"家长"的责罚，最后成了可怜的人。

有一天半夜，窗外寒风肆虐，纳兰惦念好友，实在睡不着，忍不住踱步到纳兰府专门为顾贞观修建的茅屋下，在窗外听见顾贞观自己一人一边读书一边发出快乐的赞叹声，忍不住敲门而入，问顾贞观道："仁兄身处茅屋，寒风凛冽，这茅屋简直要成了冰窟，冻得睡不着觉，为何还有心思这么高兴？"顾贞观回道："贤弟不知，只要心里踏实，诗书香胜过酒肉香啊，就是睡在茅屋里，内心里也是温暖如春的感受啊……"纳兰一时间感慨不已，羡慕不已。他深切地了解顾贞观，知道他不情愿住在豪华温暖的房舍里，却宁愿住在茅草屋，是因为他无时无刻不在节制自己的欲望，无时无刻不在修身养性，他不会被世俗喜好和外在诱惑而干扰，哪怕再大的舒适都不会打动他，所以他根本不会为了功名利禄而牺牲自己，所以他生活得坦荡快意，不被外物所扰，淡泊安宁的境界就是如此吧。

是的，纳兰的很多汉人朋友，往往都与顾贞观处境相似，但多数人活得有声有色，虽然生活贫苦，但却像生活在蜜罐中，各个都是很幸福，很洒脱的模样。因为他们活在内心，成为自己生命和幸福的主宰。多少旷世才华，多少奇功绝技，他们依仗这些不能用钱买到的内在美支起人生的耀眼框架，不倒塌，不流俗。

与纳兰志同道合的人，都具备天赋才情，都是内心丰满且有丰富个性的人，他们不混官场，与诗书为伴，他们没有名望，也没有耀人的财产，但却过着幸福清淡的生活。他们以纳兰为首成立了一个小圈子，这个小圈子诗书气息非常浓厚，也完全没有利益的勾结，所有人都可以在这里淡泊超然,而不会被人视为另类,他们关注的是彼此心灵的成长,文化的造诣,他们共同缔造着诗书境界里独有的幸福。

是的,自己就是幸福的源泉,只有内在丰富的人,关注心灵成长的人才是真的幸福。

纳兰也和他的多数朋友一样,不会为了富贵功名、地位、头衔和所谓的荣誉而牺牲自己的一颗诗心。他们聚集在一起,因为盛开的荷花而欣喜,因为美丽的水鸟而屏声静气,他们因为一切生命而感叹,他们感恩于风雨和日月,感恩于生命的锤炼与考验。他们因为活在内心,才更加惺惺相惜。他们受着友情的滋润,竟全然忘记了所谓的盛世,所谓的荒年。不在盛世里苟延残喘,也不在荒年里踯躅悲戚。只有心灵的回声交缠在一起,让他们携手前行,笑声朗朗,忘掉了现实生活中的压抑。

纳兰把自己当做幸福的源泉,所以他最看重的是怡情,他写诗,作画,学习,阅读,沉思。没人会知道,康熙身边,经常铠甲包裹的纳兰公子,没有在仕途的路上抵死缠绵,却太多地关注了内心的成长,他用诗词牵了自己的眼眸,用诗词牵了自己的魂魄,他的每一声,每一举,都笼罩着凄迷与华艳。他的美由内到外,没有任何矫饰,完全出于天然。他像空山的新雨,又像早春的绿意,虽热烈,不倾泻。虽绝美,不张扬。他做了自己的王,不在意是否有谁为他封官加爵,他只管在自己的世界里自由自在。

纳兰的一生,怡情占据了巨大的优势,所以他的幸福更加持久和真实。虽然这幸福往往带着"惆怅"的标签,但这些所有的情愫都来自于"幸福的篮子",这种惆怅的情绪是人生情感的绚烂展示,是幸福自足的另一种表达。

亚里士多德有一句名言:"幸福源于自足。"说的大抵就是如此。人们的幸福有两个敌人,一个是痛苦,一个是厌倦。纳兰不断地增长心灵财富,用以摆脱"痛苦"和"厌倦"这两个敌人。事实证明,他成功了。他用了诗词化解内心的苦痛,他把热爱的世界抱在怀里,他吻住心灵的永恒,他期待愁怨之后的黎明。他不害怕自己只是微小的水滴,只要它能够融入浩瀚的大海,他不害怕自己仅是星星之火,惟愿它能够在绝境里灿烂。他不害怕恶劣的天气,惟愿那疾风骤雨可以清洗自己的灵魂。他不害怕自己在秋天里凋敝,惟愿那累累硕果可以成为寒冬的粮食。他不害怕自己像花朵般凋谢,惟愿绿叶的依托可以让他寂寞而无憾。够了,够了,他要的不是很多,只要能守住自己的真心,他愿意自己的一生只是一句诗句,哪怕不被任何人记住,但这句诗却诠释了人生的全部涵义。

纳兰是一个具有高度心灵能力的人,他的思想非常丰富,他的生命因为诗歌而充满意义。生命之旅有巉岩也有坦途,眼泪和微笑都可以成为唱和,沙漠万顷,绝壁万仞,孤独的心灵也可以背靠苍穹,也可以进退有路,因为一切尽在信念之间。当你对世界什么样,世界就会在你面前袒露成什么样。只有与天地一样从容和壮阔,才有人生的激越飞扬。活在内心的人,才能够把人生的谜底悉数解开。

纳兰的一生是惆怅的,但他把惆怅的心浸润在幸福的渴盼里。可以说,他的一生都已经献身于有价值、有趣味的人生追求,在他的生命深处,蕴含着最高贵的快乐源泉。诸如他对自然天象的观察,他对生活及人事的思索,他对重大历史事件的领悟等,都是他生活中的重要内容,他是那个时代注重做"学习笔记"的人,他从十七岁就开始撰写《渌水亭杂识》,只要他觉得某一类别的知识有用,他必然会学精学透。儒学经典,汉学古籍,中西文化,都是他涉猎的范围。因为他的学识渊博,让他成为朋友中最为有趣的人。他的词作三百多首,诗作三百多首,同时还善写绝句和律诗,他的杂文、书法和绘画作品,也成为了传世精品。他从来不是单调的色彩,而是五彩缤纷的华美。无论在当时的朝廷,还是民间,纳兰都享有很高的声誉。曹寅写诗夸赞纳兰曰:"家家争唱饮水词,纳兰小字几曾知,斑丝廊落谁同在,岑寂名场尔许时……" 说明在当时的朝代，纳兰就已经成为了家喻户晓的人物。纳兰词被写在学堂里，被写在旅馆墙壁上，道路两边的数木上，提起纳兰性德的大名，更是无人不知无人不晓。就像现在，一提起一些明星，连小孩子都知道。连朝鲜人也作诗赞叹纳兰："使车昨渡海东边，携得新词二妙传，谁料晓风残月后，而今重见柳屯田……"意即纳兰的诗词在朝鲜的名声都超过了柳永。

没有谁会无缘无故地成功，也没有谁只要一跺脚就拥有了旷世的才华。

是的，纳兰比一般人更注重阅读、观察、学习和思考。伏尔泰曾经说过："没有真正的需要，便没有真正的快乐。"纳兰的真正需要，使他从大自然、艺术和文学的美妙中，得到了无穷的快乐。当关注内心时，当收获恬淡与安然时，这个世界也是和谐的，这个世界也有着醉人的芬芳。人生的悲欢离合也会感染生命的节奏，向着生命的四面八方发散而去，成为图画，成为音乐，成为怡情怡性的生命靓点。关注内心的纳兰过着两种生活："睿智的生活"和"诗性的生活"。他远离肤浅与空洞，他的生命一直处于意趣盎然的状态。

纳兰亲眼所见，父亲明珠把一生的幸福寄托在财富和官位上面。财富和官位对父亲来说，已经不是幸福，而是沉重的负担和危险的绊脚石。父亲幸福的根基就是因为这些，才受到了破坏。他想离开，却又不能离开，没办法，只好越陷越深。他把人生的重心悉数放在这些事物上，却从不把重心放在自己的灵魂上。父亲用财富和功名捆绑住自己，失去了内心的修炼，他已经找不到生命的意义，再也不会找到人生的安全港。儿子对他说幸福，只能被斥责为单纯和可笑。这就像一个病人，不考虑如何健身提高自己的体质，却把希望完全寄托在医院。

纳兰视心灵财富为真正的宝藏，他只求终其一生，他都能成为他自己，这是他判定幸福或者不幸福的标准。严绳孙和朱彝尊以读书为乐,不愿意与清朝合作,有着硬邦邦的人格,很多人说他们是逆臣,只能拥有悲剧的人生,但纳兰却不这样认为,他欣赏他们的处世与为人,认为他们做了自己,而再没有什么比做自己更幸福的事了。所以他乐意与他们共同研究学问,创造了很多友谊佳话。

纳兰是为诗词而生的,也因为诗词而快意无比,得到人生的幸福。正如歌德所说:"若人生具备某些可以为他使用的才华,他的最大幸福便在于使用这些才华。"诗歌不能当饭吃,也不能当衣服穿,却能够给人巨大的心灵安慰。相信自己就是幸福源泉的人,非常乐意掌握自己的命运,无论人生的大河如何激流暗涌,恶浪滔天,都能够扭转逆境,等来风平浪静的结果。纳兰的一生极大地注重了心灵的自足,所以当痛苦和厌倦的情感袭来时,他能保证淡泊超然。哪怕伤心千古,也要护住灵魂的美好。

现代社会很多人无比喜欢地位、财富、权力等,希望自己样样擅长。因为在他们的眼中,这些就是生命中最值得追求的,最值得珍惜的。当这些得不到或者失去时,他们的痛苦和压抑就成了一种必然。他们热衷于追逐权势和财富,热衷于打造豪华奢侈的生活,如果能得到感官的安适,他们可以不惜一切代价。但如果他们真的得到了这种生活,就真的能幸福,真的不会痛苦和厌倦么?当然不是。没地位,没钱,没权势会痛苦,得到了这些也一样会痛苦,那么为了摆脱这种痛苦和厌倦,有人会选择旅行、赌博、赴宴、玩女人……但遗憾的是,他们得到的也不过是一时的快乐,像镜花水月那样容易消逝。他们虽然想尽了办法,但还是不能摆脱痛苦与厌倦。究其根源,就是因为他们没有心灵的自足、知性的渴求,所以就不可能有知性的快乐、灵魂的幸福。

相信自己就是幸福的源泉,然后用力打造自己的灵魂,就能收获人生的幸福,因为灵魂的富贵,高洁的品行都不是身份与财富所能替代和促成的。人最重要的在于自己是什么,是否活出了真我。佛教里说，真我是出离生死烦恼的自在之我。而真正的幸福，双眼难以看到，因为它们藏在人们的心里。不自傲，不媚俗，人生就在这里；不停滞，不委顿，人生就在这里。不自满，不悔恨，人生就在这里。

列夫·托尔斯泰说过："在富有、权力、荣誉和独占的爱当中去探求幸福，不但不会得到幸福，而且还一定会失去幸福……"

不由得想到笛卡尔和梭罗。笛卡尔关注内心的成长与幸福，思索人生后写下"我思故我在"的名句。梭罗关注心灵的富足与平静，到瓦尔登湖的山林深处过隐居生活，并写下风行全世界的畅销书《瓦尔登湖》，他从哈佛大学毕业后，当过老师，也当过爱默生的助手，但他最后选择了隐居，跟自己的心灵对话，收获内心的幸福。非常有趣的是，笛卡尔跟梭罗一样都有过隐居的经历。

2.拥有独特的style

300多年前，落了一场雪，幼小的纳兰睡在深夜的雪之梦里。也许命中注定他成为那个时代最独特的style，像花瓣一样盛开成缤纷的模样。"西南月落成乌起"，他在自己心灵的圣殿里独自伫立，独自沉醉，生生把愁绪和爱情当了酒，伴着雪之梦，吞咽下去，让他们把自己的心灵烧灼成熊熊的烈火，把每一根神经末梢都弄得紧张而发烫，立下永相爱不相负的誓言。在悠扬的笛声里，美人的呓语迤逦而来，穿破这错落有致的皇城，一群鸽子在屋檐旁扑棱棱地飞起，震动得枝头的雪花簌簌而下，流泻成时光的眼泪，树下的人儿啊，闭着眼睛，仰着脸，似乎等待伴侣给他一个深深的吻，在他的耳边说出真挚的情话……

此时此刻,选择沉默吧,选择静静地守望吧,因为雪不是哭,雪是归家,佳人不是离去,而是选择了新的生活。

纳兰知道,每一次磨难都是生命的财富。如果能做了内心强大的人,才能缔造人生的完美。夜来了,生命陷入暗黑,把绝望按住,慢慢等待,夜就亮了,炊烟就浮起来了,人声又开始鼎沸,父亲上朝了,仆人来给他更衣,康熙对纳兰又有了新一轮的任命,世界就这样清晰起来了,疲惫的战马又开始嘶鸣了,世界一片喧嚣,生龙活虎的模样,期待着人们参与其中。

夜晚来了又走,不会干扰人们的正常生活。如果不惧怕命运的多舛,只要愿意,就可以在黑夜来临时,去睡个好觉。命运会给你一块领地,让你在这块领地上成为尊贵的王。诗词写就人生,白纸黑字的美妙,是人生最美的雪景:有雪花,有寒鸦,有不用描述也生动无比的人生故事……一个人的故事再悲戚也悲戚不过命运,一个人的爱情再美好,也不免有不能相守的悲剧,正所谓好花不常开,好景不常在,所幸所有的一切都可以成为生命的财富,蕴藏在灵魂的深处。

人生就是一场接一场的大雪。在嫩草钻出地面前,都要不断地用冰雪覆盖,雪越冷,草越绿,谁说那种寒凉不是人生的养分?

生命的财富,是一个人活到最后,顺理成章的高度。那个时候,生命带来了什么已经不重要,生命带走了什么也不重要。只要曾经和光阴一起燃烧过,还有什么值得烦恼?

在行走的过程中,能背负的一直在背着,不能背负的已经一点点地卸掉了,这就是人生的"格式化"的过程。纳兰的表妹,纳兰身边的丫鬟,都曾经是纳兰爱慕的对象,但在当时那种特殊的时代,门第的悬殊是最大的障碍,爱情的附加因素完全可以左右爱情的走向。在康熙的时代,满汉不能通婚,纳兰只是一位年轻的公子,他无法违背当时所谓的"道德"与"法律",他不能因为一份初恋,就去违背家庭,违背朝廷。"一约相逢,絮语黄昏后",那是纳兰美好的初恋时光,"肠断月明红豆蔻,月似当时,人似当时否?"则表达了诗人佳人不见、愁肠百结的惆怅情绪:连见上一面都非常困难的初恋啊,你还像当时那样美艳多情么?

初恋一直是纳兰内心深处的隐痛,想起夭折的恋情,他的灵魂就陷入一次接一次的激昂和苦痛。但因为此,就要永久地消沉下去么?除了"格式化"掉之外,似乎没有其他更好的办法了。所以纳兰才写下了《木兰花令·拟古决绝词》,其"决绝"两字就是断绝感情、永不往来的意思。其中有一句"骊山语罢清宵半,泪雨零铃终不怨",还包含了一个典故,说的是唐玄宗和杨贵妃的故事,本来唐玄宗和杨贵妃立下誓言"在天愿做比翼鸟,在地愿为连理枝",可是就在天宝十四年,唐玄宗的干儿子安禄山发动叛乱,唐玄宗带着杨贵妃离开长安,逃往四川。走到马嵬坡时,以龙虎大将军陈玄礼为首的随从将士,杀死了宰相杨国忠,这还不算,还逼着唐玄宗处死杨贵妃,士兵们大喊着杨贵妃必须杀死,群情激奋,喊声刺耳,如同风雷滚动,好像世界末日就要来了,吓得唐玄宗两股战战。唐玄宗为了保全自己的性命,先是抱住杨贵妃痛哭了一场,说他一直爱着她,自己怎会不爱她呢?然后把三尺白练扔在杨贵妃的脚下,狠心地把杨贵妃赐死在了马嵬坡……终于,安史之乱被平定,唐玄宗从避难的四川回到长安,听到大雨中哀怨的铃声,忍不住想起了自己"视如珍宝"的杨贵妃,深恨自己软弱无能,才让美人成了政治斗争的牺牲品。

连堂堂的一国之君都保不住自己心爱的女人,何况纳兰这样的一介书生呢?再多的海誓山盟又有什么用处呢?故人最容易变心,情人之间的心本来就是易变的……

纳兰的初恋经历了痛苦的挣扎,但纳兰是坚强的公子,他知道生活中不仅仅只有爱情。虽然初恋烟消云散了,但是生活还是要继续,就保留那"人生若只如初见"的刻骨铭心吧,视野里塞满了爱情,已经让人痴痴狂狂,就让初恋如雪,降落在痴情人的手心,然后用体温融化掉那剧烈的心跳,用灵魂领会那刻骨的哀怨;把雪花埋在心里吧,洗涤着深情的诗心。感谢初恋,感谢佳人,成为内心深处美妙的风景。

因为种种外在的压力,纳兰才不能与心爱的人在一起,所以纳兰不是负心人,相反,他是重情重义的好男人,他热爱自己的初恋,所以才更不能原谅自己。对于初恋情人对他的埋怨,他实在是有苦难言……

初恋不是不明不白的东西,它是时光的护卫,当时光燃烧的时候,它也跟着一起燃烧。只要回首的时刻,就能谛听到它的声音。初恋长成了树啊,虽然一别经年,但却与你年年对视,无语,无泪,却令人剧痛。

每一次风雪过后,他的人生都已经是不同的模样,不同的style。活在内心,所以他才傲视了一切,淡泊无欲,他才直面了人生的各种压力。

"瘦尽灯花又一宵",在孤独中自我欣赏,并用诗心的自足来包裹爱情的惆怅,是纳兰的独门绝技。是啊,谁没有遇到过挫折?为什么不能用诗词解救自己,解放自己呢?风云奔跑,大雪无痕,初恋已经渐渐消瘦,人们渴望孤独,又害怕孤独,得到佳人的期许,是那么的不安,得到佳人的埋怨,又是那样的委屈无奈,只有用写诗的方式安抚焦躁的心灵、爱情的悲怆。慢慢地,终于缓了过来,终于在一片时光的碎屑中找到了淡泊、宁静的钥匙。插进人生的锁孔,打开人生的境界,发现满满的都是多情的杯盏,鲜艳的都是百花,清澈的都是流水,是它们,就是它们带走了人生的一切。人生可以用来流泪,也可以用来歌唱,用来欣赏;人生可以苍白,又可以被狂风吹醒,流连忘返,然后紧紧地握住自己的灵魂。你可以抱怨命运,也可以扼住命运的咽喉,命运都会成全你。如果选择被命运埋葬,也不会是一个最坏的下场,只要你曾经活在内心,那就是不亏的人生。

纳兰的诗词修养,让他具备了常人不具备的强大气场。他踏雪寻梅,喝酒吟诗,雪是让他怜爱的,在纳兰的眼里,雪似乎比他的诗歌还要神圣,而纳兰的一生有着雪花的模样。纳兰具备的强大气场,把具有同样志趣爱好的朋友"吸"到自己的身边。他独特的人格魅力好像是一面旗帜,人们隔很远,就能感受到他的吸引。他的心里虽然有着让他心碎的花期,但他的眼睛执着地望向东方。他知道人生就像那辽阔的天际,有时风和日丽,有时风云突变。他能接受百花的灿烂,就得接受风暴的洗礼。内心的坦然与寂静,也是人生的一种震撼。相门风流和富贵,只能随着雨打风吹去,"缁尘京国"也无非是华梦一场。纵横捭阖也罢,庸庸碌碌地随波逐流也罢,那疼痛的人生况味怎会管你什么出身,什么来历?诗词是孤独的,但只有诗词才让纳兰的人生光芒万丈。也许一句诗就可以概括人的一生,也许许多句诗才能支撑你走过漫漫的人生长途。时光毫不停顿,不管你会陷入怎样的喧嚣和孤独。时光不会偏爱任何人,也不会为难任何人,它是最公平的,因为它总会给万事万物一个同样的结局。不管你看不看得清命运,时光总是带着两只翅膀,一个是"寒冷",一个是"温暖",你需要哪一个呢?因为一朵花瓣,因为一只蚂蚁而哭的时候,因为爱情而患得患失的时候,时光决定包容你到最后,但时光不会为任何情感而滞留,抓住机会,才能形成最独特的style。所以,诗词是纳兰永恒的气场源,诗词令纳兰感到温暖。

纳兰做的永远是自己,所以他从来没有失去个性。大海如泪,那是他唱给爱情的浩瀚的挽歌;高山如碑,雄浑成人生的巍峨;欣喜也好,悲伤也罢,都是诗词的灵魂,都是心灵的呼声。诗词不会变成金子,但诗词却可以温暖诗人最寒冷的夜晚。他从来没有把"乌衣门第"当成自己的骄傲,反而以"落落狂生"自居。他无法选择出身的自由,却可以选择自己喜欢的生活方式。人们为名利而往来,只有他视名利为浮云。纳兰曾经感叹过:"恒抱影与林泉,遂忘情与轩冕,是吾愿也。"可见纳兰希望做的是自己,告别富贵身份与地位,去山间隐居,与山水为伴,才是他心里最真实的愿望。人生葱葱茏茏,诗歌引发的是纳兰甜蜜或苦涩的记忆,他简单的心事,只是一条潺潺的溪流,只是蓝天上的雁阵,只是午夜的天籁,只是清冷的霜寒……他接纳人生的悲苦,承担命运的厚重。他愿意一生跟随诗词,做一个永远有个性的少年。

纳兰用知识和修养促进了内心的成熟,他把诗词当做提升自己个人魅力的法宝。人生虽肃穆不神秘,当与远山和云海交换会意的眼神,当把流星当做诗词的灵感,他的生命就有如神助,命运无需猜测,只要开了诗心的"窍",就一定会让自己拥有巨大的磁场。这磁场里有爱,有期待,有故事,有机缘,有美妙的唱诗……这磁场里,满满的全是人生的正能量,它让诗人眺望的眼神穿破时空一直达到无极限。

纳兰情绪的主基调是惆怅的,但他并没有被惆怅所绑架,所制约。纳兰对于自己性格的"弱点",有着清醒的认识。所以康熙和孝庄太皇太后,数次说纳兰不像他的父亲,纳兰都含笑默认了。身为纳兰家族的后人,却没有多少纳兰家族的风骨,遗憾的是父亲,庆幸的就是纳兰自己了。纳兰甚至用了一天的时间,给自己刻了一枚印章,上面有四个字:"自伤情多"。对待爱情的多愁多病,远远要比权势倾轧要好得多啊。

为什么纳兰要写一辈子的爱情诗呢?因为他害怕美人被遗忘,他害怕爱情掠过时空后,再也看不清模样;他害怕爱情坠落,于万千尘埃与沙粒中,他找不出哪个才是属于自己的那一颗;他害怕自己的心事啊,怎么也承载不了相爱时的月色;他害怕爱情的种子因为年代久远,发了霉,就再也长不出梦想;他更害怕时光是茧,缚住诗心,走不出枯竭的绝地,所以就极力地摆脱着,摆脱着。

纳兰要做最美丽的公子,因为追求内心的平静,所以他的人生是完整而完美的。诗心翩跹,有一种痛可以让人痛苦一生,又用一生的时间去解脱。那就把所有的叹息都用雪花埋住,等初春来临,就是绿色的芳草萋萋。如果夜色可以掩藏一切,那就找个角落大哭一场,如果静谧的清晨可以找到蝴蝶的轨迹,那就静静守在花下,看露珠说给蝴蝶的情话。如果不能把心事倾诉给任何人,那就恬淡地倾听自己吧,那一定是非常惊喜,非常幸福的时刻。

纳兰知道,追求幸福的一个重要条件就是放过自己。就像一颗石子,如果注定在水下安然,何必在意划过水面的涟漪?

3.开始就是未来

人生重在选择,而选择了怎样的开始就注定有怎样的未来。

纳兰出生于"缁尘京国,乌衣门第",按照寻常人的看法,在父辈的荫庇下,他完全可以一生享用荣华富贵,做一个衣食无忧,仕途无忧的富家子弟。但纳兰却选择了与人们的预期相去甚远的开始,这就注定他成为"清朝第一才子","千古伤心词人"。

"乌衣"原指南京的乌衣巷,东晋时代,这里曾经是宰相王导、谢安等名门望族居住的地方。人们比较熟悉的就是刘禹锡的《乌衣巷》:"朱雀桥边野草花,乌衣巷口夕阳斜,旧时王谢堂前燕,飞入寻常百姓家。"他的诗词主要表述了富贵风流的乌衣巷已经没有了以往繁华的模样,这里的"乌衣门第"指的就是富贵豪庭。纳兰自喻出生于"乌衣门第",说的也是自己家族的富贵荣华,完全可以与当时南京的"乌衣门第"相媲美。

纳兰是满族人,属于血统纯正的满洲正黄旗,而且父亲明珠大袖遮天,权倾朝野,优越的家庭背景给予纳兰许多种发展途径。但纳兰选择了"诗路",并因为这个良好的开端,而一步步地走向成功。他用诗词揭开了人生的所有面纱,揭示了爱情的真谛。他在纯净的诗语里款款而行,他身上的能量递增着,他比诗歌走得更远,走得更纯粹。他用诗歌编织成秋千,留待美人坐在上面荡来荡去;他用诗歌造就一座空谷,留给冬眠的动物,留给枯黄的野草,留给苍茫的山风,留给一个伤心人,喊着爱人的名字,听到山谷的回响……他用诗词泼墨成一幅油画,上面有残阳,有弦月,有美人的肩膀,有装满鲜汤的陶罐……所有的一切,似乎都在风里飞扬。

人生的悸动,人生的声响,人生的颜色,通过纳兰的诗词成为韵律,成为鸟鸣,成为露珠,成为荡气回肠的历史,成为火红的夏天里,葳蕤的林木,放肆的洪水,成为颠扑不破的小舟,满载着渔猎的希望。

纳兰的诗词缔造了绝世的美妙,因为这种美妙,悲伤失踪了,爱情永恒了,时间定格了,嘴角竟然还是初恋时的笑意。爱情与时空一直在对话,时空回答爱情提出的一模一样的问题:美人去哪了?美人哪里也没去,美人就在你的心里……然后夜晚来临了,从四面八方涌来的蛙鸣、虫籁、花语,嘀咕着,一直嘀咕到梦里,月华如水,把心底的悲伤洗得干干净净,从自我的空间走入繁华的世界,发现还有爱情伸着手,等人去握紧……

纳兰知道很多事情在别人眼里不可为,但他却有勇气和信心迎难而上。刚刚接手《通志堂经解》时,纳兰仅仅是一个十九岁的少年。虽然有老师徐乾学和周围一干文人朋友帮忙,更有父亲明珠给他打气,鼓励他,但朝野上下还是为他捏了一把汗。毕竟这是一项非常艰巨的学术工程,要有什么样的渊博学问才能胜任这项工作呢?但"开弓没有回头箭",既然选择了远方就只顾风雨兼程。有了康熙提倡儒学的大背景,有了老师和一干朋友的帮忙,有了父亲的支持,再加上自己绝不认输的精神与不懈的努力,他相信自己能够成功。纳兰勇于吃苦,深入钻研学问,态度严谨认真,几年如一日地悉心研究,学习,亲自撰写了关于《周易》、《尚书》、《诗经》、《论语》等九种经典的注释,所以后人又把《通志堂经解》说成是《通志堂九经解》。

《通志堂经解》的成功面世,与大儒徐乾学关系重大。因为徐乾学对纳兰的影响最直接,最深远。徐乾学家学渊源,他的母亲就是鼎鼎大名的遗民学者顾炎武的妹妹,徐乾学幼年时由舅舅顾炎武亲自指导读书,徐乾学共有兄弟三人,被人称为"昆山三徐"。纳兰十七岁进入国子监读书时,老师就是徐乾学的弟弟徐元文,徐元文因为纳兰的文采风流,对他非常器重,并把得意门生介绍给哥哥徐乾学,还对哥哥盛赞纳兰说明珠家的公子绝非等闲之辈,假以时日,一定会成为文学巨匠的。徐乾学因为得到这样的学生而欢喜万分,而纳兰也非常敬重徐乾学,认为徐乾学的文章不亚于韩愈和朱熹,是学术、文章、道德兼备的"三好老师",所以他把徐乾学当做父亲一般敬重,还把自己拜了徐乾学为老师当做一件大喜事,兴奋地告知父母,还在亲朋好友间奔走相告。

事实证明,徐乾学不仅是纳兰学术的良师,也在为人处世方面提出了许多中肯的见解,这些见解让纳兰受益一生。

仅有好的开端是不够的,在行进的过程中,也没有任何捷径,只能依赖自己顽强的信念。一个不能把握开始的人, 就如同盲人骑瞎马,再大的理想也会成为空想。

是的,纳兰把握住了开始,所以就拥有了未来。他走了一条不用返回的路,他像猎鹰一样翱翔,看到浩瀚长空下那被照亮的希望,察觉到风雪,察觉到寒冬,察觉到斗转星移,时空变迁,察觉到只要乐意搏击就会强壮的道理。每一片天空都有向上的道路,只属于自己的,飞出去,就会自然开阔。

诗词是人生的一道华美的门,若你踩在命运的门槛上,总会邂逅诗词绽放的美,总能找到人生的秘密:人生最不能接受的就是平庸,它对人生的杀伤力是非常大的。人生也没有回头路可走,慎重选择非常重要,因为这个世界上没有后悔药。懈怠的翅膀永远带不动沉重的灵魂,怀疑的脚步总是走不进理想的家园,人生可以接受失败,但永远不要悲伤太久,因为时光一去不复返,当你还在舔舐伤口的时候,这个世界已经变了模样,或者你修养好了,重整旗鼓的时候,你早已经掉了队,就像失群的大雁,因为不能在有限的时间内飞回南方,而被活活冻死在北方。

既然选择了开始,就需要有常性,这种常性包含志向、勇气、力量等等。

也许你的某一项特长只是业余爱好,但当你持之以恒地坚持做下去时,你会发现,这个小爱好,已经成了你的事业。开始时,你若具备了勇气,未来,你才有可能畅饮成功的美酒。当你做了人生这部戏剧的主角,那么就一定会有三番五次,七转八弯的阻碍,让你不那么容易实现成功,否则,剧情怎么会好看?所以才说"人生如戏"。坚持到底的主角,流着欣喜的泪,得到了世界的喝彩,得到这个世界的认同。

人生最好的出路就是不断向前走,然后一直走完全程。纳兰一出生就注定他是诗性的公子,而他也一生与诗词为伴,不断精益求精,终于成为那个时代以及后世非常伟大的诗词名家。励志演说家陈安之说过:"成功者永远是比对手多做一下、坚持到底的人。"魏征上书唐太宗时也说,一项简朴作风的实行,了解不难,实行不难,但坚持下去却很难,说的也是差不多的道理。可见,如果有了一个好的开始,坚持到底该有多么重要。

是的,"开始"与"未来"之间永远不会是一条直线,永远不全是坦途,沟壑、险滩、高山、大河都会散落其间。做了愚公,就要移山,做了猛士,就要肯攀登,选择了险境,就要有接受不测的准备……而人生就是一个淡泊超然地接受一切的过程。携风暴与人生共舞,携诗魂与逝水同去,选择了无悔的开始,完善了人生的过程,诗心成熟了,人生也丰满了,这才是一气呵成。

古话说得好:"良好的开始,就是成功的一半。"只要每天不断地进步,必然得到成功。成功永远不能一蹴而就,也没有任何捷径可走,如果想到达顶点,就要选择一个适合自己的"开始",并持之以恒。与其向着理想的方向不停瞭望,不停担忧,不停犹豫,不如现在,马上,专注地行动起来;与其固步自封,沉默不语,不如用发呆的时间做点积极有益的事；与其面对自己的"惨状"不停地抱怨，哭泣，不如用哭泣的时间去做自己喜欢的事；与其用大好的光阴躺在床上后悔曾经的选择，不如另外选一条路，然后马上行动起来；与其羡慕嫉妒恨别人的成功，不如自己也去成功，然后让别人羡慕自己；既然从容地选择了开始，就要坚持到底，因为开始就是未来。

孟轲说："有为者，譬若掘井；掘井九轫而不及泉，犹为弃井也。"是啊，人生就如同挖井，在就要挖到泉水的时候放弃，那以前的努力也白费了。如果再坚持一锹的深度，没准就能挖到甜美的甘泉了。

生活是苦难，也是欢喜，但总归是围绕我们选定的目标而进行的一条路途，而最后取得成功的人无一例外，都对苦难有一些偏爱，因为他们深深知道先苦后甜的道理。而人生最快乐的事情就是，做自己最喜欢的事，然后无论经历多少困难曲折，也要把这件事情做好，站在终点微笑。

成功不能盲目地去选择，因为方向比努力更重要，没有方向，我们的理想便无处归依，只有有了方向，才能更好地发挥一个人的能力，把事情做到位。而成功也不是不断的头脑发热，今天一个成功动机，明天一个成功动机，而永远不去行动，这样做只能害了自己。

所以，当寻找到自己的优势与契机时，就可以开始了。比如纳兰，他知道自己的时间很少，有一天，他发现自己可以在马背上作诗，那他的"马背诗路"就开始了。只要天亮了，他诗意的翅膀就马上发出起飞的声音，大漠无边，他充满敬意地逡巡，心里满是爱情的他，用诗词抒发思念，用诗词映照苍凉，用诗词写尽那"连理千花，相思一叶，毕竟随风何处"的惆怅，用诗词写尽那"只恐重逢，明明相视更无语"的哀怨……他和回忆遥遥相视，他的诗心在孤独的际遇下翩翩起舞，那些远去的风，那些流泪的胡笳，那些迷住眼的黄沙，那些沉淀下来的爱情往事，都向着纳兰的心房，鱼贯而入。所有一切人生经历，他能用心香覆盖，成为他的柴薪，放纵地燃烧，成为他的情歌，万古传唱。

面对未来，我们每一个人都需要一个梦想，都需要有一个好的开始。所以，我们要知道自己要什么，成功的法则又是什么。如果你走在一条没有退路的巷子，你一定会想办法找到出口，如果你相信有那么一个时机让你成功，你就会抓住这个时机；如果你曾经遭受过生命空虚的苦痛，那你一定会想办法充实人生的罅隙；如果你知道成功其实很简单，就是树立目标再坚持，那你一定不会继续彷徨。

是的，成功就是树立一个开始的目标，然后专注地去做，并且不断重复着这种专注。眼睛里看到的全是目标，而不是拿看到的障碍来吓唬自己。只要你做到了全力以赴，梦想才会眷顾你。再难，也不要给自己寻找借口的机会。

林肯八次竞选，八次落选，似乎他真的不是当总统的材料，但他勇敢地坚持了下来，终于成为美国历史上最伟大的总统之一。有一次林肯竞选失败后说道："此路艰辛而泥泞。我一只脚滑了一下，另一只脚也因而站不稳，但我缓口气，告诉自己，这不过是滑一跤，并不是死去而爬不起来……"可见林肯当时有多么坚强。

史泰龙的人生目标就是拍电影，做明星，虽然他当时非常穷困潦倒，但他仍旧坚持自己的目标并为了自己的目标而不懈努力。他拿着自己的电影剧本拜访了好莱坞所有的电影公司，但所有的电影公司都拒绝了他。他是不是该收兵了？不，没有。史泰龙给自己打气，然后开始了第二轮自我推荐，并且在第二轮的自我推荐中，再次败下阵来。第三轮，他又失败了。失败的次数加起来，达到了将近两千次。终于，有一家电影公司同意他留下剧本看一看再说。后来，这家公司决定投拍这部电影。从此之后，史泰龙正式走上了电影之路，成为红遍全世界的明星。

林肯和史泰龙的经历证明，如果你树立了正确的人生目标，那就要自始至终地坚持下去，竭尽全力争取最后的胜利。

4.做好自己最擅长做的

纳兰是颇富传奇色彩的词人,得到许多赞誉,他的词被认为"置唐、五代词中往往不能辨","最得词家之正"。后世评议他之所以取得这么大的成就,第一是因为他是天才,第二是因为他付出了常人无法付出的努力……这些都是原因,其实最重要的原因就是纳兰做好了自己最擅长做的事而已。当他用浪漫的诗心敲打惆怅的时候,他的惊世才华就肆意流淌,他人生的所有空间都挤满了诗歌和爱情。虽然他不一定像穿短装的汉人那样下田劳作,不一定像其他的富家公子那样去养鸟和斗蟋蟀,但他能够写诗作画,并且能够写出名堂,画出名堂。

纳兰欣赏月光一尘不染的光辉,他喜爱美人叮咚的双眸,他钟情亮亮堂堂的碧云天,仰望着梦想起飞。在诗歌的海洋,他总是能够畅行无阻。他知道,就是因为诗词,他的人生才永远不会腐烂。一个诗人的一生,就是由这样一句一句诗词堆砌的;一个诗人的一生,就是因为这一句句诗词而精彩无悔的。一张纸,一支笔,一句诗,就能让诗人倾诉文人雅士的梦想,就能让诗人左手血色夕阳,右手断壁残垣,看那大漠黄沙掩埋辉煌的年代和惊心动魄的爱情。看着一截逝水,想起一桩心事,就这样任由时光之驹奔腾而过,就这样看着有情人嗔着,痴着,而自己在诗词里,在酒香里一醉方休……与诗词相伴,该是如何的快意恩仇? 一句诗词,泯了恩怨,一句诗词,放逐了灵魂……

从古至今,在某方面有特长的人数不胜数,他们有一个重要的共同特点就是把自己最擅长的事情做到完美,人生短暂,能够做到这一点非常难能可贵。就像仓央嘉措,他能够把诗歌和爱情当做自己的挚爱,他写了数百首美妙绝伦的情诗,贡献给有情人。虽然他的命运悲苦,但他通过自己的努力,成为人们心中最为浪漫多情的达赖。仓央嘉措和纳兰容若都是康熙时代的大才子,命运也有些相似,都是英年早逝,都那么才华横溢,也都是把自己擅长做的事情做到最好的人。

仓央嘉措喜欢羞花闭月的女子,他珍视失恋的痛惜,他知道这世间,没有哪一个人不是苦痛的,不是孤单的,没有哪一个人不被爱情所伤,他知道这世间,每一个人都是传奇,但是这传奇多数是由苦难所酝酿。"和有情人做快乐事"是多么美好的愿望,但不是所有人都能与有情人长相厮守,痛苦与哀愁也许就是生命的常态,只因为一生孤独,所以才要一生寻寻觅觅。这世间有多少荒冢,就有多少愁怨,世间多少求不得,世间多少放不下,仓央嘉措啊,竟用自己的浪漫一生,修成了禅。

纳兰容若也是为爱情而生的公子,也是满身禅意的公子。何谓爱情?也许只是眼光交汇的刹那;何谓人生?也许只是随时可以了结的春花秋月,也许只是一边跋涉一边消失的步履,也许只是清晰的胭脂味背后已经消失的美人,也许,只是也许罢了……

能够温暖一生的是爱情,能够毁掉一生的也是爱情。缘已灭,爱成空,谁能弥补人生的缺憾与空白?日不语,月不语,禅不语。春雨过后要播种,大雪之后最严寒,请你抬起眼帘吧,因为前面不远就是远方。

虽然纳兰一生倥偬忙碌,但他善于"挤海绵",因为时间就像海绵里的水,只要乐意去挤,总会有的。纳兰把哪怕一点点的时间都挤了出来,用来研究学问。他的一生都处于"手脚不停"之中,一边是侍卫的工作,一边是诗词写作。如果他稍微放松一下自己,就不可能有诗词的成就了。越是自己擅长的领域,他越是苦心求索,好像着了魔一般。功夫不负有心人,他的诗词气韵及神采精妙之处已经超过了李璟李煜父子和晏殊晏几道父子,甚至被认为与秦观和柳永齐名。当时的皇家贵族和平民百姓都在学习纳兰的诗词,他声名远播,甚至都到了朝鲜。

值得一提的是,秦观与黄庭坚、张耒、晁补之合称"苏门四学士",在四学士中他最受苏轼器重。诗、词、文皆工,特别是词作写得非常好。纳兰能够被认为与秦观齐名,可见其文采风流真的是"最得词家之正"了。秦观诗有柳永诗的特色,但又与柳永的俚俗、白描不同,主要以秀丽含蓄取胜。秦观诗与纳兰诗词一样,都有哀感顽艳、幽婉动人的典型特点,都是出于真性情的诗句,都擅长以真诚,凄美打动人心。比如他的名句"两情若是久长时,又岂在朝朝暮暮"、"枝上流莺和泪闻,新啼痕间旧啼痕。一春鱼鸟无消息,千里关山劳梦魂"等等。

诚然,每个时代都不缺少诗人、艺术家、文学家等。聪明人的做法就是把自己最擅长的事情做好,因为只有把最擅长的做好,做到底,才能获得最后的成功。而做什么事情都浅尝辄止,只能浪费自己的才能与智慧,浪费自己的时间与精力,最后一无所获。就像足球运动员,对自己的职业不热爱,在临门一射的时候突然收回脚,那他只能前功尽弃了。所有的懈怠、拖延、消极敷衍,都是人生的负效劳动,虽然也用掉了自己许多的才能,占用了自己许多的时间,但对自己的发展却没有丝毫用处,这样的劳动用"白忙活"三个字可以概括。

纳兰每天都在严格要求自己,他知道做学问来不得一点马虎大意,虚与委蛇。特别是他经手的诗作与文集,都非常严谨认真,不放过任何一个小细节,力争不出一点点纰漏。纳兰编纂的《通志堂经解》共一千八百多卷,囊括了一百四十种儒家经典。用现在的话来说,这套文集是"工具书",不能有误导读书人的地方,所以要求非常严格。要想不出一点纰漏,不仅需要编纂者有渊博的学识,还需要编纂者具备非常大的耐心与细致工作的能力,需要付出非常艰辛的劳动。即使有一点点儿的疑问,纳兰也要查阅大量的资料去验证,然后再总结归纳。在纳兰的眼里,只要是与学问有关,就没有小事,任何一个小细节都必须做到最好,做到尽善尽美。

梁启超说纳兰是"清初学人第一",说明纳兰作为一个学者,已经达到了无人企及的高度和境界。

美国"哥伦比亚"号航天飞机在返航途中发生爆炸,罪魁祸首竟然是一块脱落的泡沫。也许有人会说,不就是一块小小的泡沫么?多大的事啊,何必大惊小怪的,但正是因为这块小泡沫造成了无可挽回的惨剧。试想想, 如果在航天飞机的设计过程中重视了所有的小细节,也许就不会发生这样的惨剧了……

因为纳兰对自己擅长的事不懈努力, 不断完善,不放过一件小事,精益求精,所以他成功了。纳兰的诗心是悠扬的,他的技巧是熟练的,他虽奔放而不扭曲,他虽顽艳却不媚俗,他在广阔无垠的天地里,让艺术之花开成长盛不衰的美丽。是的,一个醉心于端庄的人才会努力去体悟安详,一个醉心于精巧的人才会努力去制造别致,一个醉心于成功的人才会努力去挖掘成功的秘密。

做任何事情, 只是研究一些皮毛的时候, 它就回馈给你一些皮毛,绝对不会多给你一点点。是的,成功者都会问自己,你走的路对么?你尽心尽力了么?你注重了细节?这几个问号让成功者始终维持清醒的头脑,认准了目标,然后不懈努力。蜻蜓点水般的浅尝辄止,最后只能功败垂成,抱憾终生。到那时,消失的是梦幻,是理想,是艺术,是人生的美感。

纳兰比同时代的诗人,甚至是往前几个时代的诗人都做得更好,所以他才形成了自己的特色,这种特色成了他的竞争力,把他与别的诗人区别开来,使他自己变得不可取代。他的诗词成就,他百年不朽的秘密也无外乎把认准的事坚持下去,把最擅长的事情做好。他留下的是永恒的艺术,也是永恒的隐喻。所有一切精美绝伦,高贵典雅,都那么水到渠成。

对于自己热爱的诗词,纳兰是充满激情的,这种激情把他全部的灵与肉都调动了起来,他用诗词把人生写成风云激荡的故事,把人生写成永恒的魅力,把人生写成伟大的奇迹,把人生写成无怨无悔的选择……他像一颗璀璨的明星,挂在高空,观赏者总是不用费什么力气就能看到他的闪耀……不管生命是漂浮还是沉默, 他都有了执着之后的幸福,激情之后的超脱,而成功之歌是多么美妙的演奏。

是的，最好的劳动成果总是由头脑聪明并具有工作激情的人完成的。纳兰以站立的姿势在人们的心里活了三百多年，他不是神，却比神更加充满了奥秘，因为他不仅可以让你仰视他，也可以成为你的榜样。他丰富的内心世界，他惆怅的情怀，他执着的精神，都值得人们赞叹、颂扬。纳兰展示给我们的是不灭的辉煌，让"纳兰迷"们在他的身后穷追不舍。看着他安坐于三月的桃花上，永不凋敝；看着他在风浪里追逐，永不沉没；看着他长衫白马，一路诗歌；看着他在霞光里风骨沧桑，鲜活又古典……就是这么一位可心的公子，走进了人们生命的深处，成为价值连城的珍宝。

纳兰生命里的激情是他成功的催化剂，因为激情使然，形成了纳兰不认输的性格，形成了他不懈向前的动力，为了捡拾那五彩缤纷的梦之花，为了成就他文人雅士的梦想，他一生都没有停止过奋斗。时光沉入浩瀚的宇宙，纳兰没有给自己，给时代留下任何遗憾，反而把自己的身心全部都交给了诗词，哪怕剩下他自己的夜晚，他还在默默地写诗，默默地捧卷苦读，他用汉字记录文学，记录诗歌，记录生命和历史……

不管是诗人，艺术家，还是没什么特长的普通人，要想成功，都应该对自己所从事的工作有一个正确的态度，一个人的工作态度也是他人生价值观的体现，同时，他有什么样的工作态度也决定了他的人生前景。敷衍自己工作的人，得过且过的人，就是对自己的放任，对自己的不尊重，他的人生品质肯定也会不断下降。反之，他一定会收获人生的惊喜。

对于大部分普通人来说，也许他每天做的就是最平凡的，甚至是他根本不屑于去干的工作。但如果能把这种最平凡的、最不乐意干的工作做好并坚持下去时，他一定能获得成功。我们很多人都知道那个"清洗马桶"的故事吧?说的是一个年轻女子来到酒店当服务员，但没想到顶头上司却让她先去清洗马桶，还要求必须把马桶清洗得像新的一样，年轻女子很不情愿，觉得上司让她这么干净漂亮的女孩做这种工作,简直是在羞辱她,一时间气得哭了起来。这时一个同事走过来,当着她的面一遍遍擦洗马桶,直到擦得像新的一样,更令女子震惊的是,这位同事擦完马桶之后还把马桶里的水弄出一杯,然后一饮而尽……

女子受到极大的震撼,暗下决心就是洗马桶,也要洗得出色。从那以后,她再没有抱怨过,无论她从事什么样的工作,都会争取把工作做得尽善尽美。慢慢地,做什么事都严格要求自己几乎成了她的一种习惯,后来,她通过自己的努力成为日本的邮政大臣,她就是在日本非常有名气的野田圣子。

我们更熟悉的还有一个人,那就是李嘉诚。他从小"苦"大的,做过很多行业,但他无论做什么,都能够端正自己的态度,力争把工作做好。他当过学徒,修过钟表,也当过推销员,受过无数的白眼和拒绝,但他毫不气馁,一直保持乐观自信的心态,终于在20岁的时候出任塑料花厂的总经理,从此一发不可收,走上经商路,成为蜚声世界的塑胶花大王,后又成为地产大鳄……

5.给挫折一个微笑

纳兰的梦幻与清醒,悲伤与欢乐,被他用诗词解读成一颗颗的眼泪,一颗撞击着另一颗,流淌进心海,化成无人能懂的心音。而他只是淡淡地微笑着,面对着人生的一切挫折。他把脆弱的胸怀筑造成坚实的堡垒, 他把黎明前的暗黑书写成灿烂的朝霞。面对日渐苍老的春风,他微笑不语,面对张扬的哀愁,他微笑不语,面对青春的惆怅,他微笑不语,面对爱情与事业的挫折,他微笑不语……他静静守候着爱情的箴言,然后慢慢简约,慢慢单纯,他在淡淡的微笑里成了禅。

诗是热热的胸怀,词是温暖的酒浆,月辉之下的情歌啊,穿过人生的丛林,成了阴晴圆缺的模样。爱也悠悠,恨也悠悠,诗词的岁月酿造淡泊的生活,给挫折一个微笑吧,好男儿善于酿造无悔的生活,善于托举人生的悲苦,然后让希望长成乌黑的长发,顶成不绝的希望,不绝的相思。像一缕情线,缠住云,缠住水,缠住默然无语的东风,把爱情的消息传到海角天涯,让美人走一生也走不出诗人的牵挂与爱慕,让美人因为心底的挚爱而无悔,无泪……

如果情诗可以书写昨天的故事,可以道出爱情的心酸,可以缓解失恋的惆怅,那么为什么不用诗词打败所有的挫折?把爱情的醇美定格成瞬间的永恒。如果微笑可以给人向上的动力?那为什么不试着去忘却不愉快的心事? 相信人生总会雨过天晴?

有诗歌的地方就有了路,有路的地方就有了生活,有生活的地方就有爱情,有爱情的地方就有歌唱,有歌唱的地方就有微笑,有微笑的地方就有人生的动力……爱情是精灵,哪怕它来了又走。专注于爱情的时候,也就专注了使命和责任,不管活着还是死去。

给挫折一个微笑,纳兰学会慢慢控制自己哀伤的情绪。"而今才道当时错",但错的不是他的纯情,也不是他的风流,是前世的安排吧,让纳兰成了痴情种。是他那淡泊的诗心啊,任岁月激变,任星河流转,都不改执着的夙愿。

相府之子却常常想象自己成为风流倜傥的江湖文人,像自己的汉人朋友那样过着自由自在的生活。纳兰的朋友们羡慕他要啥有啥,可以呼风唤雨,可纳兰还要羡慕朋友虽然清贫,却自由自在,永远活得那么清明通透。如果说朋友和他都是金鱼,那他的朋友们活在江河里,而他活在鱼缸里,这是完全不同的境界。而要想完全活得自由,完全活得无拘无束,在当时的政治环境和家庭环境下,简直是不可能的事情。哪怕一生遗憾,局面也是无法扭转的。命运的安排仿佛是一座高山,让你无法跨越。是在高山面前惆怅一生,还是选择化成小溪,用婉转的方式流过不能跨越的困难？是把"鱼缸"当成灵魂的圣地，还是把"鱼缸"当成人生的牢笼？

纳兰选择做了自己心灵的主人，做了自己心灵的王，他没有在惆怅中彻底"杀"死自己，他把"鱼缸"也当成了一个多姿多彩的世界。他用恬淡的微笑来面对工作和生活中的一切，不能扭转的，他已经学会慢慢承受。

纳兰慢慢探索进自己的内心，尽量让外在的挫折无法影响内在淡泊的我。如果伤痕无法愈合，那就让它们刻在岁月的深处，如果爱情只是不经意的诺言，那就让它像花瓣一样，跟春天一起消散，如果爱人再也不能回眸，那就让她带着自己的祝福消失在茫茫的人海……

是的，人生就是一场探险，也许挫折会层出不穷，险境也会层出不穷，但如果选择原地不动，只能被活活困死。如果勇敢地走下去，没准前面就会豁然开朗。比如纳兰的初恋是个死胡同，但后来他有了卢氏，卢氏给予的爱情最后也是一个死胡同，但后来又有了沈婉……如果求不来自己盼望的，就去愤怒，如果自己的愿望落空，就去悲伤，那么人的一生就只能永远在痛苦的死胡同里来回徘徊，如果换一种思路，换一种活法，人生的意境就会变得阳光起来。要知道，所谓的悲伤和苦痛都是人生的一个不可避免的过程，都会被时光消弭，它们不会总挡住你的路，总遮住你的眼。就像那个纠结的老人，下雨时，他痛苦，觉得没人买他大儿子的冰糕了；放晴时，他痛苦，觉得没人买他二儿子的雨伞了；但一个智者路过，却夸赞他是一个有福气的老人，他说："你看，晴天时就有人买你大儿子的冰糕，下雨时就有人买你二儿子的雨伞，你简直是太幸运了……"也许生活就是换位思考，也许命运只是一种逆向思维，幸福与不幸只是相对的，想开了，看淡了就不会让自己成为"痛苦之身"。何为"痛苦之身"？"痛苦之身"就是所有痛苦、哀伤、茫然、郁闷、压抑、烦躁等一切不良情绪的综合体。

而"痛苦之身"是沉重的，它仿佛是一个魔咒，让人不断地扩大痛苦,让人不断地用"痛苦"喂养"痛苦","痛苦之身"是以痛苦为生的,它贪婪地接纳了一切负面的情感,而且它很容易成几何级数递增。那么如何解救这个"痛苦之身"呢?其实方法很简单,就是你一定要放下对"痛苦"这种感受的需要,给挫折或者灾难一个微笑吧,然后"痛苦"就自然而然地离你而去了,你不需要它,它就像小鸟一样飞走了,你需要它,它就像藤蔓一样缠住你。它像一朵荧火,像一片蛙鸣,像阳光来临之前的朝露,本来就是非常容易消散的。

纳兰的遭遇,特别是与他相爱甚笃的妻子卢氏离开人世之后,许多朋友都替他捏了一把汗,以为他无法抵抗人生的噩运,但纳兰挺了过来,一世的烟花也无非是寂寞的归宿,一生的爱情也无非是悲恸的灰烬,只要心中有春天开放,只要心里能够安然,那么余下的一切就都属于你,那么美人就永远活在心里。

纳兰淡泊于科考的失利,纳兰淡泊于初恋的挫折,纳兰淡泊于爱妻的离世,纳兰淡泊于与明珠之间的矛盾,纳兰淡泊于与康熙之间的恩怨……因为这所有的一切都是外在的矛盾,而不是纳兰内在的真我,如果寂寞在太阳下荒凉,那么阳光就会在月亮下蕴育,如果前世拥抱了眼泪,那么今世就还给你微笑。而纳兰的微笑与淡泊是从内在真正发出的,是他的人生可以真正依赖的。因为他没有因为外在的矛盾而过度悲伤,所以他才活得真正自在,他抱住自己寂寞的肩膀,在月光下舞蹈,在太阳下寂静,他知道,面对命运,与其惆怅不如祝福,与其纠结不如释怀,与其流泪不如微笑……要想幸运就要无视厄运,或者把厄运当做一块跳板。

是的,当你微笑着面对一切的时候,仿佛那些令人不快的一切都消失了,剩下来的就只是最美好的部分,爱情是一场悲壮的燃烧,命运就如同在刀尖上微笑着行走,如果一个人过度缅怀过往,那泪水就成了一种罪行,所以"微笑"对"眼泪"说:"请你适可而止吧……"挫折和苦痛不是用来毁灭人的,而是用来催人奋进的;泪水是让人体悟人生的,而不是让人一蹶不振的。诗词,是诗心的创造,但对一支毛笔来说,也许只是偶然;爱情,对多情的公子来说,也许是生命的全部,但对于命运来说,也许只是美艳的昙花;人生的一切对于自己来说天大地大,但对于茫茫宇宙来说,也许只是微小的尘埃;任何过不去的坎儿,都能够迈过去,就看你迈不迈,乐不乐意迈。

人生的悲苦有时就是内在的反应,你悲苦,它更悲苦,你欢欣,它也欢欣。就跟照镜子是一样的道理,你对它哭的时候,它也在哭,而你对他笑的时候,它也在笑。这世间所有的人,没有人会真正地拒绝欢乐。让诗词为生命献唱,就收获了人生的芬芳;用诗词供养一颗素心,人生就得以淡泊清洁。踩着自己的肋骨,向上,向上,再向上,然后就发现,自己的人生哪怕经历了很多不快,还是可以壮美无比;当你照镜子的时候,如果发现自己的灵魂在哭泣,那么一定要好好安慰它,让它破涕为笑;当你回首过去,觉得"苦痛"太多,简直无法消化,那就不如狠心一点,抛弃这些"苦痛",然后轻装上阵。

是的,当人生陷入挫折与困境时,一定要先打造坚强的内在,就是俗话说的"向内找"。如果内在无坚不摧,外在的所有挫折和困境又算得了什么呢?况且境由心转,挫折和困境是可以转化的,屹立在你面前的大石头,可以是"绊脚石",也可以是"垫脚石",就看你如何应用它罢了。挫折和苦痛跟打针是一个道理,疼痛只是一瞬,如果你非要长久纠缠于那片刻的苦痛,然后不断地放大,回忆,再放大,再回忆,如果你总是围绕着它,不愿走开,那就真的耽误赶路了。所谓的"苦痛"是即将坍塌的废墟,为什么不远远地走开,而非要赖在里面,与之"同归于尽",搭上自己的性命?所谓的"苦痛"只是命运开的一个玩笑,为什么连个玩笑也开不起?还要哭着,闹着,让别人笑话?为什么不微微一笑,该干什么干什么?

是的,与其为自己的经历而痛苦,不如把自己的经历当成一笔财富。虽然提起挫折和苦痛,会让人心里不爽,甚至非常怨恨和恐惧,连提都不愿意提。但你总有一天会发现,你因为这些经历而变得更加坚强勇敢,更加聪明自信,难道这些不是挫折给予的礼物么?

在一场挫折中苦痛,在接下来的挫折中微笑,坚强,灵魂中"起来"、"起来"的声音一遍遍地呼唤自己,成为生命中的最强音。一颗坚强的心才可以承受生命之中的酸甜苦辣咸,才可以明白生命之中的所有暗示与启迪……何谓淡泊,也无非是以灵活的方式、全方位的角度来理解生命的本质和人生的意义罢了。所以,聪明的人永远不会浪费时间和精力纠结一些不可改变、不可抗拒的事物,总是先坚固了内在,再去应付外在可以改变的。生命的深刻,是人生过程中不知不觉的锻造,人生的华贵,多源于苦难的洗礼。如果你能经受得住生命的颤栗,你才能得到苦尽甘来之后的陶醉。内心的淡泊与超然才是真正无法否定的,把人生活成童话的人才是人生的高手,一个可爱的孩子,可爱的孩子又在隆重地思考,这是多么有趣的事?

微笑不仅可以打败挫折,甚至可以改变人的一生。与挫折狭路相逢,苦痛不自禁,只能让自己更加痛苦,进而让痛苦毁掉人生;如果用微笑打败挫折,无论遇到什么事都能积极进取,那么挫折就吓跑了,你因而收获了丰富多彩的一生。你可以感受生命的丰富,也可以感受生命的虚无,人生本来就是捉摸不透的,怎样活得精彩,完全靠你自己去把握。

苏联著名作家奥斯特洛夫斯基23岁时全身瘫痪,24岁时双目失明、脊椎硬化,几乎成了一个"废人",但他的毅力惊人,微笑面对人生的挫折与灾难,终于写成自传体小说《钢铁是怎样炼成的》,成为后世人的榜样……

华罗庚染上伤寒后左腿残废了,但他没有就此消沉,而是笑对挫折,继续苦心研究学问,被特别邀请到清华大学工作,他还凭借顽强的毅力自学了英语、德语和法语,被保送进剑桥大学,成为世界有名的杰出人才……

乔·吉拉德三十五岁前,不断的失败,人生非常灰暗,因为他患有严重的口吃病,换过无数个工作,但都做得一塌糊涂,还曾经负债累累,似乎他已经成为了这个世界上最倒霉的人,但他笑对挫折,继续奋争,终于成为"世界上最伟大的推销员"……

无数人的经历证明:你笑对挫折,胜利就会等待你;你哭了,忧愁就会等待你,然后正想办法毁掉你。

6.用诗心看世界

因为一颗诗心,纳兰成了人生的赢家。

因为有了诗心,他才摆脱了人生中致命的孤独,所以爱和恨都不会成为人生的负担。诗是光滑的,词是明亮的,这是纳兰一生的艺术,纳兰为他的艺术人生倾注了毕生的心血,而他的生命就蕴含在诗词里,已经不能剥离出来。在生命奄奄一息的最后时刻,他想到了初恋,想到了妻子卢氏,想到了沈婉,想到了老迈的父亲,想到了那株象征爱情的夜合花……是的,这一生,纳兰的黎明是诗词的延续,纳兰的夜晚是诗词的休憩,纳兰的往事是诗词的原料,纳兰的未来是诗词之花,开到最后终于成为荼蘼的灰烬。

纳兰的诗心是细腻的,是波澜壮阔的,因为他用诗心看世界,所以他的世界才变得熠熠生辉,他的人生才因此变得更加生机盎然。无论多么美丽的蛇都用肚皮走路,无论多么惊艳的昙花只能盛开一瞬,无论多么伟大的诗人都用诗词祭奠悲伤,这到底是命运的恩赐还是命运的惩罚? 如果时光停下脚步,我们是选择珍视爱情还是记住悲伤? 我们是选择继续迷茫沉浮还是放下我执我怨?

　　为一朵花的凋零而祈祷，为美人的一丝羞涩而怦然，人生中有多少珍藏就有多少过往，人生中有多少眼泪就有多少曲折，世界在眼里，世界更在心中。千金易得，诗心难求。如果用诗心看了世界，这个世界就会变了模样。从世界的悲苦之中挖掘到美妙，是人世间最大的幸福；因为世界的美好，植物与植物都在拥抱，月亮和太阳一直在恋爱，暴风雨与海燕一直在交谈，山盟海誓虽然已经随风而去，但山盟海誓却成了永远。而哪怕再孤独的人也能被供奉在世界的中央，如果你臣服了世界，世界就把你当成了宝贝，如果你把贴心的话儿说给了世界，世界也会对你肃然起敬。你在你的世界里自由穿行，世界却让你更加诗意灿烂……

　　在你打马而过的古墙边，在你眯起眼睛的茫茫大漠，当你用诗词洗净了心灵，整个世界都会为你而鼓掌，所有人都能成为你的粉丝。当你拒绝浮名选择诗词，你会发现，其实，雪花是这个世界上最美的花儿，没有根芽，却可以天地无涯，飘飘洒洒。如果你有心捧住它，它就会成为你手心上的珍珠，慢慢地融化成一滴眼泪……

　　把疲惫的心用诗歌武装起来，眼里的世界就跟以往大不相同。

　　用诗心看世界，人生才充满了灵性。

　　纳兰擅长的是用诗词叩问生命和爱情的消息，所以挫折来临，他没有被挫折打垮，所以命运在此，他也没有表现出过度的悲伤。惆怅似乎是他活下去的一种必须的方式，但他却没有让"惆怅"把自己埋葬。命运是母亲，她给予的怀抱，让你扑进去，让你哭倒在她的怀里，让你微笑着贴近她的面颊，就像鱼儿扑进大海，哪管什么惊涛骇浪；就像花儿扑进风的港湾，哪管狂风肆虐……也许我们每个人都要感谢命运，感谢它的洗礼，才让我们的世界充满了挑战与生机，才让我们再也不害怕孤独和打击。

　　也许人的一生，最怕碰触的就是心底的爱情，最想回避的就是锥心刺骨的回忆。但万古传唱的还是那一支心曲啊，虽然你听不见，也体察不到,但这支心曲的主角却永远是你,而茫然无所知的你却成了他心中永远的情趣,也许这是他欠你的,也许这也是你欠他的……

天上的月儿啊,伴着你,也伴着他,但永远不会传递你们之间的消息,它寄不了你们的哀思,也当不了你们的媒婆……你爱她,心里响着霹雳,你毫无办法地看着她像一只蝴蝶那样飞走了,本以为她会以世界为家,却没想到她只是收获了更加不幸的命运,这就是爱情的无奈吧,曾经多么美好的爱情圣地,却只剩下让她跳舞的荆棘……纳兰接受了这种无奈,把爱情的芬芳写进了诗词里,他惟愿爱情在诗心里永生,在人生的雾霭里更加地清晰明丽……

雄鹰的世界里有长空,有野兔,有山鸡,为了翅膀之下的生活,它挑战、征服着整个世界;罐头鱼的世界里有大海,有鲨鱼,为了尖利牙齿下的侥幸,他躲避着死敌。也许生活的本质就是生下来,再活下去,也许无所谓博大精深,却容不得你脆弱无力。世界给予你残酷,也让你更加清醒。用诗心看世界,就永远不会让心之巢倾覆,就会让自己变得更聪明,成为命运的操控者。生命处处有禅意,如果你放飞了心灵,就会看到世界的精彩,而彩虹总在风雨后。

流星多么美,但它也有撕心裂肺的痛楚,只是我们无法体察;纳兰公子啊,该有多么惆怅,但我们怎会知道,他的诗心早就被刚强所打造。无缘殿试后,他仍旧每天苦读到深夜,他不管下一次考试是三年后,还是六年后,他相信执着之后定会有收获。生命的魅力在于奋争,爱情的魅力在于包容和奉献,世界的魅力在于诗心的创造。

用诗心看世界,才会有美妙的人生向往,才能让你全力以赴,不负此生。在岁月的航线上,有了一颗透明的诗心,才能拨开迷雾,看到远方的灯塔。唱不尽的总是人生的悲歌,写不完的总是人生的苦难,诗心在此,天涯望断,书声和笛声,会把人生的罅隙填满,压下心底的悲伤吧,继续前行,不管成功与否,你已经有资格得到喝彩了。岁月的每一页,都因为你的微笑而更加甜蜜如饴,岁月的每一步都因为你的虔诚而更加铿锵有力。

用诗心看世界,才能唤醒自己。如果陷于惆怅的深处,就会让梦想荒芜;如果在风雨中糜顿,就会错过灿烂的花季;如果不能唤醒自己,就会被苦难的栅栏紧紧地围住,然后失去奋起跳跃的本领。

纳兰跟父亲明珠有过促膝长谈,谈祖父辈的历史,也谈快乐的源泉。

想当年,明珠也是一位才华横溢的书生,只是成为康熙的重臣以后,他把谈诗写诗当成了一件羞愧的事,因为他知道诗歌可能让人内心快乐,但对于官场没有丝毫的帮助。在他的眼里,把"诗词"当"饭"吃的儿子还是像幼年时那么稚嫩,稚嫩得有些不可救药。他觉得这个世界不管是方的还是圆的,诗词都蹩脚得可笑。但纳兰跟父亲争辩说,诗词是内心快乐的源泉,是一个放大镜,可以看到平时忽略掉的世界的美好,既然世界是个荒草园子,为什么不紧紧抓住这枝最芳香的"玫瑰"?于纳兰来说,诗词真的具备着无穷魅力,因为哪怕你有天大的苦闷,一行诗就可以成为灵魂的"灵丹妙药";你有天大的狂躁,一句词就可以让你安生下来。用诗心看了世界,你就只想微笑,你就只想宽容,你就只想光明磊落,因为只有这样才会感到轻松。

纳兰的理论让明珠一愣一愣的,但仿佛再多的道理也无法说服他。明珠看着因为诗词的滋润而阳光起来的儿子,竟然也不忍心驳斥他太多了。

明珠回到府中,跟家眷说:"这个小兔崽子,真是长大了,我已经越来越搞不懂他了……"

而康熙也感到非常奇怪,明明是非常庸常的满汉诗词,让纳兰互译之后,读起来竟然有了不一样的味道,难道纳兰真比自己优秀很多?康熙感到困惑的是,他和纳兰同龄,纳兰是"神童",自己也是"神童",纳兰从小研究学问,精于骑射,非常努力,而自己也是每天手不释卷,也是非常努力,为什么这两个神童却有着完全不同的风骨?他又一次带着这个问题去问祖母孝庄太皇太后，孝庄太皇太后慈爱地对他说："这有什么奇怪的？孙儿是从大风大浪里出来的，已经有了资历做整个大清国的舵手了，而容若那小子，蜜罐里长大的，还能有什么见识？他也就只好写写诗了，他上了天也不过是个诗人罢了……"

孝庄太皇太后的评价虽然有偏颇的地方，但却说出了康熙和纳兰的背景不同，所以人生就有了完全不同的方向。作为皇帝，康熙更多的是坚韧豁达，作为被诗词熏陶的贵胄公子，纳兰更多的是多情婉约。康熙的一生因为政治生涯而灿烂，纳兰的一生因为诗词的成就而辉煌。康熙因为政治前途而无悔，纳兰因为诗词的追求而不负此生。康熙要做的是想尽一切办法稳固爱新觉罗的江山，纳兰要做的是用诗心看透这个世界，然后从此自由自在，体悟人生的别样魅力……

康熙活的是王朝，纳兰活的是性情，他是暗夜里，喝酒吟诗、栽种星斗的公子，他是暗夜里，与灯花共舞的神韵，他是醉倒前呼唤爱人的有情郎。他所有的低吟浅唱都是为了爱情和自由，他所有的狂啸悲吟都是因为畅饮了孤独。他不留恋贵胄公子的身份，也不留恋父辈给予的富贵荣华，他虽然痛惜那逝去的岁月，但他更想为心灵的自由而欢呼，为心灵的成长而祈祷。如果葱茏的岁月注定一去不复返，如果往日的恩怨已经被时光所湮灭，那就让一颗诗心彻底干干净净，就把自己彻底地扔在诗词的深处，如果真的能够涅槃，那就不会在意什么粉身碎骨了。

纳兰身上的"标签"很多，但人的一生不是为了标签而活的，人最后活的就是内心。相门公子也罢，江湖狂生也罢，各种标签都是后人的评价罢了，似乎都不能代替他生命的原色，都不能代替他真实的风骨。他其实一直走在春天的路上，因为梦想而葳蕤，因为去除隐痛而步伐匆匆……是的，用诗心看了世界，才能打消自己的消极念头。诗心对于人们，仿佛是一种力量，推动人们去看到这个世界的美好。花朵即将绽放，守望雨夜的时候，就听到了花开的声音，树的芽更加饱满，鸟啼不再孤独，而是那么兴奋，就像见证了什么好事一样。是的，诗词在那一晚，成了最美貌的蓓蕾。

用诗心看世界，才可以调整自己的情绪，让你不再紧张是否还能回到旧梦的深处，是否还能安置彷徨的灵魂。不知在何时，纳兰的刚毅与顽强已经于生命的深处脱颖而出，不知在何时，他已经学会在苦痛的人生里淡淡地微笑，游刃有余地处理一切事情。

是的，诗心是纳兰淡泊的秘诀，是他勇敢的力量，是他爱情的秘密，是他苦痛的解药，是他幸福的砝码……人生多么像一间"飞屋"，带着你环游这茫茫的人海，带着你环游这光怪陆离的世界，如果遇到险情，如果不堪重负，那就扔了屋子里的"家具"吧，就如同卸下心中的块垒，只要能够轻装上阵，只要能飞得更高更远，唯剩一颗轻灵的诗心有何不妨？因为诗心能让人真正地放下，能让人真正地摆脱各种浮名的羁绊，能让人们钻出"牢笼"，看到外面世界的开阔与精彩。从此找到痛苦的根源，从此找到欢乐的秘密，从此再不改人生的品质。就让微笑成为挫折的回声吧，就让淡定成为苦难的"克星"吧，如果我不想倒下去，又有谁能真正把我打倒？聪明的人永远不会做自己的敌人，而是做自己的帮手。

生命之禅就在于一颗诗心，从此看透因果，从此活在当下，从此活得自在，从此彻底解脱……我们不再懵然，感动也好，守望也罢，我们的灵魂不再被动，不再被任何事情而操控，而践踏，像一只骄傲的雨燕，冲进电闪雷鸣的苍茫世界，准备接受暴风骤雨的洗礼，它们上下翻飞着，发出令人兴奋的鸣叫："暴风雨就要来了，那就让暴风雨来得更猛烈些吧……"

比大海更加辽阔的是天空，比天空更加辽阔的是人的心灵，是的，用诗心看了世界，我们的世界就开满了鲜花，充满了希望……

人生贵在取舍

1."不要"的智慧

　　纳兰出使梭伦是他人生中一次重要的政治活动,但奇怪的是,纳兰出使梭伦之后并没有得到升迁,还是继续当他的侍卫。明珠数次上朝,康熙连一点口风都没漏,明珠有些坐不住了,他连续多天不能好好睡觉,总在不断揣摩康熙的心思,为什么儿子有了这么大的功劳,而皇帝却一点"表示"都没有呢?康熙的葫芦里到底卖的是什么药?只有纳兰该吃还吃,该睡还睡,到上朝的时候准时上朝,就像没事人一样。明珠又开始骂纳兰:"你这个小兔崽子,我都要急死了,你倒安生起来了,你是不是读书读傻了?是不是啥都不想要?"纳兰不紧不慢地回应父亲说:"不要就是智慧啊……"

　　纳兰的朋友也开始愤愤不平,认为不温不火的康熙有点不"地道",用到纳兰的时候一派恩宠的模样,用不到的时候就一下子冷落起来了,这对纳兰也太不公平了,但纳兰却平静地安慰朋友一定要稍安勿躁。因为朋友的好意也只是好意罢了,只有他自己知道,他接受康熙的任命出使梭伦并圆满完成任务,是出于做臣子的本分。而他自己完全没有把这次行动当做"政治跳板"的意思,如果当什么"政治跳板",他还不去梭伦了呢。所以,出使梭伦成了纳兰唯一一次也是最后一次非常重要的政治活动,纳兰内心里还是觉得做一个诗人最适合自己。许多与诗心相悖的念头早就消融殆尽了,他内心的火光早就烧干净了所有浮躁和杂念。他依靠的是诗歌,才构筑了自己美妙的精神花园,而不是什么地位和权势。因为很多东西,他发自内心的不想要,才让他的心那么干净,那么透明。其实纳兰的心是有着"洁癖"的,凡是像浮云的东西,他都清理干净了。绝对不留下来成为自己的障碍,阻挡住自己的视线,绝对不让自己的热爱停留在上面,然后徒增苦恼……

其实康熙是信任和欣赏纳兰的,纳兰的聪明与智慧,他都看在眼里,他是有意让纳兰出使梭伦,锤炼自己,以便找到合适的机会给他更大的任命。但纳兰总是回应康熙说,他能做皇帝的侍卫已经非常满足了,真的别无他求。康熙忍不住叹息,别人都挤破了头争抢官位,能爬多高就爬多高,但到了纳兰这里,他反而对这些没心思,他不是书呆子是什么呢? 难道他就不想过更有价值的人生么?

但别人咋想总是别人的事情,纳兰从不会去和别人比价值,在他这里,官位只是浮云。他内心诞生的诗情蕴育成淡泊之花,美艳孤独,不争春,亦不浮躁。他不想在所谓的"官位"之下行苦役,只想让自己的灵魂自由干净,每天都在远行,每天都在欣赏生命之中的美景。对于人生,你可以销声匿迹,你也可以叱咤风云,但只有自由无悔的心灵,才可以看清人生的真谛。与其在人生的黑幕下徒劳地呐喊,不如去早早咀嚼透这人生的况味;与其把自己安插在别人给的笼子里,不如冲破藩篱,像一只鸟那样在蓝天下自由地飞翔。

是的,一个懂得伏击命运的人,总是选择静卧,选择沉稳。一个懂得活出真我的人，总是选择与诗心靠近，为自由而呐喊。

人生死寂，落日如碑。一个看清世界的人，总是会选择埋葬断肠的自己。太阳出来前，他早就获得了新生。谁能想，就是这位年轻的公子，凝视着诗词遥远的道路；谁能想，就是这位年轻的公子，让自己的胴体因为诗歌而翻跹，尽斜阳。

纳兰给朋友的信件中数次说到他已经厌倦鞍马劳顿，甚至还说自己不复年轻，却还要像20出头的年轻后生一样在康熙那里鞍前马后的，每时每刻都佩戴着沉重的刀剑……虽然"日睹龙颜之近，时亲天语之温"，都是别人可望不可及的荣耀，虽然别人都说他是康熙的红人，但他最想要的还是自由自在的生活啊。他的笛声因为岁月而越来越厚重，但在他的柔情深处，依稀得见的还是当初的美人；月上中天，他内心里的动魄惊心终于一览无余。饮泪而笑的爱情，颠仆不尽的人生，是谁撑扶着他踩着人生的荆棘唱起生命的绝唱？是谁撑扶着他掬起自己清澈的诗心献给瑰丽的黎明？这一刻的他还让自己的唇安抚一只寂寞的笛子，那一刻已经是边塞的黄沙，动人的悲啼……人生倏忽，谁敢背负太多而失去最后的机会？

跟随康熙的政治经历没有让纳兰糜顿了头脑，反而让纳兰越来越清醒，他知道什么是他想要的，什么是他不想要的也不需要的。9年侍卫做奴才，诗性内心多自在。纳兰知道，在人生的旅途中学会"不要"是一种智慧，也是一种保持灵魂清明的手段。

因为"不要"，纳兰的人生才有了更好的选择。他选择亲情，爱情和友情，选择诗歌，这一切对纳兰都至关重要，如果没了这些，纳兰感觉自己的生命都没有了意义。家人的挂牵，爱人的思念，朋友的关爱共同连起了他生活的脉络。他把心深深地藏住，就是怕这真诚的阵痛，他没日没夜地写诗作画，就是想表达自己浓烈的情怀。他不想做腐木之中的蛀虫，他亦不想做富贵荣华的公子，他只想捧住自己的心灵日记，把一切美好的情愫都记在心海，然后成为自己的养分。他不想在富贵荣华中死去多年,只想在诗词里喘息一瞬。残阳如血,篝火热烈,深深的夜来了,一只短笛表达不了的是爱情,一抹星光表达不了的是人生的深沉,活着,并一直保持清醒的感觉,该是多么大的恩赐?

因为"不要",纳兰才可以丢弃人生中的所谓"遗憾",活在当下和此刻,缔造灵魂的精彩。纳兰与骏马一起飞翔,身旁就是他保护的君王,他一下子就成了仗剑天涯的英雄;江南小巷里,人群沸腾了,原来他们拼命想要冲上大路,亲眼看看他们仰慕的"落落狂生";华灯点缀的京城街道上,人流像小溪一般流动,各种小吃的香味让他忍不住吸了吸鼻子,这是他多么熟悉的家园,多么羡慕的烟火气息……当一个人从"尊贵"降格到"平凡",反而能够看到人生之中更多的精彩,当一个人抛弃俗物,反而用诗词点缀人生,他就能找到永恒的目标。

因为"不要",纳兰才更能接受富贵功名、权势和官位的考验,更加淡定,更加坚定自己的追求。如果说诗词是一个人灵魂痛苦的蕴育,那么梦境里的人们却能看到微笑的曙光。把人生的所有难题都扛在肩上,确实很累,但是把人生的所有问题都用诗词去解决,却非常轻松。活在内心,打造诗意的人生,才能让每一颗莅临的心,都能活出精彩,飞得遥远。

因为"不要",纳兰才让一颗诗心插上了翅膀,更加自由自在地飞翔。时间是由一串串故事穿起来的,这些故事又消弭于风雨,然后留一颗轻盈的诗心,陪着诗人在时间的路口,静静地伫望。不管是沉沦还是救赎,总该卸掉身上的重负,总该走出人生的断层。此时需要的不是怜惜,而是决断;不是脆弱,而是奋争;不是苦痛,而是淡定。因为,哪怕把拳头握得再紧,时间也会钻出指头的缝隙,飞快地溜走。寰宇沧桑,再不起飞,生怕翅膀退化了;人海茫茫,再不相爱,生怕就错过了五百年的回眸。

因为"不要",纳兰才能够用最好的心态接受命运的挑战,是的,少哭泣一点,就能多抽出一些时间去微笑,少凌乱一点,就能够多抽出一些时间去彻悟：人生可以没有任何主题，但一颗心却不可以活得糊里糊涂；人生可以不去仰望，但一定要留意到身边生活的支点；人生也可以很短，却一样有着悲欢离合，所以，还在等什么？还在侥幸什么？为什么不做一匹快乐无羁的骏马，去和时光赛跑？因为人生啊，不需要别人动手，就会自己有了伤口。伤口需要自己缝上，而不是找人诉苦。是的，哪怕你有无穷无尽的理由去哭泣，去抱怨，但你还是要学会微笑着面对生活。生活不同情弱者，反而是强者会得到生活的种种青睐。如果你真的想做一滴眼泪，那就让这颗眼泪在阳光之下融化吧，请站在飘洒的雨中吧，然后让这泪水变得浑然不觉，如果有伤口，那就让伤口变成灿烂的笑容吧……

因为"不要"，纳兰才知道人生并不是成功的代名词，人生其实是一次旅行，无论沿途遇到什么样的人和事，都应该好好珍惜。

君王的杀伐决断，割据掠夺，对于诗歌到底有什么意义？对于人们的幸福又有多少意义？看的太多，经历的太多，所以纳兰的内心才能够这么平静。历史给予人生以繁华，历史又能用一双巨手抹掉繁华。而永久的不是战争，不是官位，不是不菲的俸禄，而是诗心，让你看透一切，让你只需要一个瞬间，就感动得不能发一言。

是的，人生就是一场修行，敢于"不要"就是一种可贵的人生智慧，也是人生最艰难的选择。这种智慧让你通晓活着的意义，人生的价值。要问意义和价值到底是什么，也许意义就是在你"不要"时所体会到的那种心灵的放松与坦荡，也许价值就在于你不去刻意实现所谓的"价值"。

人不仅应该学会如何让自己快乐，也应该知道当人生的所谓"坏事"和"灾难"降临的时候，我们应该如何与它们相处。

人生就像是在齿轮上的追逐，周而复始，终于有一天，齿轮停止了转动，而我们终于不再去想我们为什么而活着。曾经追求过，曾经珍惜过，曾经快乐过，曾经感恩过，曾经在自己的内心做过尊贵的王，这也就够了，不是么？

　　人生有"不要"的智慧，也有错过的美丽。人生真正的伟大就在于哪怕不要了一切，还能去完成灵魂深处真正的使命，然后活得安然自在。

　　大家肯定非常熟悉"99个金币"的故事吧？说的是古代的一位国王，拥有全天下的财富，掌管国家机器的他简直是要风得风，要雨有雨，但他每天生活得非常不开心，无论有多少美人相陪都无济于事。国王就把自己的困惑说给宰相听，让他帮着分析分析，自己作为全天下最富有、最有权势的人，为什么心情还这么不好？是不是得了什么抑郁症？宰相一言不发，而是神秘兮兮地把国王拉到了御膳房，自己转身离开了。国王好奇地看到一个厨师一边做菜一边快乐地唱歌，兴奋得好像是他得到了什么宝贝。国王感到很诧异，就忍不住问厨师到底因为什么事高兴成这样？厨师说皇上啊，我虽然没啥追求，挣得钱也不多，但我能让妻子儿女快乐就够了……国王没太明白厨师说的，又找来宰相，宰相建议国王派人趁着夜色把99个金币放在厨师家门口，国王更纳闷了，但还是照做了……自然，厨师回家后发现了那99个金币，但惊喜若狂的他不信送他金币的人只送99个，肯定丢掉了一个，所以他拼命地寻找起来，但没有找到。他发誓明天一定更加努力工作，把这一个金币给补上，因为如果凑够了100个金币，他就是城里最富有的厨师了。为了实现这个目标，厨师有了压力，他不再像平时那样快乐，变得愁眉不展……国王更加困惑了，厨师有了他一辈子也挣不来的99个金币，为什么还不如没有金币时快乐呢？难道说富有和快乐不成正比么？

　　终于，宰相给出了答案：天下像厨师这样得到了99个金币还不快乐的人大有人在，他们就是得到再多也不会满足，因为他们的本质是贪婪的，为了所谓的"100"，为了不断膨胀的欲望，他们从来不知道说"不要"，从来不懂"不要"的智慧，甚至因为过度的追求连失去最真实的快乐也在所不惜呢。国王听了宰相的一番话，陷入了沉思……

2.学会随缘

纳兰用诗词托起人生的暗黑,不管倦了,累了,他都能用随缘的心态,系住满腔的温暖。不管飞逝的时间如何打湿温存的眼眸,不管踏露而来的爱情如何呢喃成一滴苦涩的泪珠,他总坚信如果能够淡定随缘,那一切的烦恼就能化作一窗的黎明,就能化作窗前的花语无数,给予人的总是安慰,鲜有沉痛。

是谁将人生的静谧划破?是谁用尽一生的时间与他痴情相望?是谁以春天的方式荡漾在他的心房? 是谁想说爱你却张不开芳香的唇瓣? 纳兰怎么也没想到,是他心爱的女人将他的生活系了一个死结,是命运跟他捉着迷藏,开着玩笑,一些苦难是上天的赐予,也是上天的注定,如果不能有随缘的心态,又怎能将自己释放于苦海?爱情是浪漫的词语,但它总有着尖利的棱角,在青春的岁月里,它能给人带来不折不扣的打击,它让你灵魂冰冷,又让你心甘情愿地接受它的所有折磨。

纳兰的初恋说夭折就夭折了,他期待的洞房花烛也成了一席冷梦。他不敢再去想念笛声里的美人,不敢再去回忆美人花下的痴语。就这样轻轻地放过,放过一桩情事,放过执拗的自己。为了那份珍视,不再受到丝毫的惊扰,纳兰选择了随缘,让一份感情在心里生长,芬芳,让痛苦的痕迹在心里淡化,让无际无涯的爱情因为保鲜于心灵而甜美依旧……

无缘殿试,纳兰也选择了顺其自然。他的心里没有过多的伤感,而是积极准备,坚定自己,以期抓住下一次机缘。他知道,悲观和疼痛解决不了任何问题,只能让问题更加复杂,难缠。就像一则寓言里说的那样:一只谷粒落在深深的石缝里,一只鸟围绕着石缝辗转了半天,不断地叼啄,还是一无所获,聪明的鸟儿只好飞走了,去寻找新的希望……纳兰愿意做这只聪明的鸟儿,淡定,随缘,顺其自然,而不是过度的自怨自艾。

随缘是人生中淡定的智慧,洒脱的态度,是平稳的心境,是冷静的抉择,是练达的情商,是可贵的修养。

"缘"是一个多么奇特的字眼啊,它散布在我们生命的全部过程,像一张绸缎那样飘忽倏离。它好像一直被一只神秘的手所操控,有时候聚拢来,有时候又像烟一样分散开去,不留任何踪影和信息。"缘"就像一个顽皮的孩子,让你抓它不到……

"缘"是人生的一个五彩缤纷的过程,是人生的四季轮回。若能做到随缘,才能收获恬淡的心态,才能摆脱工作与生活中的晦厌,才能面对人生历练时收放自如。悲苦也好,欢乐也罢,得到也好,失去也罢,若能做到随缘,就不会给自己增添额外的痛苦。

随缘不是逃避,不是消极的态度,也不是倦怠的借口,随缘只是一种更加积极向上的心态。它不是让人失恋后就放弃爱情,也不是让人工作受压后就从此一蹶不振,更不是看到人生的灰暗面后,就从此把人生一棍子打死。随缘是让人面对苦痛与人生的挫折时,能有更合理的办法解决问题,它能让人更加充满活力,而不是自暴自弃。

人生是短暂的,又是匆匆忙忙的,喜悦与哀伤不免互相交缠,期盼与解脱也不免互相交缠,各种欢欣,各种遗憾,碰撞在一起,各种欲望膨胀在一起……人生就是这样驳杂,如果陷落于其中不能自拔,实在是一种罪过。而用随缘的心态置身于其中,才能够收获人生的洒脱,才能让人冷静地去面对人生中的一切。

第一次科考后,纳兰抱病在家。有一天下午,纳兰府外面突然锣鼓喧天,热闹非常,仆人来告诉纳兰说,外面是一群新科进士,为了庆祝人生中的大喜事,正在大街上游行呢……仆人欲言又止,看样子是想要安慰病榻上的纳兰,被纳兰摆摆手止住了。病体缠绵的纳兰让仆人把自己扶起来,挣扎着下地,翻出一堆书籍,工工整整地摆在书案上,仆人有些纳闷,问纳兰科考不是完了么?为什么还要看这么多的书?纳兰微微一笑:"这次科考是完毕了,但不是还有下一次科考么?"明珠慢慢踱步到纳兰门外,退出来的仆人欣喜地跟明珠说:"老爷,少爷又开始用功了……"明珠微微一笑,把迈进纳兰房门的一只脚又收了回去,他知道儿子虽然受了挫折,但似乎比以前变得更坚强了。

而纳兰正在房子里挥毫泼墨,写下了"桃花羞作无情死,感激东风,吹落娇红……"来感叹自己的身体就像被东风吹落的桃花,因为一朝飘零,而错过了人生的机会。好在纳兰凭诗发泄后并没有就此沉沦,而是像从前一样继续苦心研究学问,把挫折当做人生的一块跳板……这首《采桑子》的最后一句为"不及芙蓉,一片幽情冷处浓"。其中"芙蓉"不是简单的指花朵,而是指古代的芙蓉镜,因为镜子的背面铸有芙蓉花饰而被称为"芙蓉镜"。是的,唐代的《酉阳杂俎续集》记载了一个故事,说的是有一位书生科考落第,非常苦痛,为了放松自己,就出门旅游,正在他魂不守舍地往前走时,遇到了一位和蔼可亲的老奶奶,老奶奶对这位伤心的书生说:"公子为什么忧伤呢?到了下回考试,你肯定在芙蓉镜下及第……"也许老奶奶完全是为了安慰伤心人而已,没想到这个伤心的公子后来真的考上了进士。

纳兰用"不及芙蓉"表达了自己痛失殿试的苦痛,也期待自己能像那位不幸的公子那样,能够有机会在殿试上重新展露头角,不被短暂的困难所打倒。

如果你选择随缘淡定地面对一切,你的人生就会诞生无限的能量和希望。没有人会鼓励你哭泣,没有人会堵在你的路上,只为了控制你行走。大千世界,缘分无处不在。一切随缘,就是禅,也是智者需要的精神,是人生中必须具备的平和态度。

一个想要自由潇洒的人,不可能不会遇到羁绊,就像鸟儿要面对弓箭和网兜,就像鱼儿,要面对鱼饵和捕杀,就像花儿,要面对风雨的摧残……人们只有随缘时,才能让自己活得洒脱逍遥,自在快乐,才能让自己抓住更好的机会,去实现自己的梦想。

要想在生活中做到处处随缘,不是靠刻意的追逐、"攀缘",而是靠本能的智慧去分析判断。外不着相,内不动心,清净平和。对顺境的贪欲,对逆境的痴怨,都不是随缘。

如果能做到真正随缘,苦恼也就消失殆尽了。所以随缘是一种犹豫中的自信,是一种迷茫之中的把握,随缘是一种成熟的胸怀,是一种收放自如的境界,不管前路多坎坷,总能找到适合自己的方向,并能保持淡泊的心境。

未来是永恒的虚空与寂静,人生是无言无语之后的清醒。是的,人生有八苦——生,老,病,死,爱别离,怨长久,求不得,放不下。随缘的人总能冷静地面对人生的悲苦,因为有了悲苦,才有了幸福快乐,苦乐参半才是人生的本质。随缘之人能够想办法减少自己的痛苦,用平和的心态缓解压力,用最直接的办法释放压力,尽量活得潇洒。

随缘之人才有机会事事称心,随缘者就像那只觅食的鸟儿,如果事情确实无法做到,就会主动放弃,然后另寻他路。由此看,随缘是一种机敏,是一种难能可贵的智慧。缘起缘灭,只有做到随缘,才能避免遗憾和伤痛,才能让灵魂奔赴自由。

传说有一个叫黑指的婆罗门拿着两个花瓶来献给佛陀。佛陀一声令下:"放下!"婆罗门把左手的花瓶放下了,佛陀又一声令下:"放下!"婆罗门又把右手的花瓶放下了。没有想到的是,婆罗门手中已经什么都没了,佛陀还在命令着:"放下……"婆罗门有些奇怪了,他对佛陀说:"两个花瓶都已经给你了,我现在什么都没了,你还让我放下什么?"佛陀却说:"这一次,叫你放下的不是花瓶,而是叫你放下一切……"婆罗门更是莫名其妙了,问佛陀一切包含了什么?佛陀说道:"一切就是你的六根、六尘和六识,只有把这一切放下,你才能从生死的桎梏中解脱出来啊,你才能看开,看淡,才能做到真正的随缘啊……"

是的，佛陀口中的"六根"指的是眼、耳、鼻、舌、身、意，"六尘"指的是色、声、香、味、触、法，因为会污染到人们纯洁、单纯的心灵，所以称之为六尘；"六识"指的是眼识、耳识、鼻识、舌识、身识、意识……而"六根"、"六尘"、"六识"加起来就是通常所说的"十八界"……是的，人生何处不修行，随缘，放下，才能活出真正的自我，正所谓："心轻万事如鸿毛，放空处处得安乐"，可见如果想要随缘，就要清空自己的"欲望硬盘"，把不属于自己的事物、情感全部格式化，然后才能提高"硬盘"的速度。佛陀的苦心就在于警示人们，与其每天急头白脸地，就为了浮云般的私欲，不如学会随缘，放下一切，放开自己，然后过轻轻松松的生活，摆脱人生的阴影和暗潮。人生盲目追求的东西总会给人带来无穷无尽的烦恼，与其为永远的失去而悲伤，不如随遇而安，珍惜心灵的富足。

随缘就是学会舍得，懂得放弃。一个能够承受所谓"失去"的人，才不会陷入得失的苦恼之中。人生就是这样的，当你握紧双手，试图把什么都抓住时，却什么都不能抓住，但当你松开双手时，却发现，这个世界本来就在自己的手中。

当下的一部分人求索太多，金钱、地位和名声，哪一样都不舍得抛弃，只能让自己越活越累，所以"不舍得"才是人生的大忌。如果适当地学会放弃，才能有更多人生的转机，才不会被人生的负累压垮。

随缘是回归简单的生命本质，追求快乐的生活真谛。人生的和弦，千奇百幻，它像雪花一般降落于人生的各个路口，苦痛总会消失，快乐也如此。不如跳舞，不如写诗，不如嘴里衔着花朵，献给梦中的爱人。而不属于自己的东西，何必去强求。因为随缘就是不为不可为，不求不可求。贪婪和不切实际的欲望只能是人生中的不和谐音罢了，不能给人带来丝毫的快乐。人生的柔嫩与新鲜也许只是一页稿纸，只是一句诗词，只是一条羊肠小路，它那么简单那么朴素。

随缘就是一颗平常心,以平和的态度面对每一天。纳兰的所有心思都凝结于诗词之上,不管人生多曲折,他的诗心是清纯的,他的笔杆是笔直的。不管世事如何变迁,他都做到了"以自然之眼观物","以自然之舌言情"。他生活在诗歌的传说里,生活在爱情的微笑里,他每天都享受着孤独,享受着内心的自由。因为他的心里永远装着诗歌、爱情和自己,而他默默地瞧着这一切,热泪盈眶,因为他看到,诗歌是他的梦,爱情是他的向往,而他自己已经融入了诗歌和爱情……他的内心是交响,那么倾听内心也就成了他最大的幸福。

随缘是知足与回归,回家吧,因为我们每个人都有一个心灵家园。当黑夜到来的时候,诗歌能把人催眠。当随缘淡泊的时候,人们的灵魂才变得像河流一样深邃。

3.读书与写作的艺术

纳兰把读书写作当做自己最大的乐趣,所以他的世界是宽广无垠的。他在这个世界里用诗词书写惆怅,书写渴求,书写激情;他在这个世界里等待……

纳兰每天读书写诗,听见水流,听见花开,听见自己变轻的灵魂不断舞蹈的声音。他走进历史,在历史中的每一天里惊奇,喟叹;他走过时代,在时代的花丛间尽情浏览,赏阅。然后他知道,天地在这里,不管它是什么样的,它都在这里。而诗歌是永恒的,诗心是永恒的。

天地那么奇妙,有时候它明明在没有边际的黑暗中,可是突然地,它就在朝霞后面跟随着红日一下子变得明朗起来;有时候它明明还在万丈的晚霞中展耀着活力,可是突然地,它就一下子沉入无边的黑暗之中……在朝霞里有人唱歌,在晚霞里有人相爱,在这个世界所有的夜晚,总会有人告诉你人生的秘密,总会有人与你默默相伴,总会有人成为你不离不弃的朋友,总会有人帮你打开苦痛的心结,总会有人带着你游历遍整个世界……这就是读书的魅力。

在纳兰眼里,每一本书都是有风韵的,每一本书都是静美的,每一本书都准备了一个怀抱,让你跌进它的怀里,看见斑斓的春光,看见很多美好的人儿如此妩媚,如此明亮,看见他们在一个夜晚突然苏醒,伸出手来拉住他,想要奔赴那更加美妙的世界……

纳兰对知识的渴求胜过他对财富的需要,所以他把书籍当做自己心灵的眼睛。他的瞳仁溶进知识的海洋里,长出了美妙的梦,这个梦锁住了他人生的荒凉,然后让他变得更加坚强。

也许读书并不能代表什么,也许读书只是一项艰苦的劳动,但读书却让纳兰感到无比幸福和满足,若不读书,就会感到失落万分。正如黄山谷所说:"三日不读书,便觉语言无味,面目可憎。"纳兰读书不是出于利益心,也不是出于勉强的态度,他完全是发自内心的需要,因为他要用读书来培植灵魂,为了让自己的人生因为有了书籍的陪伴而更加有滋有味。纳兰要仰望这个世界,然后忘掉自己的悲伤和失落。

"腹有诗书气自华"在纳兰身上体现得淋漓尽致,他的魅力不是因为他贵胄的身份,而是他闪耀的思想和灵魂。他从读书中得来的一切,已经在他的谈吐中显露出来,已经从他的诗词中显露出来。纳兰用书籍和诗词养活自己,让自己的一颗诗心奔向迢遥的知识海洋。他像一条远行的鱼儿,与流水一起经历险滩,经历转弯,经历低谷,它有时跟随河流停滞片刻,有时毫不犹豫地跟随河流一起湍急而下。

纳兰从书籍中得到成熟的智慧,体会到人生的况味。一本书就是一个世界,就是主角的一生,如果你真的失去方向,那么一本书可以帮你找到突围的路。或者正好也有人跟你有类似的悲苦,而他挺了过来,自己为什么不能做到坚强面对?

　　纳兰在书籍中寻找着,寻找着跟自己性情相近的人,他看到自己的灵魂原来是在久远的时代就已经存在,现在只不过是这颗灵魂复活了而已。比如纳兰非常喜欢读唐代贺知章的文章,他就觉得贺知章的风骨在自己的身上也有所体现,他也不由自主地想要像贺知章那样放浪江湖,成为众人羡慕的狂客。因为仰慕文采风流的独孤信,所以纳兰才把自己的文集取名为《侧帽集》……当然,仰慕独孤信的不仅仅是纳兰一个人,借用"侧帽"自命风流的诗人也大有人在,比如晏殊的《清平乐》——"春云绿处,又见归鸿去,侧帽风前花满路,冶叶倡条情绪……"其中就有"侧帽"的句子,陈师道也写过"侧帽独行夕照里"的诗句……纳兰因为无比喜欢赵孟頫的才华横溢,所以才仿照赵孟頫的样子也给自己画了一幅自画像。因为无比推崇王羲之的洒脱不羁,才喜欢被老师盛赞自己简直就是王羲之……纳兰在书籍中与这些人成为了好友,并且深深地爱上了他们的风骨,领略了他们的风流不羁,洒脱超然。纳兰与他们的精神是契合的,这种契合让纳兰感到无比幸福,慢慢地,纳兰的样子似乎也变得和他们一模一样了……这就是读书的魅力,因为读书能够让人成长,让人的身心向着美好的方向改变。

　　纳兰从书籍中找到了滋养自己灵魂的养料。与书为伴,纳兰醉了,走进书籍的世界,纳兰仿佛步入了令他流连忘返的人间仙境。从很小的时候起,饱读诗书就是纳兰生活中的一部分,没有人强迫,是他自己不由自主地浸入到书籍之中,完全出于一种自觉自动。他在任何地方都可以读书,并达到如饥似渴的地步。不管是在自家书房,还是随康熙出巡,他都能抓住一切可利用的时间读书。就像欧阳修一般,枕上、马上和厕上都可以成为纳兰读书的好时机。就像曾国藩劝诫弟弟读书时说过的:"苟能发奋自立,则家塾可读书;即旷野之地,热闹之场,亦可读书;负薪牧承皆可读书。苟不能发奋自立,则家塾不宜读书;即清净之乡,神仙之境皆不能读书……"是的,纳兰也从不挑剔读书的地点、氛围和场所。

　　纳兰能够辨识各种书籍的特色与风韵，他知道什么样的文字才是优美的。纳兰把书籍当做忠实的朋友，当做良好的老师，当做可爱的伴侣，当做温情的安慰者。

　　因为对书籍的热爱，纳兰把自己家里的大量藏书都读了个遍，但还不满足，经常自己到民间淘书来读，也让父亲帮他淘书。不仅如此，他还让老师徐乾学和自己的汉人朋友帮他淘书。每当他跟随康熙出巡到了一个新鲜的去处，纳兰必然会兴致勃勃地找到旧书和古玩摊，然后津津有味地翻阅民间流行的书册，遇到喜欢的，马上买下来，如饥似渴地读起来。出巡的路上很辛苦，康熙有时会让纳兰作诗给他娱乐，有时也会让纳兰讲个故事。纳兰讲的故事总是康熙没听过的、非常新鲜的故事，故事情节描述得总是那么惟妙惟肖，就像真的发生了一样。康熙就笑说："容若又编了个故事来哄骗朕了……"但纳兰郑重其事地对康熙说，他刚才讲的故事就在某本书的某卷，第几页，第几行，康熙不信，接过纳兰递过来的书册，果然发现纳兰所讲的故事真的就在他所说的那个位置，不由得连连赞叹："容若真的能够过目不忘，阅过成诵啊，真是奇才！"

　　纳兰用心灵去读书，也用心灵去写作。他写作诗词的时候总是先抛开了写作技巧，抛开华丽辞藻的禁锢，反而专门在心灵上下功夫，用心灵去写作渐渐发展成为纳兰的一种真实的个性。所以纳兰诗词从没有矫揉造作的成分，完全出于真情和自然，这几乎成了纳兰诗词的一个最重要的特点。他的诗词特色是自然而然形成的，哪怕他的诗词出于一种漫不经意的描写，也会让读者怦然心动，沉浸在诗词的意境里久久回味。阳光雨露，月色沉沉，真爱令人燃烧，也令人黯然无语，岁月湮没的是一行岁月诗，两行离人泪……纳兰注重了自己诗词个性的培植，这也是他的诗词几百年长盛不衰的秘诀。因为纳兰的真情，他的诗词才更容易写到人们的心里去，才更容易让人们产生灵魂上的共鸣。时代在变，但真心从未改变，这些真性情，真感觉，才会经历了时代的变迁还保持着鲜活与生机,就像刚刚发生的一样。读者会认为纳兰所说的就是自己身边的人,就是自己心里的那份痴念,自己不能好好地描述出来,经纳兰描述出来后,就万分地感动,然后一下子记住了这份灵魂的震颤……也许,真正的手法就是没有任何手法,真正的技巧就是不去刻意运用任何技巧。

纳兰倚风静立,看着自己的爱情长久地奏响,成为诗书里的经典,成为诗词里的神话。泪洒书卷,夕阳如丹,是谁做了天涯断肠人?是谁痴心不改,笑傲江湖?是谁哪怕孤独无助,也要设计清净干爽的灵魂?手法即作者,技巧即作者,真情即作者。所有的一切都是纳兰的灵魂特性,所有的柔婉、浪漫、多情、真挚都是纳兰超越了写作艺术而形成的自我范儿,几乎包含了他所有的思想和情怀。他在惆怅里慢慢苏醒,他在遥远的人生里慢慢苏醒……

纳兰虽然大量的研习汉学,但他却不喜欢堆砌辞藻,他总在诗词中自然表达内心里真实的情怀,他崇尚"简单"、"自然"。而他这种从"简单"、"自然"入手的风格,是很多文人不敢采用的手法。朱彝尊,陈维崧等人的作品都写得非常华丽,但在简单自然这一方面,与纳兰相比,要逊色很多。纳兰的作品是一道与众不同的风景,那些临风而舞的华美,那些疏疏淡淡的韵致,那些幽妙别致的情趣,都被纳兰融于简单自然的描述中,诗和诗人已经结在一处,浑然天成。

一本书就是一种生活,一首诗就是一种态度。纳兰不仅读书,也亲历生活的本身,把生活当做自己的人生课堂,所以他能够写出非常真实的诗词,特别是出巡边塞的经历,还让他写了许多脍炙人口的"边塞诗"。纳兰诗词的美,源于深厚的生活基础。纳兰用诗词发挥着性情,演绎着灵魂。在纳兰的心里,诗词的美,也无非是恰如其分地表达真诚的情愫罢了。如果它真实就有了地位,如果它自然就有了风骨。如果心胸是活的,诗词就不会僵硬,人生就不会僵硬。而发乎于本心的学问,就是一种至高无上的美好。不必为了"造奇"而"奇",不必为了"造美"而"美"。

纳兰的人生是艺术人生,其间包含了读书的艺术、写作的艺术。他通过读书的方式来润泽灵魂,通过写作的方式来抒发情感。他不仅让自己成为一颗耀眼的诗词明星,也给后世人以警醒。

是的,读书可以改变一个人的命运,一个崇尚读书的民族必定是有希望的民族。比如犹太民族是全世界最爱读书的民族,所以在犹太民族中诞生了许多优秀的人才,比如爱因斯坦、马克思、洛克菲勒等等。获得诺贝尔奖的犹太人占获奖人数的百分之三十,但犹太人的人口只占世界人口总数的百分之零点二。因为是全世界最爱读书的民族,所以犹太民族得以成为世界上最聪明、最优秀的民族。

读书能让你的世界无限开阔,能让你有机会站在巨人的肩膀上。在物欲横流的世界上,当身旁的人们都热衷于追求金钱的时候,还能把读写当做自己人生追求的人,一定能抵挡得住人生的所有烦恼和厄运。每天打卡上班,朝九晚五的上班族,如果能利用闲暇与书籍为伴,一定能够让浮躁的心获得安宁与平静,去除自己内心深处的"雾霾"。岁月无情,"读写"有情,它涤荡灵魂的同时,又给予你前行的勇气和力量。所以,何乐而不为呢?

4.挑战自己的极限

纳兰的一生做了最好的自己,他挑战了自己的极限。学海无涯,诗歌无涯,他想成功,所以才不停地创造。花朵于晨曦里绽放,诗词在秋霜里飞扬,理想在时光里炸裂,步伐如音符般激越,生命因此缤纷、开朗,就像月色下那些抒情、那些痴狂,让你久久回味,会心一笑。

　　纳兰遵循了自己做"文人雅士"的理想,然后把勤奋贯穿在自己的工作和学习中。他潜伏在知识的海洋里,安然而执着,他寻找着成功的真谛,他在诗歌里守望青春,他在青春里守望爱情。他看到自己生命的原色,因为诗歌的润色而变得五彩缤纷起来。他看到自己的情结深入到青春深处,如泪如歌的往事辗转低回,青春的声响断断续续,却有着感人至深的模样。

　　纳兰所走的道路是自己精挑细选的道路,他虽然性格惆怅,但他的一生永远都在追逐自己的兴趣,挖掘着自己的潜能。他从小就接受了正统的儒家教育,父亲更是精通满汉文学,成了纳兰出生以后的第一位老师。纳兰很小的时候就已经显现出自己的不同凡响,十七岁进入国子监读书,十八岁就中了举人。但纳兰不是"当官的料",他情愿自己是个书生,然后一生都与诗词相伴。纳兰热爱读书,热爱写诗,再不就是与一群诗友往来聚会,他的自由不羁在父亲看来,是偏离了"轨道"。父亲也好,还是纳兰家族的支持者,对纳兰都有些"喜忧参半",喜的是纳兰的诗词成就哪里像个少年,分明已经是名家风范;忧的是纳兰好像对"往上爬"兴趣不高,甚至还有些排斥,是不是真的读书读傻了? 明珠跟顾贞观探讨,委婉地劝他不要再把纳兰往"田园诗人"的道路上领了,真害怕长此以往,他难免要做出"出格"的事情来。反而是徐乾学淡定很多,一再劝明珠,纳兰是天生的诗人,强压着他走不适合的道路反而适得其反,只要他乐意,在诗词方面取得成就也不是坏事,再说做学问哪里还有适可而止呢? 做学问不就是一生的事么? 与其强行让他改道,不如顺其自然。

　　虽然按照父辈的理想,按照皇上的意愿,有着一整套的成功标准,比如父亲希望他"学而优则仕",希望他的官能做到更大,好好稳固纳兰家族的地位,父子同心,打造纳兰家的辉煌,无论朝廷中的势力分成几派,纳兰家族都能够成为势力最强的一派,然后不让祖辈的悲剧继续重演……而皇上希望纳兰通过自己的努力不仅仅是一个侍卫,不仅仅是一个不温不火的文人,而是希望纳兰能够在政治道路上发挥自己的才能,能更好地辅佐自己,出使梭伦就是康熙对纳兰的考验手段。如果他真的完成得好了,随了皇上的意,那么接下来的就是一系列的提拔和任命,只可惜那时已是纳兰生命的最后阶段了……身边的朋友也以考取功名作为人生的一件大喜事,就像索额图的儿子,盯着康熙的任命,简直都红了眼睛。他希望能够超越纳兰,然后让父亲能够与明珠进行抗衡……但纳兰没有重复别人的道路,也没有用父辈的标准来评价和衡量自己,甚至没有听从父亲的安排与指点。在纳兰眼里,权势不如他的一句诗词更能暖人心,地位不如一杯浊酒更能让人快慰。

在纳兰眼里,人生的所有设防与禁锢,都能用诗词打开,在诗词里可以绽放青春,可以体味爱情,可以让人有勇气赤着脚踩住前行路上的荆棘,而不畏疼痛。人生哪怕有着苦痛的背景,只要因诗词而芳香,一样活得精彩。父亲问他是不是着了魔?难道他要与诗词过一辈子?非得让所谓的文学成就成为仕途的短板么?成为人生的短板么?纳兰随手把自己案上写好的诗词塞在父亲的手里,说阿玛您不觉得儿子的诗词水平已经大有长进了么……纳兰的打岔让明珠很无奈,不免又骂纳兰真是翅膀长硬了,现在连老子的话也听不进去了。

纳兰视财富和功名为身外之物,而这些东西本来就是社会和家庭强加给自己的成功标尺和参照物。他不想成为"套子里的人",用尽人生的所有时间,去实现别人眼中的成功,而忽略了自己真正的理想。所以他走了跟父亲完全不同的道路,有着跟父亲完全不同的人生追求。他内心里的沙漠已经成了绿洲,如果让他拔去所有"树木和花草",重新回到荒芜的状态,已经是不可能的事情。诗词是他美好的梦境,他不希望被拆散;诗词是他未了的青春,他不希望被拦腰斩断;诗词是他淡泊的情怀,他不希望被污染破坏;诗词是他引以为自豪的家园,他不希望布满不合时宜的疮痍,是的,他不想,不想无家可归。他乐意诗词成为自己的傲骨,成为自己的标签,成为自己人生的滋养,而自己与诗词从不分离。

　　纳兰的幸福不是财富和功名的给予,而是认真打造自己灵魂的衍生物。那些青春的追思,那些年华的孤芳,那些诗词的浪荡,那些人生的惆怅,那些永不停息的忙忙碌碌,已经铸成了灵魂的成长。苦涩已经被忽略,爱情已经与青春伴生。诗词喂饱的岁月,每一步都是浪漫的行吟。纳兰在意的是自己的灵魂,他宁愿用诗词包裹自己,然后得到终生的幸福和快乐。

　　纳兰的诗词成就得益于他的耐心和对自我的不断挑战,也许,这种耐心和挑战比他的天才更有价值。在朋友们的眼里,纳兰是一个"较真"的诗人,往往因为一个词句,因为一个典故,纳兰会和朋友争得面红耳赤。为了一句诗的润色,他可以花上几天几夜的时间,不停地"打磨",直到自己满意为止。为了书法作品中的一个笔画,他可以用几个月的时间只写一个笔画。虽然他自己已经是书法大家,但书房里临摹的帖子还是堆得像小山一样,他确信必须得不断地学习别人的经验,才能促进自己真正的成长。

　　世上无难事只怕有心人,纳兰也是在多数人不理解的目光中坚持自我的。比如纳兰受命于康熙出使梭伦时,反对和讥诮的声音很多,很多人都以为他不过是一个侍卫而已,只不过是一个只知道风花雪夜的诗人罢了,而关系到朝廷安危和未来命运的大事,他怎么能够胜任呢?但纳兰不仅接下了"烫手山芋",而且还圆满完成了任务,给康熙交了一份满意的答卷,人们的讥讽和嘲笑终于变成了赞颂和吹捧。是的,纳兰厌倦仕途并不代表他没有仕途的能力,只是他遵循了内心的呼声,做了才士而已。一次又一次的马背之旅,纳兰是那样平静,一次次深夜学习,纳兰都那么快乐。因为他在诗词摇响的时候,抱紧了自己的灵魂。

　　虽然纳兰被认为是天才,但纳兰依赖的从来不是自己的天才,而是自己的不知疲倦的努力。纳兰对"天才"这个概念有自己的认知:天才无非是确定好目标之后,长期的不懈努力罢了。所以纳兰往往凌晨既起，然后忙碌到深夜。实在疲乏了，就用冷水洗下脸，然后继续工作。夜晚是空洞的，守住诗词的寂寞却成了纳兰最美好的时光，纳兰很庆幸自己成了诗词的守望者和收获者。他从不在意自己是不是天才，他在意的是诗词的神圣，在意的是诗心的庄严，在意的是诗词已经筑成他美丽的家园、华贵的圣殿，而他可以自由自在地往来穿行，成为自由自在的诗人。

不可行的事情纳兰绝对不去做，但只要有可能的事情，他就会全力以赴，义无反顾。比如编纂《通志堂经解》就是一个最好的例子。"不怕慢，就怕站"，纳兰没有被艰巨的任务吓到，而是像蚕食桑叶那样片刻不停，像蜜蜂采蜜那样不辞辛劳，他总是乐于去做一些非常琐碎的、基础性的工作。所以他研读了大量的儒学典籍，不仅阅读了自己家里的大量藏书，把老师徐乾学家的藏书更是读了个遍。还研究了许多宋代、元代时期重要的抄本，做了大量的笔记。虽然纳兰有一个团队，但很多事情他还是亲力亲为，甚至亲自编写注释，因为他知道点滴的积累才能为最后的成功打下坚实的基础。细节决定成败，哪怕一点一滴的工作没做到位，那就有可能造成前功尽弃。所以纳兰严格要求自己，挑战自己。在编纂《通志堂经解》的三年里，纳兰几乎没有睡过一个安稳觉，真的达到了废寝忘食的地步。《通志堂经解》的成功面世，惊动了满朝文武，但他不耀功，不请赏，还大方承认《通志堂经解》是集体智慧的结晶，而自己只是出了一点绵薄之力而已，更体现了少年诗人谦虚谨慎、持重内敛的气节风范。

纳兰是不折不扣的艺术家，他的艺术不是偶然的行为，而是不断挑战自我、永不停歇地锤炼自己的结果。艺术是对他脚踏实地的回报，而艺术给他带来的趣味是让他感到最为满足的，他在艺术里找到了归属。艺术驻留在他的心脏，因此温暖了惆怅的一生。他优雅，他艳绝，他悲伤，但无处不在的还是厚重的人生。揉尽人生深处的感动，灵魂却更加坚定，面对艺术的方向，面对诗歌的召唤，纳兰从不转向，从不畏缩。

　　纳兰一生极为短暂，但他为后世留下了三百多首诗、三百多首词，还有绝句、律诗等等。而他留下的书法、绘画作品也堪称佳作。这些作品都是他夜以继日，不辞辛劳创作出来的。哪怕在马背上，纳兰也在不停地构思。他看到大漠的黄沙紧紧地贴在地面，落日的情怀却早已渗入了他的心脏。康熙的大量随从被马队带到遥远的他乡，马行若蚁，鞭子的声音冲上了云霄，而岁月依旧沉重、依旧辉煌，不管你是心存遗憾还是心存壮美。诗歌陪伴着纳兰，从不曾改变……内心的苍凉与成长早已成了一种心甘情愿，只要能读书写诗，已经是最大的满足，有时候，创作到很晚，实在太累，和衣而卧也是常有的事。而半夜醒来，纳兰又开始看书写诗，他真得很像一台永远不知疲倦的机器，一直旋转到生命的最后，他真的很像一只荆棘鸟，踩住的是荆棘，唱出来的却是华美奇绝的生命之歌。

　　若灵魂不放弃热忱，梦想就能更加贴近现实，有再大的绝望也能变成希望。

　　纳兰作为康熙的贴身侍卫，时间非常少，自由也非常少，但他能够挤时间进行文学创造是很可贵的。他擅于积累零星的时间，坚持不懈地研究学问。

　　珍惜时间，并且挤出时间，然后合理地利用时间已经形成了纳兰生活的规律和习惯。时间最无情，时间也最慷慨，它乐意帮助任何一个珍惜时间的人，并想办法给他回报。因为纳兰是一个乐意挑战自己极限的人，所以他得到了时间的厚爱。

　　达·芬奇创造《最后的晚餐》花了四年的时间，纳兰跟达·芬奇非常相像，不提他的诗词作品，光是编纂《通志堂经解》也花了整整三年的日日夜夜……所以成就往往不是信手拈来，而是天长日久的呕心沥血。

　　诗词是纳兰生命的养分，不断挑战自我就是他的乐趣。他知道，哪怕自己真的像康熙说的那样，是个天才，但如果不勤奋努力，而是放纵自己，恐怕这个天才也要丧失掉大部分的天分，而变得平庸、愚钝起来。

5.靠自己去成功

在纳兰短暂的一生中,明珠一直没有放弃"帮助"纳兰成功的念头,但纳兰却自己选择了人生路,而不是靠父亲代替自己开路。

他像一滴纤小的露珠,在东方破晓的太阳下坦然接受自己的命运。岁月此起彼伏,他让自己的晶莹成为一世的不朽。人生有许多方向,只有自发的努力是最能长久的。在没有阳光的黑夜,只有诗词能够温暖纳兰的心灵。只有诗词最熟悉惆怅的他,只有诗词才是纳兰心底那令人窒息的清香。纳兰走的是诗人路,是靠自己成功的诗人路,他人生中所有的故事好像都是为了成为一名优秀的诗人做的铺垫。人生的浓墨重彩,竟然全由诗词去描绘。他因诗词而生,也因诗词而死。因为诗词,他爱上了痛苦;因为诗词,他爱上了独自奋斗;因为诗词,他担起了沉重;因为诗词,他从不后悔。

纳兰的一生一共参加了两次科考,但两次都不顺利。第一次科考的关键时刻,纳兰生了一场大病,错过了殿试。明珠想"帮助"纳兰,甚至还想求康熙给纳兰单独加一次考试,绝对不能让儿子在这次考试中以遗憾收场。父亲的安排和打算被纳兰拒绝了,他不想父亲为了自己在康熙面前低三下四,也不想父亲为了一次科考就去冒险甚至弄虚作假。急切希望儿子出人头地的明珠也只好作罢,跟儿子一起把希望寄托在三年后的考试。而纳兰把自己安安稳稳地沉浸在诗书里,用三年的时间又来了一次脱胎换骨。其实,有了布衣清欢,有了诗酒夜话,有了诗词帮助自己放大幸福,再大的遗憾都可以忽略不计了。若能求得内心的素淡如莲,那就已经胜过了人生所谓的灿烂辉煌,所谓的功成名就。

一眨眼,三年的时间很快过来了,纳兰迎来了人生中的第二次科考。这一次,纳兰考中了进士,康熙非常欣赏纳兰的才华,纳兰家族沸腾了。但谁也没想到,纳兰家族每天揣度康熙会给纳兰一个什么样的职位时,康熙却不再有任何反应了,别的进士都任命完了,唯独纳兰这里,康熙好像忘了有这么一回事似的,纳兰只好无期限地等下去。

康熙的任命迟迟不来,让纳兰一等就等了一年多。在这一年多的时间里,纳兰成了没有任何职位的新科进士。而此时的明珠,已经是朝廷中大红大紫的人物,他刚刚从兵部尚书调任为吏部尚书,掌握着人事大权,朝廷中所有官员的任命和考核都由明珠说了算。所以看到儿子一年多都不能得到康熙的任命,真的坐不住了。在一个深夜,他把纳兰叫到自己的书房,问纳兰心里到底怎么想的?一年多的时间赋闲在家,难道就不着急么?如果心里太难受了,就说出来吧,不要憋在心里……纳兰诚恳地回答父亲说,三年前错过殿试,都能熬过来,现在这一回科举得力,只是一时半会儿没有接到任命,有什么可着急的呢?我们苦苦等待的不就是皇帝安排的一个官职么?这对我并没有什么太大的意义啊……通过科举考试已经证明了我的能力,这也就够了,至于皇帝的任命是什么,随它去好了。

明珠害怕纳兰没有官职,会庸庸碌碌,但谋得了一官半职就不会辜负人生么?诗书似莲荷开于纳兰心畔,他已经安然,已经淡泊,已经足够坚强,且真正想依赖的是自己。纳兰成功的秘密写在诗词里,所以跟父亲万分在意的官职已经没有任何关系了,在纳兰眼里,皇帝的安排已经是浮云。

明珠还是不放心,一再问纳兰需不需要他帮忙,因为他忍不下去了,他不想再让儿子受委屈了。但纳兰再次拒绝了父亲,他让父亲不要再为自己担心了,趁着皇帝的任命还没下来,正好可以好好研究学问,这不是更好么?

明珠沉默了,儿子的坚强和淡定让他长出一口气,因为他说要帮儿子的忙,可是谈何容易呢?虽然自己位高权重,但如果真的靠自己给儿子安排个官职,朝廷上下还不反了天?自己的死敌肯定又找到了打击自己的口实,而且,皇帝又会如何看自己呢?为了儿子的私利,竟然滥用手中的职权?是不是明珠经常喜欢滥用职权呢?是不是没有把皇帝放在眼里?皇帝钦点的进士,皇帝还没发话,进士的父亲就先给安排工作了?明珠真是越想越觉得不妥。

对于康熙长达一年多时间的不闻不问,不仅明珠在猜测,朝廷里的所有官员都在猜测、揣度,说什么的都有,有的说康熙不信任明珠了,所以不会给纳兰什么职位了;也有的说康熙是害怕纳兰太优秀了,如果给纳兰安排什么要职的话,生怕纳兰会和父亲一起形成强大的力量,威胁到皇权⋯⋯面对各种流言蜚语,纳兰都保持沉默,因为他的心已经跟随诗词飞走了。诗词似门扉,把淡泊的情韵关在门里,把俗世的繁华关在门外。如果还有泪,那是人生的最后一滴,如果还有痛苦,一定能盛开成艳绝的花朵。

在等待康熙任命的那段时间,纳兰写下了"浮名总如水","且随缘,去住无心"的词句,他视身份和地位如浮云,而是把更大的精力放在研究学问上。孤独也深邃,寂寞更高贵,纳兰用一颗平静的心面对人生的花谢花飞,面对人生的百转千回。一个孤独又自信的书生,端端正正地坐在书案前读书,成了纳兰府一道绝妙的风景。落日从西窗划过,世界岑寂下来,把纳兰定格成一种独特的魅力。纳兰情愿默默无闻却收获了不同凡响,情愿一步一个脚印地前行,却离成功越来越近。他内心深处的圣洁早已感动了上苍,他从阳光里走出,在月光下站立,怎么样都是那么风华绝代,引人注目。他像晶莹洁白的雪花,把世界妆点成苍凉,把冰冷的故事书写成高贵。在他这里,人生已经成了别样的风情,挫折反而让他更加温暖,淡定。

纳兰考中进士那一年,仅仅二十二岁。他不是红颜,胜似红颜,不是梅花,胜似梅花。他彻骨的清寒,淡泊的情韵,让人屏息注视他,整个世界仿佛就是他的,整个世界仿佛都为他而骄傲,都乐意为他的巨大成功而喝彩……是的,就在这一年,纳兰虽然受到了康熙的"冷落",但他却通过自己的努力获得了更大的成功。第一,耗时三年的大型儒学经典丛书《通志堂经解》闪亮面世,让纳兰成为"学术尖子";第二,纳兰的第一部词集《侧帽集》也发行面世了,并且一炮走红,让纳兰成为"词坛领袖"。纳兰与同时代的项鸿祚和蒋春霖形成三足鼎立之势,他成了没有任何官职的诗词大腕,所写诗词,万家传唱。面对纳兰的光辉夺目,康熙万分赞叹,好像如果再不给予纳兰一官半职,连老天都不会乐意了。明珠也是欣喜若狂的,在他的内心,长子纳兰容若已经给他带来了荣华富贵都代替不了的荣光。徐乾学特意来拜访明珠,让明珠把心放在肚子里,这么优秀的儿子,可真是上天难找,入地难寻。就是他没有任何官职,也会成为世界的焦点。明珠知道徐乾学的话语里有许多恭维的成分,但还是听得心花怒放,两眼放光。

事实上,人们更喜欢关注的是纳兰写的诗词,而不是他是否得到了康熙的任命。人们乐意给纳兰宠爱,乐意看到他灿烂的微笑,乐意看到他在视野里无处不在,更乐意做他忠实的粉丝。哪怕他惆怅到极点,人们也乐意捧住他的薄凉,记住他所有的幸福,所有的痛苦。

是的,不管康熙对纳兰有没有任命,他的个人成就已经得到了朝廷和民间的认可,他的地位是坚固的,是不可摇撼的。他的华丽,他的浮浮沉沉,都有不计其数的人们和他一起感受,一起领悟,而这种成功是当再大的官也换不来的。

纳兰的成功完全靠的是自己,没有靠父辈的力量,没有托关系也没有走后门。他虽然是薄弱的人,但他乐意接受命运的安排。他没有名扬万古的胃口,但他却乐意发挥自己全部的能量,缔造一个不凡的人生。

纳兰是感激父亲的,他理解一个做父亲的心,父亲之所以想处处帮他,无非是怕自己受到伤害,是想让自己快速成长、成功,然后继承父亲的所有荣耀，不辜负自己，更不辜负纳兰家族。他少年时代参加康熙扳倒鳌拜的兵勇团时，父亲想伸手帮忙，但纳兰拒绝告诉父亲进一步的计划，让父亲无法插手；出使梭伦时，纳兰也没有启用父亲给自己暗中安排的亲信……他只想告诉父亲，自己的路还是需要自己去走，不管前面是激流和险滩，还是陷阱和弓箭。不经历磨砺，他怎么能成长？靠着辅佐得来的成功也不会是真正的成功。荣辱也好，兴衰也罢，只要是人生中的元素，只要是人生必经的过程，他就没有必要回避，没有必要走捷径。该来的总会来，该尝试的一定要尝试。未来无法预知，当下要做的就是脚踏实地。

当下的社会，很多人遇事不是靠自己的努力，而是依靠托人，找关系，甚至把依托别人当成了一种捷径。甚至有人说，当下的社会就是一个关系社会，有了关系不利用，那就是傻瓜的行为。

可是，有一部分人可能忽略了这样一个事实，人的一生走一次捷径可以，但不可能一辈子都去走捷径。依赖别人，只能是一时的，而依靠自己的力量才可能一生都畅通无阻。总之，人生的路要靠自己来走，任何外力都不能帮忙太久，哪怕是你的亲人也不能横在你前行的路上，告诉你哪条路就是正确的，哪条路就一定不能走。当然，如果一个人连自己的能力与资质都不能依靠，那么还能依靠什么？如果正处在人生的关键时期，真的非常希望借助强大的外力得到更好的职位，更好的前途，但自己的能力达到那个高度了么？如果真的给你一份众人仰慕的工作，自己真的能够胜任这份工作么？所以，锤炼自己的能力才至关重要。

即将走上工作岗位的年轻人，真正害怕的不是能不能找得到一个好工作，而是自己到底有没有能力适应这份工作。自己应该怎么做，才能拥有一个成功的人生。

"花盆里长不出万年松"，纳兰走出了父亲的庇佑，才懂得自己的能力到底有多大，才知道靠自己取得的成功才是最大的成功。纳兰用自己的脚走路,用自己的手工作。一切凭借自己的力量时,纳兰感到无比的踏实。他听从灵魂的召唤,悉心研究学问,研究诗词,他始终保持着前行的状态,从不懈怠。

纳兰承担的是诗词的使命,是诗词的诺言,他开辟的是属于自己的新世界。在这个新世界里,他是艳绝的王,被人仰慕,艳羡。他知道物质保障只要够生活就可以了,他知道富贵权势相比无言的人生,只是无关紧要的浮云, 人生的所有时间都没必要受到这些因素的牵制与掣肘。

诗词是纳兰的专长,纳兰是自己专长的主人,并且借助这个专长取得了人生的巨大成功。纳兰在诗词里发现了自我,并且处之泰然。

其实,靠自己去成功的例子很多很多,比如大仲马的儿子小仲马从不依赖自己的父亲,然后成为世界著名的小说家。

李嘉诚也是靠自己成功的典范,所以他深谙其道,极力要求自己的儿子学会自立自强, 他觉得就是给子女金山银山也不如让他们自己在社会上站稳脚跟, 并依靠自己的力量开创属于自己的光辉未来。

6.自信和风度的力量

纳兰善于发现自己内心的自信, 并把这种自信转变成一种支持自己前行的力量。吟诗心先醉,作画意阑珊,青少年时期的纳兰,无比热爱诗书与刀剑,喜欢歌飞云天,美人在畔的良辰佳境。喜欢披襟露夜,看到星河深处命运的韵脚。少年的心,澎湃如火,集结在心底的情怀支撑着他酝酿一个风流雅士的美梦。他的灵魂飞得太高,已经不再受制于纳兰府那阔大的高墙,已经不再满足于贵胄的身份、万人的仰慕,已经不再满足于锦衣玉食,一呼百应的公子哥生活。父辈提供的荫庇仿佛是人间的天堂,但鸟笼再美也无法让想飞的鸟儿体会到自由无羁,体会到天空之下的奔放。纳兰是羡慕康熙的,不是羡慕他的君王身份,而是羡慕他的自主、自信和勇气,羡慕他杀伐决断的能力。纳兰的坏境是平和温馨的,因为他在阿玛和额娘的宠爱下长大,不缺父爱和母爱,他生活在了暖房里,像一朵娇贵的鲜花,没有经历过风霜的洗涤;而康熙父母双亡,只有祖母陪伴着他,从小经历血腥的厮杀、残酷的疆场,他生活在政治斗争的残酷里,让他成为一枝可以在恶劣环境下生存的荆棘,有着极为刚毅的个性;虽然康熙有时候比纳兰更孤独,但也更加锻造了少年天子的成熟与刚勇。这些特质是纳兰不具备的,所以纳兰在某些时候,是把康熙当做了榜样的,他对康熙这个跟自己同龄的表哥有着不一样的情愫。但同为少年神童,纳兰相信通过自己的努力,也会变得更加优秀。虽然他的理想不是像康熙那样建立一个统一的强大帝国,但他却可以通过自己的努力成为一个自由、率性的风流雅士。

虽然纳兰的命运掌握在康熙的手里,康熙不仅掌握着父亲明珠的人生,也掌握着自己的人生,但他有一种感觉,康熙是理解自己的,会让他在不太自由的工作环境下得到尽量多的自由。

喜欢诗词也罢,喜欢美人也罢,纳兰知道自己来到这个人世,是有使命的,不管是为了万人传唱的诗词,不管是为了痛彻肺腑的爱情,他都要力求做到坦荡磊落,不负我心。年华多么短暂,多么脆弱,容不得挥霍,容不得放浪,因为一不小心,它就跑得无影无踪。人生多少禅意啊,在花里,在水里,更在人生的挫折与磨难里。上苍把皇权交给了康熙,把自由不羁的天性交给了纳兰,但却不会让你轻而易举地得到。因为人生的歌总会一咏三叹,人生的路总会曲曲弯弯,那些相爱的人儿啊,总不能永远相伴。幸福只能在遗憾和怅惋的夹缝里,这已经是最大的恩赐。生活就是让你比上不足，比下有余，生活总是让你慢慢学会淡定，学会知足，学会在缺憾里成长。做到坦荡和磊落不是一件很容易的事，因为这需要自我磨砺，需要一边接受命运的挑战，一边修心。孤独似乎成了一种必然，纳兰也在孤独似海的时候做到了不负我心。何谓荣，何谓辱，得失之间，已然了解哪怕是喜剧，也会带着悲怆。人生的新生和繁茂，怎么会一点代价都没有？纳兰手中的笔描绘了命运的真实，也描绘了人生的幸运与不幸，能说出的苦已经不是苦，能够表达的惆怅也不会把一个坚强的人击垮。

纳兰自信能处理好身边的事情，自信能处理好自己的情感。人生就是这样，每走一步就有一个故事，每一声咏叹，都带有生活的烙印。是在命运面前臣服，还是在命运面前奋争？当父辈的目光投射过来，当每天与皇上朝夕相处，游走河山，中原逐鹿，金戈铁马，纳兰慢慢明白：他愿意做风流雅士，但哪怕他真的成了风流雅士，他也不能完全不问世事，也不能完全把自己跟生活剥离开来，因为人生不是景点，命运也不可能总是给予你一帆风顺，人生是染缸，人生是荷塘里的淤泥，但总归要沉浸下去，方能体悟到人生的真谛。不能否认，如果一个人的人生依靠"自信"来催生，那么他的一生将更加丰厚，更加精彩，更加健壮有力。人生的苦是唱不尽的，但只有勇敢的弄潮儿才能抵挡住人生的风浪，笑看朝霞，笑看彩虹，然后华丽丽地转身，登上人生的更高处。到那时再赋诗填词，饮酒高歌，将会有不一样的韵致吧。

辅助康熙除去鳌拜集团后，纳兰被称为"少年勇士"，从梭伦回来后，纳兰被称为"外交奇才"，太多太多的荣光好像都集中在他一个人身上了。但纳兰还是一如既往地淡定若水，轻柔似月，完全看不出他因为取得的成就而变得张扬。他的高贵是在骨子里的，是"政绩"也摇撼不了的。他的气度和风雅，是细软的，是香润的，是自然流淌的，是任何外力也改变不了颜色的。他像荷花般出污泥而不染，他像寒梅般骨中香彻。他时时刻刻演绎的都是最真实的自己。因为自信的内心，因为诗词的趣味，他早就已经与众不同。他的心如此惆怅，他的爱情如此悲伤，但诗词好像针线一般，已经悄悄地缝合了他破碎的心，诗词的一大妙处就在于，它可以化作苦难的解药。

是的，若你对命运呼喊：我要活得精彩……命运也会回应你：我要活得精彩，若你沉默无言，你面对的世界也会默默无语。人生就是这样，有多大的心，就办多大的事情，安于庸庸碌碌，那么你就下沉得更快。人生没有所谓的神奇，当你沉稳地应对一切时，豪情就产生了，转机就产生了，幸运就来临了。许多美丽的诺言，许多凌云的壮志，当你不被击垮，一直站立的时候，都有可能实现。远望无尽的命运，自信心可以"牵"着你前行，让你看到人生里的所有奇观，有的正是因为悲苦才显得更加动魄惊心。

老天安排纳兰做了一个诗人，纳兰就坦然地接受了这种安排。因为诗词，纳兰是年轻的；因为诗词，纳兰是艳绝的；因为诗词，纳兰是激扬的；因为诗词，纳兰是坚强的；因为诗词，纳兰不断修炼自己的品质；因为诗词，他才能抵住失恋的煎熬、仕途的委屈，才能坚守住内心的圣地。

纳兰已然认清了自己的价值，已然认清自己的命运由自己决定。纳兰用自信化解了许多彷徨和无助，让自己的心灵变得更加广袤无垠，更加俊雅风流。纳兰阅读了诗词，诗词也阅读了他，诗词让他钟爱自己的前生，也沉醉于自己的今世。是的，诗词就是纳兰的本来面目，就是他的心声。他写诗的时候会流泪，泪水落在墨迹里，融合成一种独特的芳馨。他把自己的诗词命名为《侧帽集》，用"侧帽"两个字来隐喻自己风流雅士的真心与真爱，"侧帽"两个字代表了纳兰特殊的高贵。多少古人模仿了独孤信，后世又有多少人模仿了纳兰，又有多少人背诵着纳兰词，心里装满风流的念头。是的，背诵纳兰词的时候，内心里不由自主地就会产生风流的感觉，因为纳兰词提升了人们的灵魂。而纳兰词就是具备这样的魔力：用最真实的笔触写出了永远不会过时的情愫,哪怕朝代的更迭,哪怕时光的流转。纳兰是遥远的,但他却逼近了人们的真心,纳兰是高贵的,但他却给予你最熟悉的情感。他的诗词穿越时空,穿越厚厚的风尘,连缀起历史的沧桑,让人们轻而易举地"闪回"到过去,然后倍感亲切。历史的大门缓缓打开,你仿佛看到纳兰正站在花丛前,绿树下,或者正骑在马背上,曼妙而真实,风流而浪漫。

自信自己可以成功的时候,就一定会成功,不相信自己的能力时,自己就会颓废,是的,这个世界上,真正打败自己的不是别人,就是自己。纳兰深谙此道。与其在内心深处不停地怅惘,悲痛,不如相信自己的能力,如果灵魂要呐喊,就不要捂住口鼻。如果苦痛撕裂自己的灵魂时会带有快感,那就让苦痛来得更猛烈些吧。人生不害怕苍老,却害怕早早地失去目标。如果只能在诗词里与自己的命运相逢,那就不如轻装而进,以最锐利的姿势打开诗词里的世界。

成功的先决条件就是自信,纳兰意志坚定地朝着自己确定好的目标前进。他铁了心要做一个风流浪漫、自由不羁的诗人。他要依赖自己的自信和勇气,缔造属于自己的光辉风采。短短几十年的光阴,把纳兰锻造成了一个风华绝代的诗人,他那么美,那么有风度,他的风度又那么无声而微妙,一切似乎都是浑然天成。纳兰诗词的格调整体上是悲伤的,是忧愁幽思的,是惆怅的,但似乎"惆怅"都在帮他,帮他完成对爱情的渴慕,帮他完成脆弱灵魂的成长。

纳兰的风度又是无处不在的,他的风度已经具备感染世界的力量。他的风度已经跨越了国界,甚至在朝鲜,纳兰都成为了家喻户晓的人物。他把自己的美,自己的才华,不断地传播开去,他用自己的努力铿然击中了"文人雅士"的目标,所有禁锢他的腐朽都訇然倒下。那是纳兰自己人生的壮观,也是他所处时代的壮观。在执着前行中,纳兰忘记了自我,忘记了带满悲苦的肉身,好像他仅剩下了一颗灵魂,而这颗灵魂已经得到解脱,已经与诗词同在。一句诗词的叩问,一句爱情的召唤，一位诗心烂漫的公子，是风吹开遥远的门扉，是雨润开千年的期盼，是坚强的雨燕吧，把忧伤与希望带给远古，带给苍茫，带给月下婉约的梦之魂。

诗词是纳兰的心灵之窗，他在诗词之中远眺，他在诗词之中呼唤，他耐心等待那些尚未归来的幸福，他深情问候已经离去多时的美人。他在云影雨丝下怀念爱情的故事，怀念那印满脚印的茫茫红尘。最美的就是一颗真心，因为这颗真心已经被诗词所美颜，它虽然很平常，但它献给了世界所有闪光的情愫；它虽然渺小，却在命运面前表现出令人敬重的平静；它虽然被惆怅所裹缚，但却表现出令人振奋的奇幻之美；它虽然短暂得像流星，却在划破天宇时，让世界因之而震动。

是风度塑造了纳兰，他的风度让他走进了所有人的心里。他像一棵树，站在寂寞的旷野上，如此高贵，如此骄傲，如此清绝。这棵树在任何坏境下都能支撑，都能承受，都能忍耐，就为了这生命中的美丽，就为了充满自信、充满风度地活着。

反观内心，纳兰最希望的就是能够过上"从心所欲"的生活，做一个真正有风度的大诗人、大才子。只要精神独立，只要心灵自由，做一棵树有什么不可呢？与长天为伴，与宇宙为友，看云卷云舒而宠辱不惊，看星天寥廓而平淡安宁，这不也是人生难能可贵的幸福么？

纳兰的风度蕴含着无上的力量，让他显得更加伟岸。月儿成为美丽眼瞳时，云儿也长出了曼妙的翅膀，热爱自由与浪漫的纳兰不知写了多少与月亮有关的诗句，也不知多少次在月下寻找着爱人的身影。当纳兰的心灵飞来飞去的时候，白云和清风已经开始了恋爱，纳兰的惆怅不知在何时已经悲落成荷，让人忍不住赞叹：好一个风华绝代的少年！

纳兰的诗词里满是温柔乡，满是对自由的向往。自信而风度翩翩的纳兰啊，在人生的长河里逆流而上，永远歌颂青春，永远酝酿酣畅。

人生贵在自省

1.在最美的年华里遇见你

　　初恋的悲伤,曾经让年轻的纳兰痛苦不堪。当泪水把他席卷,纳兰的灵魂已经在青烟残月的深处朦胧成雾,看它不见,却无处不在;看似悄然无息,其实一直在宣泄。心田已经斑驳,却还会展露如花的笑靥。初恋是温婉的,带着数不尽的凄美,初恋是震撼的,像红尘里滚过的惊雷,无论你如何躲避,它已经訇然炸裂,梨花满地之后,满眼都是悲剧的华彩。纵使心心相印,也只待来生再去诉说,多少的情债也只好变成化解不了的哀恸。一切好像都是宿命,不能强求,若强求必失落。偶然的相遇,蓦然的回首,也许,初恋的结局,就是眼光交汇的刹那,就是没有出路的出路。也许这世间,所有的初恋都大同小异,都是后续恋爱的一个序幕,一个铺垫。

　　青春如梦,多少如花的心事结成洁白的花穗,被少年男女折下来,羞涩地相赠。美人好像颜如玉,少年好似清寒梅,相对无言的时刻,一对璧人竟然呆呆地说不出话来,因为一切的欢喜用语言无法形容。美人悄悄地离去,少年望着美人的背影,像傻了一般。半天醒转过来,却忙忙地铺开纸张,写下这样的诗句:"相逢不语,一朵芙蓉着秋雨。小晕红潮,斜溜鬟心只凤翘……"真真的是郎有情,妾有意,却回避了彼此,只等到自己独处的时候在心底默默呢喃,这是多么浪漫又婉约的情怀。也许只有初恋的人儿才能懂吧,也许缘就是劫,劫就是缘,缘来了会走,缘起了也会灭。雪花曼妙,但它发生在不经意的夜晚,好像初恋留下的记忆;阳光与雨露相爱过,但雨露后来融化了,就像这一场爱恋从来都没有发生过。但初恋不能碰,一碰就会梗在心里。

但失去了终归是失去了,该放下还是要放下。初升的太阳已经把爱情搭在草的茎上,搭在花的蕊中,搭在富贵堂皇的花轿上,搭在鼓手的鼓槌上,"爱情"这个词真的来了,它在美人的盖头下,和美人一样明眸善睐,暗香袭来。

纳兰与卢氏的相识就是在他初恋失败, 然后因病错过第一次殿试之后。那时候的纳兰,虽然极力地掩盖自己的悲伤,却无奈已经深陷到感情的深潭, 他一直在苦苦地寻找, 寻找着可以与自己不离不弃、长相厮守的人儿。他的灵魂因为爱情而温柔开阔,他的眼里是永不干涸的泪滴,满是爱情的深沉。他希望能有谁理解自己的孤独、寂寞和苦痛,希望能有谁告诉他,他的爱情不会是一场空白。

康熙十三年,二十岁的纳兰迎娶了比自己小两岁的卢氏。从那时开始,纳兰开始了与卢氏的"一生一代一双人"的爱情之旅。岁月因为诗词变成墨的黑,纸的白,它们陷在美人高贵的朱唇里,成为最动魄惊心的爱情之歌。

虽然纳兰的心里一直有着初恋的阴影, 虽然卢氏是父母给自己"包办"来的媳妇,虽然纳兰最初也只是被动地接受了父母的安排,像普通封建家庭的孩子一样,听从于父母之命,媒妁之言。但随着婚后生活的慢慢开展,纳兰对新婚妻子的不冷不热开始转变成为珍惜,甚至是爱慕，最主要的原因就是卢氏的人格魅力打动了纳兰。因为卢氏，纳兰的天地开始变得鲜活起来。卢氏每天总是早早起床，在朝霞下为夫君煮茶。她总是很晚才睡，在星光下为夫君烹酒。她不在乎自己身份的高贵，而是凡事喜欢亲力亲为。她虽然体弱，但为了纳兰却总也不知疲倦。她知道纳兰心里装着初恋，但还是那么欢欣，还感恩于纳兰的良善，在心里把纳兰当做重情义的男子。

在纳兰人生最为灰暗的时候，卢氏嫁给了纳兰，抚慰着他的孤独和忧伤，她从不问纳兰的过去，选择了全盘接受，全盘包容，只是竭尽全力地爱着他。如果能够让纳兰这块"冰"融化，她乐意做一盆火……纳兰慢慢地开始喜欢卢氏了，甚至对卢氏充满了感恩之情。当卢氏身上的闪光点越来越多地闪现在纳兰眼里时，纳兰就越发有一种感觉，卢氏太美了，不仅人美，心灵更美，而自己跟卢氏，不就好像是牛郎织女一样的神仙眷侣么？

而卢氏明白每个人的一生至少该有一次为了某个人而忘了自己，不求结果，不求同行，不求曾经拥有，甚至不求你爱我，只求在自己最美的年华里遇见你。纳兰何尝不是如此呢？纳兰的重情重义也让卢氏感到庆幸，她知道，假以时日，纳兰也会像爱自己的初恋那样爱自己的。所以不管纳兰的情感曾经是多么支离破碎，也不管他的仕途是否顺利，只要给他全部的温暖，这就够了，这就是卢氏最大的希求。

而卢氏是水一般的女子，在她热情的心里，又饱含着悲悯，饱含着浪漫多情，她给予纳兰的是最温暖的港湾。她在爱情里灵动，柔美，让人忍不住地给她呵护，给她热爱。

值得一提的是，卢氏是两广总督卢兴祖的女儿，顺治三年的时候，卢兴祖被授予"工部启心郎"的头衔，可以说，卢兴祖是满族入关后培养的第一代知识分子。顺治去世，康熙即位后，卢兴祖被提拔为广东巡抚，后来又被提拔担任两广总督，可以说卢氏家族是显赫的书香门第。从这一点来说，纳兰家族和卢氏家族是非常门当户对的，最起码，明珠夫妇都认为给儿子挑的媳妇还是比较满意的,没有给纳兰家族丢脸。

卢兴祖重视文化,善于推广文化教育,特别是把自己的女儿培养成了一个知书达理的知识女性。她不仅有着闭月羞花的美貌,还有满腹的才华。对纳兰的诗词,她饱含着巨大的热爱,哪怕纳兰随手而写的诗词,她也视为珍宝,认真仔细地帮他收好。卢氏聪明细心,善解人意,她期待丈夫能在诗词方面取得更大的成就,所以只要是纳兰的事情,她都竭尽全力地帮忙。《通志堂集序》里,徐乾学曾经说纳兰"随手挥写,辄复散佚,不甚存录",意思他写诗很多,但保存下来的并不多。是的,纳兰保存下来的大部分诗词都是妻子卢氏帮他收存的,可见,纳兰的大部分诗词得以面世,卢氏有很大的功劳。

卢氏在生活上跟纳兰贴心,在事业上贴意,她不仅是纳兰的好妻子,而且是纳兰心灵上的知音。纳兰写的很多诗都要拿给朋友们评说,但很少有人像卢氏那样点评得那么到位,就好像这些诗是她自己写的一般。慢慢地,纳兰每当写完一首诗,都要让卢氏成为第一个读者,第一个点评者。

卢氏给予纳兰的不是初恋的冲动和激情沉醉,但她给予纳兰的却是心灵相通之后的相濡以沫,她是上天给予纳兰的惊喜。繁华背后的他们,得以悄声静气地生活在一个屋子里,你风流倜傥,我安然静美,或者耳鬓厮磨,或者写诗作画,这就是人生最美的画卷吧。阳光温暖和煦,鸟儿在睡觉,猫儿在打盹,卢氏帮纳兰磨墨,衣香鬓影的她美得像一个仙子,纳兰一时间,神情有些恍惚:也许一切都是缘分吧,有些人虽有缘却无份,就像自己的初恋;有些人只一个回眸,就换来了五百年之后的相守,就像与自己相亲相爱的卢氏。

对卢氏的热爱让纳兰对她不吝赞美,他写的"赌书消得泼茶香"就是赞誉卢氏才华的句子。这句诗包含有一个典故,说的是李清照和赵明诚的故事,说这对夫妇在隐居的十年里,经常赌书消遣,赵明诚随便说一个句子,李清照就知道这个句子的出处,所以赌书的时候,李清照常常胜出,夫妻二人喜不自禁,其乐融融,一直到二人都已老去,还在怀念那段"赌书泼茶"的幸福时光,非常感慨。

而这种"赌书"的场面在纳兰和卢氏之间也常常发生,卢氏的非凡记忆力总是让纳兰赞叹不止,喜上眉梢,天才纳兰不得不说妻子卢氏其实也是一个天才,夫妇二人颇有一些惺惺相惜之感。那时,纳兰看卢氏是亮的,她的衣裳仿佛是云做的,她的心仿佛有着月华的舒逸、洒脱。她是一个单纯优美的奇女子,有着深藏不露的爱情。她那温暖的眸子只消看上你一眼,就能掠去你的半条命,而自己心甘情愿地陷在她给的温柔里,满足到哀伤。她就像你内心深处美妙绝伦的风景,让你对她产生无尽的遐想,让你对她产生深沉的依赖,这种感受就是幸福吧?

纳兰的梦想就是做一个风流雅士,他视富贵权势如浮云,反而崇尚灵魂的自由。和他不谋而合的是,卢氏竟然也崇尚精神追求,看重的是精神世界的从容和洒脱。作为一名封建时代的女性,有这种品行可谓是非常珍贵的,所以纳兰盛赞自己的妻子具备"林下风致"……

说起"林下风致"就不能不提到东晋时代的大才女谢道韫,因为"林下风致"这个词语最初就是用来形容她的。谢道韫是东晋大将军谢奕的女儿,后来嫁给了王羲之的次子王凝之,常常被人称为王夫人。在东晋那个时代,谢道韫是一个极有才华的女子,曾经形容漫天的鹅毛大雪为柳絮,所以,一提起"咏絮之才",大家就知道说的是谢道韫了。

"林下"即"竹林之下"的意思,来源于魏晋时代以阮籍、嵇康为首的七个名士,据说这七个人在竹林里隐居,过着饮酒谈诗、清新脱俗的生活,被人称为竹林七贤。当然,"竹林"还是佛教寺院的前身,最早的寺院就是在竹林里建立的,所以竹林在佛家那里是"出世"的代名词,竹林七贤就是过着"出世"的隐居生活。用"林下风致"这个词语来形容女性具备"出世"气质,是一种非常高的赞誉,而谢道韫就是受到此赞誉的第一人。

在纳兰眼里,妻子卢氏的才华、气质、美貌各个方面都不在谢道韫之下,甚至有过之而无不及。所以他才发出这样的感叹:"临夏闺房世罕俦,偕隐足风流!"如果跟随妻子一起过那种风流雅士的生活,一定欢乐得赛过神仙吧。

在他最美的年华里遇到卢氏,在卢氏最美的年华里遇到自己,都是万分幸运的事啊。在他们朝夕相处的三年时光里,他们和诗词交融在一起,和爱情交融在一起。纳兰初恋的伤口已经慢慢愈合,取而代之的是宁静幸福的二人世界。虽然想起初恋,纳兰还会在睡梦中泪流满面,但妻子的温存淡化了他的惆怅与无奈。他们相伴之后相知了,他们相惜之后相爱了,他们相许之后相依了,就这样,他和她,活在了对方的心里,生了根,又发了芽。

纳兰和妻子拥抱着,怜爱地看着残阳瑰丽,归家的幼鸟正在啁啾着四散而去……无论风霜,无论雨雪,无论黑暗,卢氏都会和纳兰一起面对人生的各种变数,愿意做他的后盾,愿意做他的温柔港湾。所以,《侧帽集》里有卢氏整理过的纳兰词,《通志堂经解》里包含着卢氏帮助纳兰整理过的笔记,甚至纳兰伴驾出征时,佩戴着卢氏亲手缝制的祈福香囊……这个秀美温良的才女,至少三年的光阴,都让惆怅的纳兰生活在了蜜罐子里,她与他像一段堤岸与一棵树那样情谊厚重,不可分离;她与他更像水和鱼,只有相爱,才能够欢喜。

爱情让纳兰在经历风雨的时候不再退缩,让纳兰在悲伤的时候想起妻子卢氏对他的承诺。是的,情在那,爱在那,她在那,她永远是他的,永远爱着他。无论他走得多远,她都会为他祝福,都会安静地等着他回来,不会弃他,不会负他,她也许不可能长命百岁,但她会佑他平安喜乐……

有了这份爱,已经知足,有了这份爱,已经无憾,有了这份爱,真的不愿意失去,不愿意因失去最美的爱情而让人生变得残缺。

2.精神契合才能真爱无限

　　仓央嘉措说过:"如果爱是一场修行,我就是那个遁入空门的僧,你的怀抱就是神秘安静的庙宇, 你的心跳就是我日夜咏诵的佛经……"是的,纳兰娶了卢氏,并且爱上她美好的一切。爱情伴随着春花秋月的故事,在生命的静谧中形成独特的风景。从此就有了千帆过尽的淡定,从此就有了泪水里的坚毅,从此就有了灵魂的释放与解脱。从此,只要佳人在畔,就是最好的年华。从此,哪怕诗心惆怅,都那么潇洒。

　　婚嫁那天的盛景不时闪现在卢氏的脑海,那一天的纳兰,骑着高头骏马,锦衣华服,一派风流倜傥,引得围观的百姓齐声高呼:纳兰公子大婚了,纳兰公子大婚了……纳兰骑在马上,边走边向周围的百姓微笑示意。众人围堵,导致两个时辰的路程竟然走了四个时辰。那兴奋的声音一直传到花轿里,让卢氏也不由得偷偷掀开盖头,用一根青葱指撩开轿帘,只看到纳兰玉树临风的背影,但足以让她的心激动得怦怦直跳。

　　是的, 卢氏待字闺中时无数次听到父亲卢兴祖说起纳兰家族的事情,特别是多次提到文武双全的纳兰公子。虽然卢兴祖是苏克萨哈的部下,但他对纳兰家族并没有什么政治偏见,反而非常敬佩明珠能够培养出这么优秀的儿子。出于好奇,卢氏找来许多纳兰诗词,认真学习,竟被文采飞扬、冰清玉洁的气质公子所震慑,也早就领会纳兰虽为贵胄公子,但内心深处也有跟普通人类似的孤独和寂寞。虽然与纳兰素不相识,但她早已把纳兰当做了自己的知己,甚至像许多女孩一样,把纳兰设想成自己未来的夫君。每当她有了这个念头时,就激动得不能自已。她曾经无数次揣测过纳兰的模样,没想到今日一见,果然气度不凡。

北京城也轰动了,纳兰大婚的当天比纳兰出生时还要热闹。纳兰府上张灯结彩,一盏接一盏的红灯笼好像红色的云,而纳兰的美人就盛开在这红云的深处。纳兰府大院外,跑来"沾喜气"的人们经久不散,一直叽叽喳喳到华灯初上。大家都在猜测卢氏的样子,都在猜测什么样的美人才能配得上才华横溢的纳兰公子……

卢氏是深爱纳兰的,所以才华横溢的她,从嫁给纳兰的那一天开始,就不断地写日记,日记里的字字句句全是纳兰。在卢氏的心里,纳兰就是她的天空,就是她的大地,就是她无上的荣光,就是她生活的全部。纳兰素淡的灵魂在她的心里是美妙、传神、动人的,他像一个胸怀烂漫的王,一个风华绝代的王,掠了自己,心甘情愿为他哭泣,为他欢欣,为他微笑着祝福。她情愿什么都给他,包括自己的生命。纳兰不仅是自己的夫君,也是自己的归路。她愿意为他永远美丽,永远欢喜,并因为能够跟心爱的人共同生活而满怀感恩,从此,不管是新生还是沉沦,她将与他同在。

当纳兰随便打开一本旧书,都能看到卢氏写给自己的"鸳鸯小字",让纳兰忍不住吻去爱侣脸庞那深情的泪滴,心里暗暗发誓:无论如何也不要辜负了妻子,因为她就是自己停靠的堤岸,她就是自己莲花永绽的一生啊。如果能和她同呼吸共命运,就是最大的福分。所以当卢氏生病的时候,纳兰说得最多的一句话就是:"你一定要好起来……"

卢氏明明知道丈夫心里给初恋留了位置,但她仍旧大度地对待丈夫;她明明把自己对丈夫的深爱都表述在情书里,却要把情书留给自己看,把对丈夫深沉的爱埋在心里,若丈夫发现了她写的情书,她就害羞得半天抬不起头来……她是何等的耐人寻味,何等的娇羞妩媚?她红润的腮边挂着爱的传奇,只是悄悄一笑,就展露了烂漫的心曲。她从不会困惑,她只为爱情而战栗;她很少哀伤,因为能够与纳兰相伴一生是她最大的幸运;她敬重他的灵魂,给他至高无上的虔诚。

千里寻一梦，卢氏不去奢谈爱情，只是在爱人的怀里温柔地微笑。她只想做一朵安静的荷，能被自己爱的人赏到终老。她只为了与自己相爱的人"死生契阔，与子成说；执子之手，与子偕老"，只为了在有限的人生里，给他无限的真爱。从此后，在人生寂静的一隅，再不是她自己一个人寂寞地绣鸳鸯，而是有纳兰提供给她温暖的臂膀，可以让她幸福地依靠。从此哪怕不发一言，他也能懂得自己的心声；从此不再是孤单的守望者，因为亲密的爱人会与自己共同经营盛大的爱情。纳兰诗词曾经属于他一个人，现在，纳兰诗词不仅属于纳兰也属于自己，因为有了自己，纳兰诗词才更加真实，更加厚重，更有荡气回肠的味道，甚至有了烟火气息。我因你而烂漫多情，你因我而风华绝代；我因你而真实，你因我而清澈……正是因为彼此，爱情成了透明的禅语。

不管多少渔歌唱晚，不管多少花香月明，有卢氏给纳兰的温柔之帐，纳兰就会心情爽朗。

卢氏和纳兰在一起，常常"被酒春睡"。每当丈夫写了一首绝妙的诗词，卢氏都要与丈夫一起喝酒助兴。深沉的夜里，卢氏与纳兰相依相偎，在酒里沉醉，在诗里快意，领悟到生命的大欢喜，诗词里倾注着他们的爱，诗词也吮吸着他们的爱情……他们洞穿了诗词的隧道，因为互相爱慕而失语，只有酒越来越浓烈，不知不觉换掉了几只蜡烛，不知不觉从月亮升起喝到月上中天，又从月上中天喝到东方露出了鱼肚白，卢氏煎熬不住，幸福地歪倒在床铺上，酡红的脸腮挂满动人的风韵。纳兰悄悄地给她盖好被子，蹑手蹑脚地走出去，叮嘱下人千万不要打扰到卢氏休息，天正好不冷不热，就让她睡个好觉吧。

没想到卢氏刚刚睡了几个小时而已，就急匆匆地醒来，紧张地寻找纳兰，纳兰推门而进，问她怎么不睡了。卢氏却回说还没从昨晚喝酒评诗的兴奋中清醒过来，害怕自己睡得太死，就感受不到丈夫的存在了。如果能一直看着丈夫在自己身边，她宁愿不睡觉了……纳兰听了感动万分,这不是情话的话却胜似情话,让纳兰的心沐浴在极致的温暖之中,让他乐意融入到妻子甜蜜的心事之中去。

因为爱情,他们干净的内心像音符一样跳荡不停,像白色的信笺一样明晰透亮。在这姹紫嫣红的春天,纳兰公子因为有了卢氏的陪伴再也不会沉默不言,再也不会冷如冰霜。他们携着手一起修行,一起磨练,从不会迷失自我,因为他们一起咀嚼着诗词,就看到世界充满了奇光异彩;因为他们沐浴着爱情,所以就觉得爱情是绝美的风景。因为他们有信心一起走过人生的沧桑,所以就不再惧怕时光的打磨。如果没遇到彼此前,只能独自悲喜,那么携手之后一定要爱到永恒。淋漓的月色是上天赐给的缠绵目光,从此,所有的情事都不再慌乱不安,从此,用月光洗尘,用爱情下酒,从此,放肆地陶醉。

卢氏与纳兰精神相通,志趣相投。纳兰给卢氏的是大山般的依靠,卢氏给纳兰的却是爱情的救赎。说卢氏是为爱情而生的女子,那纳兰何尝不是为爱情而生的男子呢?"绣榻闲时,并吹红雨。雕栏曲出,同倚斜阳……"这该是多么甜蜜温馨的场景?纳兰因为初恋的打击和科考的打击变得多愁多病,抑郁悲苦,但自从有了卢氏陪在自己的身边,纳兰的身体状况迅速地好转起来,心态也变得阳光起来,正是卢氏的温柔娴淑,才治好了纳兰的心病。

纳兰决计要把初恋当做青春的印记,当下要做的就是要惜取眼前人,不再辜负,不再错失。从此后诗酒红颜,年华璀璨;从此后心心相印,比翼而飞。

在当时的封建时代,虽然纳兰和卢氏是包办的婚姻,但他们却不是"门第伴侣",不是"利益伴侣",不是"政治伴侣"……所有庸俗的组合跟他们都贴不上边,因为他们是志趣相投的"精神伴侣",不仅是恩爱的夫妻还是无话不谈的知己。他们的婚姻是包办婚姻的最高境界,几乎完美到不能再完美。明珠夫妇给儿子确定这门婚事之前确实非常看重门第,看重对方家庭的政治背景,甚至为以后的利益做好了铺垫。但是却歪打正着,激发了这对恩爱夫妻的所有正能量,没有成为"门第"的俘虏,也没有成为利益因素和政治因素的牺牲品。

是的,作为夫妻,只有精神伴侣最长久,最能抵挡各种诱惑的腐蚀,最能与时光一起,历久弥新。就像钱钟书与杨绛的爱情,因为共同的精神追求和信仰,而成为众人追捧的佳话;就像林黛玉和贾宝玉的爱情,因为知己之爱的唯美浪漫而令人扼腕叹息;就像冒襄与董小宛的爱情,因为琴瑟相谐而被后人艳羡;就像李清照与赵明诚的爱情,因为赌书之趣而令人会心一笑……他们的爱情有一个共同点,那就是精神的契合,心灵上的相通。这是婚姻的靓点,也是婚姻的基础。没了这个,再高的大厦,也会地基不稳。

卢氏嫁给纳兰时是纳兰人生最为灰暗的时候,但卢氏没有丝毫的嫌弃,因为她看重的是纳兰的胸怀与才华,而不是他富贵的家世,不是他当了多大的官,更不是他将来会在朝廷中有多高的威望。卢氏和纳兰一样,视富贵功名如浮云,所以她从来没把这些身外之物当做爱情的砝码。嫁妆给多少,聘礼给多少,那都是父辈之间的事情,她不关心,也不会过问。这一点,纳兰尤为欣赏。纳兰没有因为自己不是"大官"而觉得亏欠于她,也没有因自己富可敌国的家境而觉得优越于她。就像简爱对罗切斯特说过的那句话一样:"我们每个人的精神都是同等的,如同我们经过坟墓,将同样站在上帝面前……"是的,只有精神契合与平等才能真爱无限。

卢氏嫁到纳兰府上,除了孝敬公婆之外,就是好好照顾夫君。富贵和名利从来不会成为他们夫妻恩爱的障碍。纳兰在诗中写到:"容若相逢饮牛津,相对望贫……"是啊,功名前途,富贵利禄等等相对于神圣的爱情都是微不足道的,只要精神契合,感情厚重,物质这些俗物又算得了什么呢?

也许纳兰和卢氏的婚姻给很多当代人上了一堂课。当下有一句流行了很久的话:"宁肯坐在宝马里哭,也不坐在自行车上笑。"可见很多人的婚姻观是物质的,是利益的,物质占了先决条件,精神的契合反而放在了后面,甚至无所谓什么精神伴侣,只要有了钱就有了一切。因为物欲的刺激,一颗心再也无法平静,哪怕对方有天大的好处也视而不见……但爱情长久的秘密就是心灵的契合,这种契合不是靠金钱能买得到的。

而真爱的永恒更不是肉体的刺激与欢愉,而是内心的富足与深厚,是灵魂的默契与互相支持。因为爱情是灵魂的守望,是真爱无限的过程。不管岁月如何变迁,灵魂的璀璨最为耀眼,灵魂的相惜相恋最令人动容。像冰心与吴文藻,像林徽因与梁思成,像陈寅恪与唐筼,因为灵魂的相知相契,铸就了爱情的浪漫与坚定,成为一段段爱情佳话。

是的,就像冰心说过的:"有了灵魂之爱就有了一切……"因为这种爱可以洗去悲伤,可以让人无所畏惧,有了这种爱,哪怕是枯萎的生命,也会拥有人生的佳境。

3.受伤了要放下

美丽的卢氏像烟花,三年花期之后,不幸成了陨落的阵痛。康熙十六年,卢氏因为难产永远地离开了纳兰,只留下一个嗷嗷待哺的婴儿,因为喝不到母奶而不断啼哭,好像已经清楚了人生的不幸。抱着卢氏渐渐冰冷的身体,纳兰的心一下子碎了,他感觉天一下子塌了。

一句诗词融化了泪水,一声嚎啕打翻了世界。

在纳兰来不及珍惜的时候,卢氏就彻底地离开了他。满身暗香的她孤单一人走进了命运的深处,她丰腴的雪肌已经白露凝霜,她温柔的美目已经慵倦地闭合,再也不可能看纳兰一眼了。她再也不会撒着娇说："你看着我的眼睛,猜猜我在想什么?"再也不会捧着纳兰的醉意,温柔似水了。再也不会给熬夜的纳兰添水,披衣,再也不会和他一起打磨诗词了。她是想念天堂的纯净和高度么?为什么离开得这样义无反顾?她是为了那盈盈的情事么?为什么要独自承受孤独的委屈?她究竟是为了什么啊,生前从不说自己的寂寞,死后却独留爱人流着泪水猜测?消失的是卢氏微笑的脸,留下的是纳兰刀割的心啊。

天堂真的皎洁明亮么?值得她飞蛾扑火?离开真的可以自由自在么?值得她去做没有根芽的雪花?为什么不早早地说烟花易落?为什么不早早地说有情人也无非是彼此的过客?为什么留下千古的遗憾,让人遗憾千古?

如果海誓山盟抵不过曲终人散,如果厮守终生只是一个美丽的谎言,为什么还要奉献给我全部的爱?如果今生再也不能重新聚首,为什么不早点教会我如何遗忘?

怎一个痛字了得!

天上的云湍急而强大,纳兰府上悄无声息的美人啊,却再也不能发一言,她静静地躺在棺枢里,像孤单的荷花,圣洁得令人悲难自抑。她在皆大欢喜中来,却在猝不及防中离开。她的美目曾经顾盼生情,她的芳唇曾经温暖缠绵。她和他一起缔造澄明的日子,她和他一起蕴育诗词的蓓蕾,一起蕴育爱情的神话。她说好了要做他永远的新娘,却在时光未尽的时候走到了生命的尽头。她给了纳兰爱情的救赎,却在纳兰进入角色的时候抽身而退。她抛开了肉体甚至是抛开了一切,把生命演奏成最后的轻音乐,让爱人聆听了最后一回……

熬制汤药的罐子摆满了厨房,可以后再也不用熬了,仆人们聚在厨房里,面对着一大堆药罐而放声哭泣,他们舍不得善良温柔的女主人就这样悄悄地离去……纳兰坐在妻子躺过的床铺上,久久不起,他留恋着妻子的余温,留恋着妻子给他的相依相偎。三年前,就是在这张床上,娇羞的妻子蒙着红盖头安静地坐在这里,她凤冠霞帔,她喜气洋洋,她风姿绰约,当他打开红盖头的那一刻,妻子的脸上泛起动人的红晕,她实在是美极了,让他一辈子也忘不了……

相思相望,两处销魂,从此后,便是天人永隔。绝代的佳人,从此再不会是他床前的明月,再不是他心底的云霞,再不可能与他日夜相随,生死与共。

纳兰府上上下下都沉浸在悲痛之中, 卢氏去世第八天的夜里,天空很晴朗,月亮走到中天,仿佛注视、悲悯着这一切。纳兰端着一盆水走到花园深处,把这盆水放在一株柳树下。听说,如果亡人的灵魂未曾离去就会投影在水盆里,给爱她的人看,可是,纳兰左看右看,也看不到卢氏的影子,只有悲伤的柳枝抚着纳兰的脸,好像卢氏那缠绵的手臂。

卢氏把纳兰的心揪扯到了天边, 还是看不到她当初的模样,也许,她只能在梦里,才与爱人相会;卢氏把命运画上了休止符,在命运幽闭的深处写满了不舍与悲愁,哪怕你给她再多的安抚,她也无从体察,无从领悟。

多么痛的感受!

此情成了追忆,此恨遥遥无期!

如果悲伤可以形成一条河,那就让这条河渡你,渡你回归,然后继续完成未了的承诺吧;如果思念可以形成浩瀚的大海,那就让你化成一叶扁舟,去乘风破浪,找到生命的所在吧……

"谁念西风独自凉,萧萧黄叶闭疏窗,沉思往事立斜阳……"这是多么萧瑟的场面,多么冰冷的绝望!美人啊,天凉了,当我思念你的时候,你到底在哪里?你明明知道自己要离开,为什么还给我这么多的好,就是让我回忆你的时候痛不欲生么?你真的走了,从今后谁与我一起赏花,一起对月,谁与我共倚斜阳?问天天不语,反而更苍茫;问地地不语,反而更悲凉。时空里所有的记忆全部开裂了,像是一道道触目惊心的伤口,横亘在心海。

纳兰的命运已经被丧妻之痛所横切,他能够坚强地面对么?秋花秋月祭亡人之时,纳兰终于等来了康熙的任命,他成了皇帝身边的三等侍卫,可妻子已经无法分享他人生的转变了。康熙体谅纳兰的痛楚,问纳兰可以马上进入工作状态么?如果不行,可以给他放一个长假,休整一下,但纳兰谢绝了康熙的美意,反而说自己已经放下了,现在走马上任没有任何问题。纳兰想让痛苦万分的自己迅速地投入到工作之中去,因为千万声呼唤已经消逝,他只想冻结自己。

明珠抱着刚刚出生不久的孙子老泪纵横,他心疼怀里这个不谙世事的孙子福尔敦,刚刚来到人世就没了母亲,也心疼失去妻子的儿子,但他知道一切的安慰都是徒劳的,纳兰只有靠自己才能摆脱致命的打击。

纳兰的朋友们轮番住在纳兰家里,就是为了陪伴他,让他不至于悲伤过度。但纳兰把眼泪吞进腹中,更多的时候选择了沉默无言。五月是百花开放的季节,灿烂的花容反而让他感到更孤独,他知道爱情的尊严在于清醒,他必须明白,妻子这回是真的喝醉了酒,并且一醉不醒。

受伤了也要放下,纳兰知道只有这样,自己才能活下去,而这也正是卢氏对自己的期望。她在天上看着自己,肯定也不希望自己从此一蹶不振。所以他鼓励自己要坚强振作,也安慰老父亲和朋友们不要再为自己担心了。因为卢氏虽然离去了,但她将成为自己永远的诗词,用心血抒发,用灵魂珍视。

生命中最重要的人离开了自己,所以一切对纳兰来说都不重要了。是的,一个人只有经历了生死,才能明白人生中的一切。似水流年,只有这当下才是他拥有的。

卢氏是纳兰的如花美眷,他念她,疼她,怜她,忆她。他恨不得让她永远地留在自己的身边。纳兰是绝望的,但也是痴狂的。因为实在舍不得妻子离开自己,所以纳兰把卢氏的灵柩停放在双林禅院。他流连在此,厮守在此,就为了每天能跟妻子说一声对不起,然后再说一声谢谢你。他不认为死去的妻子是灰暗的,是衰败的,相反,他认为妻子一直还活着，最起码灵魂是鲜活的。

按照当时清朝的制度，亲王去世了，会停灵一年，郡王去世了会停灵七个月，贝子以下的去世了停灵五个月。卢氏的地位远远不能同亲王和郡王相比，但却足足停灵了一年多之久，可以说打破了清朝丧葬制度的惯例。在这期间，有僧人每天为她诵经，祈祷，香火不断。而纳兰也几乎一有时间就来到双林禅院，陪伴妻子，他怎么也无法相信，妻子已经离开了自己。他不敢想，一想就会不知所措，就会恨自己，怎么不盼着妻子好，却偏偏要相信她不在了？

在陪伴妻子的时候，纳兰写了大量的悼亡词。其哀艳悲苦，让人不忍卒读。"天上人间俱怅望，经声佛火两凄迷，未梦已先疑……"在冷清的寺庙里，纳兰一个人孤孤单单地坐着，心思早已回到了他和妻子曾经的二人世界，恍惚间，好像妻子正坐在自己身边，绣着一朵并蒂莲，纳兰惊喜万分地想要去拥抱她，没想到一下子扑了个空。除了僧人念经的声音，除了昏暗的灯火，哪里有妻子的影子啊。天要亮了，而纳兰又在冰冷的房子里坐了一整夜，刚才逼真的一幕只不过是纳兰的梦境而已。妻子已经决绝地离去，不曾回头……正所谓，你在天上，我在人间，我每天都在望着你，思念着你，你是否也在望着我，思念着我呢？

若能搭鹊桥，我便与你去相会；若你与梦同来，那我便永不醒来；若你必须在春天里消亡，那我从此永远不再期待春天。

"若似月轮终皎洁，不辞冰雪为卿热……"是啊，如果人跟月亮似的该有多好啊，虽然让人等很久，让人等得很辛苦，但最后总能等来月圆的那一天。如果能换回卢氏的归来，那么纳兰什么样的代价都乐意付出，哪怕用自己的命换了妻子的命，纳兰也心甘情愿……

"不辞冰雪为卿热"说的是一个典故，讲的是三国时魏国的名士荀粲，跟妻子非常恩爱，没想到妻子身体很不好，经常生病发烧。有一回，妻子得了重病，高烧不退，荀粲很着急，但是想了很多办法，烧都退不下来，焦急之中，荀粲突发奇想，想到一个办法：自己脱光了衣服跑到雪地里站着,直到自己身上冻得像冰一样,再钻到妻子的被窝里,给妻子降温。但妻子已经病入膏肓,虽然荀粲竭尽全力了,但还是没能挽救妻子的性命,妻子不幸离开了人世……荀粲悲伤过度,很快也追随妻子而去了……纳兰之所以引用荀粲的典故, 也表明了自己的意愿:只要能够挽救卢氏的性命,他何尝不想用同样的方法去挽救妻子的性命呢? 如果真的能救妻子的命,他也会跟荀粲一样在所不惜的。

可以说,在纳兰的心里,爱情是至高无上的。但除了用诗词表达自己的悲痛,他又能做什么呢?"无奈尘缘容易绝",也许这就是纳兰的宿命吧。人的悲苦哀伤,正应了那句话:"如人饮水,冷暖自知。"所以,纳兰把自己的诗词集《侧帽集》改名为《饮水集》,跟这种人生的感悟有很大关系。而在卢氏去世之后, 纳兰给自己取名号为"楞伽山人",也有参透命运、看破红尘的意思。

"衔恨愿为天上月,年年犹得向郎圆",纳兰曾经赋诗说这就是卢氏托梦写给自己的诗句,意思是说自己多么希望成为月亮啊,然后每年都有机会为心爱的人圆满, 他们迫切希望的就是月亮能把自己的爱情延伸下去。

康熙十七年,卢氏的灵柩被安葬在京西皂甲屯,纳兰家的祖坟。从此,这个美丽的女子尘埃落定。只留下了一个诱人、凄美的爱情传说,从人间到天堂,风情不减,浪漫犹存。

纳兰痛定思痛,成了康熙身边的工作狂。一边工作,一边回忆,回忆他与卢氏之间"当时只道是寻常"的烟火人生;一边沉痛,一边遗忘,因为烟花易冷,爱到深处更寂寞。痛定思痛,当下的生活还是要继续。纳兰开始了他的马背生涯,大漠黄沙起悲歌,胡笳声里忆佳人,从此动心,动情,从此深深地记得,她的明眸善睐,只为自己而生。她疼自己也疼,她离开了,自己的魂灵也已不在。从此让思念越积越多,只为了温暖已经逝去的爱情。也许,再活多久,再遇到多少人,都无法再找到妻子卢氏的身影了……

纳兰安葬了妻子,记住了她的那颗心,是的,妻子是他永恒的知己,不管她活着还是死去,有心,足矣。就让她永远成为自己的人间四月天吧,就让她永远地活在自己心里。放下她,让她永生;放下她,因为默默地喜欢是最美;从此为她一生吹笛,送她千年不老的爱慕;从此深深地记得她最美的内心,最贵的灵魂;从此更加愿意珍惜她,更加愿意等待她,哪怕她再也不会回来。

4.要爱请深爱,不爱请放开

卢氏去世后长达七年的时间里,纳兰把大部分的精力都放在了诗词上。爱情是荫凉的长廊,纳兰在廊下回忆着往昔。

爱情是猎物,倒在了诗词的枪口下。因为诗词,思念变得更加朦胧,一幻一灭,都成了生命之中的明伤暗痛。纳兰知道,要想修复自己惆怅的心,忘掉自己挚爱的人儿,也许需要余生全部的时间。自己的一生仿佛就是为了爱情才出生,才老去。多少浮沉,多少沧桑,就为了与美人一起,因缘起而相爱,因缘灭而了断。思念给人悠然,也给人无法消解的苦痛。想念你的好,想念你身上的味道,捂住自己苍白的孤独,连接思念的长度,只为了抚摸你梦中的背影,只为了听见你呢喃的声音。如果我许你爱情的颂歌,你是否许我今生不流泪?如果我躺在月亮之上,是否就能网住你的情殇?若我的歌哭已经啼血,是否你就能够归来?如果相思已经把我超度,你是否给我一个爱情的经典?

好痛!好无奈!

多少伤心词也表达不了内心的无助与彷徨,多少洞开的窗也收拢不了相思的翅膀,多少目光清冽,也看不穿命运的安排。不敢回忆,因为那朵纯洁的荷已经凋零;不敢想念,因为爱情已经在诗词里破碎。

从此,只能克制自己。从此,只能像一只孤单的小兽那样,学会自己疗伤。从此,不敢与任何女子有目光的交集,因为生怕一下子看见和亡人相似的模样,又会触动自己的情深似海。纳兰守住自己的一纸沉默,让自己心里的诗词哭成一片零落,像雨打的梨花,像散乱的冷月。"月没"啊"月没",就像美丽的人儿已经看不到一点踪影。半夜,已经懂事的福尔敦又开始放声哭泣,质疑自己为什么没有母亲,为什么没有母亲芳香的怀抱。明珠披衣起床,跟儿子说,别这么熬着了,你该成亲了。纳兰坚定地说,可我不想再娶亲了。明珠摆摆手制止了儿子,他打定主意的事,就会立刻去办,他认为纳兰只有再开始一段爱情才能忘记先前的不幸,就让新鲜的爱情来代替对亡人的留恋吧。

是的,纳兰家族是不允许纳兰一个人生活的,所以,孝顺的纳兰又在父母的安排下,开始了自己的第二次婚姻,娶官氏为妻,但官氏从小娇生惯养,家教又不太好,她不但不像卢氏那样善解人意,而且非常刁蛮任性。而侧室颜氏也好不到哪去,除了跟官氏争风吃醋之外,很少乐意关心纳兰的生活。她们虽然都成了纳兰的亲人,但于纳兰的悲苦来说,她们又仿佛是局外人。而纳兰一心想着离开人世的卢氏,心里又哪里有官氏和颜氏的位置呢?不得不说,纳兰与官氏和颜氏的婚姻就是一场错误,不仅没有缓解纳兰的丧妻之痛,还让纳兰陷入了更深的苦海。官氏和颜氏也是婚姻的果子,但这些果子是"有毒的"。

卢氏去世之后,纳兰的婚姻就陷入了长达七年的兵荒马乱之中。纳兰最好的朋友顾贞观看在眼里,疼在心中。他觉得应该给纳兰找一个知书达理的伴侣,一个灵魂的知己来代替卢氏,继续关怀纳兰,让他从苦海之中解脱出来。

顾贞观的心里浮现出一个人的名字:沈婉。是的,这个女子是顾贞观的老乡,也是江南人。不仅人长得娇艳如花,而且颇有卢氏的风骨,特别是诗词的功力不在卢氏之下。想必她一定能够给纳兰继续生活下去的勇气,能够给予纳兰新的力量,重新激发他内心里阳光的成分。虽然官氏和颜氏都把顾贞观当成了眼中钉,肉中刺,特别是官氏还扬言说,如果他要是给纳兰介绍其他的女人认识,一定会给他好看,但顾贞观实在不想眼睁睁地看着纳兰在官氏和颜氏的左攻右击之下,生活得苦痛苍白,不想看着他被劣质的情感而糟蹋掉内心的冰清玉洁。

所以顾贞观开始在纳兰面前不断地为沈婉美言。

是的,沈婉是清代初年小有名气的女词人,虽然身在江南,但是已经声名远播,纳兰在京城也无数次听到过她的名字,甚至还读过她写的诗集《选梦词》。所以虽然未曾谋面,自己对她也是非常欣赏的。再加上顾贞观的鼎力推介,心里对她的好感就又多了几分。

据说,沈婉的母亲非常博学,沈婉能取得诗词方面的成就,全是母亲悉心教授的结果。她的词有一个特点,就是哀艳动人,与纳兰词的风格极为相似。纳兰甚至跟顾贞观说,看了沈婉的词就好像看到了她本人一样,因为未见其人先见其词,已经在灵魂上相通了。

是的,纳兰与沈婉虽然还未相见,但是已经产生了惺惺相惜的感情。而沈婉更是早就听闻了纳兰的大名,作为名扬天下的第一词人,早已经打动了多情浪漫的沈婉,在沈婉的内心里,早把纳兰当做了自己的偶像。两个没有见过面的才子佳人,在灵魂上已经神交已久,似乎欠缺的只是一个牵线的人。

纳兰对沈婉的神秘感觉越来越强烈,所以他给回到江南的顾贞观写了好几封信,委婉地表达了自己想要见沈婉一面的想法,让顾贞观如果方便的话,先行去沈婉那里走访一下,如果沈婉同意的话,他会利用下江南的机会和沈婉见上一面。不为别的,就为了如果能和沈婉推心置腹,是不是就可以消弭掉自己内心的痛苦呢?是不是沈婉真的可以像卢氏那样给他温柔乡?

纳兰征询过顾贞观的意见,顾贞观说纳兰与沈婉简直就是天生的一对,为了纳兰的幸福,他要包下纳兰的婚事。所以由顾贞观做媒,纳兰于康熙二十三年下江南的时候,认识了他生命中最后一位女子——江南才女沈婉。同想象中的一样,纳兰和沈婉一见如故,成了情人,纳兰更是在心底把沈婉当做第二个卢氏。纳兰把沈婉从江南带回了京城,牵着她的手兴冲冲地来见父亲。没想到明珠没有给沈婉好脸色看,搞得沈婉很尴尬。不仅如此,官氏和颜氏也非常生气。虽然作为贵胄公子,有个三妻四妾也很正常,但醋意大发的她们还是对纳兰的选择非常不满。

妻子卢氏已经去世七年之久,已经绝望的纳兰却和沈婉收获了浪漫的爱情,这本来是一件好事,可是好事多磨,纳兰虽然把沈婉带到了北京,但是却不能跟她有任何的结果。

为了沈婉,明珠跟纳兰深谈了一次,明确表明了自己的态度,他不同意儿子和沈婉的婚事。纳兰家族隶属满洲正黄旗,"根正苗红",怎么会娶一个普普通通的汉族民间女子呢？这不是让人笑掉大牙的事情么？是汉族普通女子倒也罢了,沈婉的名声也不咋地啊,不管她写了多少诗,写了多少词,她也不就是一个歌女么？不就是一个风尘女子么？一个出身高贵的公子跟一个风尘女子结婚,这不是笑话么？

明珠越说越气,后来震怒地说:"如果你还认我这个阿玛,就马上和她分手,不要让她辱没了我们纳兰家族的名声！"

纳兰据理力争:"难道我选择一个我喜欢的女子为妻有错么？"

明珠斩钉截铁地回应儿子:"你是没错,但这就是你的命！"

那是一个风雨飘摇的夜晚,纳兰把睡在客房里的沈婉叫醒,艰难地告诉了她父亲的决定:不能给她婚姻,而且,名不正言不顺的,她也不能住在纳兰府上。沈婉的心一下子掉进了冰窟里,流下了痛苦的泪水。但她还是深爱纳兰的,所以她听从纳兰的安排,住到了郊外纳兰事先给她安排好的一个住处。明明与纳兰真心相爱,却偏偏成了纳兰的"外室",连妾的名分都没有;明明是光明正大的爱情,却偏偏要在阴暗的地方才能延续。这对沈婉来说,打击是巨大的。从此,爱情对她来说,就是无穷的等待,就是望穿秋水的绝望。因为,康熙需要纳兰的时候,纳兰不能来看她;官氏和颜氏需要他的时候,纳兰也不能来看她;明明纳兰许诺给她的是恒久的爱情,可没想到,连见他一面都非常困难,挂在嘴上的爱情就显得万分苍白。

沈婉虽然与卢氏的风骨极为相似,但她毕竟不是卢氏,她做不到受了委屈还要忍辱负重。所以,因爱生怨就成了一种必然。"醒来灯未灭,心事和谁说,只有旧罗裳,偷沾泪两行……"就是沈婉独守空房的一个真实写照。

沈婉是一个性情女子,也是一个追求完美的女子。没有任何名分,她接受了下来,但却不能接受爱情的寡淡,不能接受爱人的冷落。

沈婉开始后悔自己的选择,她对纳兰有着深沉的爱,但她现在终于明白,也许这种深沉的爱只适合放在心里。如果她没有到北京,而是还生活在江南,与纳兰书信往来,让爱情遥相呼应,永远保持神秘和浪漫,未尝不是一件好事。因为再美好的爱情,也抵挡不过现实的残酷。为爱情而守候,是非常孤独的虔诚,是非常苦痛的过程。也许自己和纳兰的相爱相拥只是为了爱情的残酷,只是为了爱情的凋谢,只是为了看到爱情的内核,充满了悲凉。这样的爱情,不要也罢。

痛定思痛,沈婉提出了分手要求,纳兰很不情愿,但不情愿又没有其他更好的办法解决二人的尴尬处境,虽然万分舍不得和沈婉分手,但最后还是忍痛答应了沈婉的要求。

身心疲惫的沈婉孤身一人回了江南,又一次把纳兰打入了痛苦的深渊。

纳兰本来是想让沈婉代替卢氏的,但天底下只有一个卢氏,又怎么可能随便就可以找人替代的?这样做对沈婉也是不公平的啊,有哪个女子乐意做其他女人的替身呢?初恋夭折,纳兰的爱情世界空白过,卢氏好像填补了这种空白;卢氏去世了,纳兰的爱情世界空白过,沈婉好像填补了这种空白,沈婉离开自己了,谁来继续填补他爱情世界的空白呢?这种替代到底有什么意义呢?

其实,纳兰的初恋也好,卢氏也好,沈婉也罢,她们都是完全独立的个体,本来互相之间就不具备可比性。人生每个阶段的爱情何尝不是独特的,当然也是没有任何可比性的。卢氏不能替代初恋,沈婉不能替代卢氏,纳兰爱过初恋,爱过卢氏,爱过沈婉,同时,他也感觉自己深深地辜负了她们啊。

纳兰失去沈婉是人生的重大危机,但纳兰在这种危机中艰难地醒来,他真的成长了。

与卢氏死别,与沈婉生离,哪怕一别,可能一生,这就是爱情的现实与残酷。"而今才道当时错,心绪凄迷,红泪偷垂,满眼春风百事非……"正是纳兰自己心灵的拷问,表述了他内心里纠结的情绪。不必抱怨命运,因为爱情是绿肥红瘦的宿命,爱情更是一条真实的路,需要像纳兰这样的有心人身体力行,方能体验到其中的真谛。

纳兰竭尽全力想要挽留沈婉,但沈婉的要求只有一点:要爱请深爱,不爱请放开……但特殊的时代背景,特殊的家庭背景,爱情不可能冲破所有的禁锢,所以纳兰和沈婉的爱情只能以悲剧收场。这种悲剧的结果就是纳兰对沈婉的责任,他不能给她需要的一切,所以就还给她自由。

纳兰希望自己能够重生,再不会有"而今才道当时错"的遗憾,再不会有"情知此后来无计,强说欢期"的痛苦。他和沈婉从此后雨打江南,从此后大漠黄沙,但都已经是完全不同的繁华。爱情里总有一些错位,然后才扯上与缘分有关的话题,在暗夜里问一句:我在这里,你在么?

是啊,爱情总是跌跌撞撞地经历,然后刻骨铭心地懂得。世界上所有的夜晚啊,纳兰写着自己的诗词,诗词里写的全是深爱的伴侣。从此后,他的信仰就是与爱情有关的诗词。

5.爱是一种修行

　　纳兰一生短暂,爱情如藤,缠绕住他和美人,缠绕出执子之手的安然,也缠绕出爱恨交叠的所喜,所痛,所悲,所怜,所执,所怨。爱是一种修行,幸好有了彼此,才让青春如此晶莹,才让青春无悔,哪怕被风雨销蚀也不改精致生动的最初。诗词和诗词里的爱情让灵魂美妙如春水的涟漪,让生命在舒缓处,在激越处,不断地低吟浅唱。不管多少爱,不管多少遗憾,不管多少错失,诗人仍旧在水边蘸着秋水的情怀写着大字,日复一日,年复一年,揽起碧水,捧起娇荷,心里温存而无悔,淡泊而宁静。而今才道当时错,接下来的日月还是要坚守灵魂的信仰,还是要继续写诗,继续守望爱情。如果手中的笔能够掩饰爱情的忧伤,如果笔下的诗词能够描述爱情的凄美,那么今生今世,就拥着诗词而舞蹈,心开如莲,守候在你经过的每时每刻。如果诗词的光芒能够照亮爱人的前途,那就让我永远与你耳鬓厮磨,一起呓语,一起缄默,一起看着诗词的光芒涌进自己的内心。如果能和最爱的人一起修行,那么就一定能用最硬的坚强击碎最深的黑暗。

　　纳兰的初恋、卢氏和沈婉都曾经是纳兰身上的肋骨,她们都是纳兰命运的依赖,都是纳兰的人生不可分割的部分,但后来这些"肋骨"渐次地抽出,不是生离就是死别,一次比一次疼,一次比一次更刻骨,甚至那种疼几乎要了人的命,但哪一次"肋骨"的抽出不是救赎了纳兰的灵魂?不是让他脱胎换骨?不是把他推到人生的另一个高度?是的,每一次"肋骨"的抽出都几乎断了纳兰爱情的归路,但同时也让他更坚强,更懂得爱情的神话是人生里最抒情、最浪漫的乐章,而其中的奥妙只能在自己受了伤之后才能慢慢体会,慢慢领悟。

　　在这个娑婆世界,所有人都无法离开爱情。爱情只有用心血精心照料,才能开出美丽的花朵。只有给他足够的自由和宽容,它才能健康地成长,才不会发展成为可怕的畸形。爱情是个技术活,不是能工巧匠,怎么可能铸造爱情的华美和庄严? 爱情是一遍接一遍的诉说,往往你许下了今生,我就许下了来世。往往你给予我兰心蕙质,我就给予你博爱宽容。爱情往往是这样,你一点一滴的小事,就是我沉在胸怀里的大事,哪怕把所有的一切都给了你,还嫌不够多。爱情是恣意的,好像它不可能有任何风险,可以万古长青。我们贪恋了对方给的好,所以才更不希望爱情会有任何的变数。但爱情总会有量变,也会有质变。不是人为的因素,就是天意在作祟。如果它万一变得不如人意,人们就开始慌张无措,觉得世界都变了模样,甚至还会觉得天塌了,地也陷了……

成熟的爱情就是让人能够接受花开也能够接受花落,能够让人坦然地接受爱情的所有变数,甚至是爱情所带来的灾难……因为万事万物都有两极,何况是爱情呢? 你能在平坦的草原上纵横驰骋,也应该能独自一人面对爱情的悬崖,爱情需要温柔的浪漫,也需要冷静的决断。很多人都说纳兰和沈婉最后以分手收场,太绝情了,但纳兰的选择何尝不是冷静的应对? 如果爱情成了互相折磨,分手就是最好的结局。

这世间没有可憎的爱情,只有可憎的人。人做好了,爱情其实可以收放自如。因为爱与不爱,痛与不痛,都在一颗心。你像风一样任性,我像风一样自由。你做了如花的美人,我就给你宽阔的胸膛。如果你觉得不够安全,我就给你爱情的城堡,让你在里面慢慢地呼吸。如果你不乐意睡去,我就给你写诗,用透明的灵魂换你一朵娇俏的红唇。爱情是人们的一种本能,在这种本能里,人们慢慢成长。爱情因为有了生活的积淀,然后才与诗词更好地对应。

是的,爱情就是纳兰一生的灿烂与至美。他是诗人,是灵魂的浪子,他在温柔乡里更加冰清玉洁,他在爱情的圣殿里做着高贵的王。

他的心啊,洁白如雪,风般逍遥,他轻易地就为佳人奉献了一切,爱着他的佳人又何尝不是呢?因为真正的爱不是索取,而是付出。纳兰的初恋雪梅做到了,妻子卢氏也做到了,沈婉也做到了。当她们的青春成熟的时候,她们的爱情也成熟了。

是的,沈婉离开纳兰是悲壮的,她甚至都没有告诉纳兰她已经身怀有孕,就是怕纳兰下不了分手的决心。如果能换来纳兰的安心,她愿意自己一个人把两个人共同的孩子养大,她愿意母子二人从此消失于纳兰的江湖。为了不让纳兰惦记她,沈婉对顾贞观千叮咛万嘱咐,让他千万要守口如瓶,不能告诉纳兰她已经怀孕的事实。是的,她不想再给心爱的人任何压力,不想让心爱的人受到任何心理的折磨,她要让纳兰知道,爱情的最好方式不一定是婚姻,既然能真正地相爱,又何惧命运的变脸?若不能反抗命运,那就从了命运吧。这不是软弱,是放下,这种放下何尝不是人生的一种智慧呢?也许,在时光的无涯里让想念铺天盖地,在时光的无情流逝中各自老去就是最好的结局吧。

沈婉的离开,让顾贞观忍不住流泪叹息,他经常后悔自己做了纳兰和沈婉之间的媒人,如果没有他在之间大力撮合,又怎会给纳兰和沈婉带来这么深的痛苦?在他的心里,沈婉和纳兰都是大写的人,都是把爱情当命看的人,只不过,他们斗不过命运。他遵循自己对沈婉的承诺,直到纳兰去世也没有告诉他沈婉养育了他的孩子。

爱情总有浪漫之后的平实,也存在着大喜大悲的煎熬。纳兰与卢氏本来已经由初婚时的炽热走进了柴米油盐酱醋茶的平淡,但平实安然的境界不一定持续到永远。再华美的爱情也跨越不了死亡的坎儿,在悠悠的人生里,它总会成为死亡事先系好的心结,只留这短暂的红尘一世,只留一颗相思的泪,在时光的交错里慢慢干涸。爱情就这样走过了生死的界限,就这样空茫茫地,悄无声息地落下,让爱情和美人一起尘埃落定。

经历过生死的有情人,有时会很凄惶,很无助。什么是最痛苦的事情呢?最痛苦的事情可能不是佳人不在,也不是爱情带来的暗伤,而是后续的人生里还有更加惨烈的艰辛,更加惨烈的怀念,而所有的一切都要一个人面对。亡人很悲惨,生者却比亡人更恐慌。就像一只公鸟,回到巢穴之后竟然发现它的伴侣已经死掉了,它开始不住地哀鸣,它想念伴侣那缠绵的歌谣,它想念伴侣剪出的桃红柳绿,它祭奠着伴侣凄美的死亡,直到自己也被时光所带走……

纳兰用五年的时间也没有忘掉初恋,用了八年的时间也没有忘记卢氏,他不知道自己要用多少时间来忘掉沈婉。只是在沈婉离开京城的当天,纳兰做了一个梦,竟然梦见沈婉分娩的场景,沈婉在产房里痛苦地喊叫,初生的婴儿在产房里嘹亮地啼哭,纳兰狂喜地大笑着:"婉儿给我生儿子了,我又当爸爸了……"醒来之后,怅然的纳兰感到非常蹊跷。第二天早上,纳兰迫不及待地叫来顾贞观,问他沈婉离开时是不是跟他还有什么交代,顾贞观犹豫了一下,但最后还是选择了守口如瓶。因为他知道,眼前这个悲痛到极点的公子已经再也受不了任何打击了……

沈婉离去后,明珠经常把福尔敦带到纳兰面前,让天真无邪的孙子陪伴着儿子,目的也是让纳兰迅速地从与沈婉分手的痛苦中解脱出来,让他看着自己的儿子,看到未来还有希望。明珠是同情儿子的,但他没有能力救儿子,纳兰家族的男子不是想爱谁就能爱,想娶谁就能娶。满汉不能通婚是国法,儿子不能违背;门当户对是家规,儿子也不能违背。所以他虽然心疼儿子,但也只能坚守自己的原则,成为纳兰与沈婉之间的第一道跨越不了的障碍。他知道,儿子内心深处的暗伤,可不是一朝一夕就可以愈合的。其实,他早该知道,纳兰对续娶失去兴趣的时候,纳兰不敢再爱的时候,就说明他已经深深地爱过,并且已经竭尽全力,满身伤痕。

虽然"爱情"的火焰拒绝熄灭,但它终归不是命运的对手。那些爱情的秘密，那些山盟海誓的承诺，也只能融入进纳兰沉甸甸的思念里。夜半的雨落，纳兰以为是佳人的脚步声；过目的书籍，他感慨里面缠绵的誓言；在悲伤里行走，他以为自己正站在深渊的边上，再移动一步，就是万劫不复；他断断续续的笛声，总是欲言又止。谁能拒绝一个多情的公子去怀念呢？去怀念那些致命的曾经呢？谁能阻止他的会心一笑抑或是悲伤难抑呢？是啊，纳兰想起自己生命中非常重要的她们，除了爱情，她们什么也没带走，除了爱情，她们什么也没有留下。当孤独单刀直入地插入到他的骨头里，他要具有什么样的坚强才能不寒而栗？与爱情有关的命运写满了伤痕，经年不息的爱情啊，已经成为孤独的心跳，让人独自感受，独自怀念，独自悲凉。

伴着爱情阳光下流泪，人生就透明了。

从初恋到卢氏再到沈婉，纳兰经历过了，所以没有遗憾。沿着回忆的脉络，他尤为疼惜的是美人心，他们之间的灵魂是没有落差的，他们之间的所有一切都是值得耐心咀嚼的，所以就让泪水涤荡陈年的忧伤，就让泪水把悲伤埋葬吧。让我为你回首，让我为你祈祷，然后请你告诉我，你还好……

爱情不是缺了就找，不是没了就换。因为爱情需要责任和担当，需要的是两个人的心捆缚在一起，然后共同缔造幸福。如果能在爱情的缅怀里想得清楚，想得明白，也算没有辜负爱情的修行。爱情没有如果，人生也没有回头路。爱情是人生的探险，它需要一个人付出一生最美好的时光。

纳兰和卢氏的经历证明，哪怕定下一生相守的盟誓，也不一定相守到老。纳兰和沈婉的经历证明，再动魄惊心的爱情也不一定以结婚为结果。爱情就是自己的改变，改变成一个值得有情人深爱的人，其余的就只能听从缘分的操控。人生只是匆匆过往，爱情就是一帘帘的心事，是百年人生里最美的感动，端坐花蕊，就是为了第一道黎明，岁月刀尖上的独舞，就为了拥抱今生的挚爱，就为了用诗词抒你一世情长！

荷叶田田,荷花灼灼,爱情有着清纯的质地,有着灿烂的风度,哪怕沉睡千年,也能在美好的夜晚看到它痴情的模样。

爱是一种修行,或是悲伤,或是幸福,都透过命运,沉淀而纯粹,很悲壮,也很美艳。爱情是命运赠送的眼睛,透过黑夜寻找着黎明。

而所有痴心的人都在进行一场灿烂的合唱。

6.爱在当下才是真王道

康熙二十四年,纳兰病倒了,而且病得非常严重,人间四月芳菲尽,锦样年华如水般流去,纳兰迅速地枯萎起来。

越是在病中,他越是思念自己的初恋,思念卢氏和沈婉,思念她们那娇态可掬的模样。特别是想起卢氏和自己说过的"若不能同年同月同日生,一定同年同月同日死"的誓言,纳兰更加感慨万分。是啊,卢氏已经去世八年了,在这八年里,纳兰又经历了多少铭心刻骨的故事啊。只是,门第成了她们的障碍,她们无奈地被挡在纳兰府雄浑的高墙外边,哪怕是纳兰从江南亲自带回的沈婉,最后也只能徘徊在他乡,而不能踏上纳兰给予的彼岸。

其实,卢氏去世的那一刻已经将纳兰定格成为一轮待圆之月,每一分每一秒都在呼唤爱情的眷顾。他经受着命运的洗礼,无法忘记美人给予自己的庄严的承诺,拼命想要继续给予自己作为一个男人的担当,可是,他想要爱护和包容的美人,都已经不在自己身边,就像一夜之间,都被风刮跑了一般。情歌的旋律曾经被撕碎,爱情成了人生最后一声感叹。

出淤泥而不染,荷花成了一条路;飘飘洒洒在人间,雪花成了洁白的富贵；枝叶繁华夜合花，人生成了一段不了的情缘。人生多梦，多少悲情的故事都留在了昨天，那个再也无法抵达的归程。

夜合花真的很美丽，那是纳兰亲手栽下的，他经常与美人花下饮酒，花下吟诗，一起守着岁月静好，一起在爱中修行。然后明白，灵魂的相契是爱情的最高境界。好像夜合花见证了纳兰的一生，也见证了他的爱情。纳兰比任何时候都喜爱它，甚至觉得在生命的最后时刻，他只有它了。其余的一切不是变成了过去，就是变成了幻想，只有这夜合花，他能闻得到它骨子里的芳香。令人销魂，令人感到人生的至美都隐藏于此。

可怕的伤寒症在沈婉离开后不久，把纳兰击垮了。跟第一次的症状一模一样，也是持续发烧不退烧，什么药物都不起作用。纳兰每天都烧得像一团火，但神志竟然一直处在清醒甚至高度亢奋之中。虽然父亲明珠强命他休息，不要想事情，也不要会客，但纳兰还是一批接一批地会见朋友。他觉得自己能拥有的就是此刻，为什么还要让此刻白白地流逝呢？为什么不让此刻充满了意义？不让生命中最后的日子都值得纪念？

是的，活在当下，爱在当下才是最重要的。人生是雪花坠落的过程，你捧住它抑或不捧住它，它都会融化的。

不问过去，不看未来，拥抱当下，便能收获永恒。明白这个道理的时候，纳兰好像一下子释然了。不管家人和朋友如何安慰他，哄骗他，他也明白了自己病患的真实情况，可能是真的熬不下去了，真的要和这个世界说再见了。但他没有感到丝毫的惊恐，还是那么淡定安然。他知道，该来的总会来的。就像缘分，来了就好好珍惜，散了，也不去抱怨。人生中的很多事情，与其痛苦地诘问，不如洒脱地看破。人的生命本来就是一根燃烧的蜡烛，不可能永远燃烧。如果这次伤寒真的要了他的命，那他会认命，会坦然地交付了自己的命。因为当你把爱情看破了，也就拥有了爱情。当把生死看破了，也就不再惧怕死亡。不管走多远的路,都有诗词为家,都能看到更高的天空。不管经历过多少情感的折磨,幸福也会留在内心,不会被任何人所带走。死亡虽然是人生的悲剧,但它总会带有人生最后的壮美。

爱在当下,是对自己最好的交代。如果心真的平和了,想通了,那么人生的落幕何尝不是一种完美?何尝不是一种解脱?

当下的爱情是爱了别人,也爱了自己。倾尽生命,爱情是最浪漫的诗句。偶然间,缁尘京国,乌衣门第,偶然间,得得失失的爱情,偶然间,生命即将化尘为土。红尘有再大的诱惑,也只是浮浮沉沉;生命再怎么视为珍宝,也只不过是任何人都逃不掉的无常;爱情再怎么轰轰烈烈,也无非是聚散离合;人生再怎么寓意高深,也无非就是得的喜,失的悲。如此种种,都无法永恒。茫茫宇宙,浩大无边,地球都是一个小小的"像素",何况渺小的生命?值得庆幸的是,走到生命终点的纳兰终于可以兑现自己和卢氏的约定了, 他们会在同一个日子离开这个世界,他们的世界在同一个频道。如果生命和爱情都不能永恒,那就守着自己的灵魂吧,因为哪怕别人偷走了你的一切,也没有办法偷走你的灵魂。死亡给人沉默安详,也可以给人柔软的静寂……

当纳兰神采飞扬地与朋友们聚会时,父亲明珠绝望了,因为他害怕这是纳兰的回光返照。他每天不断地往家里带医生,开下数不尽的方子,然后他亲自到厨房去监督熬药,亲自把药端给儿子,他不想失去儿子,不想白发人送黑发人。

纳兰得了大病的消息也惊动了康熙, 他派了最好的御医每天来给纳兰会诊,还要御医把每天的情况向他汇报。他不希望纳兰被疾病所击垮,在他眼里,纳兰是"国宝"级的诗词名家,是他最贴心的侍卫,是他一直想要找机会提拔的人,所以,无论从哪个方面想,纳兰的离去都是他的一个巨大损失。

就在那个冷雨缠绵的夜晚,纳兰的病情恶化了。明珠跺着脚哭,已经达到了崩溃的边缘,纳兰的老师徐乾学来了,顾贞观更是衣不解带地守候在纳兰床边。还有很多纳兰的朋友焦急地守在纳兰府外,冒雨等待着,期盼着纳兰病情好转的消息。雨夜里,纳兰府大门外,停下了几辆轿辇,是康熙夜梦惊醒,预感到不测,深夜派御医来抢救纳兰的性命。纳兰府陷入一片骚动之中,整个府第都陷入了风雨飘摇之中……

很多人都守候了一整夜,好不容易等到了天亮,纳兰府的大门终于打开了,家丁出来通报说,这回御医给纳兰用的是康熙亲自开的方子,效果不错,这不,公子已经缓过来了,躲过了一劫,只是身体还非常虚弱,要卧床休息。大家这才舒了一口气,然后各自散去。

但纳兰真的一点闲不住,他身体刚刚好一点,就开始央求顾贞观帮他筹办一次大规模的聚会。顾贞观劝纳兰好好养病要紧,聚会什么时候都可以,为什么要在病中这么操劳呢?可拗不过纳兰的恳求,只好按照纳兰的吩咐,把纳兰的一干好友都聚集到纳兰府上。

很多人都以为,康熙亲自出的方子,真的非常管用,要不然纳兰怎么会有这么大的精力举办聚会呢?谁也没想到,这次聚会竟然是纳兰与诗友的最后一次聚会……

那是一个月朗星稀的夜晚,纳兰和顾贞观、姜宸英等好友把凉亭搭到了院子里,就在他亲手栽种的夜合花树下,像往常那样,开怀畅饮,吟诗作画,一派欢乐。纳兰撑着病体,谈笑风生。也就在这一天晚上,纳兰写就了他的绝笔《夜合花》:"阶前双夜合,枝叶敷花荣。疏密共晴雨,卷舒因晦明。影随筠箔乱,香杂水沉生。对此能销忿,旋移迎小楹……"

聚会一直持续到很晚,大家才恋恋不舍地离开。他们希望纳兰能够康复,能够创造生命的奇迹。

但天不遂人愿,聚会后的第七天,在很多人以为纳兰不会有事时,纳兰与世长辞。他就像一颗流星,迅疾地划过了天边,永远地消失于万籁俱寂。他像夜合花一样静静地开,又悄悄地谢,如果不再有痛苦,他乐意自己的生命是一场偶然,他不想死,但他想要到天堂去继续活,继续与美人相伴……整个京城陷入一片悲痛之中,许多人痛哭流涕，许多人自发地给他写悼词和挽联。纳兰的死也让康熙悲痛万分，派了一大队朝廷的官员去祭奠纳兰，还派了许多官员守在纳兰府上，安抚明珠及其家人。

而就在纳兰去世不久，梭伦的少数民族派特使到北京进贡，表达了归顺的意愿。梭伦归顺，正代表了纳兰出使梭伦的巨大成功，这一点更让康熙感怀不已。纳兰作为自己的同龄人，没多久前还是皇族的得力干将，没想到很快就离开了人世，对人生的感慨，对纳兰的深深缅怀，让康熙也忍不住流下泪来。他派人到纳兰灵前哭诉，把梭伦归顺的消息"告知"他，借以告慰纳兰的在天之灵。

从江南那边也传来消息，沈婉生了一个儿子，起名叫富森。而纳兰去世的消息，沈婉也知道了。依照纳兰的遗言，顾贞观留下了纳兰一生不离不弃的笛子，准备找机会把它送给沈婉。死前，纳兰与笛声相伴，死后，就让笛子在美人的怀里点燃爱情，让怀念成为永恒吧。

两目下视黄泉，天也不能问。是的，沈婉一定理解了纳兰，把纳兰的死当做了一种解脱。而纳兰自己，肯定把自己的死当做了一种承诺。因为康熙二十四年五月三十日，纳兰离世的日子正是妻子卢氏的忌日。八年前，卢氏离开了人世，八年后的同一天，纳兰毅然而决然地追随妻子而去。从此后，他一定与妻子好好相爱，没有任何烦恼和忧愁。从此后，再也不会失去，再不会痛苦和彷徨。从此后，他才会真正地自由自在。从此后，每当妻子华丽转身，都能看到纳兰期待的眼神。从此后，再不会有相爱却不能相守的苦痛！

在命运的唇边，爱情缠绵柔媚，托住生命的缄默与冷寂。点点滴滴的梨花雨，仿佛是离人泪，有情人的故事那么撩人惊心，因为它沾染着青春的颜色，沾染着爱情的华彩。

经历过生死轮回，经历过爱情洗礼，终于懂得生命的暗示：爱在当下，就已经是永恒。所以就不怕花朵的凋谢，就不怕生命的无常。爱情的一切都没有答案也无需答案，因为相爱没有原因，离开又岂是自己的安排。

纳兰离开但没错过,离开但已经新生,离开但已经起航,离开但没有毁灭,离开但还有收获……因为,他给予过,他坚守过,他祝福过,他成长过,生生死死犹如花谢花开,生死相依就是爱情最美的归宿。

爱在当下,可以守得住落寞的时光,可以拥有爱情特殊的韧性和张力,可以包容悲恸的命运,甚至可以跨运生死的界限。隔着天涯海角,隔着生与死的距离,爱情茂盛美丽,它燃烧的痛苦,让人刻骨铭心;它盛开时的艳丽,让人生与之一起开到荼蘼。

既往不恋,当下不杂,未来不迎,说的就是活在当下,爱在当下。有一首歌曾经很流行,叫"爱在当下",其中就有这样的句子:"看破世上的伤悲,学会捉紧此刻的美","多少青春遇到障碍,到了年老才看开,但愿学习活在现在,让心灵遗忘伤害,从这天起开始不舍不弃……"

爱情是绝美的风景,是梦中绽放的白莲。忙忙碌碌中的我们,融于各自的世界,拥有着形形色色的爱情,感叹着缘分,悲情于刹那的失去。我们深深懂得最美的也最容易失去,也许只有爱在当下才是真王道。一枚花瓣可以是一个宇宙,一袭时空可以容纳所有的悲欢,也许女神或男神不是下一个,就是眼前这个咏月的人。当下才是人生的最佳方式,是爱情的最高境界……

别了,华美的公子。别了,短暂的流年。活过,爱过,这就是人生……

王照，笔名泉好，期刊、杂志、报纸专栏作者，作品常见于《爱人坊》《女人坊》和《婚姻与家庭》等几十家报刊媒体，发表文字300多万字。

他白衣胜雪，他风华绝代；
他精神丰富，他品格高尚。
一生纵然短暂，却让人生了无数艳羡。
他是一段传奇，虽已逝去三百多年，
但仍旧是，独一无二的绝唱。
跟纳兰学修身，丰富人生之旅。
跟纳兰学修心，开悟人生真谛。

白天，他身居布达拉宫，是雪域最高的教王；
夜晚，他流连街头酒馆，是风流多情的诗人。
他用悲悯生灵的佛心度化众生，却度不了自己的苦难；
他寄寓情歌中的缠绵多情，却无法改变命运的无情。

一翎，具有扎实的创作功底，勤于写作，有多篇文章发表于杂志及文学期刊，曾被《读者》、《小说选刊》转载。出版长篇言情小说《雨荷梦影》，校园言情《疯狂女生》，都市情感《意乱情迷》，历史言情小说《大宋绝恋》(简、繁体版)，悬疑惊悚小说《艺校女生》系列(1、2、3、4部已上市)，长篇校园悬疑小说《原罪》，都市情感悬疑《绝对隐情》、《漩涡》、《海上繁花落》、《伪证》等作品。《凤凰涅槃》获榕树下中文网小说原创大赛悬疑单项大奖，另有多部作品有待出版。现已经出版作品400余万字，国内数十家杂志报刊报道。